人性正邪的殊死博弈！

穆继文 著

从警38年的公安作家

湖南文艺出版社

·长沙·

創作可以接人生

黃永松

> 三十八年从警生涯,我是在血与火、险与恶的环境中被历练和锤打的。
>
> ——穆继文

历经五年潜心创作，十一易其稿，我的首部长篇小说《大案》终于正式出版。在完成最终修改的那一刻，我的内心仿佛被掏空，转瞬又被填满，充盈着难以抑制的喜悦。恍惚间，我仿佛站在珠穆朗玛峰之巅，迎着凛冽的风雪，心中百感交集，灵魂深处在叩问：《大案》真的就此结案了吗？

这部作品原名《玄色》，通过经海山、云飞辉、刘香等几位青年的人生轨迹，展现了时代变革下正义与邪恶的殊死较量。初稿长达三十五万字，经过五次修改，我删减至三十万字。每一处删减都让我心痛不已，有时甚至需要服下护心药物来平复情绪。即便如此，出版社的编辑老师仍建议我将篇幅控制在二十余万字，以适应现在读者的阅读节奏。

《大案》凝聚了我三十余年从警生涯的所见所闻，既有真实案件的影子，也融入了艺术创作。主人公经海山的形象，正是我身边无数警察战友的缩影，他们坚守信仰，不忘初心，不畏艰险，与犯罪分子斗智斗勇的英勇事迹，是我创作的最大动力。

由于工作繁忙，且经常加班，我的写作时间往往只能从晚上八九点开始，常常持续到深夜。在创作过程中，我时而热泪盈眶，时而愤慨难平，常常写到头晕目眩，安眠药也成了必备之物。

家人是最严苛的读者。妻子和儿子阅读后，直言不讳："故事很精彩，但你还是需要静下心来好好修改，再精简一些章节……""工作这么忙还能坚持写作，真的不容易，希望你能把警察的故事写得好看，要是能得诺贝尔奖就更好了。"每每听到这样的调侃，我总会没好气地回一句："你俩懂什么?！"其实，我心底早已真诚地接受了编辑老师和家人的建议，只是对创作者而言，每一次删减都如同割舍自己的骨肉，痛苦万分。

夜深人静时，我仍会对着书稿反复推敲，时而感动落泪，时而拍案而起，时而陷入沉思，时而激情澎湃。创作公安文学，书写警察故事，将是我永远的追求。

如今，《大案》虽已出版，但我深知作品仍存在诸多不足，衷心期盼读者朋友们批评指正。在此，我由衷地感谢所有读者，感谢出版社的编辑老师，还有我亲爱的家人朋友，你们的鼓励和鞭策，是我笔耕不辍的力量源泉。谢谢你们。敬礼！

穆继文

目 录
CONTENTS

第一部

旧案

001

经海山高中毕业后考上了警校，两年后就毕业了，被分配到了分局刑警队，后来被任命为四平道派出所副所长。今年初，他晋升为所长。

第一章	路灯下的命案	002
第二章	辉子死里逃生	008
第三章	美丽闪婚他人	014
第四章	"玄色"蓄谋杀人	020
第五章	大香突嫁辉子	026
第六章	协查碎尸案件	032
第七章	"玄色大侠"归案	038
第八章	揭秘"玄色"旧案	044
第九章	海山无奈调岗	050
第十章	海山车祸遇难	056

第二部

061

这次起用经海山假扮王小五,是经过缜密考虑的,为的是让强子更加相信这个卧底就是王小五。虽然这一路上强子将信将疑,多次警惕地试探经海山,但经海山还是凭着不露痕迹的演技,让强子信以为真。

第十一章	海山异地复活	062
第十二章	郎勃镇姐妹店	068
第十三章	逃出危险村落	073
第十四章	大香秘密换肾	078
第十五章	押解途中过招	083
第十六章	荀力仇官仇富	089
第十七章	霞子壮烈牺牲	094
第十八章	秘密就是秘密	100
第十九章	武警击毙高强	107
第二十章	小 M 陷入疑惑	114

第三部

121

高美丽怀疑经海山的遇难并不那么简单,他疾恶如仇,在中央巡视组配合抓捕"大老虎",得罪的"大人物"很多。那些人物绝不好惹,他们的部属死党众多,报复的可能性极大。高美丽一直怀疑辉子集团有问题,她预感经海山的死很有可能和辉子有关。

第二十一章	深潜香汇公司	122
第二十二章	精致女人艾梦	128
第二十三章	大香着迷"于连"	135

第二十四章	辉子陷入苦闷	139
第二十五章	美丽携女回乡	145
第二十六章	小女人老古董	150
第二十七章	苦了海山同志	155
第二十八章	艾梦戏弄一鸣	161
第二十九章	大香再次换肾	168
第三十章	大香再失亲人	173

第四部

179

经海山知道，螳螂捕蝉黄雀在后，黄雀身后还有老鹰，老鹰身后还有一双猎人的眼睛，"老大"是猎人吗？这个世界，谁又是真正的主宰者？

第三十一章	大香选择自尽	180
第三十二章	大香"托孤"美丽	187
第三十三章	美丽二婚辉子	191
第三十四章	阿麦割腕自尽	198
第三十五章	艾梦渴望爱情	205
第三十六章	一鸣伺机逃跑	212
第三十七章	志丰立功晋升	219
第三十八章	除夕英雄独处	227
第三十九章	海山度假待命	234
第四十章	执行"大计"任务	242

第五部

249

在郭守军单线联系的高层首长的积极运作和全力协助下，国内派出警卫部队成功将经海山接回国，同时揭开了经海山一直在秘密执行特殊任务，并没有牺牲的真相。因为表现出色，经海山被授予"二级英模"荣誉称号。

第四十一章　啸峰递投名状　　250

第四十二章　红与黑的世界　　256

第四十三章　美丽出国陪读　　261

第四十四章　三亚终于降雨　　265

第四十五章　啸峰陷入魔窟　　272

第四十六章　"老大"浮出水面　279

第四十七章　黎荣撞墙牺牲　　285

第四十八章　小M异国现身　　292

第四十九章　辉子站着死去　　299

第五十章　　正邪生死对决　　306

尾声　　　　　　　　　　　313

第一部

旧案

经海山高中毕业后考上了警校,两年后就毕业了,被分配到了分局刑警队,后来被任命为四平道派出所副所长。今年初,他晋升为所长。

第一章　路灯下的命案

农历四月初八，阴冷，天空极暗。传说这一天是释迦牟尼佛的诞辰日，因此也被称为"佛诞节"。

一群麻雀在街道两旁新栽的小树苗底部的土壤里觅食。一只麻雀发现一群蚂蚁爬出了洞穴，便迫不及待地冲过去，上前疯狂地吃掉几只。于是乎，一群麻雀随即扑腾而至，整个洞穴里的蚂蚁便成了它们的早餐。它们顾不得来来往往的行人匆忙奔走，也顾不得车辆飞驰而过，似乎是知道现在人类已经出台了法律：在这里，麻雀是受保护的动物，而蚂蚁还没有被列入保护范围。即便被列入保护范围，人类对待麻雀吞食蚂蚁也是没有办法的，就像昨天万里晴空，一只雄鹰吃掉了五只麻雀，可人类根本就管不了雄鹰残暴的行为。

"你们还我儿子，你们赶紧把杀人犯给我抓起来，你们要判他死刑，给我家大鹏偿命呀！"闵大姑嚷嚷累了，便坐在四平道派出所门前的马路牙子上呜呜痛哭。

经海山赶忙跑了出来，他不知道用什么语言能够安慰她，只能陪着她一起坐在冷冷的马路牙子上。

十年前的农历四月初八，就在派出所对面的马路牙子上，路灯下，坐着两个大男孩。他俩一个叫刘鹏，一个叫云飞辉，认识他们的人都喊他们大鹏和辉子。

大鹏和辉子即将高中毕业，正讨论人生，讨论考不上大学怎么办，讨论高美丽能看上他俩中的谁……

就在两人高谈阔论，天马行空地吹着牛皮时，从远处走来一个背着挎包，戴着一顶棒球帽的行人。辉子提议，他俩一人踹他一脚，看他是否有反应。如果他立即还手打过来，那么他先还手打谁，谁就不能再追求高美丽了，还要主动帮助对方得到高美丽的芳心；如果他谁也不打，窝囊地跑掉，那么两人就继续争夺高美丽。

于是两个人站立起来，在路灯下拦住了这个行人。大鹏抢先对准行人的腰部就是一脚，被突然袭击的行人一下子摔倒在地。紧跟着辉子也不示弱，照着对方的小腿肚子就是一脚。行人被他们的突然袭击彻底搞蒙了，躺在地上莫名其妙地发了一会儿愣，突然一个鲤鱼打挺起来了。他从怀里掏出一把匕首，朝着大鹏的肚子就是一刀。之后又回过头来，冲着辉子身上连捅了三刀，分别是大腿外侧一刀，左右臀部各一刀。紧跟着，行人快速逃离了现场。

暗黄的路灯下留下一片血迹。大鹏捂着肚子跟跟跄跄地向附近的家里走去。辉子还算清醒，他双手按着左右臀部的伤口，拖着滴滴洒洒的鲜血，以近乎小跑的速度向着附近的医院赶去……

辉子得救了。

大鹏推开家门，用微弱的声调喊了声"妈"，就躺在了门口的地上。看到浑身是血的儿子，大鹏的父母惊呆了。大鹏的姐姐刘香显得冷静一些，她哭泣着，急忙拨打了120急救电话。然而，当救护车把大鹏送到医院时，他已因为失血过多而死亡。

闵大姑当场昏死过去，正好就地躺在医院里抢救。还是大鹏的姐姐大香清醒，又赶紧拨打了110报警电话。

还有半年毕业，正在派出所实习的警校生经海山跟着师父郭所长一起出了现场。谁能想到，在派出所对面，就这么悄无声息地发生了一起命案呢？

出现场的分局领导回到所里，臭骂了所长老郭一通："老郭呀老郭，你还有大半年就退休了，丢不丢人呀！还不到九点钟，还是你带班，就在你眼皮子底下出了命案！你要是破不了这案子，年底就别退休了！"

老郭所长自知理亏，没有顶嘴的资格。要是占了理，他才不管你领导不领导，都是后辈，他还一定会说："我在刑警队破案的时候，你们这帮家伙还在娘肚子里转筋呢！"

这条名叫四平道的马路特别宽敞，平日里人来车往，好不热闹。十字路口处，立着一根水泥路灯杆和一个交通信号灯，最近旁边还立起了一根拍摄交通违章监控录像的铁杆子，就是还没来得及装上摄像头。据说这是一种新的交通违章监控设施，全市只有为数不多的几个，这里是其中的一个试点。杆子得有五米高，显得秃秃的，一直也没有人管。除了路灯下满地的鲜血，还有大鹏和辉子一路走动留下的斑斑血迹，没有一丁点线索。只能等辉子手术后清醒了，才能知道其中的端倪。

翌日，辉子已经醒了多时，老郭所长带着经海山和其他民警来到医院。在病床上，辉子一五一十地把他和大鹏吃饱了撑的没事找事，结果酿成重大悲剧的事实讲述了一遍。

老郭所长进一步询问了辉子："那个用刀捅你们的行人，是男人还是女人？戴的棒球帽是什么颜色的？"辉子有气无力地说："应该是个男人，力气很大，戴的棒球帽好像是黑色的。"然后他迟疑了一下，接着说："但是还有些发红。天太黑，在路灯下看，又好像是红色的……还是不太对，应该是黑紫色的吧。"

老郭所长认为辉子这孩子是被鲜血吓蒙了，是被昨天晚上的几句玩笑和冲动话语最终酿成的"血案"吓傻了，他讲的话语无伦次，好多都答非所问。

老郭所长问他："高美丽是谁？"

他迟疑了一下，竟然说："大鹏对象，我让给他的。"

老郭所长看到辉子头脑还是有些不清楚，便说道："孩子，你好好养伤，出院后咱俩再聊。"

老郭所长带着经海山去学校找到了辉子口中所说的高美丽，这个漂亮的女孩特别豪爽，她先是对大鹏的死表示了些许伤心，然后便特别直接地对老郭所长讲："警察叔叔，追我的男孩挺多，我看不上他俩。他俩一个傻里傻气，一个小猴子精似的，都不是我喜欢的类型！"老郭所长先是一愣，他真的不懂现在的女孩为什么这么"开放"，继而又想自己的闺女不会也这样吧？

这些日子，老郭所长一直在思考大鹏和辉子出事那天究竟发生了什么，常常在值班室与几个办案民警相顾无语。这一天，他吸着烟，吐着烟圈，无意间想到自己竟然快要退休了，不禁有些伤感。他望着天空，的确看到了黑暗的天空中似乎有一道红光掠过——辉子那孩子是不是在紧张恐慌中看到了夜晚天上的黑和地上血液的红？又或许他也看到了刚才那一道红光掠过，将红与黑的颜色混淆了？

"哦，那是'玄色'。"老郭所长突然自言自语说了这么一句话。旁边的人都没有听懂他说的"玄色"是什么意思。

经海山倒是听得清清楚楚，他在脑海里记下了"玄色"这个略带玄妙的字眼儿。大家有些莫名其妙，可谁也没有开口问老郭所长究竟什么是"玄色"。

案件事实已基本明晰，老郭所长迅速将案情向分局领导做了汇报。鉴于案件的复杂性与特殊性，他提议成立专案小组，对该案件展开进一步的调查与侦办工作。考虑到案件发生在农历四月初八，老郭所长建议以这个日子作为案件的代号，以便更有针对性地推进案件侦破工作。

分局领导同意了老郭所长的意见。

派出所配合分局刑警队侦查员开展调查取证，他们又和辉子核实了一遍全部案情。全市公安机关撒开大网寻找戴黑色（或黑色泛红光）棒球帽的男性嫌疑人。分局还发了协查通告，让周边公安机关配合缉拿本案的相关犯罪嫌疑人，发现可疑之人，立即通告四平道派出所或者分局刑警队。协查通告中留下了办案民警的联系方式，并且还有悬赏金。

经海山跟着老郭所长一起查案，他们细致入微，调取了公路、娱乐场所以及旅店等每一处有视频监控的地方的录像，查看有无嫌疑人的踪迹，寻找有可能发现嫌疑人的种种蛛丝马迹。最终，他们跑了个遍，根本没有发现像辉子所描述的戴着黑色泛红光棒球帽的嫌疑人的任何踪迹。

炎热的夏日似乎在一瞬间就到来了，满头大汗的经海山接到学校的通知：实习期结束，他要返回警校准备论文答辩。明年夏天他就要接受分配，成为正式的人民警察。

时光荏苒，戴黑色泛红光棒球帽的犯罪嫌疑人始终没有归案，大鹏命案就这样成了"旧案"。近十年了，经海山侦办的这起案子最终成了他心里的一个"死结"。他无时无刻不在提醒自己一定要破获大鹏命案，给师父老郭所长一个交代，给遇害者和他的家人一个交代，也给自己从警的初衷一个交代。

经海山时常回忆起中学时代的往事。那时候，他和大鹏、辉子、高美丽，还有大鹏的姐姐大香，都在四平道中学读书。经海山和大香是同年级同学，比其他人高两年级，但不是一个班的，经海山在二班，大香在一班。

经海山高中毕业后考上了警校，两年后就毕业了，被分配到了分局刑警队，后来被任命为四平道派出所副所长。今年初，他晋升为所长。

大香学习优秀，高中毕业后考取了滨海大学金融专业，四年后毕业分配到银行当上了一名柜员。她喜欢这个简简单单且工作相对平静的职业，可以有大量的时间阅读文学书籍，抽空写一些诗歌、散文。偶尔她的文学作品还发表在《滨海日报》的文艺版块上，在单位算是个"著名"的业余作家。她人缘特别好，追求她的小青年挺多，可是她不喜欢身边那种风流倜傥、"小鲜肉"类型的男孩。她喜欢书里的"他"，这是她自己的小秘密。她母亲闵大姑也拿她没办法。

在经海山心里，大鹏命案一直是一个心结。它是经海山在实习期间，第一次到命案现场学习刑事警情勘查遇到的案子。而且最让他痛心的是，老郭所长在那年即将退休的时候，在一次抓捕行动中壮烈牺牲，带着没有破获的大鹏命案遗憾地走了。听说那天夜里，分局批评过老郭所长的那位领导，面对着他的遗像，嘴里喊着"师父，师父"，狠劲地抽了自己两个嘴巴子。

"闵大姑，地上凉，您还是到所里坐会儿吧，好吗？"经海山很心疼地安抚着大鹏的母亲。

闵大姑真的是一个不幸的人。大鹏被戴着"玄色"棒球帽的行人捅死之后，大鹏的父亲就急火攻心，半身不遂了，躺在病床上两年多便去世了。那时候大香大学还没有毕业，家里就剩下闵大姑和女儿大香相依为命，生活费也就只有闵大姑那点退休金，还好当时经海山总是偷偷地给予她们帮助。

这十年来，闵大姑几乎天天都要来派出所，口中不停地嚷嚷着还她家的大鹏，抓到杀人犯千刀万剐。她大喊大叫，累了就坐在门口的马路牙子上，望着对面的马路牙子，仿佛大鹏依旧坐在那里似的。无论春夏秋冬，皆是如此，这也成了她思念大鹏的唯一做法。她说大鹏从小就爱跟着他爷爷坐在马路牙子上，看着街道上车水马龙的景象。

医生说闵大姑患的是间歇性精神分裂症和幻觉妄想症，家属一定要看好她，否则就会有危险。大鹏被害不久，有一次，闵大姑坐在马路牙子上，突然发现一个男青年和大鹏长相相似，便不顾一切地冲了上去，差一点被迎面驶来的一辆轿车撞到。也是从那时起，老郭所长便要求派出所的值班民警，只要发现闵大姑坐在马路牙子上，就过去陪她一起坐着，直到她离开。有时候天黑了，民警还会把闵大姑送回家。有时候大香放学早,就顺道接她回家。后来大香上班了,便基本都是她下班后接母亲回家。

"你小子要想娶大香,就把杀害大鹏的凶手抓到,否则门儿都没有!"闵大姑对着经海山每次都会这么说。

"您放心,抓不到杀害大鹏的凶手,我不娶大香。我一定会抓到凶手,交给您处置。"经海山每次也都是这样哄着她,顺着她,安慰她。

自打经海山调到派出所工作之后,民警们便继续按照老郭所长的要求,守护闵大姑的安全——不能再在派出所门前发生危险与不幸了。因此,在大香忙的时候,经海山经常送闵大姑回家。日子久了,在和大香的接触中,经海山爱上了他这个稳重文静的老同学,而大香也渐渐喜欢上了经海山。虽然两个人在上中学的时候就已相识,而且当时经海山就对大香怀有年少懵懂的好感,但他们的关系却始终未能得到更进一步的发展。也许这就是命里注定的缘分。人要是有缘,迟早会相遇、相识、相结合;要是无缘呀,天天在一起也未必能成为夫妻。

大香大学毕业,在银行工作了两年之后,和经海山谈了四年多的恋爱。现在两个人都到了而立之年,可是杀害大鹏的凶手一直没有抓到,大香真的没有心思结婚。

辉子姓云,全名叫云飞辉。自从伤愈出院之后,他就特别后悔。每到清明,他都要祭奠大鹏,冲着大鹏的黑白照片和大香姐、闵大姑讲,他和大鹏是好兄弟,当时年纪太小,要不是自己先提议挑衅行人,就不会发生导致大鹏死亡的命案。他当时光顾着救自己了,把好哥们儿给忘了,否则大鹏也不至于死呀,刀子捅在肚子上,哪那么容易死啊!

但不管辉子怎么解释,闵大姑和大香都不愿意搭理他。即便他现在发财了,成了有钱人,闵大姑每次还是把他送的礼物和现金扔出去。闵大姑说:"儿子没了,要这些东西有啥用?大鹏要不是有你'鬼子精'这样的同学,能死吗?"大香则说:"大鹏就是傻,没心眼儿,跟'鬼子精'打什么赌呀,把命都给打没了。"

第二章　辉子死里逃生

如今，辉子已然成了公众人物，往昔那个带着调侃意味的"鬼子精"绰号，已无人再敢随意喊出口。"辉子老板"的称谓取代了"鬼子精"，成为人们提及他时的专属称呼。

那年辉子高考落榜，只好顶替他父亲到机械总厂当了一名电工。辉子在家是老幺，他上面还有一个哥哥和一个姐姐。哥哥考上军校成了一名军队干部，姐姐则上了南方的大学，毕业后和男朋友留在了那边工作，家里就剩下他，父母对他也是宠爱有加。

辉子干了一年多的电工，就受不了企业"铁饭碗"条条框框的约束。他迟到早退，整天寻思着发财挣大钱，好迎娶高美丽。现在的高美丽简直太漂亮了，比台湾女明星林青霞还美。

他知道，自己这辈子如果只是个小电工，那追求高美丽这件事想都别想，人家高美丽现在可是外语外贸大学的大学生了，没有钱还想跟对方谈对象，门儿都没有！过去有个高大帅气的大鹏跟他竞争，他用的竞争资本就是"钱"，否则高美丽都不会看他一眼的。如今大鹏没有了，但在大学校园里一定有更多的帅气小伙子追求高美丽，他没有文化，再没有钱，高美丽肯定会跟别的男孩跑了。每次想到这里，他就冒出一身冷汗。他寻思着自己可不能前功尽弃呀，否则好哥们儿大鹏的命不也白搭了？

辉子为了高美丽的确付出了全部的"心血"和"智慧"。上高中的时候，他为了赢得高美丽的青睐，不择手段。每到高美丽生日的时候，他都会花好多钱给高美丽买"贵重"的礼物，比如九十九朵玫瑰花、艾士林生日蛋糕。这个牌子的蛋糕，堪称女孩梦想中最具贵族情调的"甜蜜象征"。高中毕业那一年，他还买了一条金项链送给高美丽，高美丽对此也是来者不拒。不过，大鹏活着的时候，高美丽虽然接受了辉子的礼物，可心思还是花在大鹏身上多一些。大鹏个头高，单眼皮，笑起来脸上有两个深深的酒窝，一口白牙，显得特别憨厚，又有一股男孩的豪气。辉子则相反，他个子不高，精瘦精瘦的，爱嬉皮笑脸，嘴甜心眼儿坏，大家给他起的绰号"鬼子精"真是名副其实。但是辉子出手大方，肯花钱讨得女孩欢心。他把他妈给的零花钱全都用在了高美丽身上，没有钱就骗他妈考大学要在外面补课，把补课的钱也用来给高美丽买零食。要不然就直接从家里偷钱，或者偷他妈的首饰变卖，只为博高美丽红颜一笑。为此，他没少挨他爸打骂。

其实上初中那会儿，辉子还算是个好学生。自打上了高中，他开始对异性有了懵懂的暗恋情愫，学习成绩就开始下降，脑子里总是闪现出高美丽那美丽的容颜和白净的皮肤。他不能自拔，彻底陷入了"爱情"的旋涡。

自打发现高美丽接近大鹏更多一些后，辉子的醋劲就发作了，他开始恨大鹏样样比他优秀。他和大鹏正面竞争肯定是不行的。后来他又想，为什么不接近大鹏，和他做好兄弟呢？这样也许大鹏就能把高美丽让给自己了。辉子知道，大鹏仗义，没心眼儿。慢慢地，辉子和大鹏真成了无话不说的好兄弟，他还经常往大鹏家里跑，后来还和大香姐走得挺近乎。

辉子整日里萎靡不振，逼着他爸找原来的徒弟、如今新上任的厂长，给他调到机械总厂"三产"部门工作。无奈的辉子爸为了宝贝儿子，觍着老脸去了一趟厂里。就这样，辉子顺利地调到机械总厂旗下的红润开发有限公司，成了一名销售员。辉子就喜欢这种自由自在还总能往外跑的工作。

辉子脑瓜子机灵，会搞人际关系，在迎来送往方面似乎天生就具有优势，尤其是他赶上了市场经济发展初期的好政策，通过推销厂里的机械设备，认识了不少民营企业家。由于业绩突出，辉子很快被评上了先进个人，把辉子爸妈乐得合不拢嘴。辉子妈说："咱辉子就是聪明，那会儿被人捅了三刀，立马就往医院跑。你看大鹏那个傻大个子，就被捅了一刀，还想着回家找他爸妈，结果死了。唉，就是他妈挺可怜的，儿子没了，丈夫没了，只剩个女儿相依为命。"辉子爸说："行了，这都是命！辉子上高中那阵子，也把你气得够呛，连咱们结婚的时候我给你买的戒指他都敢卖。"

辉子爸嘴上这么说着，心里还是很心疼这个儿子的。他自言自语道："为了得这个先进个人，辉子天天喝得烂醉，孩子也不易呀！"

可惜好景不长，国家号召振兴民营企业，发展个体经济，机械总厂计划经济下吃"大锅饭"的日子越来越不好过了，全厂一千多名职工就只能靠"三产"挣钱发工资，当上红润开发有限公司副经理的辉子比厂子里的那些大大小小的领导还忙。辉子整天油头粉面，下馆子、进歌厅、洗桑拿，忙得有一阵子甚至都顾不上高美丽了，也顾不上安慰闵大姑和大香姐。他唯一的心思就是开发"新业绩"并从中获取资本，为下一步独立闯市场做好准备。

那年夏天，他去了南方某个经济发达的小镇一趟，才算开了眼界。那哪里是小镇呀！镇政府门前宽敞的大马路上，能并行八辆汽车。在他的印象里，只有北京的长安街才会有这样宽阔的大马路。就是在自己的家乡滨海市，也没有这样美丽的现代化城市景象。街道上女孩的穿着更是让辉子看一眼脸就会发烧，红得像一颗山楂。有的女孩穿着吊带背心在街上行走，这样的吊带背心，他只是小时候在家里看母亲和姐姐穿过，叫"乳罩"。后来他长大了，母亲和姐姐都背着他穿乳罩。而这里满大街都是这样的"风景"，看得他心慌意乱，不看怕见不到了，看吧又怕人家骂他是"色狼"。他左顾右看，好像一个农民老大哥刚进城一样。

到了晚上，他更是分辨不清自己是在天堂还是在梦中。六两茅台进了肚子里，这是他平生第一次喝茅台酒。高度酒烧得他嚷嚷着要喝凉啤酒解渴。宴请他的客户讲，辉子老板，这才刚开始，好戏还在后面。

他们开着小轿车，沿着"夜上海"般繁荣和浮夸的小镇街道行驶，辉子如醉如痴地欣赏着这些他只在电影里看过的如梦如幻的风景。

他随同客户走进一家叫"大豪门"的歌舞厅，里面灯红酒绿，播放着靡靡之音，他这才知道了什么是享受。那些穿着比裤衩还短的小裙子的女孩冲他抛媚眼，他心跳加速，一口气喝掉四五杯冰啤酒，又干了几杯XO洋酒。他真的烂醉如泥了，感觉自己似乎到了天堂，又感觉自己像个国王，过着奢靡的生活。在这个开放的南方小镇，他明白了一个道理：拥有金钱就拥有了一切！这次南方之行，更加坚定了他闯入市场干一番大事业的决心。

机械总厂的工人们陆续下岗，"三产"企业解散了。辉子倒是不怕，他巴不得工厂破产，这样他能更自由一些，他要自己闯天下，也省得他父母总让他保住"铁饭碗"。他背着父母，干脆主动要求下岗，还劝说"三产"的一个会计老大姐裴晓红跟他一起下岗。他给裴会计讲了南方小镇之行的所见所闻。裴大姐被他说动了，表示愿意跟他一起下海，干一番惊天动地的大事，当一个时代的弄潮儿。

从独闯深圳倒腾电子手表开始，辉子利用在机械总厂积累的各种"资源"甩开膀子大干起来。从此他便踏入了商界。他发过财，赔过本，遭过绑架，进过班房……人生那是五味尝尽。不，辉子逢人便说，他品尝的哪是人生五味呀，至少得有几十味、几百味！

他最难忘的是那次在东北要账。寒冬腊月，大雪纷飞。东北的雪大到让你难以想象，用鹅毛大雪来形容丝毫不过分，积雪最深的地方足以没过人的膝盖，雪片特别像小时候吃的棉花糖。拖欠辉子十五万元服装款的东北条子答应得特别好，说带他看冰灯冰雕、滑雪橇，找东北的俄罗斯小姐，把他哄骗得心里奇痒无比。没承想东北条子最后把他带到了东北偏远山区的一个农村，那地方除了一望无边的皑皑白雪，什么也没有，更别说什么冰灯冰雕了。一天到晚就是吃酸菜炖粉条子，连点油星儿都没有。可以说，辉子这是被绑架了，或者严格来说，是被"非法拘禁"了。辉子也想明白了，钱是别想要了，能把命安全带回家就行。

辉子开始还夯着胆子讲："条子兄弟，听说你们这儿的血豆腐炖酸菜很有特色，弄点给我吃，我付钱。"

"血豆腐没有，但可以现做。给你放点血，搁外边晾一会儿，就是血豆腐了。"条子乜斜他一眼，走了。

辉子孤独地在小木屋里等待着人民警察的解救，可是在这里，他连保安都没有见到过，只有东北条子偶尔来一趟，告诉他，他们老板去上海提货还没有回来，回来一准儿把欠款还上，还说可以增加一些利息。辉子应声答应，也不敢过多言语。过了几天，东北条子依旧如此应付着，说老板还没有回来，再等几天！

辉子终于发了脾气，想镇唬一下失信的东北条子。他拍了桌子，摔了碗筷，大吼大闹起来，开始以绝食来要挟他。东北条子见辉子耍闹起来，便假装接电话出了门。他一出门，辉子就被一帮小青年暴打了一顿，整个人被打得鼻青脸肿，大门牙都掉了一颗。

傍晚，东北条子又来了，带了几瓶东北老烧酒和一大包猪头肉，还有炸花生米等几个下酒菜。东北条子装傻问道："辉子哥，怎么搞的？怎么鼻青脸肿的？这地方，雪大，地滑，摔着了吧？"辉子闻到肉香，顾不得浑身疼痛，忙点头回答道:"对,摔的。自己不小心,摔的。"

这些天可把辉子馋坏了,他和东北条子一醉方休,感觉猪头肉是世界上最好吃的肉。

天色大黑,东北条子特意叫来一个女人。酒壮尿人胆,在无比孤独的日子里,辉子享受到了一种从没有过的"爱",他把人生第一次"爱的体验"给了一个比他大十多岁的女人——那个小木屋老板的婆姨,而不是他一直深爱的梦中情人高美丽。

那天大清早,辉子才发现昨夜的"俄罗斯姑娘"就是老板婆姨化装成的"漂亮小姐"。老板大哥要拉他去镇上的派出所,说他强奸良家妇女,吓得他把身上所有值钱的东西都给了五大三粗的老板。之后他连滚带爬地跑出了村子,他的摩托罗拉BP机也丢了,兜里只剩下十几块钱现金。辉子就是机灵,他跑到镇上,用公用电话给在部队的哥哥打了电话过去,说是送货来到东北,迷路了,看他哥哥在这里有没有战友能帮一下忙。他哥哥立马通过战友找到了当地县武装部的干部。县武装部的干部给辉子买了火车票。

辉子算是捡了一条命回家。后来他听说他去的那个村发生了好多起"大案",而且那些人会把活生生的人给杀了碎尸,再用大锅煮了喂藏獒吃。这吓得辉子再也不敢做赊账的买卖了,也不敢去东北那个地方做买卖了。他从不愿和别人提起自己东北讨债"走麦城"的事情,他一想起那些暗无天日、度日如年的日子,心里就恶心,就想大哭一场。

辉子时常安慰自己,在内心对自己讲,那首流行歌曲《真心英雄》唱得好:不经历风雨,怎么见彩虹,没有人能随随便便成功……他还时常对自己说:"我辉子是死过一回的人了,命硬。十年前被人连捅三刀都没死,在东北的深山老林里关几天小木屋又能怎样?我不还好好地活着吗!"

每当想到十年前他和大鹏那个玩笑引发的命案,他都心有余悸,伤感地抹一把眼角的泪水,之后就想尽办法帮助大鹏的母亲和大香姐。即便大香姐不领情,他也一如既往地帮助她们母女,而这一点也是让经海山特别敬佩的地方。

高美丽的确太漂亮了。用过去的一些老词说,她生得有"沉鱼落雁之容,闭月羞花之貌",一丁点都不为过:瘦高的个子,一双大眼睛透着迷人的色彩,如樱桃般的厚厚的嘴唇水润柔软，哪个男人见了不想拥抱在怀里亲吻呀！在她面前的男人，又有哪个不愿意当护花使者呢？她的脸是嫩粉色的，如果用手轻轻抚摸一下，一定会让男人全身麻木，难怪青春懵懂的辉子和大鹏为她遭遇了命案。大鹏这小子活着的时候讲过，他只是抚摸过高美丽柔软无骨的手，就已经挺知足了。

　　高美丽从小是个苦命的孩子。她父母原来都是市里评剧院的演员，在那个"特殊年代"，她父亲因为对样板戏提出了一些意见，被打成"现行反革命"。为此她爷爷——一个评剧老艺术家——替儿子说了几句话，竟然让造反派给整死了。她母亲带着她和她哥哥艰难度日，每天晚上还要到街道报到接受批判。那一年的冬天，她哥哥得了肺结核病。在那个年代，得了肺结核病就相当于得了绝症，是医治不好的，就像现在癌症到了晚期，基本上就被判了"死刑"一样。加上她家里"成分"不好，父亲是"现行反革命"，爷爷是"现行反革命的后台""资本家的老戏子""死不改悔的顽固分子"，她哥哥在不到六岁的时候就病死了。高美丽那个时候才两岁多。

　　后来"特殊年代"结束了，她父母被平反。可是她父亲的嗓子在"批斗"的时候让造反派给用热水烫伤了，别说唱戏了，就连讲话都费劲，声音沙哑。后来她父亲就给评剧院做些看大门、烧锅炉的后勤杂活。她母亲也因儿子小小年纪就死了而伤透了心，把功夫丢得差不多了，不再唱戏，在市里的戏曲学校做了一名普通的行政干部。他们不想让女儿高美丽再延续他们的戏曲之路，想培养女儿好好读书，将来上大学，找一份稳定的工作，嫁个好人家，相夫教子。这就是他们做父母的最大心愿。

　　高美丽天资聪慧，长相随了父母的优点，而且特别有艺术细胞，歌唱得好，还天生就会哼唱几段评戏，在学校的时候是一名文艺骨干。上高中那会儿，一有联欢会，她准是主持人，还有一次和经海山分别担任男女主持人。高美丽心里一直记着这事，可是经海山对此却说印象不深，他只记得曾和同年级女生大香在五四青年节的诗歌朗诵大赛上朗诵过大香写的诗歌。

第三章　美丽闪婚他人

高美丽从外语外贸大学毕业那年，报考了市外贸局，但因为没有关系，愣是被一名女中专生给顶了。她一赌气找到了已经发迹的辉子，想到辉子的公司寻求一个外事秘书的职位。辉子怕高美丽在自己的小公司耽误了前程，便拿钱疏通了关系，硬是让高美丽通过"特招"进了市外贸局机关，气得那个走后门的女中专生找自己当处长的爸爸，闹着也要进市外贸局机关。

高美丽十分感激辉子，但是谈到恋爱这件事，她还是含含糊糊，不给辉子明确的态度。辉子也不知道高美丽到底想什么呢。本来大鹏死了，辉子这几年一直坚持不懈地追求高美丽。他想，高美丽应该属于自己了，给她做了那么多"好事"，也该感动她了。

高美丽很珍惜辉子花费"精力"给她谋取的职位——外贸局机关办公室秘书。她工作两年多就当上了秘书科的副科长。就在辉子忙得团团转，前往东北讨债差点丢了性命，还被小木屋老板以强奸为由，敲了他竹杠的时候，高美丽却闪婚嫁给了外贸局副局长的儿子。婚礼那天晚上，辉子酒醉大闹新房，人家新郎报了警。警察把辉子带到了派出所，正赶上经海山第一天调到派出所，还是带班所长。紧跟着新娘高美丽也赶来，说明了情况。高美丽讲："老同学酒后闹洞房，没事，请经所长原谅。"经海山了解情况后，让辉子父母和高美丽一起把他领回了家。

那段时间辉子心灰意冷，精神萎靡，甚至连寻死的心都有。他时不时地找经海山聊天，发泄对高美丽的怨愤。经海山也对他进行了开导。辉子说，漂亮女人没有好东西，还不如东北小木屋里的婆姨好，实诚，敢爱敢恨，干那事的时候，说他比自己男人强百倍。辉子还讲，他最不该的就是花钱把高美丽送到了"狼窝"里，还不如把她搁在自己公司里"享用"呢！辉子又和经海山说道："男人就怕跟女人心软，尤其跟高美丽这样漂亮的女人不能心软。"

经海山只和他讲了一句:"天涯何处无芳草。"

辉子蛮不高兴地说:"经海山,你小子有福,站着说话不腰疼,大香姐多好,比高美丽好上几百倍,她多专一。"

高美丽自知理亏,对不住辉子多年的追求和付出。她和辉子讲过,两人当一辈子的"好哥们儿""好同窗"可以,但是做夫妻不知道为什么,心里总有一个阴影。辉子想,这个阴影一定就是大鹏!妈的,大鹏这家伙死了也要和他争夺高美丽。

据说辉子如今身价不菲,资产已经达到了九位数之多,但是他一直单身。他的女朋友倒是多得连他自己都数不清,就是没有让他想结婚生子的,他内心还是念念不忘旧日的恋情。

辉子现在是市里著名的润弘商贸集团的董事长兼总经理,涉足的商业领域颇多。他说,他能发展到今天,也是拜赐于高美丽的绝情。她不就是嫌贫爱富,贪图荣华富贵嘛,现在他是大老板了,还是市里的人大代表,他哥哥也从部队转业到地方,是区级领导,还有他姐夫在南方某地政府任厅级领导。比起高美丽的家庭,他家不知道要强多少倍。她高美丽守着那个"啃老族"的少爷老公,以为自己就是人生赢家了。这个忘恩负义的女人,她对不起死去的大鹏,大鹏在阴间一定希望她嫁给自己的好兄弟的。

不过高美丽倒是又得到提拔了,现在是市外贸局下属的一家外贸公司的副总经理。外边传说,高美丽能得到提拔重用,还是因为辉子帮她疏通了关系。

高美丽嫁给外贸局副局长的儿子之后,一开始还算幸福,婚后一年多便生了个大胖小子,乐坏了她的副局长公公一家人。日子久了,副局长的少爷本就是个不务正业的家伙,仰仗着他爸的权势,辞了职,开了一家外贸有限公司,挣的那点钱还不够他寻欢作乐呢。后来这个少爷染上了毒瘾,更是败了家,动不动就怀疑高美丽出轨,或者说她和辉子有不正当关系,还要和儿子做亲子鉴定——他一直怀疑儿子是辉子的。嚷嚷够了,他就对高美丽和儿子拳打脚踢。他们的"家暴"事件,街坊邻居还有派出所和街道居委会都是知道的,经海山也亲自调解了多次。

一次深夜,在夜总会风流够了的少爷带着酒劲回到家里,就要和高美丽做那事。高美丽不从,他就疯狂地打骂她,还说她和辉子是一对狗男女,吓得孩子都不敢哭出声。气急了的高美丽给辉子打了电话。少爷打累了,就呼呼大睡起来。辉子带着几个青年来了,把还在醉梦中的少爷给狠狠地揍了一顿。次日酒醒的少爷看到自己满脸紫一块青一块,回忆起辉子打了他,于是就给辉子打电话索要医药费,否则就报警。辉子知道他的底细,把他约到公司又给了一顿拳脚,随后拽给他两万块钱。他双手接过钱,满是高兴地对辉子讲:"辉子老弟手痒痒了,我随时来挨揍,让你解解痒。高美丽你要是喜欢,你随便,只要给我钱就成。"他话音未落,辉子上前又是几个大嘴巴子反正抽。

辉子把这件事告诉了高美丽,高美丽没有讲话,无奈地摇摇头。从那次起,无论她老公怎么折磨她,她都不再找辉子了,她对这样的男人早就死心了。

高美丽为了儿子,一直坚守着这个不幸福的家。她的公公婆婆倒是通情达理,经常数落儿子,时不时地在经济上给予她补偿。儿子上幼儿园了,婆婆和高美丽的父母一直帮助接送,这也给了高美丽许多安慰。

高美丽现在倒是经常和经海山这个中学时期的学长联系,主要是因为和老公吵闹报警。有时候他们两口子还会打到派出所,要是赶上经海山值班,让高美丽遇见了,她就会和经海山多聊一些过去的事情。

十年前,大鹏命案发生的时候,还是实习警官的经海山曾跟着老郭所长找高美丽询问过大鹏的相关情况。时隔多年,他们都对彼此留下了蛮好的印象,尤其是高美丽,在上高中的时候她就对经海山产生了一种兄长般的情愫。

辉子曾恳求过经海山,要是高美丽再报警求救,一定要照顾她和孩子,绝对是她那个混蛋少爷老公欺负他们母子。辉子还说,自己早晚要收拾那个混蛋。

辉子还跟经海山讲过,要他看在同窗的分儿上,找机会和高美丽说说,离婚吧,他辉子一定不嫌弃她,娶她为妻,带着儿子更好,省得在那个家里受气,还要挨打。

经海山听到这里,总是劝说辉子:"家家有本难念的经。你赶紧找个漂亮贤惠的女子结婚,多生几个孩子,反正你有那么多钱,也不怕超生罚款。否则,到时候你死了,那些钱谁继承呀?"辉子调侃经海山:"经所长,你都过了而立之年了,还单着,不就是等着大香姐吗!这才叫'爱情'。"

经海山对大香的喜欢萌生于初三时期,那个年代男孩和女孩之间是不怎么来往的,基本上都不说话,大香本身又是个内向的女生。经海山倒是活跃分子,还是学生会的宣传委员，经常负责组织学校的文艺活动。那年五四青年节，学校组织诗歌朗诵大赛。经海山知道大香爱好文学，就主动找到她，邀请她写一首弘扬五四精神的诗歌，到时他们一起朗诵。开始大香答应写诗，但她说怕自己朗诵不好，影响经海山的表演，对和他一起朗诵犹豫不定。在经海山的一再恳求和鼓励下，她同意了。两人排演的时候，经海山喜欢上了这个"冷美人"。

在全校的诗歌朗诵大赛上，他俩的表演赢得了热烈的掌声，评委们一致认同他们的表演是最佳表演，大香创作的诗歌《五月》还赢得了最佳诗歌奖。

五月/一个彩色的季节/春风解冻了大地/熬过了干冷的日子/大地披上绿装/迈着轻盈的舞步走向人间

五月/一个播种的季节/长城内外百花争艳/融化的冰水汇入暖流/去浇灌沙漠上的绿洲/只待/收获勤劳的果实

五月/一个充满希望的季节/苍鹰在蓝天上翱翔/陆地和海洋/无数的生命/寻觅/属于自己的一片天空/把苦难练就特殊的财富

五月/一个美好的季节/盛开的花朵招来了蜜蜂蝴蝶/梦寐以求的春雨滋润着心田/展开/一幅多姿多彩的画卷

大香创作的这首诗歌，没有一句提及五四精神，但是她把青年在青春时期积极向上、不懈追梦，拥有坚定的理想信念的形象描写得如诗如画，激励青年奋斗前行。

他们读高中的时候分班了，经海山暂时放下了对大香朦胧的感情。高中毕业那年，经海山报考了警校，大香则以全校第三名的成绩考取了本市的名牌大学。经海山觉得自己和大香的差距拉开了，就把最初的这份懵懂的"爱情"埋在了心底。日子久了，他的生活被忙碌的工作填满，渐渐淡忘了这份感情。是大鹏案这起路灯下的命案，让他们的缘分得以延续。

进入深秋，四平道派出所门前落满了一地脆黄的落叶。这条马路比十年前宽敞了许多，原来马路对面的一个加油站和一些商铺搬迁了，还有一些商铺向马路内侧挪动了。但不管怎么改造，到了高峰时段，这条马路依旧熙熙攘攘，好不热闹。

辉子的润弘商贸集团的总部就坐落在距离四平道派出所一千米左右的位置，在属于派出所管辖范围的一栋独立的五层楼内。这栋楼是民国时期的建筑，是一个大军阀让德国建筑工程师设计建造的，据说是为他的九姨太、著名的青衣花旦小莜仙所建。整栋楼华丽美观，有着一种异域风情。二楼是一所会馆，可以说是奢靡至极的寓所。一九四九年后，这里曾一度成为政府的临时办公楼，再后来是市外贸局机关的办公楼。两年前，市外贸局和市经贸委合并，这栋楼便从此闲置，准备对外出租。辉子瞅准时机，和政府签订了三十年的租用合同。有消息说，政府遇到了经济困难，正准备出售这栋楼。目前辉子正在积极运作，打算购买这栋近代德国风情建筑。

辉子的集团总部的好多安全方面的事务都离不开四平道派出所的服务保障，所以辉子有事没事就会来派出所看看经海山，借着老校友、老学长的名义拉近和民警们的关系。尤其是逢年过节，他都会带着一些慰问品来慰问民警。经海山看到老学弟如此热情，就把他送的慰问品做好登记，表示感谢。有时候辉子会特意给经海山单独准备"重礼"，经海山不是婉言拒绝，就是把礼物分给大家，或者留在食堂让大家一起享用。有时经海山还会把一些米面油之类的生活食品送给社区生活困难的百姓，他心想，这也算是"杀富济贫"了。经海山心里有数，他是一名共产党员、人民警察，永远不能忘记入党誓词、警察誓言，要本本分分做人、做事，这也是父母的叮嘱和老郭所长的谆谆教诲。

辉子有时候会不理解地说："海山哥，你怎么那么死心眼儿呢？你们局长都跟我不见外，你那么较真干吗？何况咱俩还是校友呢！"

经海山总是不为所动地说："辉子兄弟，咱俩还是维持君子之交好！"时间长了，辉子也就不以为意了。经海山把辖区内几个生活困难的家庭分配给了辉子，让他在物质上给这些家庭一些照顾，就当是亲戚一样走动走动。别说这还真感动了辉子，辉子给了他们极大的帮扶。这不今年辉子被市民政局和残联评为本市首届"慈善大使"，市领导还亲自接见了他，给予他和他的集团充分肯定，还让全市民营企业家向他学习，并给予他的公司当年减免税率百分之一的鼓励。

辉子十分感谢经海山的"相助"，让他成了一个有良心的民营企业家，这比他自己花大价钱做广告还值得。辉子的公司由此更加有了知名度，与他们公司合作的客户越来越多。在滨海市，辉子的集团逐渐成为最有信誉的单位之一。辉子知道，这都源于经海山把他引导到了光明大道上。他曾经跟经海山讲过，要是经海山脱下警服，他就把公司总经理的职位让给经海山，两人一起干事业发财。

经海山笑了，说道："辉子，你天生就是当'资本家'的命，我不行，我生来就是要老老实实为人民服务的，打击社会上的坏分子。不过你可得当'红色资本家'，我要是知道你干违法的事，可不会留情面，坚决打击！"

经海山这么一讲，倒是把辉子吓出一身冷汗。辉子想："我发财不对吗？穷就是好人，有钱就是坏人吗？"他琢磨不透经海山葫芦里到底卖的什么药。再后来，辉子再也不提让经海山跟他挣大钱的事了。

有时候辉子会打岔似的转移涉及他的一些敏感话题，用逼问的口吻向经海山发出致命问询："海山哥，真的逮不着捅死大鹏和捅伤我的凶手吗？都这么多年了，那个挨千刀的凶手应该也老大不小了。那天天太黑，我在路灯下没有看清楚他的年龄和长相。也许他是一个会武功的高人，早就隐藏在深山老林了；也许他早就死了。要是放现在就好了，满大街都是视频监控，我撒出去人找，给你们提供线索。"讲到这里，辉子内心总会生出一种得意的满足感，接着又情不自禁地聊聊高美丽，或者聊几句大香母女，似乎是给经海山一个台阶下。每当辉子问起大鹏的命案，经海山内心就有一种说不出的隐痛，甚至是一种愧疚，他思念师父，更想破获这起命案。

第四章 "玄色"蓄谋杀人

晚上九点左右，马路上的行人和车辆渐渐少了。突然一声刺耳的紧急刹车声划破了刚刚安静下来的城市街道的夜空，一辆厢式货车撞倒了两个行人，肇事司机突然一个紧急打轮，倒车，提速，疾驰而去。

经海山今天值班，正在办公室给大香打电话，约定明天带闵大姑去医院体检的事，没有听到派出所外边的动静。值班民警跑进来向他报告，说派出所对面的马路上发生了一起重大交通事故。

经海山急忙飞奔出去。马路中央靠近派出所这一侧，一个青年男子和一个男孩横躺在满是鲜血的柏油路路面上。已经有好心群众报了警，还拨打了120急救电话。经海山立即组织派出所的值班警力封锁现场，等待救援。

交警大队、刑警大队的警员和医疗救护车都在规定时间内到达了。经过初步鉴定，一长一幼两个人都已经当场断气身亡，死者是本市一家外贸有限公司的副总经理——高美丽的丈夫和他四岁的儿子。

高美丽正在公司加班开会，准备迎接秋日外贸服装和床上用品博览会。听到丈夫和孩子出了车祸的消息后，她心跳加速，让司机拼命地开车赶往现场。到了现场，高美丽整个人瞬间僵在原地，没发出一丁点哭声，只是愣愣地站立着，随后倒在地上昏死过去。现场的救护车立刻把她拉到医院抢救。经海山配合交警大队、刑警大队的警员处理现场。

派出所里，分局领导破口大骂："混蛋！这么宽的大马路，这个点了，路上压根没什么车，还把人撞了，撞了人还跑，我看这就是一起故意杀人案！你们连夜给我开展侦查，没有线索谁也别睡觉！向市局报告，请求全城调取监控录像，彻查肇事车辆，通缉犯罪嫌疑人！"

经海山通知全所民警停休，全部到岗，开展调查取证。然后他陪同分局刑警队的同事赶往医院，试图询问高美丽，想看看从她那里能不能了解到一些线索，但高美丽还没有清醒。

医生告知，最好明天再找高美丽谈话，目前她就是醒过来，整个人的神志也是混乱的，询问的话有可能导致她再次昏厥，甚至加重她的病情。

经海山的脑海里被几个疑问所困惑：高美丽的丈夫领着孩子在派出所附近干什么？又是怎么被厢式货车撞上身亡的？分局领导不是在气头上说出那些话的，这究竟是不是一起故意杀人案呢？可惜高美丽的儿子才四岁，还没有进入学堂，没有开始美好的人生，就离开了人世间。经海山伤感地想着，视线渐渐变得模糊。

又是在派出所附近发生的血案。虽然这次分局领导没有骂他，但作为所长，在当班的时候眼前出了这么大的事，经海山此时此刻特别内疚。他感觉自己就像当年的老郭所长一样，他恨不得分局领导骂他一通，那样他心里或许会好受一点。

他特别想念自己实习时的师父老郭所长。那年大鹏案件发生后的清晨，老郭所长自己偷偷抹眼泪的样子他至今难忘。当时老郭所长说："老了，一抽烟就呛得眼泪出来。可是抽了一辈子烟，戒不了。小经子呀，别抽烟，这不是什么好习惯。我那三个儿子没出息，像我，都抽烟，我姑爷人家就不抽。"老郭所长喜欢和经海山唠家常，还喜欢喊经海山叫"小经子"，他还总说："你比我小儿子小六岁，你俩长得还有点像，都是国字脸，尤其个头一样高。"经海山对老郭所长有一种慈父般的感觉，他在老郭所长身上学到了坚忍不拔的做事精神。

派出所民警对附近的监控录像进行了仔细甄别，发现肇事车是一辆"康凌"牌载重一点五吨的单排厢式货车。从视频中可以看出，高美丽的丈夫领着孩子穿越马路，好像是向派出所的方向走来，厢式货车司机明显故意横行，突然提速，冲着二人开来，导致二人被撞身亡。

通过查看从交警大队调取的监控录像，民警们初步判断该货车的牌照系"套牌"，也就是假牌照。司机很大概率为男子，戴红色口罩，头上戴一顶黑色棒球帽。不过查看监控录像的民警也指出，黑色棒球帽还泛红光，或许说是黑紫色棒球帽更准确。副驾驶座上没有人，说明这辆车的司机应该是故意提速冲撞被害人的。

"'玄色',蓄谋杀人!"经海山脱口而出。在场的人都有些惊讶,分局领导忙问:"海山,什么是'玄色'?"

经海山把十年前老郭所长询问辉子时,辉子描述那个拿刀捅他们的行人戴的也是一顶黑色泛红光的棒球帽的事情讲了一遍。他还给大家讲,老郭所长后来为他解释了什么是"玄色"。

玄色是一种颜色,在先秦时期指青色或蓝绿色,在汉代以后指黑里带着微红的颜色。

鲁迅先生的小说《药》里有一段描述:"驼背五少爷话还未完,突然闯进了一个满脸横肉的人,披一件玄色布衫,散着纽扣,用很宽的玄色腰带,胡乱捆在腰间。"

经海山还讲,老郭所长说过,秦始皇就喜欢穿这种玄色的龙袍,黑里泛着红色的光芒。这种黑中带着红的颜色,其实就是往黑色的染料里注入了红的色彩。

至于秦始皇为什么喜欢穿黑色泛红光的龙袍,这一点与秦始皇本人比较迷信有关。古人是十分信奉风水之说的,当时秦国所处的地理位置,从风水的角度来看,正好是五行中的水位。在古代,黑色又代表水。秦朝的百姓生活条件十分艰苦,国内缺水,干净的水源异常珍贵,秦始皇大兴水利,造福百姓。秦始皇手下的军队所穿的战衣也是黑色的,秦始皇作为统领者,自然要与跟随者有所关联,身穿黑色龙袍显得庄严,能彰显他领导者的身份。这些知识都是老郭所长生前和经海山讲的。经海山说,他为自己能遇到这样的师父而感到幸运和骄傲。为了破获案件,师父呕心沥血,掌握了各种知识,为侦查案件线索服务。经海山敬佩师父这种身为警察的责任担当,他从心底下定决心,一定要向老郭所长那样尽职尽责工作。

大家听后,内心涌动起来,怀念起老郭所长精细、勇敢的办案作风。

坐镇的分局领导用手揉了揉眼睛,说道:"好了,同志们,我们就以犯罪嫌疑人戴的'玄色'棒球帽作为关键证物。"大家心里都清楚,这也是为了纪念老郭所长吧。

听其他同志汇报完案情进展,分局领导再一次征求了经海山的意见,然后重新调整部署了侦破方案,成立了专案小组,分局领导亲自挂帅,还点名经海山为副组长,带领专案组的民警迅速开展破案工作。

经海山让派出所的参战民警抓紧休息，养精蓄锐，明天开始投入紧张的侦查工作，务必尽快找到线索，给死者一个交代，给社会一个交代，安慰他们的亲人。这就是警察的职责。

经海山一个人打开办公室的台灯，开始在破案笔记本上勾勒现场图解：穿越马路的父子二人——对面派出所灯光通明——横冲直撞的厢式货车——倒在血泊中的父子二人——厢式货车司机——男性（或女性伪装）——戴着一顶"玄色"棒球帽……经海山想到了高美丽，想到了辉子。他把辉子的名字用黑色签字笔写了一遍，又用红色签字笔写了一遍。他在笔记本的一页纸上写满了黑色和红色的问号。他陷入了茫然、迷惑：到底谁是嫌犯？

天亮了，经海山的电话响了，大香问今天几点送母亲去医院体检。眼睛通红的经海山和大香解释，昨天晚上派出所门前发生了一起恶性交通事故，目前他和同事们正在紧张地展开工作。他说让辉子开车陪大香先去医院给闵大姑体检，他晚一些再到医院和他们碰头。大香知道经海山的工作是保密的，也不便多问。她讲道："不用麻烦辉子，我们打车去吧。"说完，大香挂断了电话。

经海山愣了几秒，还是给辉子打了电话。

高美丽病床前围了许多人——高美丽的父母，还有单位的同事。这是医生允许的，让她的亲朋好友先安慰她，以免她再次受到精神上的打击。

经海山和刑警队的同事们讲，他先去看看高美丽，其他人在病房外等一会儿，毕竟他和高美丽相识，也算是老朋友了，这样可以先跟她沟通一下，掌握线索，以免耽误最佳破案时机，让犯罪嫌疑人逃脱。

高美丽看到经海山，泪水像断了线的珠子，簌簌地从眼角流淌到枕头上，一片潮湿。经海山客气地请求来探望她的亲朋好友在病房外稍等，他要向高美丽了解一些她丈夫和孩子生前的情况。

高美丽抹了抹眼角的泪水，将昨晚发生的事说了一遍。昨天晚上，高美丽的老公打电话给她，让她赶紧回家给儿子做饭，因为他父母有事，不能照顾孩子。她因为要加班筹备博览会的事情，只能让她老公带孩子去吃肯德基。可是她老公不信，还胡说八道，怀疑她和辉子在一起。他还讲，辉子是大老板，有的是钱，还是"黑集团"的头子。辉子他哥是区长，是他们"黑集团"的保护伞。他自个儿去是打不过辉子"黑集团"那伙地痞流氓的,他要到派出所报警,找经海山所长抓"狗男女"。她听不下去了,狠劲地挂掉了电话。谁知道她老公还真领着儿子到派出所来了,他要找经海山给他讨个公道,没承想却在派出所门前丧了命,还把可怜的儿子幼小的生命给搭上了……

高美丽说不下去了,又昏厥过去,经海山赶紧喊了医生。

经海山和同事们离开高美丽的病房后,在一楼碰上了大香和辉子,他们正在放射科门口,等候闵大姑进行全身核磁共振检查。

辉子疾步走过来,询问经海山:"听说高美丽的老公和孩子被车撞了,现在人是死是活?高美丽现在怎么样?"

经海山打岔地说:"大香,你找内科的张主任了吗?我和他打过招呼了,让他给闵大姑好好看看。"

大香还没有回答,辉子抢话说道:"经大所长,不劳驾你了。这里的院长和我是哥们儿,我都交代好了,院长亲自陪同检查,要不然闵大姑能这么快就进去做检查吗?再者说了,我和大鹏关系比你近,我俩是同班同学,他不在了,闵大姑就是我妈,大香姐就是我亲姐,你将来充其量就是个姐夫。我问你高美丽现在怎么样了?她老公和孩子怎么样了?肇事司机逮着了吗?"

经海山告诉辉子,高美丽在二楼病房,她老公和孩子已经遇难,肇事司机逃逸。听到这里,辉子和大香异口同声地"啊"了一声。

辉子慌忙地讲:"海山哥,你陪会儿大香姐,我上去看看高美丽。"

经海山和大香讲,近日派出所案件多,希望她和闵大姑多理解。大香深情地望着经海山,点点头。大香不善言表,是个内向的女子,但是她在心里一直感激经海山为她和她家所做的一切。她多么希望经海山他们早一些逮住杀害弟弟的凶手,了却母亲的一桩心愿,告慰父亲和弟弟的在天之灵。到那时,她一定和经海山风风光光地结婚。想到这里,她心跳加速,脸上泛起了红晕。

大香虽然不像高美丽那样靓丽,让男人们一见就有一股热血沸腾的感觉,但她漂亮内敛,还带着东方柔美女性的气质,是那种越看越耐看、越仔细端详越让人心里产生眷恋感觉的女子。她干净清爽,不怎么爱笑,不怎么爱讲话,总是端着一本厚厚的书阅读着,有时看到伤感处,还要用纤细的手抹一下眼角,是个天然的"冷美人"。有一次经海山送闵大姑回家,进门看到大香正端着一本《包法利夫人》全神贯注地看着,丝毫没有察觉到经海山已经站在她的身后。经海山玩笑地说:"你不像爱玛,更像我们四大名著《红楼梦》里的林黛玉。""那你是贾宝玉。"大香说完,脸一红,她自己都不敢相信她和经海山开了这样的玩笑。的确,经海山的长相还真有点像电视剧《红楼梦》里的贾宝玉。正是从那天起,经海山和大香恋爱了。

　　在回所里的路上,经海山满脑子都在想着"玄色",想着派出所对面的柏油马路和门前的马路牙子。为什么老郭所长把大鹏之死的案件叫"玄色"案件,它和辉子有什么关联?当时大鹏刚过完十八岁生日,辉子也才过完生日两个多月,他比大鹏大六十一天。其实他们还是两个孩子,心智根本不成熟,他们这一代是被父母、哥哥、姐姐哄大的孩子。

　　在距离派出所五米的十字路口,信号灯由绿变黄,瞬间又变成红色,经海山猛地踩住了刹车。好在他开的是警车,应该不会被处罚。车里几个刑警队的战友调侃他:"怎么还想着大香姐呀?你俩干脆结婚吧,大鹏的案子都过去十年了,要是一辈子破不了案,你俩怕是一个要当和尚,一个要做尼姑了。别说,五台山就有和尚庙和尼姑庵,离得还挺近!"经海山默默地点了点头,说道:"也许,这就是我的宿命吧。"他严肃的回答把几个战友弄得挺不好意思,大家热烈的谈论突然停止。

　　车子里安静下来,街道的喧嚣传入了侦查员耳朵里,同志们吐着舌头,面面相觑。经海山也感觉到自己的坏心情给战友们带去了压力,他赶忙调节气氛道:"想吃什么我请客,牛肉拉面怎么样?""我请!""我请!"大家你一句我一句争着请客,车子开到了派出所门前。

第五章　大香突嫁辉子

经海山他们在派出所门前下了车，所里的接待厅又挤满了人。带班副所长急忙跑到经海山身边说："经所，你可回来了！这不，还是润弘集团旗下的建筑公司农民工讨薪，他们是来集体报案的。他们说，快过年了，公司不仅不发拖欠的工资，还动手打了带头讨薪的农民工兄弟。那个姓荀的总经理还放下狠话，说谁再到派出所告状，就永远不发工资了，不愿意干就滚蛋，否则就卸胳膊卸腿。大家心里又害怕，又气不过，所以集体来所里报案。要是几个人来，回去就真的要被他们拳打脚踢。大家一起来，这叫'法不责众'。他们就是要讨一个说法，要求发工资，回家过年。"

经海山把来报案的农民工兄弟让进了会议室，还让民警给大家倒了水喝。他让那个带头讨薪的农民工兄弟先说说具体情况，其他人再补充，并让值班的民警做好询问记录。这些农民工兄弟看到经海山，就像看到了亲人，看到了希望，大家安静下来，领头的农民工兄弟一字一句地把大家伙的诉求讲了一遍。他说："我们都是拉家带口的，作为家里的顶梁柱，我们大老远出门卖力气。快过年了，不给钱，让我们怎么回去见爹妈、见老婆孩子呀？他们不给钱，我和他们讲道理，他们直接一个大嘴巴子抽我。还有那个姓荀的经理，让他身边的一个打手踹了我一脚！他们不仅不给钱，连回家的路费都让我们自己先垫着，回来凭票报销！经所长，你要给我们做主啊，他们和旧社会的地主南霸天有什么区别！咱们这可是新时代的国家呀，所长同志！"听到这里，大家伙也七嘴八舌地吵吵起来。经海山压抑着满腔怒火，让农民工兄弟们泄泄愤、撒撒火。他给大家讲了一些政策，鼓励大家齐心协力，按照程序反映情况。他还表态，一定帮助大家解决工资拖欠的问题，让大家带着钱回家乡过年。

经海山回到办公室，给辉子打了电话："辉子董事长，上次说好了，年前给那些农民工兄弟把工资结了，你也答应了，怎么还没有办呢？你的下属公司还打人、威胁人！老弟，我看你还是低调些把事情处理好吧。"辉子那边也客气地解释，说他已经交代好发工资的事了，一准儿又是下面公司的负责人没有执行他的命令，他马上赶到派出所解决。

辉子到了派出所会议室。一进门，他先是给大家作揖道歉，之后就让手下拿出一个大号的旅行箱，打开一看，里面全是百元现金。辉子豪气地讲："这是集团为招标会准备的现款，先垫付给大家，作为建筑公司补发给大家的一部分工资，剩下的在大家回老家过年的时候一定发给大家。"

辉子当着大家的面还狠狠地骂了一通旗下建筑公司跟随而来的一个副总经理。他厉声问道："你们荀力总经理怎么没来？"那个副总赶紧回答："他出差了，明天才回来。"辉子让他们把打伤农民工兄弟的一个中层主管当场交给经海山，要求经海山依法处理。

辉子还讲，不管是他集团旗下哪个子公司的人，只要是润弘集团的职员，就不能让任何一名农民工兄弟在他的集团受到委屈和威胁。他还讲了希望农民工兄弟有困难直接找他，不能给公安机关增添麻烦等仗义的话语。

大家鼓了掌，感谢了辉子。辉子却说："感谢政府的好政策，更要感谢经海山所长呀！他是爱民的好警官，是我们的好公仆！"

"行了，别给我戴高帽了，你按时给大家发工资，我就替大家感谢你了。"经海山将他的军讲。

讨薪事件化解了。

辉子又和经海山聊了聊高美丽的事情。辉子派了公司的女职员轮流照顾高美丽，毕竟高美丽的父母年纪大了些，又赶上外孙小小年纪没了，他们作为姥爷姥姥，也接受不了失去外孙的现实。

经海山送辉子到门口时说："你好好照顾高美丽，她现在最需要你的关心。"辉子非常理解，感激地给经海山作了个揖，说道："我这就去医院。"

经海山回到自己的办公室，从抽屉里把老郭所长陈旧的办案笔记本取了出来。他继续翻到那一页，老郭所长在大鹏被害那天，一夜没有合眼，他在本上记录着案发时间、地点、被害人和凶手的情况。大鹏——流血过多死亡。辉子——跑到医院生还。凶手——男或女？年龄？找辉子询问完情况后，老郭所长在办案笔记本上写道："玄色——玄色——玄色。"还写了辉子的名字——"云飞辉"。最后老郭所长还画了一张现场图：用黑色水笔画了一条马路、一根电线杆子，杆子上有一盏路灯；用黄色水笔画了路灯洒下的光芒；又用红色水笔画了一地的血迹。此外还有一个戴着黑色棒球帽奔跑的"小人"，老郭所长特意在棒球帽上涂了几笔红色。他还画了一个箱子，箱子里好像有一顶黑色棒球帽。对于"玄色"的解释，老郭所长详细地写在了这一页的背面。

经海山想，老郭所长一定有怀疑的目标了，只是苦于证据不足，或者他只是在凭直觉发出疑问。经海山琢磨着，如果老郭所长还在世的话，或许大鹏命案早就破了。

"玄色"棒球帽又出现了，昨天晚上的凶手与十年前大鹏被害案件的凶手是否同一个人？凶手制造的车祸事件，又和大鹏、辉子有何关联？

经海山陷入了一团纷乱的麻绳里，他无法解开这团麻绳，觉得越是想解开麻绳，越是给自己系上了一个死结，他都不知道怎么下手解开麻绳。他平复了一下自己的内心，想起老郭所长常说的话："我们警察要的就是社会良好的'秩序'，要为了'秩序'这两个字不惜奉献一切！"经海山开始按照老郭所长的教导，细心地把自己画好的现场图和一些关键词反复复盘梳理，寻找来自各方的各种线索的突破口，他要查找出凶手。

交警大队外调组又发现了一些新的线索。他们在东郊的潮白河岸边发现了一辆烧焦的货车，经过分析鉴定，此车正是昨天晚上撞死高美丽老公和孩子的那辆"康凌"牌载重一点五吨的单排厢式货车。沿路的监控录像表明，就是那个戴着红色口罩和"玄色"棒球帽的犯罪嫌疑人驾驶此车，往东郊方向行驶。到了外环再往前开都是荒地，就没有了视频监控。

这样一来，分局领导的判断是正确的，这就是一起蓄意谋杀案。那么，是谁要除掉高美丽的老公呢？他是欠下了赌债，还是"毒"债？又或者是辉子幕后操纵的吗？

证据，证据。

经海山试图阻止自己的直觉和想象。怎么可能呢？辉子是大老板，腰缠万贯，就是想夺回高美丽，也可以让她和老公离婚，不至于要背上杀人犯的罪名啊。如果是他辉子指使人干的，那他就要把牢底坐穿，还可能被判死刑。

刑警队外调组的同事们讲，他们去找了高美丽老公的父母。老两口失去了儿子、孙子，痛苦万分。高美丽的婆婆讲，那天晚上，儿子带着孙子来家里吃饭，又和他爸大吵起来，他爸训斥他就是个败家子，高美丽要不是看着家里有个当副局长的公公，怎么会嫁给他这个不思进取的混账！结果儿子给高美丽打了电话后，气呼呼地领着孙子走了。这一走就阴阳两隔，他爸悔恨不已，一直念叨着是自己害死了可怜的孙子，还有那个不争气的儿子。

分局领导听完汇报，说道："同志们，按照市局领导的要求，我们现在要开展两项大的统一行动，一是全力以赴开展为期五年的扫黑除恶专项斗争，二是集中精力破获多年来有影响的'积案'，特别是'命案'，必须百分之百破获，给人民群众一个交代！"会议上还明确了将经海山等同志调派到分局专项斗争办公室工作，四平道派出所由经海山警校的老同学、现任所教导员的信志丰同志主持工作。

这一年的岁末，大雪纷飞，一派瑞雪兆丰年的景象。满大街的孩子大人一起堆着雪人，打着雪仗。在经海山的记忆里，他似乎第一次见到如此满天飞舞的鹅毛大雪。他感觉自己好像在梦境里，看到了在学校朗诵诗歌的大香，他们一起排练，一起登台演出。大香一笑，红唇露白牙，那满口洁白的牙齿多么像扑面而来的白雪呀！经海山张开嘴，试图把天空中的飞雪含入口中，让它化作甘露流入心田，永远洁白。

经海山多么想与大香日日夜夜相伴，可是职责使命在身，他们又有一个多月没相见了，就连手机通话、微信问候都不是很多。经海山的职业是无法被常人理解的。

就在经海山调到分局专项斗争办公室工作的这段时间里，他拜托辉子帮他照顾大香和闵大姑，嘱咐辉子一定要把闵大姑的病治好，花了多少钱，先垫上记账，等他忙过这阵子，一起还上。辉子损了经海山几句："行了，海山老兄，就你那几个钱，留着给大香姐当彩礼吧。大鹏的妈妈就应该我来照顾，我还给大香姐准备了嫁妆，比你给的彩礼起码多十倍。"经海山心里十分感激辉子这个仗义的学弟。

春节前夕，一个让经海山无比震惊、无比痛心，又无法接受的现实发生了——腊月二十八这一天，辉子和大香要在五星级的水龙宫大酒店举办盛大的婚礼。他们竟然还给经海山发了贵宾请柬。经海山在射击训练馆对着前方的靶子，

"砰砰——砰砰——砰砰——"地击发了无数颗子弹,他心爱的手枪的枪膛都散发出了火焰。陪练的教官赶紧制止了他,他愤怒地走出了射击训练馆。

经海山把车开到了东郊,那个烧掉"康凌"牌厢式货车的地方。他把写有辉子和大香新婚之喜的贵宾请柬撕得粉碎,抛向天空,让那些碎片落入干枯的河床。

他号啕大哭了好一阵子,委屈心痛的泪水结成了冰块,击打着他的心尖,疼得他真想把自己的身体一起撕碎,像那些碎纸片一样,投入无际的空中,落入土地的最底层。

他真的想找大香问个究竟。不,不问为什么,不问大香究竟是为了什么变心,他只想紧紧地搂住大香,让大香再也不能跑掉……

腊月二十八,天空晴朗,融化的冰雪将昨日笼罩城市的雾霾洗刷殆尽。经海山如约参加了辉子和大香的婚礼。他们的婚礼超级豪华,主持婚礼的是在本市新闻节目中频繁露面、观众耳熟能详的知名男女主持人;编排婚礼内容并进行现场指导的是一位全国闻名的导演;将他们人生中这一幸福灿烂的时刻永久定格的是一位曾拍摄过众多获奖影视剧的著名摄影师。这场婚礼的排场让所有参加者都以为是在拍摄电影大片。在婚礼现场,经海山还看到了前来祝贺的市领导、市局领导和分局领导,他们好像跟辉子当区长的哥哥很是熟悉。

像经海山这样的小角色,只能坐在角落里心痛地"观赏"自己爱恋多年的女人投入他人的怀抱,好在高美丽一直在他左右陪伴。经海山真的想拔出手枪,让他们的婚礼来一场"血溅无情无义的新郎新娘"的惨剧。但经海山内心隐藏的只是一种仇恨的幻觉,他还是能够坚守为人的底线的。同时他又为大香高兴,女人这一辈子等的不就是当新娘子的风光气派吗!经海山是永远给不了大香这样豪华的婚礼的。

经海山喝醉了,胡言乱语说了许多"恶语":"妈的,辉子乘人之危!""大香,你就是爱玛,你就是安娜·卡列尼娜,你还是潘金莲,还是……"好在他的"恶语"都被身边的高美丽给岔开了。这一桌坐的都是辉子和大香的老同学,辉子和大香蜻蜓点水地来到这一桌,说:"吃好喝好啊,老同学们!今天市里有脸面的大人物太多了,照顾不周,改日再单独请你们这些老同学。"经海山一直用醉眼死死地看着大香，大香一眼也没有看经海山，似乎她和经海山只是见过面，却从没有讲过话似的。经海山真的不理解大香这个女人的心，她的心到底是不是肉长的？

婚礼酒宴还没有结束，高美丽就在辉子安排的两个青年男子的帮助下，把经海山"扔"上了自己的车。高美丽心里明白经海山此时的感受，她也觉得纳闷：大香怎么会和辉子结婚，而且是闪婚？

"高美丽，我去你家，别让我回家，别让我回单位，丢死人了！我爸妈又该骂我不争气了，连个女人都看不住！"经海山似乎在说酒话，又似乎在说爱面子的真言。他现在觉得高美丽才是他唯一的知己，他紧紧地搂住了高美丽，像孩子受到委屈依偎在母亲的怀抱里一样。

在高美丽家里，经海山在高美丽的怀抱里哭了整整一宿，断断续续地说了一宿的话。高美丽像哄着自己的孩子一样，任凭经海山对她做出一些随意和醉酒的举动，她只是默默地接受着他的一切。

第六章　协查碎尸案件

还有一天就是除夕夜了。邻省河州市公安局刑警大队的同行来到分局调查一起碎尸案。不久前，河州市某县某村一名在外打工的农民工在回家途中失踪，家属报了警。

就在三天前，当地镇上的群众报警，说在垃圾箱旁边发现了一块像是人的大腿的尸块。不久又有人报警，说在河边发现了一些血肉模糊的疑似是人体的肢体的东西。还有报警者说，道边庄稼地里有一个类似人的头颅的东西。公安机关迅速出警，勘查现场，并调取相关资料进行侦查。经初步鉴定，死者就是不久前某村村民报警失踪的男子，他曾在润弘集团旗下的建筑公司打工。经海山他们进行了协助调查，发现死者系深秋晚上带头到派出所报警，状告公司老板不发工资，还被一帮地痞流氓殴打的那个农民工兄弟。

被害的农民工兄弟生前讲过，那帮地痞流氓放过狠话，说谁要是再敢报警，就把他大卸八块！果不其然，这个农民工兄弟就被凶手碎尸了。

经海山立即向分局领导进行了汇报，领导同意先传唤上次殴打被害农民工兄弟的建筑公司的中层主管。那个中层主管不慌不忙地到了刑警队，经过侦查员的仔细询问和排查，此人根本不具备行凶作案的条件——他一直没有离开过滨海市，怎么能是凶手呢？

据河州警方介绍，他们询问了与被害农民工兄弟同行的老乡，他讲，因为回家路上下起了大雪，去往村里的晚班长途汽车停运，他和被害人只能在镇上的旅店住一宿，转天再乘坐早班汽车回家。这天晚上，被害人和老乡在一个饺子馆喝酒吃饭。被害人啤酒喝多了，出去小解，就再也没有回来。第二天一大早，老乡以为被害人先走了，自己也就回家了。到家后才知道被害人根本没有回家，打电话也不接，他的家属只能报警。没承想他已经被害了，而且被"大卸八块"。

河州警方还介绍，经过调取镇上的监控录像，他们发现被害人在小解后返回饺子馆的时候，被一个脸上戴红色口罩、头上戴棒球帽的男子搂住肩膀掳走。再往后他们就走出了视频监控的范围。

经海山紧跟着问道："是黑色棒球帽吗？"对方办案刑警讲："不是全黑色的，黑里透着一点红，好像是黑紫色的。"说着，对方就把监控录像的截图发到了经海山手机上。

"又是'玄色'！"经海山心里有些惊讶，但是他表面上不露一点声色，保持着稳重冷静的样子，只是在心里念叨着："'玄色'怎么又出现了？"

经海山已经有了十多年的从警生涯，尤其是在跟着老郭所长实习的那段日子里，他积累了不少经验，再加上他勤奋好学，因此他现在的心理承受力和办案能力很是强大，跟他一起工作的同事都很佩服他，愿意和他一起共事。就连分局领导都喜欢找他征求意见，和他一起探讨案情，随之总有意想不到的收获。一位老民警当着经海山的面和大家讲："小经队长，出不了三年，你一定还会被提拔，到时候有可能就是大家的副局长了。"

经海山对此只是一笑，没做任何回答。

河州警方没有获得有关犯罪嫌疑人的重大线索，他们留下了一些被害人的资料，请求与经海山随时保持联系，便返回了。经海山表示一定全力配合，尽快获取有价值的线索反馈给他们，抓捕这个神秘的戴"玄色"棒球帽的凶手。

除夕夜子时，窗外的鞭炮声响彻了整个城市，人们欢天喜地，辞旧迎新，好不热闹。经海山独自一人留在值班室，他取出师父老郭所长的办案笔记本，再一次查看老郭所长记录的大鹏案件的分析图解。他仔细辨认，似乎有了一点新发现：老郭所长在写辉子名字的时候，好像是先用红色水笔写，然后再用黑色水笔重重地把红色压住，黑色里透着红色，不仔细观察，是看不出黑色里裹着红色，或者说红色里裹着黑色的。

经海山不禁想："辉子是不是这起案件的主谋呢？又或者他跟此案有一定的关联？"但他随即又想："不能这样想！就因为辉子娶了大香，便把矛头指向他，怀疑他是凶手，这样会让别人小瞧了我，认为我是个小肚鸡肠的人。"

没有证据，绝对不能胡乱凭直觉和猜想办案，经海山阻止了自己的怀疑。可是在脑海里，他对辉子和大鹏那天晚上在路灯下的场景进行复原，总觉得老郭所长在提示他：凶手就是辉子？或者辉子口中的"男性行人"是编造出来的？大鹏死了,辉子是唯一的目击者,或者是唯一的凶手?也或者大鹏……

经海山再一次仔细研判老郭所长的分析图解。大鹏——腹部被捅了一刀。当时法医讲,凶手把刀子狠狠地捅进去,在大鹏的腹中又狠狠地转动了几下,导致他大肠破裂,流血过多,不治身亡。法医还讲过,那把作案的刀子不是很大,也不是很锋利,可以认定是一把类似水果刀的作案工具。

十多年过去了,压在经海山内心深处的这块巨石始终让他喘不过气来。现在"玄色"凶手再三地出现、作案,似乎是在和执法者"叫板"。这让经海山下定决心,一定要把"玄色"凶手给揪出来,绳之以法。

大香嫁给辉子,其实是有苦衷的。那天闵大姑体检,查出了患有肺癌,需要立即手术,可是光手术费就要十几万元,加上后期化疗等,可能没个三十几万是不行的。

大鹏死了之后,他父亲住了两年院,把家里的存款都花净了。那个时候大香还在读大学,家里的经济收入只有闵大姑一个人的工资,既要还债,还得给大香交学费,母女俩还要生活,有一度大香都想退学去找工作了。还是刚参加工作的经海山鼓励大香继续读书,说再坚持一年多,毕业后找个好工作,否则就白白浪费了这么多年的努力。后来辉子也劝说了大香。他们两个人还凑钱给闵大姑还债,给大香交学费。但即便他俩给了大香母女一些帮助,她们向亲属借的钱也一直没有还清。辉子倒是很仗义,他发迹了,把大香家所有的欠款都给还清了,现在还要帮大香支付闵大姑的医药费。开始大香不愿意让辉子替她家还债,更不愿意让他付医药费,可辉子执意要这样做。辉子说:"不管怎么讲,大鹏的死都和我有关联,如果我们不招惹那个行人,也不会酿成悲剧。如果大鹏还活着,他现在一定比我有出息,他一定能上个名牌大学,你家也不会落得如此境地。"大香拗不过辉子,时间久了,也就默认了。

那一阵子,经海山忙于案件,有些忽略了大香,是辉子给了大香和闵大姑更多的照顾和帮助,感动了大香。

还有,辉子嘴甜,一口一个"妈"地喊着闵大姑,一口一个"姐"地喊着大香。辉子还说:"闵大姑,我和大鹏就像亲兄弟一样,大鹏没了这么多年,您就拿我当大鹏,今后我就喊您妈了。"辉子的一番话说动了闵大姑,也说动了大香。

后来辉子向大香求婚，大香也就答应了——为了给母亲付医药费，也为了怀念弟弟。在大香心里，她的确觉得看到辉子就能记起弟弟大鹏，还有那些陈年往事。

其实，大香狠心抛弃经海山，嫁给辉子，是遂了她自己的心愿的。早在她读大学一年级的时候，辉子总去她家找她弟弟大鹏，从那时起，她就注意到了辉子。那日，大香正沉浸在外国小说《红与黑》的世界里，猛然抬头，看到了辉子，不知怎的，她突然感到小说中的主人公"于连"活了，就站在她眼前，她甚至激动得冲辉子脱口叫出"于连"，弄得辉子不知所措。"姐，我是辉子，不是于连。"辉子腼腆地回答大香姐突如其来的呼唤。

大鹏当年在学校的时候认识经海山，也是因为一次意外。那年大鹏上初三，经海山上高二。冬天的一个晚上，晚自习下课，几个男生在校门口把大鹏围住。大鹏不明所以，想上前和对方理论。其中一个矮个子的凶神恶煞的男生蹦起来，直接给了大鹏一个大嘴巴子。恼羞成怒之下，大鹏张口骂道："妈的！我招你们了？"这几个男生不由分说，直接上前把大鹏打得哭爹喊娘。正好经海山走出校门，看到有人在打架，立即上前制止，并且给了这个挑头的矮个子男生一个"苏秦背剑"。这伙人看到经海山帮忙，吓得屁滚尿流地跑了。经海山扶起大鹏，大鹏千恩万谢。

后来得知这是辉子惹的祸。那天辉子说他给高美丽买了一支进口的口红——其实是他偷着把他姐的口红拿了出来，哄高美丽高兴。要知道在那个年代，口红可是个稀罕物。就在辉子给高美丽口红的时候，正在追求高美丽的那个矮个子男生发现了，便堵住辉子。辉子吓得说口红是他们班的大鹏送的，他只是中间人，跟他没关系。于是就有了那个矮个子男生堵截大鹏并殴打他的事件。

转天经海山就把这件事情告诉了学校的教导主任。那个矮个子男生受到了学校的处分，他父母还买了些水果点心到大鹏家里给大鹏道歉。那个时候大香对经海山就有了好印象。闵大姑后来说："经海山那孩子从小就正派，有正义感。这不，老话说得准，三岁看小，七岁看老。长大了，经海山那孩子当了警察，干了正事。"

大香虽然不是高美丽那种让人看一眼就不能忘怀的极致美人，但她身上特有的香美气质是别的女人不可比拟的。她身上总会散发出一股女孩特有的体香，经海山每次近距离接触她，都会想亲吻她薄薄的嘴唇。她温婉大方，一直保持着沉稳、冷静、沉默的知识女性的形象，遇上高兴开心的事情，也只是低下头微微一笑，真的像是经海山说的，特别像《红楼梦》里的林黛玉。可是大香不认可，她说她更喜欢安娜·卡列尼娜。

每当想起大香，经海山的心尖就会发出隐隐的刺痛，一直痛到他的骨髓、他的筋脉，痛得他不知是生是死。他用坚定的信仰支撑精神世界，并顽强地控制着内心的私欲。他拼命地工作，希望早日破案，还事件真相，还社会平安，告慰师父以及大鹏和他父亲的在天之灵。

婚后的大香过得挺幸福的。辉子天天忙于营生的扩张和投入，现在他已经是本市企业家里的带头人，拥有一座服装鞋帽城、一家大型百货商场、三家四星级大酒店，还有润弘中医院、润鑫育婴院、润发洗浴城、润玲夜总会、润强工程建筑公司、润辉房地产开发公司等产业。他涉足的领域极其广泛，前不久他集团旗下的一家应用平台网络企业又开业了，这家高科技企业进军的是全国领先、投资风险极大的先导行业。辉子现在胆量非常大，非常有信心，他说他就要做本市"第一个吃螃蟹"的企业家，要做前无古人后无来者的事情，别看他没考上大学，他要让考上大学的同学永远仰视他，更要给大香和死去的大鹏兄弟争光。

辉子对待闵大姑就像对待亲生母亲一样。婚后，辉子又购买了一套上千平方米的独栋别墅，把闵大姑接过来跟他和大香一起居住，由保姆伺候着。闵大姑再也不用到处告状了，她再也没有坐到四平道派出所门前的马路牙子上，等待大鹏归来。

辉子对待大香那就更加体贴入微了，天天派车接送她上下班。本来辉子不想让大香再到银行上班，说她如果不愿意待在家里，可以到他的公司担任高管。可大香还是喜欢干银行柜员的工作，辉子也只能由着她。

自打和大香结婚，辉子便很少和高美丽联系了。高美丽的情绪好了许多，她倒是经常找经海山，就是询问一下她死去的老公和儿子的案子有没有进展，抓没抓着凶手。高美丽想起儿子就会哭一阵子，自从家里出了这么大的变故，她明显变得有些衰老了。她比大香小两岁多，可是现在俩人没法比。大香明显比过去更加楚楚动人，显得高雅稳重，有着一股贵妇人的气质；而高美丽现在总是一副悲伤的样子，不像过去那么开朗大方，身上总有一股特别的冲劲，一眼看上去就像个女干部、女强人，而且有种祥林嫂的感觉，总是唠叨着对不起儿子，儿子才四岁就死了，活活地让汽车给撞死了。

经海山心里不知为什么，总感觉对高美丽很内疚：是出于对她的怜悯？还是出于老校友的情怀？他内心总有一种说不出的感觉，那感觉就像高美丽是他的亲人、恋人……他不敢往下想，他觉得这个时候自己能给高美丽的唯一安慰就是把案子破了，抓住凶犯，这样或许能让她得到一些心灵上的慰藉。到那时候，他或许能够再和她谈谈自己的感情。

经海山拼命地投入案件侦办的工作中，回家的时间也越来越少。他父母总是催问他的终身大事，还跑了好多次婚姻介绍所，给他找女朋友。老人害怕经海山接受不了大香绝情嫁给富豪辉子，怕他患上抑郁症。

日子久了，经海山渐渐淡忘了昔日的恋情，他只要有一丁点空闲，就约高美丽一起到西餐馆吃牛排、喝红酒，畅谈时代的快速发展。他觉得自己现在都有点跟不上时代了，认为自己老了。高美丽知道他是心灵受到重创，这才怀疑自己老了。

他们常常一起回忆中学时的往事，对高美丽而言，只有和经海山在一起的时候，她才似乎又焕发了一些青春的活力，再一次对生活充满了渴望和追求。

第七章 "玄色大侠"归案

出了正月，城市又迎来了一场大雪。辉子和大香也很少再跟经海山联系。大香一定是觉得对不住经海山，一声不吭就甩了经海山，结束了两人四年多的恋情。辉子更不讲哥们儿情义，说好了照顾高美丽，可是他倒好，趁经海山忙于案件侦破，讨好大香，抱得朋友恋人归。过去他是隔三岔五地给经海山打电话，这事那事没完没了地咨询，经海山甚至都快成了他的法律顾问。现在他兴许是和市局、分局的领导搭上了话，建立了联系，看不上经海山这个小小的科级干部了。而且辉子现在不是什么人都可以见了，听说他有三个秘书——文字秘书、事务秘书、生活秘书。司机也有三个，分别开着三辆不同型号、品牌的豪华轿车。他这样做，是不想让自己的秘密被"外人"掌握。

辉子现在行事非常谨慎，不轻易走出润弘集团的大楼，一般的人要见他一面，都要提前预约，包括他的老学长经海山。

这一天，经海山到市外贸系统调查案件，顺便向一个部门科长问道："高美丽在吗？"那个科长立即回答："你不知道吗？她上周就辞职了，说是要去南方的同学那里工作。"听到这个消息，经海山的脑袋"嗡"的一声响，似乎要爆炸。他赶忙跑到楼道里，拨通了高美丽的电话，结果听到的是"您拨打的电话已关机"。"她怎么就突然不辞而别了呢？"经海山心想。他又一次感到恐慌，他现在唯一能够倾诉衷肠的对象也只有高美丽了，她的"失踪"让他又一次感到心痛。经海山有些不知所措，决定一定要找到高美丽。

经海山顾不上自己的面子，把电话打给了辉子。辉子倒是不客气，先将了经海山一军："好你个经海山，成了分局扫黑除恶专项组的领导，就不愿意搭理老同学了。有什么指示？"

"别废话，高美丽去哪儿了？"

"笑话，海山老兄，找高美丽，我得问你呀！"

"辉子,高美丽辞职走了!"

"真的,我真不知道,自打我和大香姐结婚,我们就不联系了,免得大香姐不高兴,再说我太忙。"

"好了,先这样。"经海山挂断了电话。

接着,经海山又联系了高美丽的父母。高美丽的母亲跟经海山说:"美丽临走的时候说了,不告诉你,不给你增加负担。你也别找她了,踏实干你的工作,尽早把凶手抓到,给我孙子报仇!"对方哭泣了几声,又哽咽地说:"美丽说,到时候她会联系你。"

经海山突然感觉脑袋里是空洞的,心灵深处是空旷的,他的灵魂漫无边际地游荡着,他感到从未有过的孤独、恐慌和失落,同时又有了一种失恋的痛苦感觉。"我爱上高美丽了吗?这是真的吗?"他恍惚地反复问着自己是不是爱上了高美丽,他感觉自己和高美丽仿佛"同是天涯沦落人"。

经海山走到大街上,抓了一把昨日的白雪放入嘴里,泪水和冰雪交融在一起,他的内心似乎凉透了……

回到办公室,经海山又拿出老郭所长的办案笔记本。他翻开一页空白的页面,用红色水笔画了一顶棒球帽,又用黑色水笔画了一顶棒球帽。接着他又画了三个圆圆的人脸,在第一个人脸上写了"大鹏",在第二个人脸上写了"高美丽的老公和儿子",在第三个人脸上写了"农民工兄弟"。然后他又用黑色水笔写了"大鹏",用红色水笔写了"辉子""大香",用黑色水笔写了"高美丽"。最后他用红色水笔写了一个大大的问号,在问号后边用黑色水笔写了"经海山"——他自己。

经海山似乎感觉到老郭所长冥冥之中在办案笔记本里暗示他,大鹏案件的侦破应该从棒球帽入手。案发现场只有辉子,他讲凶手是戴着棒球帽的,并且对棒球帽颜色的描述显得语无伦次,没有确定的判断。老郭所长叫它"玄色",也许是在猜测红色和黑色两顶棒球帽当时都存在,而且老郭所长也画出了红黑两顶棒球帽。

老郭所长画的那个箱子,是不是垃圾箱呢?这又是什么意思?难道凶手把作案用的刀子扔到垃圾箱里了?可是当时警方勘查现场,没有发现周围有垃圾箱啊！垃圾箱在哪儿？要是老郭所长还活着，该多好呀！

经海山总是想，他和师父在一起的时间太短，他还没有学到真本事，师父他老人家就牺牲了。当时听到师父为了掩护年轻战友，用自己的身躯挡住了凶手的子弹，经海山难过得几天不思茶饭，他想，自己和战友们一定要破获大鹏被杀案件，让师父临终前手头的这起"积案"告破，完成师父"命案必破"的誓言。

经海山现在是分局扫黑除恶专项组的骨干成员，正在查办违法暴力强拆、殴打拆迁户的相关案件，打击相关的犯罪嫌疑人及其背后的保护伞。但是他一直都没有忘记大鹏被杀案件以及高美丽丈夫和儿子被害案件，还有河州警方请求协查的农民工兄弟碎尸案件。

现在只有找辉子再次核实当年大鹏遇害一案的相关事实。可辉子要是说早已经忘记了，警方不是有当年的询问笔录吗，又有什么办法让他再配合回忆一下当年的情况呢？

经海山想，还得仔细分析老郭所长在办案笔记本里留下的"秘密"，才能进一步摸清线索，掌握凶犯的足够证据。

经海山的手机响了，是河州警方打来的电话，一准儿是询问农民工兄弟的案子有没有进展。

"经队吗？告诉你一个好消息，杀害农民工兄弟的凶手抓到了！据他交代，他受雇于你们市一个叫'玄色大侠'的网民客户。"

"太好了，我请示领导后马上过去！"经海山迫不及待地应答着对方。真是踏破铁鞋无觅处，得来全不费功夫。经海山忘记了烦恼，立马又投入紧张兴奋的案件侦办工作里。

经海山把河州警方经过串案，成功抓获杀害本市润弘集团旗下润强工程建筑公司农民工的凶手的情况，及时向领导进行了汇报，并请求去一趟河州市，调查一下戴"玄色"棒球帽的凶手是否和本市的两起案件有关联，能否并案处理。

经海山带着两名民警赶赴了河州市。

原来杀害农民工兄弟的凶手是一名身上背着几条命案，被东北警方通缉多年的逃犯，他通过网吧受雇于一个叫"玄色大侠"的网民，此人给了他十万块钱，让他到本市开车撞一个人，死活无所谓。

这名逃犯到本市后,按照"玄色大侠"的要求在一间预订好的出租屋里暂住。雇主"玄色大侠"还给了他一部老年手机、一顶黑色棒球帽、几个红色口罩,还有一辆旧的"康凌"牌厢式货车,方便作案。

就在那天晚上,"玄色大侠"得到了高美丽老公出行的消息,他立即联系受雇逃犯,受雇逃犯迅速开着车赶来。没承想对方还领着个孩子。受雇逃犯想不了那么多,拿人钱财替人消灾,他直接提速猛地冲了过去,造成父子二人当场死亡。

经海山讯问清楚后,觉得这事一定和辉子有关,最起码和他公司的相关人员有关联。他立即打电话向分局领导做了详细汇报,请求分局领导让派出所和刑警队尽快控制辉子和他集团旗下润强建筑公司那个叫荀力的总经理。

在讯问室里,狡猾的荀力总经理只是承认,他是找了人去教训一下高美丽的老公,谁知道受雇的那个人把人给撞死了,而且他并不知道对方还领着一个小男孩。经海山现在身份特殊,他肩负着扫黑除恶的重任,不便过多露面,尤其不能和辉子的手下过多接触,所以他一直待在讯问室隔壁的监视室,在单面镜后面督导同事们审讯荀力。

办案民警问荀力是谁指使他这么做的,荀力讲:"没谁指使,那天我到辉子董事长的办公室,无意中听到他跟来电话的人讲:'你别着急,我找人收拾他。'我追问董事长什么事,董事长对我说,是旧日的恋人高美丽跟她吸毒家暴的老公闹离婚。董事长还说,高美丽离了婚就会嫁给他。所以我为了帮高美丽出口气,让她尽快离婚,好嫁给我们董事长,就琢磨着教训一下她老公,于是我就在网上联系了这个杀手。"

在调查中,经海山还了解到,或许是巧合,那个时候,高美丽做副总经理的公司接单合作的项目多,无法按期完成,高美丽就把几个服装项目给了辉子的公司,另外还给辉子介绍了几单进口服装生意,马上就进入签合同的阶段了,硬是让高美丽老公通过他父亲的关系把这几单生意给夺走了。气得炸了肺的辉子嚷嚷过,说要给高美丽的老公一点颜色看看。这两件事凑在一起,荀力就从网上找人教训高美丽的老公,结果没想到发生了这么大的惨案。荀力在接受讯问的时候,还装模作样地抹了把眼泪。

经海山心里想,估计这几滴眼泪是他害怕自己被判死刑吓出来的。

办案民警又把农民工兄弟的照片放在荀力面前，荀力看着照片，又开始装疯卖傻。他问道："这是谁？眼熟。"民警愤怒地说："姓荀的，他已经被人碎尸了，你不知道？还在这里装蒜！"听到"碎尸"两个字，荀力更是吓得哆嗦起来。

民警蔑视着他说："装，装，装得可真像！"

"不是，不是，警官同志，我说，我说！"

他接着交代说，春节前，那些到派出所告状的农民工拿到钱之后，特别兴奋，他们凑钱请那个带头的农民工兄弟吃了肉包子，还喝了酒表示感谢。那个农民工兄弟仗义地说："今后他们要是再拖欠咱们工资，咱们就找经所长给咱们做主，看他们这帮'资本家'还敢剥削咱们不！"

这件事传到了荀力耳朵里，他又想起了之前那个受雇的逃犯，于是重演了一次网络雇人行凶事件。他还说，他没让逃犯把人杀死，只是让他狠狠地教训一下对方，给他松松筋骨就成，真的没有让逃犯直接把人给大卸八块。

"为什么你雇凶还让他戴上棒球帽？"

"让他伪装一下，别让你们通过监控视频逮着。"

"这些案件，你们辉子董事长知道吗？"

"不知道，真的不知道。"荀力低着头说。

"看来你还是抱着辉子能来救你的希望，所以你说他不知道。现在全国都在进行扫黑除恶专项工作，你真的一点也不想立功，争取政府的宽大处理吗？"办案民警耐心地跟他讲。

荀力开始犹豫了，可是他又担心，万一他把辉子老板供出来，自己就完了，全家老少都有危险。

"谁能惹得起他呀！"荀力心想。于是他咬定一切都是他个人的行为，与辉子没有任何关系。

"你为什么用'玄色大侠'这个网名？"

"好玩，神秘，喜欢，没有别的意思。"

"放屁！"经海山在隔壁的监视室里愤怒地握紧拳头，噌地站了起来。他真的想冲出去，给这个姓荀的几个大嘴巴子："让你口是心非，满嘴跑火车！"可是他不能冲动，他压抑心中的怒火，继续听着办案民警的审讯。

"再问你一遍，为什么叫'玄色大侠'这个网名？"

"这是辉子董事长给我起的网名。"荀力看到办案民警进一步逼问他，心想也得说一些辉子老板的事，否则老板怎么救他呢？

"辉子为什么给你起这么个网名？"

"他说，他年轻的时候经历过一起案子，是一个戴'玄色'棒球帽的凶手捅伤了他，还害死了他的一个好哥们儿，叫什么大鹏。他说用这个网名有可能引出凶手，他要找到这个人，给大鹏报仇，帮你们警察破案。"

"你继续说。"

"辉子老板说，这个'玄色'的意思还是当年四平道派出所的老郭所长跟他讲的，这个颜色就像黑暗的天空中映出晚霞一样的色彩，黑里泛红，多好看呀！这个网名本来是老板自己用的，我为了讨好老板，就跟老板说：'给我用这个网名吧，我也要记住这个案子，帮您找到杀害您好兄弟的凶手。您的事就是我的事，咱们一起报仇雪恨！'"

"为什么让受雇的凶手戴红色口罩？"

"为了突出'玄色'。戴着黑色棒球帽，脸上是红色口罩，正好形成了'玄色'。"

"这也是辉子的授意？"

"不是，真的不是，这是我自己的创意。"这个混账荀力开始耍无赖。

经海山这几天在暗处，一直配合分局刑警队的同事审讯姓荀的这个狡猾的总经理。他认为这里面一定有辉子的授意，最起码他是知情的。为了逃避法律的制裁，他让这个姓荀的出面，承认雇人行凶的罪行，最后顶多姓荀的个人承担法律责任。而且辉子的哥哥还可以在暗中托人找律师帮姓荀的解脱罪状，他不会被判得太重，甚至有可能被判缓刑，监外执行。

经海山建议尽快询问相关人员，包括辉子，否则他们找到"上面"后，此案又会不了了之。

第八章　揭秘"玄色"旧案

经海山和分局领导请示，想传唤辉子。分局领导讲，没有足够的证据，不能传唤辉子。如果是因为十多年前的大鹏命案，找他谈谈话、了解了解情况还可以，现在直接传唤他，讯问高美丽丈夫和儿子被害的案子，以及农民工碎尸案件，还是不妥。辉子可以说自己对此一点不知情，纯属荀力个人的行为，他可以大义灭亲地把姓荀的抛出来，让司法机关严惩。

经海山把老郭所长临终前留下的那个办案笔记本里记录的内容和自己对几起案件的分析向分局领导进行了汇报，他认为，以辉子公司涉嫌高美丽丈夫和儿子被害案件以及农民工兄弟碎尸案件为由传唤辉子，应该没有问题。分局领导让他谨慎行事。辉子现在是市人大代表，是市里党政领导的"座上宾"，身边还有一个全国闻名的律师，传唤他要走程序，不能轻举妄动，否则打草惊蛇，证据不足，就难以收场。

辉子现在的事业可谓如日中天，他的润弘集团不仅是全市民营企业的纳税大户，而且在全国赈灾义捐的慈善事业中为全市增添了光彩。在一次全国性的捐款仪式上，辉子代表本市一次性捐出了五亿元现金，大家都称他是"慈善大侠"。连他当区长的哥哥都沾了他的光，前不久陪着他受到高层领导的接见。这样一个重量级的"大人物"，哪能轻易传唤？

最后，分局领导讲，还是以辉子集团旗下建筑公司总经理荀力涉嫌雇凶杀人案件为由，请辉子来分局了解一些事情，来个先礼后兵，这样会更稳妥一些。分局领导觉得这次和辉子谈话，经海山应该参加，这样可以打消辉子的警觉，让询问更像是了解情况、征求意见，而且经海山也可以借此机会和辉子缓和一下关系，以便为今后侦办案件省去不必要的麻烦。

在分局的会议室里，分局领导在经海山的陪同下，向辉子说明其集团旗下公司总经理荀力有重大雇凶杀人犯罪嫌疑。辉子先是很震惊，随后态度极其温和，主动承认错误，说他平日里光顾着发展本市的经济，没有很好地对下属公司进行普法教育和宣传，他愿意接受处罚，同时他表示要警方严惩姓荀的这个败类，该枪毙枪毙，绝不姑息。他还为高美丽死去的老公，特别是四岁的儿子感到痛心。他主动提出要通过集团再拿出一些钱对那些孤寡老人给予帮助。他还要亲自到那个被害的农民工家里慰问，把他家的困难当作自己的困难全部解决。辉子说得感人肺腑，他自己也是一把鼻涕一把泪地伤感起来。

经海山没有想到，现在的辉子更像是一名表演艺术家，他精彩的表演让经海山感觉大香"爱上"他是有充分的理由的。

经海山早已料到，询问的结果就是不了了之。谈话结束，经海山送辉子到分局大门口，并约他晚上一起吃饭，哥儿俩说说心里话。辉子爽快地答应，还提出就到他集团旗下的水龙宫大酒店。经海山摆手说道："我请你吃饭，去你那里，你该说我占你便宜了，不去。"

"不占我便宜，你出钱就是了。到我那里，说话方便。"

"好吧，我付钱，你给打折就行。"经海山知道拗不过辉子，便调侃着答应。他想借此机会化解他对辉子的"夺妻"之恨，也许大香就是心甘情愿嫁入豪门，这是多少女人梦寐以求的事情呀！那些个大明星美女宁可嫁给富豪老头，也不愿意嫁给穷小子呀！想到这里，经海山自嘲地微笑，自言自语道："穷光蛋，做和尚挺好！"他自己也不清楚为什么冒出了这么一句话，好在辉子没有听清。

在水龙宫大酒店的一个单间里，经海山和辉子两个人坐下。辉子开门见山地说："经大所长，我知道你憋着一肚子火，你一定认为是我抢走了大香姐，但是你错了，大香姐早就在我的心里了，她是心甘情愿和我结婚的，你可以去问问她本人。"

经海山听到辉子讲大香，气就不打一处来，但他还是不露声色，稳重地讲："辉子，你错了。开始我是有点想不通，毕竟我和大香谈了四年多恋爱，不过几天后，我就释怀了，我为大香能够嫁给你而感到高兴，我给不了她幸福的生活，而你能。"

"海山兄，我知道你小时候学过武功，我这里十个八个的人不是你的对手，这屋里没有旁人，你揍我一顿，解解气，这事就算过去了。说实话，你跟大香姐搞对象那会儿，我想过揍你，但我知道打不过你，就算了。"辉子似乎认真地说。

"你'鬼子精'的德行还是没变,不仅没变,我觉得你现在更鬼了。"经海山真的想揍辉子一顿。

辉子哈哈大笑起来,笑得让经海山有些紧张,不是恐慌的紧张,而是一种被刺激得无法言表又有些窝囊的紧张。他觉得,辉子是在笑话他无知愚昧,没有权力和金钱,失去了最爱的女人,他是在用一种冷嘲热讽的、瞧不起人的狂笑刺激着他。辉子又说:"你呀,海山老学长,你太敏感了,你不了解的事太多了,光会武功不行,还要动脑筋。"

他又说:"我告诉你,大香姐喜欢读书,读世界名著。"

"我知道,这用不着你说。我也喜欢读书,你呢?"经海山算是借机讽刺了他这个学习成绩差的学弟一下。

"我知道你读书比我多,但是你不懂女人的心思。就因为我不读书,不懂得书中讲的情情爱爱,所以我更能让女人动心,更符合女人的胃口。"

"你有点无知者无畏。"经海山说。

"嘿,老兄,随便你怎么讽刺挖苦我,在你面前,我不丢人。你想过吗?就你那点工资,能给大香姐一家带来什么幸福?"

"是的,我不会投机钻营,咱们各有各的命。不过你对大香好,我挺为大香高兴。"

"行了,别吃不着葡萄说葡萄酸了。大香姐最喜欢于连知道吗?她说我就是她的于连。"辉子骄傲地说。

"于连,司汤达的《红与黑》里的于连?他最后挺惨,上了断头台,你也学他?"

"我就说嘛,你们有文化的人,什么都知道,我不知道,所以我是大香姐的于连。"他点燃一支雪茄,得意地看着经海山,吞吐出一个带着烟香的烟圈。烟圈向上弥漫着,就像出窍的幽灵,化作人形,到人世间来兴风作浪。

经海山在忍受着,压抑着自己满腔的怒火,他仍语气平和地讲道:"辉子,你多虑了,我今天找你来,就是想再了解一下十多年前你和大鹏的那桩案子,凶手是一个戴黑色泛红光棒球帽的男子,为什么撞死高美丽老公和孩子的逃犯,还有在河州市杀害你旗下建筑公司农民工兄弟的凶手,也恰好是戴一顶黑色泛红光棒球帽子的男子？你的下属荀力网名叫'玄色大侠'，你是怎么知道'玄色'的？什么是'玄色'呢？请教一下。"

辉子又皮笑肉不笑地讲："经大所长，哦不，现在是经大组长了，你就别绕弯子了，大香姐没跟你讲，大鹏的案子你们是破不了的，只有我知道？对了，如果你们老郭所长还活着的话，他应该也弄清楚了，破案了！"

"你敢承认是你杀了大鹏，我现在就把你口头传唤，刑拘你，信不？！"经海山再也按捺不住心中的怒火，他站立起来，亮出了明光闪闪的手铐。

"别，别，你要是再显摆手铐子，我就告你非法拘禁了！你急什么，听我讲嘛！'玄色'是老郭所长说的，那时候我年纪小，现在我知道了，老郭所长是故意跟我绕弯子，他老人家要是不'壮烈'，我也就被他绕进去了，案子也就破了，我也就清白了。"辉子看到怒目圆睁的经海山，心里多少也有些发怵，先是将了他一军，之后就开始一五一十地把当年的实情讲了出来。

十多年前的那个夜晚，大鹏戴着一顶黑色的棒球帽，辉子戴着一顶红色的棒球帽，两个十八岁的大男孩在路灯下讨论着爱情的事。大鹏说，等高中毕业典礼结束，他就向高美丽表白，他一定要把高美丽搞到手，他希望辉子到时候帮他个忙，当个介绍人。辉子答应着，同时也和大鹏坦言，他现在不喜欢高美丽了，喜欢大鹏的姐姐大香，希望大鹏也帮忙跟大香姐说一下。大鹏一听辉子喜欢自己的亲姐姐，立马就急红眼了："他妈的辉子，你混蛋！你整天往我家里跑，原来不是跟我做好哥们儿，而是惦记着我姐！我姐比你大，不行，绝对不行！我爸妈不喜欢你，还让我离你远点，说你鬼心眼儿太多，我斗不过你！"

辉子也立马急了："你能看上高美丽，我为什么不能看上大香姐？我还告诉你，大香姐也喜欢我！"听到这句话，大鹏不由得辉子分辨，从口袋里掏出了一把水果刀，揪着辉子的衣领对着他的大腿就是一刀。辉子受到猝不及防的攻击，想扭过身体躲避，但大鹏已经无法控制自己的情绪，他紧跟着对着辉子的臀部又是两刀。辉子吓得瘫坐在地上，路灯下留下一片血迹。辉子本身就晕血，他哀求大鹏快送他去医院。大鹏看到半躺在路灯下的辉子，吓得更加疯狂了，他右手拿着水果刀，突然朝自己的肚子就是一刀，说道："这一刀我还给你，从今往后咱俩一刀两断！"之后他摘下黑色的棒球帽，擦了擦肚子里喷出来的鲜血，随手把水果刀和帽子一起扔在了辉子面前，转身向自家方向踉踉跄跄地走去。

辉子把大鹏扔在地上的水果刀和满是血迹的黑色棒球帽一起捡起来，向医院疾步而去。到了医院，他把两顶带着血迹的棒球帽一起扔进了急诊大厅门前的垃圾箱里，又把水果刀上的血迹在他的裤子上擦干净，之后藏在急诊大厅候诊区的一张椅子的底部。出院的时候，他发现水果刀还在，于是他又偷偷地把水果刀揣进了自己的裤兜子里。

辉子用手擦了擦眼泪，说："经海山，不管你信不信，这就是事实。结婚前，我和大香姐都坦白了。她信，所以她义无反顾地嫁给了我。大香姐承诺了，谁破了大鹏被害的案子，她就嫁给谁，这案子也算是我破的。"说着，辉子从裤兜子里掏出了一把水果刀，扔在经海山眼前。"这个算是证据吧！现在你可以给我戴上手铐子了，来吧！"辉子把双手放在经海山面前，等待他发落。

经海山听得思绪更加混乱了。他用桌子上的餐巾纸包好眼前的水果刀，愤愤地说："就算大鹏的死和你没有多大关系，你当年提供虚假口供给公安机关，也是犯罪！现在你又纵容手下制造雇凶杀人案件，你罪责难逃！"

经海山连一口水也没有喝，一桌子的山珍海味一筷子也没有动，就走出了水龙宫大酒店。

他回到办公室，再一次取出老郭所长的办案笔记本，分析起他留下的案件线索。"玄色"，也就是黑里泛红，红里孕育着黑的颜色。棒球帽，黑与红两顶棒球帽。水果刀，垃圾箱……对，医院里的垃圾箱！

经海山到了医院，找到保卫部门的负责人。这位负责人正是当年的保卫科干事，现在的保卫科科长。

保卫科科长向经海山介绍了当年老郭所长来到医院调查辉子被捅伤的案件，以及辉子接受医治的情况。辉子晕血，到了急诊室，看到自己身上全是鲜血，便当场晕了过去。大夫给他打了麻药，缝合伤口，并转进病房输液医治，直到次日他才醒过来。下午老郭所长带着经海山他们来了，辉子编造了谎话。老郭所长向保卫部门了解了一些情况，得知医院里当时还没有安装监控，所以警方也只能按照辉子所说的谎话，缉拿那个不存在的"男性行人"——一个戴着黑色泛红光棒球帽的男人，他从远处走到路灯下，被大鹏和辉子他俩戏弄，拔刀捅伤他俩，然后逃跑。

  当年老郭所长一直觉得此案蹊跷处太多,所以又找了辉子几次,但辉子牙口很紧,一直没有承认。那个时候大香也察觉辉子讲的情况有不合情理的地方,因为那两顶红黑棒球帽是她给大鹏和辉子两个人买的生日礼物。因为辉子总去大香家,有时候还给大香送来她喜欢看的世界名著,所以大香也特别喜欢能说会道的辉子,更是感激他送来不好借到的一些书籍。

第九章　海山无奈调岗

当大鹏推开家门的时候，是大香第一个看到浑身是血的弟弟，她紧紧地搂着弟弟，询问他怎么了。大鹏用微弱的声调断断续续地讲："快救辉子……捅了他……我……"之后大鹏的父母跑了出来，他用更加微弱的声调喊了声"妈"，就闭上了双眼。

经海山在医院保卫科科长的帮助下，找到了当时的保洁员大婶。保洁员大婶告诉经海山，医院的垃圾箱里血刺呼啦的东西很多，而且时间太久，她记不太清了。她回忆说，那天晚上她好像看到了一顶红色的棒球帽，挺新的，她本来想捡回家自己留着戴，可帽子上都是血迹，她就又扔回了垃圾箱里，和其他垃圾一起送到了垃圾站销毁。保洁员大婶还说，老郭所长也来找过她，还去垃圾站找了棒球帽，但找没找到她就不知道了。

经海山想了想，决定不去找大香了，事实应该如此，找到大香，她会以为自己故意整治她和辉子。经海山让派出所的民警把所有证据和案件情况整理成卷宗，他亲自向分局领导做了汇报，想把大鹏被杀案这个积案销了。分局领导还是要求他再次询问一下大香，把此案的证据做足。

距离大鹏死亡已经过去了十二年多。经海山再次看到大香，别有一番难言的情愫。大香的身材明显丰满了许多，清爽的脸庞上带着一种贵妇人的气质。再次出现在经海山面前，大香倒是显得很自然，没有经海山想象的昔日恋人相见的那种尴尬。

"你好，经队长。"

当听到"经队长"三个字的时候，经海山觉得自己好像不认识眼前这位相识多年的老同学和自己深爱了四年之久的恋人——大香了。

经海山"哦"了一声，不知道怎么打招呼妥当。

大香描述了十二年前的晚上，她弟弟大鹏满身鲜血地进了家门，倒在地上。

她跑过去搂着弟弟，的确听到他微弱地讲到救辉子什么的。后来大香拨打了120急救电话。

她是结婚前才听辉子说出了真相。辉子之所以撒谎，是因为当年大香跑到医院质问辉子，大鹏是怎么被人杀害的。大香一见到辉子，就说大鹏没有抢救过来，死了，并逼问辉子到底发生了什么事。辉子听说大鹏死了，害怕极了，认为自己要说是大鹏捅了他三刀，还给了自己一刀，大香肯定不信，警察也不会相信，到时再把他给判了死刑！于是，他就编造了一个根本不存在的凶手——戴着黑色泛红光棒球帽的"男性行人"。

在那个年月，屈打成招的案子还是有的。辉子狠下心来，编造了一个凶杀案件，既不损害大鹏的名声，又保护了自己。

那天晚上，辉子真的看到了一个身背挎包的男性行人从路灯下走过，不过没有戴什么黑色泛红光的棒球帽。这完全是辉子凭着记忆编造出来的，毕竟当时他和大鹏戴的红黑棒球帽被天空中黑里透红的晚霞映衬着。

"辉子说的你信？"

"信！"

"为什么？"

"水果刀是我家的，红色和黑色的棒球帽是我给辉子和大鹏买的生日礼物，大鹏喜欢黑色，辉子喜欢红色。"

"你喜欢辉子？"

"是，他像法国作家司汤达的《红与黑》里的于连。"

"你现在挺幸福？"

"很幸福。"

"当初辉子虚构了一个凶手，还说凶手戴着黑色棒球帽，又说不完全是黑色的，还泛着红光，你也信？"

"我信，我认为是真的。后来辉子和我解释，我恍然大悟，也想起了弟弟说'救'辉子的意思。其实，我开始以为弟弟说的是'就'是辉子用刀捅了他，后来看到辉子被捅了三刀，我就信了辉子说的戴棒球帽的男子是凶手。直到结婚前，辉子跟我讲出了实情，也算是破了案，而且辉子毕竟仗义，保护了我弟弟的名声这么多年，我就答应了辉子的求婚。"大香一字一句发自内心地说给经海山听。

经海山默不作声地点着头。他看着大香,觉得她的确像安娜·卡列尼娜,不像林黛玉。经海山在心灵深处告诉自己,应该与这段持续四年之久的恋情告个别了。他感到这次和大香谈话特别轻松,好像比他们在一起谈恋爱的时候还轻松,而且他跟大香这四年好像是一种亲人间的相助关系,或者说只有亲属间来往的情分,而没有那种生生死死的夫妻般的感觉。

算了,一场缘分变成闹剧收场,看到大香婚后的状态,经海山感到无比欣慰。

老郭所长提议用农历四月初八为案件代号的大鹏被杀专案终于结案了:辉子给公安机关提供虚假证据,导致大鹏之死案件成为"积案",但是此案已经过了追诉期,而且辉子没有实施犯罪的动机,同时他也是受害者,故此不再追究其法律责任。

大香在知道大鹏被杀案件的真相之后,没有及时向公安机关报告,而是故意隐瞒案件事实,但是考虑到她已怀有身孕,故不予起诉。

经海山去了一趟老郭所长的墓地。他点上烟,摆上酒菜,把老郭所长的办案笔记本给烧了,还给了老所长。经海山哭了一阵子,天空飘起了毛毛细雨。经海山又笑了起来,像是在笑话自己,又像是在笑话大鹏、大香、辉子、高美丽。最后他确定他是在笑话自己,笑话自己在办案中不够精细,没有向师父老郭所长那样深入查找线索;笑话自己进入而立之年,还是一个人单着。父母和姐姐哥哥都催他赶紧找对象,就连市局、分局领导见到他,第一句话也是:"抓紧,再拖下去,都成大叔了,把孙子都给耽搁了!"

他记得自己在派出所实习结束的头一天晚上,在值班室的窗前,老郭所长指着窗外黑中泛红的天空说:"大鹏命案发生的那天晚上,天空也应该是这样的景色,明天一定是阳光明媚的一天。辉子那天被捅伤,倒在地面上,看到的应该就是这样的天空,所以他说棒球帽是黑色泛红光的。这个案子该结案了……"老郭所长说完,又在办案笔记本上记录起来。他又说:"小经子啊,等你正式分配到咱们所里,我也就快退休了,这个本子就送给你,做一个办案参考吧。"

经海山笑话自己,当年被分配到分局刑警队,没有及时翻阅老郭所长的办案笔记本，没有真正理解他笔记本里蕴藏的重大线索，致使大鹏命案被搁浅了十多年，直到今天才真相大白。

他又想起了高美丽，一年多了，她杳无音信。

高美丽丈夫和儿子的命案，以及辉子集团旗下建筑公司农民工兄弟被害碎尸案，均是那个叫荀力的总经理为了赢得老板辉子的重用，私自雇凶所为。那个逃犯凶手也供认不讳。因为他身上还有其他命案，兄弟公安机关还在进一步调查取证，但涉及本市的案件事实已经清楚。

辉子花重金请了全国闻名的大律师，为荀力辩护。荀力雇凶杀人罪名成立。经调查，他的确告知逃犯凶手，吓唬一下被害人就行，千万别伤及性命。但毕竟是三条人命，目前检察院已对荀力提起诉讼，法院判处其死刑，缓期两年执行。

经海山内心总觉得辉子有隐藏更深的违法行为，但苦于没有证据，而且但凡涉及辉子的案件，似乎总有一只无形的大手在阻止警方的侦查，保护着辉子和他集团的利益。

经海山目前正带队调查一起伤害搬迁居民的违法案件，项目的承包商正是辉子集团旗下的一家叫润江的房地产开发公司。经海山知道，要是询问辉子，他一定又说不知道。"我问一问，了解一下情况。我下面的子公司有几十家，我是不管那么多的，只是每年召开股东大会的时候，和下面的人见个面，听他们汇报下工作。我平时很忙，洽谈生意、参与社会慈善事业，还有接待外省考察学习的民营企业老总等，已经让我应接不暇，我哪有时间干预子公司的事情？我的那些子公司都具备法人的资质，他们自己承担相关的法律责任。另外市里的会议也很多，尤其今年我又当选了市政协常委，更忙了。"经海山已经听到很多次辉子的这些高谈阔论了，现在见他一面要提前一周预约才行，否则是见不到"云飞辉董事长"的。

经海山心里骂道："'鬼子精'成了'人精'，早晚收拾你！"

经海山在调查中了解到，一个叫裴晓军的人有重大违法嫌疑。因为当过兵，他在辉子集团旗下的房地产开发公司当保安经理，他姐姐就是当初跟辉子一起辞职下海的会计老大姐裴晓红。裴晓军比他姐姐小五岁，比辉子大两岁。他初中毕业，是辉子看在他姐姐裴晓红的面子上帮他的忙，找了当时在部队任团参谋长的哥哥云飞扬，才让他当了兵。转业后，云飞扬把他带在身边当司机。在区政府，他还是一名正科级的司机。再后来，他就到了辉子的润弘集团。

辉子利用他有些拳脚的"特长"，让他充当"打手"，这下更是把他"宠"坏了。有一家年轻夫妇下岗没有工作，而且上有老下有小，想多要一间房子，或多要一些补贴，结果还没有怎么谈，裴晓军这个忘了初衷的混蛋就噼里啪啦给了这对夫妇一顿拳脚。人家报了警，四平道派出所现任所长信志丰一开始要拘留裴晓军这伙人，可是辉子的电话一到，他又开始"和稀泥"了。最终他们想赔偿那对夫妇一些医药费了事，可那对夫妇不依不饶，非要讨个说法，天天到派出所上诉，后来还到分局信访办告状。这下惹恼了信志丰，他让办案民警以干扰正常司法办公秩序为由，将那个男主人行政拘留了七天，这对夫妇为此一直不停地上诉讨说法。但到现在也无济于事，他们的房子被强拆了，男主人还得了抑郁症，全家人在郊区租的房子里忍气吞声地生活着。女主人讲："咱们惹不起他们，只能躲着他们，等有青天大老爷出现，咱再跟他们算账！"

经海山决定见识一下这个裴晓军。到了润江房地产开发公司，该公司的负责人讲，辉子董事长听说裴晓军和搬迁户闹矛盾，就让公司把他解聘了，据说他现在出国打工去了。经海山心里明白，裴晓军这是在逃避法律的制裁。

裴晓军是被辉子给保护起来了，辉子让他到M国一家刚成立的跨国分公司任职，主要是让他好好学习一下管理企业的经验，不能总是打打杀杀。辉子这么做，都是看在和他一起打拼创业这么多年的裴晓红的面子上。裴晓红和辉子一起辞职离开享受"铁饭碗"的机械总厂的"三产"企业，开始是很艰难的，尤其是辉子东北一行讨债遇险，回来后觉得对不起这位老大姐，把父母看病养老的钱拿出来给裴晓红发工资。裴晓红知道后，对辉子的仗义很是感动，不仅没有要一分钱工资，还把家里仅有的存款取出来给辉子做本钱，再度经营当时很火爆的电子产品的生意。这一次辉子找了部队的哥哥帮忙，他哥哥给了他很大的支持。从此辉子的公司开始兴旺，直到形成今天的润弘集团。

经海山拨通了辉子的手机。"您拨打的电话正在通话中，请稍后再拨。"经海山知道，现在就是想以老校友的身份骂辉子几句解解恨，他都不给机会。经海山挂掉了手机，思考着如何能联系到辉子。找大香吗？还是算了吧，不能给大香带去烦恼。大香要是知道辉子是喝着百姓的"血"富起来的，会怎么看待辉子——她心中的于连？现在的辉子其实就是个"吸血鬼"，为了得到经济利益不择手段，表面上却伪装成"慈善大使"。简直是可恶！

经海山无奈。

现在经海山他们侦办的涉黑涉恶的暴力强拆案件，以及通过不正当手段竞争某地开发项目的案件，均涉及润弘集团。经海山也在怀疑润弘集团背后的保护伞——辉子的哥哥、本市的副市长云飞扬。

辉子的哥哥云飞扬转业到地方后，就被安排到了某区担任副区长。随着辉子的润弘集团不断壮大，云飞扬的职位也晋升得很快，当"一把手"区委书记兼区长两年工夫，就成了分管城市经济和发展规划的副市长。

这几起涉黑涉恶案子，因涉及高级干部，已经由来到本市的中央巡视组亲自过问查办，经海山也被晋升为副处级侦查员，调入中央巡视组协助工作。

经海山知道，把他调到中央巡视组工作的目的就是不让他过多地参与相关案件的调查。他心里明白，他这么认真较劲，辉子肯定不高兴，他感觉他的几次工作调动都和辉子背后的力量有直接的关系。让信志丰接替他担任派出所所长的职务，他就十分明了了。

经海山带着好多疑虑，到新的岗位报到。

第十章　海山车祸遇难

早在大香和经海山谈恋爱的时候，辉子就曾告诉大香，他在那次去东北讨债回来的路上捡到一个两三岁模样的男孩，他本想把这个孩子交给警察，可这个孩子开口喊了他一声"爸爸"，他一下子就心软了，便把这个可怜的孩子带回来了，还找经海山给孩子上了户口。

当时，经海山问孩子叫什名字，辉子张口就说叫"小淘气"。经海山一下子愣住了，说道："听大鹏说，你小子小的时候，你爸妈就叫你'小淘气'。现在你有了'儿子'，也叫'小淘气'？要给孩子取一个学名，好比你，不能户口本上也写'辉子'吧，得写'云飞辉'。我看就叫'云陶琦'吧。"

"这个名字好听，就叫'云陶琦'吧。谢谢经海山叔叔！"辉子抱着"小淘气"，高兴地说。

这一天，辉子和大香说："大香姐，你看'小淘气'都快成'大淘气'了，今年武术学校毕业了，我想让他到国外读几年书，长长见识，回来后好在公司效力，等咱们儿子小令冲长大了，接了我的班，他也是个最好的助手。"

"行呀！我看你对这个捡来的'儿子'还真是有感情，别是你在外面的私生子吧。"

"大香姐，你不信我？"

"逗你呢，就你那点本事！"大香开玩笑地说。

"你嫌弃我了？"辉子内心似乎受到了侮辱，也或许是因为自卑，他不高兴地走出卧室。

大香觉得自己的玩笑开得有点过劲，赶忙追出去，从背后抱住辉子："对不起，我的小于连！"每当大香喊辉子"小于连"的时候，他再不高兴，或是再烦恼，都会顿时"云开雾散"。辉子扭过身来，也紧紧地搂住大香，说道："大香姐，没事，只要在你身边，我就是幸福的。"两个人又重归于好。其实大香是信任辉子的。

如今云陶琦已经是十四五岁的大小伙子了，长得五大三粗的，一看就是个东北壮汉。别说这孩子眉宇之间越来越像辉子了，除了身材比辉子结实宽厚，个头比他要高出一个脑袋，其他地方和辉子相似度很高，难怪大香开玩笑说他是辉子的私生子呢。大香还说过："就算云陶琦是你的私生子也没有关系，他就是咱们的孩子。"辉子可是有口难辩。有一次，他急了，说道："大香姐，你也不想想，我在东北被非法拘禁一个多月，怎么有机会生出一个这么大的儿子？那我不成'哪吒'他爸——托塔天王李靖了吗！"他还说："不信，你去问问那个县武装部送我上火车的干部，我哥的战友。"他这么一急，大香倒是乐得合不拢嘴了，忙说："我信，我信！看把你急的，云陶琦是我亲儿子，行了吧！"

辉子和经海山也说过，他是在东北那个火车站的垃圾箱旁看到这个冻得直打哆嗦的小男孩的。当时小男孩冻得连哭都不会了，但看到辉子，竟然喊了声"爸爸"，把他喊得不知所措。就这样，他收养了这个孩子。经海山信辉子。辉子的父母也拿这个孤儿当亲孙子疼爱。

辉子把养子云陶琦送到了M国，让他和裴晓军一起提升综合素质，增长管理知识，以便日后为他的集团效力，让他的集团扩大发展，打造金钱帝国，向更高的国际一流标准挺进。

新婚之夜，辉子央求大香给他讲一讲于连。大香亲吻着他，温柔地说："你就是我的于连。"辉子撒娇地说："我要听你讲书里的于连，那个法国的于连。""于连呀，出生在小城维埃尔的一个木匠家庭，他的父亲是个自私的木材厂老板，两个哥哥都是粗俗之辈。瘦小清秀的于连崇拜拿破仑……""我也崇拜拿破仑。"辉子抢话说。"所以你是我的于连。""大香姐，你接着讲。"

"但是拿破仑时代已经终结，为了尽快飞黄腾达，他只得从事神职工作。凭着超常的记忆力，他被市长选作家庭教师，却与市长夫人产生了感情。后来为了避免事情败露，他不得不到神学院学习。受人推荐，他又来到侯爵府担任秘书，获得了侯爵女儿的青睐。正当他以为自己将要获得成功，跻身贵族行列之时，市长夫人写信告发了他。愤怒之下，他开枪打伤了市长夫人，最终被判处死刑，结

第十章 海山车祸遇难 057

束了自己的一生。"辉子听得很感动，竟然哭了，大香激动地把他揽在怀里。

"大香姐，于连真的可怜。"

经海山现在跟随中央巡视组前往下一个省份巡查，来到了辉子他姐姐、姐夫所在的城市。没承想接待他们的正是该市纪检部门的领导——辉子的姐夫。

辉子的姐姐云飞朵当年也是四平道中学的学生，比经海山高两届。高中毕业后，云飞朵考上了这座南方城市的一所大学，毕业后就和同班同学、现在的丈夫留在了这里工作和生活，在一所中专学校当了一名老师。现在他们夫妇有一个可爱的女儿在上中学。听说家乡的老校友来了，他们夫妇非常热情，专门在家里宴请了经海山。

云飞朵和经海山聊得最多的就是家乡的变化和辉子。她希望辉子守法经营，不做对不起社会和爹妈的事。经海山也告诉她，辉子和大香婚后很幸福，也有了儿子；辉子特别孝顺，给父母买了市区最好的房子，雇了两个保姆在家里照顾老人；还有在市里当了副市长的大哥云飞扬的关照把控，辉子的事业可谓蒸蒸日上。

云飞朵很高兴见到老乡经海山。她也知道经海山和大香曾经的恋情，以及弟弟辉子和大鹏不幸的往事。她希望经海山能够宽宏大量，原谅辉子和大香，今后多多帮辉子走正道，做守法的企业家，真正的慈善大使。

经海山借此来南方巡查的机会，和领导请了两天假。这个城市距离高美丽打工的城市很近，他想见一见高美丽。他总觉得高美丽出走得蹊跷，为什么不跟他打个招呼呢？再怎么说他们也是老校友，是多年的朋友，在辉子和大香结婚，他痛不欲生的时候，是高美丽给予了他亲人般的呵护和安慰。现在回忆起来，经海山总觉得有一种亏欠高美丽的感觉，他自己也说不清楚。

经海山找到在深圳市局工作的战友打听高美丽的下落。当时深圳正处在如火如荼地推进改革开放的大潮中，外来人口早已过千万，即便是公安机关，要查找人口信息也是很难的，何况高美丽到底在不在这里也不确定。在深圳参观了两日如日中天的现代化都市，经海山真的没有心思再待下去了。他把高美丽的一些情况给同行留下，希望同行找到她的消息，能第一时间告诉他。

高美丽确实在深圳。

那年她悄悄离开滨海市，离开经海山，是有无法说出的苦衷的。她在深圳企业家朋友的公司做销售，年薪挺高。她和父母讲，先不要和经海山说自己在这里，等时机成熟了，她会找经海山解释清楚。

经海山所在的巡视组取得了很大的成绩，经海山也得到了上级的赞扬和肯定。他在休假期间专程去看了闵大姑。闵大姑看到经海山，心里特别难受，她一直觉得是大香对不住经海山，是大香和他解除的婚约。就在大香接受辉子求婚的那天晚上，闵大姑和大香大吵了起来。

"经海山那孩子踏实！"

"妈，辉子给咱家花了很多钱！"

"那你就把自己卖了？钱咱可以还，但你不能把自己嫁给他呀！"

"妈，您甭管，上学那会儿我就喜欢辉子！"

"你就喜欢他那样尖嘴猴腮的，不喜欢经海山那样的好孩子！你们搞了四年对象呀！"

"我和辉子认识十多年了，再说大鹏还把辉子捅了，人家也没有追究咱家责任。"

"别听他的鬼话，还不知道大鹏究竟是怎么死的，你信他？"闵大姑一直都不喜欢辉子，大鹏上学的时候，闵大姑就告诉大鹏少和辉子交往，说那孩子心眼儿太多。大鹏死后，闵大姑就更加痛恨活蹦乱跳的辉子在她面前献殷勤，为什么他活着，大鹏死了？这或许是闵大姑永远的心结，她不明白自己的女儿是怎么想的。

"女大不中留呀！"闵大姑只能无奈地接受这个比女儿小两岁多的有钱有势的女婿——"鬼子精"辉子。

闵大姑见到经海山就像见到大鹏，见到久别的亲人一样，有说不完的心里话。经海山看到闵大姑如今过着幸福富裕的生活，感到很欣慰，他想自己风风雨雨地忙碌着，哪顾得上家呀！大香选择辉子是正确的，他从心里原谅了大香和辉子。

经海山还看到了大香和辉子的儿子。不知道为什么，经海山抱起孩子，流下了泪水。闵大姑也是老泪纵横，她更加觉得对不住这个优秀的孩子——在她家最困难的时候，他给予了全部的帮助和关爱。

经海山去看闵大姑的时候，正好赶上大香和辉子送云陶琦去M国留学，没有在家，闵大姑留经海山吃了午饭。

夏至了。这一天风很大，气象预报说今日大风六至七级，有暴风雨。

经海山带队又奔赴新的地区督导调查相关线索。他们接到举报，发现了滨海市某个领导涉嫌给一些黑恶势力充当"保护伞"的线索。又是经海山第一个主动请战，冒着酷暑前往大西北，寻找吓得不敢在本市居住，跑到大西北生存的当事人调查取证。

两个多月之后，经海山经过细致入微的工作，取得了重大进展。可就在返回途中，经海山和同志们遭遇了两车相撞的车祸。

经海山等人被紧急送往医院救治。经查证，对方车辆内当场身亡的驾驶员竟是辉子的润弘集团的前员工。

经海山不幸遇难，年仅三十五岁。

滨海市的不少人听闻经海山牺牲的噩耗，都十分悲痛。社会各界群众，特别是这么多年来受经海山帮助的百姓，更是泣不成声，自发地前来吊唁，在分局门口摆放的鲜花足足有一百多米长。经海山的父母泪干肠断，他们接受不了儿子就这么无声无息地去了。

在经海山的墓前，高美丽带着一个四岁左右的女孩站立着，女孩手上捧着一束色彩艳丽的鲜花。

女孩轻轻地将鲜花摆放在了墓前。

"小晶，跪下。他是妈妈的好朋友，叫他经海山叔叔。"

小女孩跪在墓前。

"经海山叔叔，妈妈说你是警察……"

"对不起，海山，你苦了一辈子……"高美丽瘫坐在墓前，哭出了声。

"妈妈别哭，长大了，我也要当警察！"

第二部

押解

这次起用经海山假扮王小五,是经过缜密考虑的,为的是让强子更加相信这个卧底就是王小五。虽然这一路上强子将信将疑,多次警惕地试探经海山,但经海山还是凭着不露痕迹的演技,让强子信以为真。

第十一章　海山异地复活

经海山没有死，这是组织的决定。

现在的经海山，代号"老W"，化名"王小五"，是辉子集团旗下公司的一名"特殊"员工。

在太平间里，经海山坐了起来，他很纳闷：刚才他在车里睡着了，似乎还做了梦，晃晃悠悠地颠簸着，感觉就像是孙悟空在云朵里翻了一个跟头，怎么一下子就翻到了这里？这又是什么地方？周围黑咕隆咚的，给人一种身在地狱的感觉。难不成黑白无常马上就来，领着他去见阎王？那阎王又会收他吗？

此时，一个戴黑色棒球帽的男人把帽檐压低，朝经海山走近。

他不让经海山看到他的脸。又是黑色棒球帽，不过这顶黑色棒球帽的正面帽身上绣着一颗红色的五角星。

这或许又是那个"玄色"的寓意？怎么连这地狱也有"玄色"案子在等着自己去侦破？

"今后你的代号叫'老W'，化名'王小五'，别问为什么！"男人张嘴说出话，又严厉地遏制住经海山想要提问的冲动。

"我的任务是？"经海山懂规矩地问。

"你一个人，要把身在T国的强子带回国，还不能暴露自己的身份，懂吗？"

"明白。"

"对了，我的代号叫'小M'。记住了，小M。"男人重复了这句话后，便消失得无影无踪。

"哦！"

经海山在大西北执行任务的时候，有天晚上，他的顶头上司告诉他："经海山同志，组织决定抽调你去有关部门执行特殊任务。这里的工作结束了，你先回滨海市等候消息吧，近期会有一个代号叫'小M'的首长找你，今后你要完全听从他的指挥，他会戴着一顶绣有红色五角星的黑色棒球帽。"

经海山立正敬礼，和这位领导握手告别。可令所有人都没想到的是，他将以遇难身亡为代价，去执行一项自己并不清楚的特殊任务。

干警察的就是要把脑袋别在裤腰带上，不知道什么时候就去见阎王了。也只有到了那个时候，你的亲朋好友才会知道：哦，原来你是一个好人，不是那帮"恶魔"般的社会渣滓里的一员。他们会像敬仰英雄一样为你默哀，回忆你所做的每一件事都是为了社会平安。

就在刚才，小M告诉经海山："强子是秘密通缉令里的五号人物，也有可能是十几号人物，目前还拿不准，但他肯定不是最危险的一号人物。不过，他却是捣毁他所在的这个犯罪集团的至关重要的证人之一。"小M还告诉经海山，他所要押解的这个强子，小M自己曾见过，不过好在对方没有见过他。这个强子的真实姓名叫苟力。

"苟力？这个混蛋居然还活着？还逃到了T国！辉子呀辉子，你真的有本事，我太小看你了！"经海山心里想。

经海山清楚地记得苟力涉嫌雇凶杀害高美丽的老公和儿子，以及雇凶杀害讨薪的农民工兄弟并将其碎尸。后来他调离分局，这两起案子移交信志丰负责。当时苟力已被移交司法机关，被法院判了死缓。再后来，据说他保外就医，在保外就医期间逃跑，被武警击毙……难道这一切都是他们的"阴谋"？！

经海山觉得，组织派他来执行押解苟力的特殊任务，是经过深思熟虑的。组织让他以车祸遇难为幌子，迷惑辉子他们集团，再由"假死"的他执行抓捕苟力的任务，这体现了组织对他的绝对信任。与此同时，组织上做出这样的安排，一定是另有其苦衷的：这个犯罪集团的背后一定有超强的黑恶势力"保护伞"。

经海山深知自己肩负的特殊任务，也明白前方道路将充满艰难险阻。

交代完任务后，小M都不知道自己是如何走出太平间的，他想抽自己几个大嘴巴子，又想哭一场。他总觉得自己向组织推荐经海山来完成这项特殊任务，是害了这个好兄弟。

经海山才三十五岁，还没有成家立业，如果这次车祸出现意外，该怎么和他父母交代？一想起来小M就有些后怕，觉得对不起自己这个赤胆忠心的好兄弟，人民的好警察。

经海山的"墓地"是由小M亲自挑选的，花费了十多万元的"特殊经费"。首长指示，要给这位活着的"烈士"购置一块最好的墓地，还要聘请美院最优秀的雕塑家为他雕刻一尊头像。

组织将经海山同志追授为烈士。经海山的父母一直无法从失去儿子的痛苦中缓过来，他的父亲一夜之间头发全白，就像评书里说的，"伍子胥过昭关，一夜白了发"。他们真的以为自己的儿子已经死了。有时候小M控制不住自己，就想告诉他们："你们的好儿子没有死，他是一名光荣的战士，去执行特殊任务了。等他凯旋，他一定会跪在你们面前，请求你们的谅解，我也一定会陪着他跪着向你们解释这一切。"

经海山在车祸中受了重伤，尤其是面部受伤较为严重，小M找了全国有名的整容医生给他做了手术。

荀力，化名高强，也就是强子，对四平道派出所所长经海山的大名早有耳闻。他知道经海山是老板辉子的情敌，不过一直没机会与经海山正式接触。当年那帮农民工前往派出所讨薪时，荀力恰好出差在外，并未在场。后来，荀力被提审，经海山就藏在暗处，默默指导办案民警讯问嫌疑人。

现在这个由经海山整容出来的王小五，荀力根本就不认识。即便是经海山的父母，也无法认出眼前的王小五便是他们的儿子。整容后的经海山明显比过去年轻了十来岁，就是本来白皙的脸庞有些泛黄。

已接受"老W"这个代号的经海山独自踏上了押解罪犯的征程。许多事他想通了，他爱恋的女人大香嫁给了有钱有势的辉子，这并没有什么错，谁不想过上好日子呢？但他又想，自己活着是为了让更多人好好活着，现在却得装死。他对着杯中白开水里自己的倒影笑了，是苦笑，还是嘲笑，他自己都搞不清。他把白开水一饮而尽，让水流入自己的肠胃，冲洗自己的过去。

老W背着一个红色的双肩包，头戴一顶绣着五颗红色小五星的黑色棒球帽，一身运动装扮，看上去像个二十五六岁的小伙子。但他脸色苍白发黄，看上去明显是个有心事、身体虚弱的男青年，或者说更像是失恋后的孤独旅行者，他漫无目的地行走着，正想着曾经发生的痛苦往事。

老W，身份证上的名字叫王小五——经海山着实不喜欢这个俗得不能再俗的化名——是润弘集团旗下公司的一名总经理助理，因为不知天高地厚，做了不该做的事：他是制造一桩谋害经海山的车祸事件的主要成员。然而，车祸发生后，经海山没死，他却丢了性命。巧的是，他和经海山的外形有几分相似，于是小M将计就计，请示首长让经海山执行此项特殊任务。只要能悄无声息地把犯罪嫌疑人荀力化名的强子成功押解到滨海市，打击犯罪集团幕后的"保护伞"便有了足够的证据。

T国某省，是毒品种植与贩卖猖獗的无政府地界。在这里，一群身着草绿色军装，看上去既非正规军又非普通民众的家伙，端着冲锋枪，火药味十足地对峙着。王小五要接头的强子，就藏匿在这里的一个村子里。小M已将地址告知了他，并特别叮嘱他，到了村子里要找一个叫阿喻的十五岁男孩，而且那个男孩一定要自己说出他十五岁才行。同时，阿喻还会提及自己曾去北海市打工，因此普通话说得不错。之后，他要让阿喻带他去见强子，并传达辉子老板的安排，让强子跟随他一同回滨海市，说是有重要任务交给强子。毕竟，之前荀力所犯的案子早已结案，并且外界都以为荀力已死，国内再无荀力此人，只有化名高强的强子。一切身份证明均已准备妥当，只等强子顺利归来，回到集团辉子老板身边，过所谓"好日子"。

小M跟王小五强调过，一定要获取强子的信任，将其安全带回。要做到这一点，不仅要有嘴皮子上的本事，还得对"辉子老板"十分熟悉，否则绝难成功。首长相信小M的眼光，小M则相信老W，相信他了解辉子比了解自己还清楚。

"他猜到我是谁了吗？要是他知道我，会恨我吗？也许他十分感激我，交给他这项特殊任务，这是组织对他的忠诚度的绝对信任。"老郭所长的三儿子、代号"小M"的同志心里这样想。

小M，身为中央直属扫黑除恶专案组的主要领导，比经海山大六岁。出于执行此次特殊任务的需要，组织为他安排了代号"小M"。在他们的工作模式里，代号会随着每一项任务的完结而取消，在下一项任务中，他或许摇身一变成为"老

第十一章 海山异地复活

K"，而老W也可能会被称作"小P"。

小M是老W的单线领导，二人的接头方式极为隐秘，老W甚至认不出小M的真实模样。每次碰面，小M总会带着一丝调侃率先开口："老W都长八根胡子了，还这么年轻。"老W则会回答："比你多几根，还是你嫩。"这看似平常的对话，就如同当年"地下党"的接头暗号。毕竟，与黑恶势力集团较量，艰难程度丝毫不亚于过去从事地下工作，稍有不慎便满盘皆输。

他们很少见面。夜晚，在太平间里，或者太平间附近，交代完任务他们就各自离开。老W是第一次执行这样的特殊任务，必须要具备一个人完成任务的能力。

"我坚信他行。"小M和首长只讲了这五个字。"经海山这个后生是个干国安的好材料。"父亲老郭所长是这样夸赞老W的。何况这几年经海山又在巡视组锻炼，巡视组领导其实已经有意把他正式调到部委工作，只不过中央直属扫黑除恶专案组"捷足先登"了。

经海山此次遭遇的车祸，经现场勘验的法医及相关专家鉴定，确系辉子犯罪集团的蓄意谋划。然而，公安机关目前尚无充足的证据，只能暗中蛰伏，等待时机成熟，再将犯罪分子一网打尽。

为了麻痹辉子犯罪集团，进一步获取证据，公安机关现在不能公开一些真实情况，只能采取秘密手段开展侦查工作。这次启动的是"猎狐110"行动，最高层的一名副职首长亲自担任行动总指挥。

这次大规模的专项行动，参与者都是经过组织严格考验，信仰无比坚定的同志。目前已将个别"内鬼"控制，但不排除还有被他们拉下水的各级干部，甚至是高级干部。当然，真正的车祸事件主谋、肇事司机，就是王小五本人，他已经当场死亡。警方对外宣称肇事司机逃逸，而对方事先也做好了逃跑的计划，所以辉子集团对此并无怀疑。

警方找到润弘集团的相关人员核实情况，他们都说，王小五此人已经被公司开除，他做什么谁也不知道。辉子更是讲："我看这个人就不地道，所以我建议集团旗下的香汇生物研究有限公司董事会解聘他，没承想他敢开车冲撞经海山同志的车，可惜了我的老校友英年早逝。"辉子还真的流下了眼泪。至于他的眼泪是"鳄鱼泪"还是"胆怯泪"或是"无情泪"，无人能知，但他一定是恨经海山的。

早年大鹏的死让辉子认为经海山假借破获大鹏被害案接近大香一家人，从而取得闵大姑和大香的感激，尤其是得到了大香的爱情。经海山哪里知道辉子从高中起就暗恋大香。这就是辉子的"鳄鱼泪"。不过，经海山毕竟是一名人民警察，他因公殉职，被追授为烈士，同时他身份特殊，现在是巡视组的干部，对他的死，上级肯定会高度重视。辉子心里能不犯嘀咕吗？这便是他的"胆怯泪"。而在大鹏被害的案件上，经海山死活不放手，至今还认为案子有蹊跷，不信十八岁的大鹏会自己捅死自己。他一直怀疑辉子有问题，再加上辉子集团的那些"恶势力帮凶"，他一直没有放过，就算不再担任四平道派出所所长、分局刑警队队长的职务，也要通过铁杆战友打听涉及辉子集团的相关案件，所以辉子早就想"弄死"经海山了。这就是他的"无情泪"。

辉子此时早已忘记了润弘集团发展初期，遇到众多问题，都是经海山相助，为他出谋划策，给予了他极大的支持。没承想为了追求更大的利益，辉子竟会如此不择手段。

第十二章　郎勃镇姐妹店

此时，经海山独自行走在国境线上。此地交通闭塞，重峦叠嶂，高低起伏的山脉造就了这里独特的立体性气候，山脚下酷热难当，山顶上可能要围着火炉抵御寒冷。经海山不时回头向身后张望，他多么希望能出现一个战友，和他说说话。一个人孤独地行走在丛林密布的陌生环境里，总有一种危险会随时降临的感觉。然而，除了一些野兽发出的瘆人嚎叫声，以及被惊吓得四处奔逃的小动物，经海山连个鬼影子都没见到。

到达勐腊县郎勃镇的时候，天色已晚，按照小M早先的指令，经海山在一家两个姐妹开的旅店住了下来。

经海山真的没有想到，这样的地方竟会有如此漂亮的两个姐妹。姐姐像高美丽，其实比高美丽更漂亮，有着当地女性特有的气质；妹妹乍一看还以为是《中国好声音》里那个有着小麦肤色的女歌手。经海山将眼神隐藏在棒球帽的帽檐下，多偷看了几眼。

经海山要了半斤当地的红薯酒，还有一盘牛肉和一盘煮花生米，那个像女歌手的妹妹和他搭讪，说她姐姐二十八岁了，还没有男朋友，为了挣钱还债，她一直没有找对象。经海山想告诉她，他也是单身，如果有缘分，他一定来找她姐姐。妹妹还告诉经海山，她是二妹，二十四岁，已经结婚。

来到房间，经海山想象着一些浪漫的邂逅。一个人在孤独的时候会给自己营造一种幻觉，觉得很多事情或许会梦想成真，"缘分"这个东西没准儿就是真的。

与此同时，经海山也想念起高美丽，没有什么理由，就是不自觉地想念。他回想起大香和辉子结婚的那天晚上，自己醉得一塌糊涂，住在高美丽家里。睡梦中，他一直搂着高美丽，高美丽像母亲哄孩儿一样哄着他。等他睁开眼睛时，他的手还紧紧地抓着高美丽的乳房，身上穿着崭新的睡衣。高美丽告诉他，睡衣是她给死去的老公买的，他没福气穿就死了……

这一夜，经海山的思绪就这样似乎在梦里，又似乎在现实中游荡着。

在旅馆休息了一夜，经海山醒了。看着眼前的小镇风光，经海山不禁想：自己能活着完成任务吗？一定能！这是信仰的力量。反正自己已经是烈士了，闯一下也许就成功了，还省得其他战友再度冒险。想到这里，经海山觉得自己真的挺伟大，多么像小时候看的黑白电影《羊城暗哨》里的侦查员王练。他还想，只要踏上自己国家的土地，相对就会保险一些，即便强子再耍花招，自己也可以制伏他，将他绳之以法。他想，凭着自己的拳脚功夫和智慧本领，制伏一个强子还是绰绰有余的。

王小五刚进村子的时候，差点让一个黑黑瘦瘦的女子报告给当地"军方"，他用一把巧克力糖贿赂了那个女子，取得了她的好感，又用不算熟悉的当地语言告诉她，他是从北海来的，来找一个叫阿喻的亲戚。女子看在一把巧克力糖的面子上，带他找到了阿喻。

说实话，幸亏去年经海山在北海办案子，学会了一点T国当地的语言，还了解了一些当地的民俗。也许组织上知道经海山的长项——学什么像什么。

王小五说："我是强子的表弟，从北海来的。"

阿喻听明白了，自己说道："我十五岁。"

王小五仔细端详阿喻，感觉他的真实年龄也就十二岁左右。在当地，十五岁的孩子算是成年人了，一定要结婚生子，不管穷富，有钱的娶媳妇，没钱的倒插门。阿喻还没有结婚，就说明他还不到十五岁。

叫强子的男人给王小五倒了一杯凉白开，一屁股坐在他对面的木椅子上，翻着白眼睥睨着他，似乎在寻找他的漏洞，寻找他是国内公安的疑点。

"辉子老板倒提过你，王小五，'四黑兄'里的五哥。"强子慢条斯理、语带怀疑地说道。

"强子哥，我是王小五没错，但'五哥'你喊错了，我是二哥，在'四黑兄'里排行老二。我见过你，你没见过我，但总听说过我吧。"王小五接着强子试探的话回答。

"哦，我记性不好，让那帮条子打的。对，二哥。其实你比我小，可是在集团里,你是辉子老板身边的大红人,'四黑兄'里的二哥,我还是喊你'二哥'吧。辉子老板是不允许'四黑兄'和我们见面的,你们才是他的心腹,但我听老板提起过你。从现在开始,我听你的。"

强子是不会轻易相信一个素未谋面的王小五来接他回国的,但他不敢和国内联系,他犯的是死罪,枪毙一万次都不够,他自己心里清楚。

"饿了吧,吃饭!阿喻!"他起身喊了那个孩子。阿喻在门口放哨,生人想进这个村子,是很难的,让"司令部"的人知道了,活不了。

"带阿喻一起走?"强子嘴里嚼着馒头,就着一口辣子说。

"不行,你一个人走。"王小五辣得满头大汗,告诉他。

"他不走,我也不走了。这几年,他就像是我儿子一样,我们分不开。"

"那也不行!"

强子霍地站起来,掏出了手枪。

"吓唬谁呢!"王小五低着头,大口吃着饭菜,擦着流到嘴里比咸菜还咸的汗水。

强子冷静下来。阿喻愣愣地看着这两个暗斗的男人,嘴里塞满了辣子和馒头,似乎要哭出来了。

"吃你的,丢不下你!"强子挺有人情味地对阿喻说道。

强子说,他一个人在逃跑的路上,捡到了阿喻这个可怜的孩子。与其说是捡到阿喻,还不如说是阿喻帮助强子在这里活了下去。

阿喻的父母在北海打工,生下了他。他母亲和别的男人跑了,父亲在带他回老家的途中死了。阿喻在回乡流浪的路上遇见了强子。是阿喻带强子进村,找到了这里"司令部"的一个大官。强子和大官对上了暗语,就开始做生意了。他把阿喻带在身边,两个人也算是相依为命。

这些日子经海山一直在想,这个小M不简单呀,他是怎么掌握那么多辉子集团的"秘密"的呢?若没有这些信息,让他自己一个人到这里执行任务,把一个"杀人魔头"骗回去,可是无法想象能够顺利完成的艰巨任务啊!

来的时候小M倒是说了,他不孤独,身边一直都有战友陪着。看来这话应该是胡说八道,这一路走来,看到的人寥寥无几,哪来的战友呢?

强子被辉子安排到这个地方,是辉子又救了他一命,同时辉子也需要一个这里的联络人,经营一些毒品和制药用的"违禁品"的走私生意。辉子认识这里的一个"副司令"。强子自从逃到这里,认识了阿喻,就带着阿喻过起了日子,还认了阿喻做干儿子,全村人都知道阿喻是强子的干儿子。

在前往边境的路上,强子和王小五唠叨个没完没了。

强子和王小五讲:"我就是一个小人物,像村头树底下洞穴里的小蚂蚁,小得没有人能看得见我。夏天到了,几个半大小子撒泡尿,就能把这些个蚂蚁淹死。是大城市把我变成了'大人物',你信吗?"

"你是大人物?"

"强奸,雇凶杀人,碎尸,还不算大人物吗?"他恬不知耻地和王小五炫耀道。

王小五递给他一支烟。

"你呢?有什么惊天事?"他问王小五。

"咱俩不一样,我不过是替'老大'联系'卖货',不过也是死罪。不能让公安拿到证据,否则一定是死罪。你还能疏通关系被判个死缓,我出事就是一个死罪。"

"'老大'到底是谁?"

"别问,知道了也是死罪,这是犯的家法。'卖货'犯的是国法。"

"肯定不是辉子老板吧?"

"还要问吗?"

"不问不问,这不深山老林,就咱俩嘛!"

强子不敢再问了,他猛吸了几口烟,全部吸到肺里。他的肺一定让烟熏得黑黑的,肺原本应该是红色的,那么他的肺一定是"玄色"的。经海山不禁又想到了"玄色",要是老郭所长还活着,该多好呀!

经海山还是经常梦见老郭所长,甚至那天出车祸的时候,他似乎还在梦里请教老郭所长,滨海市这几年的连环奸杀案到底是谁干的。可是一醒过来,他却莫名其妙地躺在了太平间里。那个"影子首长"布置任务之后,冷冰冰地说:

"你必须活着，必要的时候，可以杀掉强子。放心，你身边有我们的同志，你不孤独。"

经海山一边想着任务，一边思索暗语是否有破绽，还想了好多乱七八糟的往事。他知道迎接他的是前方更大的挑战，就因为自己了解一些辉子的情况，之前在北海地区带队调查案件，熟悉地形，了解当地的民俗，会当地的语言，所以组织选中了自己，让自己单枪匹马地执行这项特殊任务吗？

组织的信任是对自己工作的肯定，可要是万一完成不了任务，怎么对得起组织和被害人呢？经海山一个人的时候，总是会想如何才能完成这次单独执行的押解任务。

天黑了，王小五给了强子几块饼干和一瓶矿泉水。强子执意再要一支烟，他说自己不饿，就是心里闷得慌。

"那就赶路吧，到了郎勃镇给你弄新的身份证明。"王小五站了起来。强子向着西边夕阳落下的方向愣了下神，几滴眼泪从这个杀人逃犯的眼里流了出来。他流眼泪的时候，特别像高中时期的大鹏。不知道为什么，经海山心里又冒出了大鹏的样子，那个捅了辉子三刀，而后又给了自己一刀的十八岁大男孩。

白天王小五和强子说说话打发时间，天黑了两个人就急行军，以便躲过巡逻的边防武警战士的检查盘问。

经海山心里清楚，强子一直在试探他、防备他，他在信与不信身边的这个王小五之间徘徊。他没有见过王小五，只是听辉子老板说过他有一身的功夫，为人仗义，身上背着不少"案子"，但是都让老板给化解了。

第十三章　逃出危险村落

本以为事情会比较顺利，可意外还是发生了，强子一行人还是被当地巡逻的部队发现了。强子掏枪打死了一个士兵，另一个士兵朝他们开枪。子弹飞过来的瞬间，阿喻推开强子，中枪倒在地上。接着，他喊了声"爸，快走——"，便拿着一枚手雷冲向了奔袭而来的几个士兵。一声巨响后，王小五拽着强子逃了出来——是阿喻和王小五舍身救了强子。

小小年纪就为了报恩强子而死，阿喻这个不到十五岁的孩子还挺义气，经海山甚至想到了用"英雄"这个词来形容阿喻。强子狠狠地抽了自己几个嘴巴子，他没有流泪，只是干号了一阵，像受到刺激的野狼一样。在这样的深山老林里，强子这样发泄怨愤也算是给阿喻送行了。

这几年强子把阿喻当亲儿子养，而在过去，荀力也曾有一个死于急性阑尾炎的儿子。荀力原本是邻省南青县七里台西河村的一个农民，十多年前和老婆逃婚来到了滨海市。荀力投奔了邻村的表亲四叔，是四叔给他介绍到工地当了一名搬运工，他老婆则给民工队做饭的师傅当帮手，两个人幸福地生活在一起。荀力很知足，能和自己心爱的女人在一起就是最甜蜜、最满足的事，辛苦一些也值得。那年冬天的一个深夜，大雪纷飞，他们三岁的儿子高烧不退，夫妻二人把孩子送到了医院。大夫讲："急性阑尾炎，必须马上手术，先交一万块钱押金。"荀力夫妇立即傻了眼。一万块钱！这几年他们在滨海市拼死拼活地干苦力，省吃俭用，才攒了不到两千块钱呀！荀力急忙给老家的大哥打了电话。大哥讲，县城的医院八百块钱就可以做这样的手术。荀力和老婆一商量，立马决定：回老家做手术。他们想，出来这么久，爹娘也该原谅他们了，而且也快过年了，他们原本就打算今年带着儿子回老家过年，也让爹娘看看他们一家三口在大城市里混得还不错。

给儿子输了液后，次日清晨，他们便带着儿子坐火车直奔老家县城的医院。

到了医院，大夫就说因为耽搁了手术的最佳时机，孩子的肠子已经穿孔。不到三天，孩子就去世了。这个可怜的孩子就这样走完了他的一生，还没有来得及看清这个世界的样子，就被一个普通的阑尾炎夺去了生命。荀力的老婆知道儿子死了，整个人都崩溃了。安葬好儿子后，她就跳进村东头刚刚结上一层薄冰的小河沟里。荀力把娘儿俩埋在一起，头也不回地走出了村子，此后再也没有回过老家，只是偶尔联系一下大哥。他知道自己对不起爹娘，更对不起从小就疼他，凡事都让着他，替他孝敬爹娘的大哥。

回到滨海市后，荀力带着极度的悲哀，继续到工地打工。这一次是在辉子集团旗下公司的工地打工。因为诚实厚道，他被辉子手下的一个经理看重，推荐给了辉子。这个经理还把他的不幸告诉了辉子，说日后可以重用他。荀力现在太需要钱了，为了挣钱还老婆孩子办丧事欠的债，他开始昧着良心跟着辉子手下的那伙人当打手，坑害和他一样的农民工兄弟。

根据强子的描述，那段时间他就想挣大钱，然后不断寄钱回家。在他看来，他没有别的办法，只能拼命挣钱，用钱来弥补对家乡亲人的愧疚。听到强子述说自己不幸的家事，王小五发出了同情的感叹。

"强子老哥，节哀吧，过好今后才重要。"

"是呀，从老婆儿子死了之后，我觉得人生最重要的就是两样东西！"

"什么东西？"王小五不明白地问。

"金钱和权力。"强子停顿了一下，喘了一口气，接着说道，"你看咱们辉子老板，他有钱，他哥有权，他们合起伙来，没有干不成的事。"

随后的路，强子似乎逐渐放松了警惕，开始信任王小五。化身王小五的经海山终于成功用感情骗过了强子。

对阿喻的死，经海山的悲伤是发自内心的，他哭出了声，泪流满面。他这几天生活在种植罂粟的村子里，阿喻是唯一信任他的人。阿喻年纪不大，强子一直也说，如果他儿子活着，就跟阿喻年龄相仿。

阿喻一直喊强子叔叔，虽然他心里认了强子这个"干爹"，可是他毕竟有亲生父亲，他觉得喊别人"爸爸"，对不起自己死去的亲生父亲。强子理解，而且更加感觉阿喻这孩子重情义。

死的那天，阿喻喊了强子一声"爸"。经海山震撼了，阿喻是用极其标准的北海味道的普通话喊出来的。强子疯了一样折返回去，打死了两个士兵，还要向前冲，是经海山拼命把他救了回来。

"能不能让我陪着你走，既然你说留不住你，回去的路有些黑暗，担心让你一个人走……"一路上王小五不停地低唱着这首《把悲伤留给自己》，算是纪念阿喻这个苦命的孩子。强子非常感动，他相信了王小五就是老板派来的"四黑兄"里的老二，是来接他回去过好日子的。强子失去老婆孩子后，又喜欢上了一个叫艾梦的女人，一次他酒后强行与艾梦发生关系，便和艾梦有了一个儿子。当初辉子老板帮他逃出监狱的时候就答应过他，会接他回来和心爱的女人团聚。

强子起初并不完全相信王小五，他总觉得王小五身上少了一些"恶贯满盈"的味道，但看到王小五对阿喻的死特别悲伤，他又慢慢放松了警惕。强子寻思，毕竟王小五也和边境士兵交手了，算是纳了投名状，别看他蔫了吧唧，小白脸一个，可能并没有好心眼儿，比自己作恶更多。这样一想，他便开始对王小五放心了。

强子和王小五成了无话不说的哥们儿。那天午夜，他俩正在行进中，碰到几个打劫的地痞小青年。王小五掏出手枪，顶在一个看上去年龄大一些的男子的太阳穴上，带着当地的腔调骂道："老子打劫杀人的时候，你们还他妈的在娘肚子里转筋呢，滚！"王小五表现出的流氓作风让强子对他的信任加深了几分。

强子打心眼儿里佩服王小五这个辉子老板身边的干将。王小五还把辉子如何思念强子，今后打算如何重用强子的话进行了语言加工，搞得强子心里美滋滋的。他甚至对王小五讲，回到国内，他一定要和王小五拜把子，成为好兄弟。

强子还说，辉子答应他，这几年按年薪一百万元给他奖励，共计四百万元，另外奖励一套别墅、一辆大奔轿车，还要送他出国，去打理辉子在国外的生意。他现在已经沉浸在对即将到来的富人生活的无限向往中了。这些心里话强子都和王小五坦白了。他还想分给王小五一些钱，让王小五也找个女人结婚，都三十岁的人了，不能再干打打杀杀、伤天害理的违法事了。出国把自己"洗干净"，重新做"好人"。现在强子的确这么想。

化身强子的苟力实际年龄比经海山大四岁，比辉子大六岁，和辉子的姐姐同岁，只是月份比辉子的姐姐小。强子还告诉王小五，他恨城里人，更恨警察。那年,他老婆怀孕,他一大早骑自行车给卖鸡蛋的送货,就为了多挣点钱,给老婆买营养品。一天,他在一个十字路口遇上红灯,他紧急刹住自行车,正好停在线内。不料,另一个骑自行车的上了年纪的男子迎面过来,把他撞倒,他车上驮着的两箱鸡蛋全部倒在水泥地面上。一时间鸡蛋在十字路口滚动,被汽车碾压,被来往的行人无意踩踏,遍地都是黏黏糊糊的蛋清和破碎的蛋黄。那个撞过来的男子倒好,躺在地上一动不动,耍起了无赖。荀力好心站起来去搀扶那男子,没承想,那男子抱住荀力的大腿不依不饶,硬说是荀力闯红灯,把他给撞了,要求荀力带他去医院看病。他们僵持不下,信号灯下面的一名交警走了过来。

"这老头就是个碰瓷的……"

"别搭理他,报警……"周围的老百姓嚷嚷着。

交警一听荀力一口外地口音,没有调查就下了结论,说道:"你们外地人就是不遵守交通规则。你弄脏了路面,收拾一下,带这个大爷去医院吧!"人群里还有一个热心的大爷说:"给点钱让他自己去医院看看得了,这个民工小伙子够可怜的。"当时为了尽快了事,荀力把口袋里不到二百块钱的现金全部给了这个碰瓷的老男人,在几个热心人的帮助下收拾了地面散落的鸡蛋,弄干净了地面。他作揖谢过几个热心人,赶紧走了,毕竟环卫部门要是来了人,罚款是必须的。他赶回工地,又找四叔借了钱,赔了人家两箱鸡蛋,还好那个主家心肠软,没有让他赔偿耽误事的钱。

强子一边说,一边咬牙切齿。王小五看着他愤怒的样子,心里想:"一念成佛,一念成魔。"他知道此时安慰或是开导都无济于事,或许带着匪气同强子一起破口大骂那个交警和那个碰瓷的老男人,更能让强子得到心理的满足。

"哥们儿,我也一样,是个普通家庭的孩子,中专毕业,本来能分配到机械厂,愣是让有关系的同学顶了,后来认识了辉子兄弟,才算干起了咱们的事业。等有机会,哥帮你教训欺负过你的混账东西!"经海山编造了一个自己的故事,骂了几句街,制造出一种与强子同病相怜的感觉。

这就是经海山的长处,他总能找到与对方的共同话题,赢得对方的信任和感动。在十多年的从警生涯中,经海山通过侦破案件深度挖掘人性,剖析人的心理,拥有了一种特有的敏锐感。凡是与他接触过的人,无论好坏,久而久之都会对他产生一种"好感"。这源于他对形形色色的人的理解,并且能够设身处地地与对方交流，增进彼此的感情。在他以往办理的案件中，有许多被他"法办"的犯罪嫌疑人竟然并不憎恨他，甚至还愿意结交他这个警察朋友。

　　与此同时，为了保证任务的最终完成，首长把小M秘密安排在云河市政府某部门担任外勤干部，对口安全部门工作，以便协助老W行动。

　　小M和负责安全的副市长单线联系，做好接应老W返回的一切工作，同时还要确保老W和强子的生命安全，就是其他同志牺牲了，包括小M自己，也不能让强子和老W出问题。强子是端掉黑恶势力的一枚关键棋子，至关重要。这是最高层的指示。老W经海山则是组织培养的后备干部，也不能再有任何闪失。

第十四章　大香秘密换肾

金三角地处泰国、缅甸和老挝之间，属于"三不管"地带。这里长期大量种植罂粟，是世界上主要的毒品产地，共有大小三千多个村镇。

经海山当侦查员的时候，曾到这里办过案子。不过一个人行走几百公里到这里执行任务，还是第一次。对一个参加工作近二十年的侦查员来说，这依旧是一次极其危险的考验。

经海山知道，这次他将要面对自己侦办案子以来最大的一次挑战，他要单独完成一项押解逃犯的特殊任务。这是组织给予他的高度信任，同时也意味着他将面对一场生与死的考验，稍有差池，就会丢了自己的性命，任务也不能完成。丢了自己的性命倒不是最重要的，毕竟他已经有了高规格的"墓碑"，还享受着"烈士"的待遇。主要还是如果不能把强子押解回去，就不能依法揪出他背后隐藏的犯罪集团的"头目"。

来的时候，小M曾叮嘱他，到了郎勃镇后，要把手机扔掉，一个人再走七八十公里就到目的地了。临行时，小M和他的最后一面是在勐腊县医院后门见的。

经海山本想着趁小M和自己握手告别，看看这位上司到底"小"在哪里。从外形看，他的身高比自己高半头，身材也十分健硕，为什么他叫小M，而相对年轻帅气的自己叫老W，不叫小W呢？但事与愿违，经海山还是没有见到小M的"庐山真容"，他寻思着，小M一定有什么难言之隐，不让见就不见吧，这是对战友最好的保护。

郎勃镇是经海山难忘的地方，这一路上他都在想，如果强子到了姐妹旅店行为不轨，是狠狠地揍他一顿，还是装醉任凭他胡来？按照经海山的性格，非得揍强子一顿。可是坏人哪有不流氓的？尤其是身上背着死罪的逃犯。为了完成押解强子安全到达西双版纳机场的任务，任他胡来吧，忍着点就是胜利。

正当经海山思考着下一步的对策时，强子问道："兄弟，想女人了？"

"哥们儿，你是孙悟空啊，钻到我心里去了！"王小五随口应答，笑了几下。

"你怎么不找个女人结婚呢？"强子问。

"整天干掉脑袋的事，还结婚，玩玩得了。"

"你就不想结婚生子？"强子挑逗道。

也许强子还是发现了眼前的王小五实在不像坏人。

"想呀！过去到歌厅、洗浴中心，总去乐和。"

"不是，我说的是找一个良家女子结婚生子，要不然拼命挣的钱给谁花？再说兄弟你这么帅，还没有中意的？"

"有过，谈婚论嫁了，我进了监狱，出来后，人家有儿子了，干脆一个人过挺好。有想法了，临时找一个玩玩，过一阵子再换一个。咱们的命不知道哪天就没有了，做短期的'露水夫妻'挺好，想干吗干吗，没有顾虑。你看辉子老板，有妻有子，干什么都得小心谨慎，不像我们，打打杀杀，有今天没明天的，落一个快活得了。"王小五沮丧地把自己的想法说给强子听，他信了吗？经海山心想："很快就把你交出去，你小子一定会得到法律的严惩，法律对你这样的渣滓是不会留情的。"

"倒也是。辉子老板还说，要把他的老情人高美丽介绍给我，让她给我生儿子。辉子老板说，她屁股大，能生儿子，她先前生的儿子死了，再生还得是儿子。"强子有些得意扬扬。

经海山听到强子侮辱高美丽，心里怒火升腾，恨不得上前一枪崩了他，给高美丽的老公和四岁的儿子报仇，没有他的指使，那个"恶贯满盈"的杀手怎么能够得逞！可现在的经海山不是经海山，而是王小五，是强子的兄弟。这样想着，他对强子似乎就只有一些讨厌，而没有了过去那种疾恶如仇的感觉。这一路的经历，让他对这个逃犯的人生产生了一点同情怜悯之心吗？经海山开始对自己的思维意识产生的变化进行辩解。

"别提娘儿们的事了，睡会儿，天黑好赶路。"王小五说完，躺在草丛里。

经海山内心特别想念高美丽，想起她，他心里就像被电钻钻了一样疼，疼得他骨骼发麻，筋脉酸软。他恨不得现在就见到高美丽，像那次参加辉子和大香婚

第十四章 大香秘密换肾 079

礼醉酒一样，扑在她的怀里，紧紧地抱着她睡去，不再醒来。

此前小M给老W精准计算了时间。从他从勐腊县出发的第一天算起，全程五百公里尽量徒步行走，以便熟悉这一带的地形，等秘密押解强子的时候好随机应变。

小M还指示他，如果情况特殊，可以搭便车，但尽量不搭，以免发生意外。经海山一天行走六十公里没有问题，应该八九天就能到达强子住的村落。如果途中他偷懒搭几次汽车，那么五六天就能见到强子了。不过，小M还是希望他一个人行走，最好把他那细白的皮肤晒黑，越黑越好，这样更像一个行走江湖的狠人。

那天晚上他问了一嘴："首长，我叫你小M合适吗？你应该比我大。"小M说："兄弟，我肯定比你年龄大。等你回来，我给你说亲，再不成家，你就成和尚了，你爸妈也饶不了我。"

经海山总感觉自己和这位小M首长相识，他的声音太像一个人了，可那个人都已经死了十几年了，怎么可能会这么年轻呢？总不可能他和自己一样，也是假死的吧？

有时候，经海山自己都搞不清自己是谁了，小M是谁，就更搞不清了。算了，反正是上级给自己下达的命令，坚决执行总没有错。

荀力第一次杀人，其实是为了给大香换肾。他被辉子灌醉，辉子说："哥哥真的心疼弟弟吗？你弟妹得了尿毒症，需要换肾，现在花多少钱，都配不上型，你给想想辙吧。"

荀力感激辉子的救命之恩，那时他已是辉子集团旗下公司的总经理，拥有大几百万的身家，这一切都是辉子老板给的，有什么不能卖命的！他站起身来，拍着胸脯说道："辉子老板，我的命都是你给的，别说给你心爱的女人找肾，就是把我的心肝肺掏出来给大香夫人换上，我都毫无怨言。你等着，很快我就办到。"

荀力走出了水龙宫大酒店，醉眼蒙眬地迈着神仙似的步伐行进着，突然发现马路对面的路灯下有一个拾荒的妇女，他便想到了给辉子老板的夫人大香找肾源的事。他走过去，对拾荒大姐谎称自己家里有好多旧物，让拾荒大姐随他回家去取。拾荒大姐没有多加考虑，跟着他到了住处。他给拾荒大姐拿了一些衣物和钱，拾荒大姐千恩万谢。不料，他兽性大发，借着酒劲强奸了拾荒大姐。事后，他酒醒了，没等拾荒大姐说话，就掐死了她。

经过检测，肾源配型成功，辉子如愿以偿给大香换上了年轻健康的肾。他根本不问肾源的由来，直接让M国的S生物研究集团的阿麦博士给大香秘密移植了新肾，延续着大香姐的生命。这一次给大香换肾，机灵的辉子又发现了新的"商机"。

恶魔就是这样，他们不择手段，只要看准了发财之道，就会不惜一切代价去获取利益，甚至进行没有人性、道德沦丧的交易。辉子集团联合了M国的生物研究集团，开始进行灭绝人性的活体器官非法买卖移植的合作营生。苟力就是寻求"人体器官之源"的凶手，他还纠集了一群社会无业青年和刑满释放人员在辉子集团旗下的香汇生物研究有限公司成立了安保部，其实就是干些实施杀人、买卖器官的罪恶勾当。那个医学博士阿麦代表合作方，在这里担任了公司的执行总经理。

后来，拾荒妇女失踪和被害的案件越来越多，引起了公安系统的高度重视，最高层首长震怒，下令必须啃下这块硬骨头，无论犯罪分子是谁，无论其背后的"黑伞"有多么强大，都必须尽快破案，不惜一切代价严惩凶手，让老百姓有一个绝对安全的生活环境。

有时候经海山真的想剥了强子的皮，挖出他的心肝，为那些死去的可怜妇女报仇。强子每一次炫耀自己强奸妇女的快感时，经海山就浑身冒火，恨不得给他一记"黑虎掏心"，或者飞起一脚，踢掉他的下巴，让他闭嘴，永远闭嘴，无法再炫耀他那些罪行。可现在为了完成任务，经海山只能一忍再忍。"也许，他在故意激怒我，想看看我到底是不是他们的同伙。"经海山的内心一直进行着思想斗争。

一个夏天的下午，强子在老板给他新买的二手房里休息，主要是为了避避风头，现在公安机关撒下大网，追踪残忍杀害拾荒妇女的案件。门铃响了，一个推销洗发液、沐浴液的妇女送上门来。强子色眯眯地把身段姣好的中年妇女请进屋里，问明来意后，他立马掏出一沓百元大钞，说要把所有产品都买了，而且说今后再有产品，他会以企业搞活动为由大批量进货，骗得妇女信以为真。他还吹嘘

第十四章　大香秘密换肾　081

说，今后会多要些便宜的产品发给职工做劳保，这样就可以长期合作。推销妇女热泪盈眶，以为自己撞上"狗屎运"了。就在她千恩万谢之时，强子兽性大发，扑向她，两个人厮打起来。妇女恐惧地求饶，声称："大哥，东西我不要了，钱也退给你，你就让我走吧。我老公要是知道了，非得打死我！要不是为了给孩子凑学费，打死我也不敢干这骗人的上门推销的事。"强子已经听不进去妇女求饶，开始疯狂地扒她的衣服。妇女奋力反抗。强子急红了眼，随手拿起水果刀，把妇女狠毒地杀害，之后他又丧心病狂地奸尸，最后送到公司领赏。

天理难容，灭绝人性的强子就是被千刀万剐，那都是便宜他了，经海山无法再忍受他得意扬扬的述说了。

强子还大言不惭地说："我恨滨海这座城市，又离不开这座城市。我强奸，杀人，挖人心肝，替他们找活体器官。你知道吗？我竟然一丁点都不害怕！作恶多了，应验了那句话：神鬼怕恶人。"他满眼诡异地说着。经海山瞪圆了眼，控制不住的愤怒终于爆发了。他上前给了强子一个大嘴巴。强子愣了神，"你"字刚说出口，经海山又是一个大嘴巴子扇过去，整个人跟疯了一样。

"哈哈，你小子是生气了，还是给那些捡废品的娘儿们报仇呀？"强子似乎喝醉了，抹着嘴角流淌的血，满不在乎地与王小五讲。

王小五喝了几口高度白酒，佯装醉酒地说："老兄，你英雄呀，比兄弟我强！我长这么大了，就碰过有数的那么几个女人，你都那么风流了，玩过无数女人，还玩完弄死，强暴女尸，够狠！"经海山为那些冤死的无辜妇女痛心疾首，但是他的言语还得流氓一些，狠毒一些。为了将强子及其背后的犯罪集团绳之以法，经海山继续一个人与魔鬼打着交道。他突然对着自己的脸左右抽起了大嘴巴子，他为自己身为一名警察却不能给那些受害者报仇而自责，所以抽打自己的灵魂。强子惊呆了，赶紧劝阻王小五的醉酒行为。他是不知道此时此刻经海山的心痛以及愤恨。一名人民警察和一个杀人恶魔同行，还要称兄道弟，那种心理的煎熬是一般人无法想象的。

"别打了，二哥，小五兄弟，你比我英雄！你再这样打自己，我也要打自己了！"说罢，强子也狠狠地抽打着自己的脸。

第十五章　押解途中过招

大雨倾盆，雨水浇醒了他俩。经海山其实一直没有喝醉，他是在发泄愤怒——对这个人世间的"罪恶"感到束手无策的愤怒。

有时候他会想，以暴制暴是不讲法律，但是对待这帮杀人恶魔，起码解恨，要让这些个恶徒也尝尝皮肉之苦。

这天的雨下得特别大，强子说："兄弟，咱俩算是洗了个澡，干净干净了。再走上一两天就到镇上了，你得好好请我喝上一顿，晚上再搂个娘儿们美美地睡一觉。"

"你可别胡来，再让警察逮着。"王小五提醒他。

"咱都是要死的人了，怕什么！"强子这几天又暴露出了他恶魔流氓的一面，一点不像刚见面时对阿喻的死表现出痛苦无奈的样子，那份在大城市失去妻儿的心酸悲伤也荡然无存。

"兄弟，你再唱一遍《把悲伤留给自己》，它是我到了大城市后最触动我的一首歌，像是给我写的。"他的情绪忽好忽坏，他到底是一个可怜虫，还是恶魔呢？或许他介于两者之间。王小五没有理睬他。

"……如果这样说不出口，就把遗憾放在心中，把我的悲伤留给自己……"见王小五不搭理自己，强子便自己五音不全地唱了起来。唱到高音区的时候，他伸长脖子，像是把脑袋献给经海山，让经海山一刀割下来，祭奠死去的无辜受害者。

"行了，你再唱的话，把警察招来，没有身份证，你就等着进大牢吧！不对，是枪毙！还得连累我。"王小五以劝阻的方式，让强子结束他的"悲伤"。

听到"枪毙"两个字，强子顿时不吭声了。在黑暗里，借着星光，他仔细盯着眼前这个叫王小五的辉子老板的贴身亲信，好像看出了他更像是卧底战士，来把他抓捕归案。他吓出了一身冷汗。他怕死亡，他知道自己死了之后一定会下地狱,十八层地狱,还会被扔到油锅里像炸油条一样把身体炸成焦黄,也许炸成黑黑的煳了的那种颜色,还有一些血迹,这或许还是一种"玄色"?看来,到了地狱,这个"玄色"还是不会放过他。

"兄弟,你真的希望我被枪毙?你也好不到哪儿去,你干的那些坏事,也够让你吃枪子的吧。"

经海山知道强子这是在试探自己这个王小五到底是真是假。强子虽然没有见过这个"四黑兄"里的二哥王小五,但他知道,王小五没少给跨国的香汇生物研究有限公司提供人体器官,公安机关还发布了他的通缉令,而且听说T国的"买卖"起初就是他联系经营的。

看王小五的外形长相,倒是和"副司令"介绍的一样,高个子,一脸正气,不像坏人,倒像个君子。可是强子想:"他即便像个君子,也不是什么好君子,是词典里说的'伪君子'罢了。"

强子杀的第三个人,是他的情妇。有段时间,强子跟着香汇生物研究有限公司的那帮"魔鬼"整天花天酒地泡在他们自己经营的娱乐场所里。在洗浴中心,他结识了一个按摩小姐,还是他同县的老乡。一来二去,两人成了熟人,强子去洗浴中心洗澡的次数多了,每次都要点她的钟。到后来,俩人还处出了"感情"。一次,强子带着按摩女回家,俩人正在"激情四射"之时,辉子打电话来急催"货源",说明天是最后期限。强子极力解释说近期公安机关跟疯了似的满大街抓人,还有女警察装扮成乞丐或拾荒者,她们身上都带着手枪,听说只要发现"目标",不用报告,直接开枪,最好打残,别打死,好深挖线索。他还和辉子解释,听说公安机关的高层领导急红眼了,放下狠话,说只要犯罪嫌疑人负隅顽抗,立即击毙,一切后果他来承担。强子说:"辉子老板呀,打死了我是小事,千万别把您搭进去!"

"放你妈的屁!我没让你们违法,让你们合法买卖!"强子心想,看那阵势,奸杀妇女的罪犯一旦被抓到,恐怕等不到检察院公诉、法院审判,就会被活活打死。那些个女警察穿着破衣烂衫,个个摩拳擦掌,就等着击毙"采花大盗",誓为死去的妇女们报仇,全歼罪恶集团。强子是有被法官判处死刑的人生体会的。当年在庄严的法庭之上,法官宣判被告人荀力雇凶杀人罪名成立,判处死刑……他当场尿了裤子。他想，到了地狱，老婆和儿子肯定与他这个人间罪犯不相识。片刻后，法官又宣判，缓刑两年执行，他算是从地狱转了一圈又回来了。从此，他更加忠心耿耿地为辉子做事了。

"我管不了这么多，这次是一个外国首脑夫人急需'货源'，你看着办，这可是一笔大钱！"辉子挂了电话。强子被逼急了，于是一不做二不休，活活掐死了自己的情妇——按摩女服务员。

他吹嘘，这次辉子给了他五倍于平时的奖励。说到这里，强子还发出了一句无可奈何的感叹："兄弟，你是不知道，这人一旦有了感情，是不一样的。"

"那你还杀了她？"

"没办法，老板要得急。"

"可不是，干咱们这一行的，要什么感情啊！"王小五平静地说。

经海山暗自打定主意，等到达郎勃镇，把这个恶魔交到小M手中后，他定要当着小M的面，狠狠扇这家伙十二个大嘴巴子，好解解自己心头那口恶气。他还打算建议法庭，对这个手上沾满无数鲜血、罪大恶极的犯罪分子施以分尸之刑。他恨不得在这家伙还活蹦乱跳之时，就挖出他的良心，当面质问他为何心肠如此歹毒。

想到这里，经海山不禁又自嘲起来，觉得自己天真、愚昧，太过感情用事了。法院怎么可能判处强子分尸之刑呢？要是在秦朝，在秦始皇那个时代，强子这般罪大恶极之人，必定会遭受五马分尸的极刑惩处。唯有那样，才足以解恨，才能让这种恶人得到应有的下场。

"二哥，又怎么了，唉声叹气的？老弟我哪里又做错了，你说出来，免得到了滨海，你再让辉子老板扁我。"

"没有，你多想了，我是在想后面的路比起前几天在边境的路难走，你一切都要听我的，别胡来。现在不比过去了，视频监控覆盖率是过去的百倍。"

"我懂，一切都听你的，兄弟。"

真的，强子罪行累累，就是判他几次死刑，也难以消解经海山对他的满腔恨意。然而经海山心里明白，唯有借助法律手段严惩这个恶魔，才有可能从根源上瓦解辉子犯罪集团的所有犯罪行径，还给社会一片清朗乾坤。

这一路上，倒是没有太大的危险。草丛里的毒蛇被王小五一刀砍成两半，晚上两人美美地吃了烤蛇肉，喝了蛇血。强子对王小五佩服得五体投地，他早就听说王小五的武功在集团里是排第一的，辉子的养子"小淘气"，即"四黑兄"里的四哥云陶琦，从武术学校毕业后，就五体投地地拜了王小五为师，继续锤打。

刚开始，云陶琦满心不服气。他这个刚从武术学校毕业的愣头青，正可谓初生牛犊不怕虎。然而，仅仅一个回合的散打较量，他就被王小五给撂倒在地。云陶琦咬着牙，施展了一个鲤鱼打挺迅速起身，旋即朝着王小五的腿部展开凌厉进攻。王小五顺势飞起一脚，直接踹掉了他的一颗大门牙。实际上，这还是王小五瞧着辉子的眼色，手下留了情。否则，凭借王小五的手段，让云陶琦断胳膊断腿，之后再给他接上，并非难事。

强子这几年杀人杀得多了，也练出了两下子狠劲，但是在充满正义感且专业习武的经海山面前，他不过就是个挨打的"货色"。自然，他也没有机会跟正版的王小五较量一番了。更何况经海山的拳脚功夫并不在王小五之下，而这也是小M推荐经海山执行这项任务的理由之一。

天又亮了，狂风肆虐，他们停止了行进，钻进草丛里睡觉，等待黑夜到来后继续前行。

经过十几个日日夜夜翻山越岭的艰难跋涉，时时刻刻躲避境外军队的关卡和边防军的盘问，今天他们终于越过"三不管"的金三角地带，抵达了勐腊县郎勃镇。经海山心想，自己的任务终于接近结束，小M一定会亲自带着战友来，当场就给强子这个恶魔戴上手铐脚镣，把他交给司法机关审判。一想到即将见到自己的战友，经海山内心便涌动出无比幸福的激情。是呀，多久没有和自己的同志并肩战斗了，这份激情给了他无穷无尽的力量。他觉得自己的努力没有白费，望着蓝天白云，他似乎看到了几张熟悉的脸：高美丽，以及姐妹旅店的两姐妹。不，还有最为重要的，他要赶紧回家告诉父母："你们的儿子还活着，好好地活着！"如果领导批准他休假，那就更好了。他一定要再次一个人来到郎勃镇，在这个有着天堂般风景的地方，好好放松一下心情。想到这些，经海山心里充满了胜利的喜悦。

"怎么，小五兄弟，看你一脸喜悦，是不是有相好的女人在镇子上等着你了？别忘了给老哥整一个漂亮的娘儿们，当然，小姑娘最好！"强子带着满脸的淫笑说。

"你小子，就知道找女人！没问题，等咱们安全回了家，随便你。"

"回家？我可等不及了，到镇上就找一个呗！我请你，这几年我的钱存得都快长毛了。"

"你不给家里寄点？"

"我的兄弟呀！我哪敢跟家里联系，要是让那边的公安知道了，再联合国际刑警，我就死定了！就是不被警察逮着，老板也会灭了我全家人的口呀！唉，也不知道我爹娘还在不在人世。"

"哪有那么严重？"

"真的！你在老板身边会不知道？你还不清楚他的手段？"强子似乎又有些警觉了，他露出害怕的神态，等待着眼前的王小五回答他的问题。

"告诉你了，老板帮你搞定新身份了，一会儿到了镇子上，就有人联系咱们，给你新的身份证明。老板花了大钱，你就安心活着吧，有的是机会让你找女人。"

"我这几年在T国，干的都是些杀头的买卖，他挣的那些钱都是我用命换的。给我办一个假身份回来，他一定又有要命的事交给我办。"

"强子老哥，你还是稳稳当当地和我回去，见了辉子老板，他会给你安排一个满意的归宿的。"经海山想，必须稳定住强子的情绪，不能在关键时刻出差错，否则就会前功尽弃。

经海山给强子点了一支烟，见他似乎又有些情绪低落，赶忙继续说道："哥哥，别忘了，你还有儿子呢，都四岁了！"

"那不是我的孩子，我不过就是个'替死鬼'，是辉子要我当的爹。否则，我老家的家人都有危险。他们说我坏了规矩，动了'老大'的女人艾梦，他们要惩罚我！你看，要不我还不至于落到今天这个下场，成了一只老鼠，东躲西藏。"

"我来的时候老板交代了，那点事摆平了，你回去老板就让艾梦嫁给你当老婆，你们拿着钱，带着孩子，一家三口到国外好好过幸福的日子吧！"王小五这几句话说得强子心花怒放，他觉得又有了活着的奔头。

第十五章　押解途中过招

"我喊你二哥，你和我说实话，你说我和艾梦就那么一次，我还喝得烂醉，就有了儿子？她儿子不是'老大'的吗？"

艾梦！"老大"！经海山在脑子里回忆小M跟他交代的一些事，有些事现在不便和强子多说，免得他怀疑。

"我还是喊你强子哥吧，你可别吓唬我，要是'老大'知道了，就是辉子老板，包括他哥哥，都会没命的。"王小五喘了口气，接着说，"你强子哥多厉害！'老大'不知道，辉子老板一直隐瞒着，'老大'他现在是大官了，顾不上这些。"

"真的？兄弟，你过奖，过奖了。"强子沉浸在既得意又担忧的情绪之中，他哪里知道等待他的是冰冷的手铐，以及死刑立即执行的判决，还有那颗正义的子弹。

第十六章　荀力仇官仇富

还有三个小时就能到达郎勃镇了，不出意外，应该是在晚间十点钟左右。

经海山想，很快就要和这个混账恶魔分手了，可他似乎又有些怜悯这个从朴实的农村青年转变成杀人恶魔的罪犯高强，觉得他走上犯罪道路也是由一系列外界因素造成的。

在这半个多月的相处中，经海山觉得强子是恶魔，也是一个地道的农民，他心狠手辣，却又有感情。他到底是一个什么样的人？经海山觉得自己还是没有摸透他。

有时候，经海山恨不得杀了强子，为无辜逝去的生命报仇！报仇！"报仇"这两个字，总是提醒着他，要时刻警惕强子。有时候，经海山又挺同情强子，觉得他也是被生活所迫，他幼小的儿子死于一场普通的疾病，一场需要一万块钱手术费的疾病。就是因为他没有钱付这一万块钱的医药费，一条只经历了三年人世的幼小的生命结束了。他深爱着的与他逃婚出来的妻子不能接受丧子的现实，毅然决然选择投河自尽，去另一个世界陪伴幼小的儿子。家破人亡的遭遇给了他沉重的打击，让他痛苦万分，但他没有正确对待这一切，而是一味地抱怨社会，抱怨外界给予他的强大压力和不公，一步一步走向犯罪的深渊。如果当时有人能关注一下他的心理健康，或许他会改变成另外一个勤奋的创业者。要不是遇到了辉子这个只顾建立自己金钱帝国的所谓百强企业家，他也不至于犯下这些罪大恶极、灭绝人性的案子。

不知道为什么，经海山拍了拍强子的肩膀，语重心长地说道："哥们儿，今后好好生活吧！"

"嗯！"强子随口应答。

强子告诉王小五，他在强奸所有被害人的时候，都感觉是在与投河的妻子小婕做爱。

"那你就不怜悯她们？"

"怜悯？辉子老板是干吗的！他的活计我得做，我得大把大把挣钱。反正我犯的是死罪，被枪毙是早晚的事，能潇洒就潇洒吧。兄弟，你不也是吗？"

"是呀！现在你后悔了吗？"

"不后悔，想起死去的儿子和老婆，我就恨城里人！就因为没有钱做手术，死了两条人命，可怜他娘儿俩没有跟我过过一天好日子。我要报复城里人，是城里人不仗义，干什么都得管我们要钱！"

经海山是想再套出一些强子对辉子集团的认识的信息，甚至更多的秘密，但强子在情绪激动的时候，表现出了很强的仇官仇富心理。

强子还和王小五讲，他小的时候，过年村里杀猪宰羊，小伙伴们都去看热闹，他却躲得很远，他怕见血，看到被宰的猪和羊在流眼泪，他也要一起流眼泪，他想它们被人用刀捅的时候，得多疼呀！就是这样一个心肠软弱的孩子，长大后，却变成了杀人魔头。强子的经历，真应了《三字经》里讲的"人之初，性本善。性相近，习相远"，他的恶根来自后天生存环境的改变对他的刺激。

强子杀死的第四个女人，是他后来的未婚妻、民工队队长的外甥女大茹。话说丧子丧妻的荀力回到工地后，心情极度悲伤，队长和兄弟们都很心疼他，队长还想把老家的外甥女介绍给他，但他哪有那个心思。妻儿死去一年多后，荀力基本上恢复了正常。队长再一次把老家的外甥女说亲给他，他同意了。大茹从乡下来了，她也是个可怜之人，怀孕小产，孩子在腹中死掉了，丈夫在煤矿遇难。荀力第一眼就相中了大茹，这个来自农村的女子，的确和他死去的妻子小婕有些相像，都有着自然美丽的外表和贤淑善良的内心。

在队长的保举下，荀力认识了建筑公司的总经理，很快就当上了另一个项目的施工队队长。他在管理队伍上颇有一套，再加上他这几年在为人处世上也锻炼得十分精明，因此深受总经理抬爱，总经理还把他介绍给了集团老总辉子。

在处置起初的几起农民工讨债事件上，荀力发挥了重大作用，一次又一次打压了上诉闹事的农民工。辉子老板十分器重他，直接提拔他担任了润强建筑公司的副总经理，不久又提拔他当了总经理，他的投名状就是把带头闹事的农民工摆平。那年冬天，一个因工致残的农民工的家属来讨要补偿款，辉子答应出十万块钱，要求就是对方不要再到政府部门乱告状，拿钱了事。但家属不依不饶，说私了最少要给三十万。荀力纠集了几个老乡打手，在夜间打折了那个家属好几根肋骨，最后只给了人家五万块钱，把那一家人吓跑了。事后辉子大大地奖赏了荀力十万块钱。从此，他就当上了辉子集团旗下润强建筑公司的总经理，开始了捞金和无恶不作的生涯。

荀力至此像是变了一个人，他不再是那个蔫了吧唧的小搬运工，不再是那个带领农民工干活的施工队队长，而是辉子集团旗下的"骨干"成员。

看在荀力忠心耿耿，为自己出生入死的分儿上，辉子让荀力的未婚妻大茹给自己做保洁，这样他放心。辉子还说，等过了这阵子，就要给他俩办婚宴。就在这当口，"玄色大侠"的血案牵扯到了荀力。

荀力死心塌地地效忠辉子，辉子通过他当副市长的哥哥疏通关系，让被判了死缓的荀力保外就医，谎称在医院不治身亡。还有传言说，荀力在保外就医时试图逃跑，被羁押他的武警战士击毙。反正经过辉子的一番操作，从此荀力人间蒸发，高强出现了。

有了新身份的荀力，整日花天酒地，并且更加肆无忌惮地为辉子集团卖命。他开始替辉子经营那罪恶的"魔鬼"营生——在黑市买卖活体器官。一次，在和外商讨价还价时，他的谈话被大茹无意中听到，大茹顿时受到惊吓。她苦口婆心地劝说他，两人发生了激烈争吵。"我还不是为了今后咱们能过好日子吗！""我不要过这样的好日子，荀力，咱们跑吧！"大茹本来就因为荀力假死改名"高强"一事心有余悸，现在他又从事了杀人分尸、买卖器官的严重犯罪营生，大茹真的崩溃了，不知道是该举报他，还是继续包庇他。暴躁的荀力害怕事情败露，情急之下，失手杀死了大茹。他灭绝人性，把大茹当成了他获得巨额利益的牺牲品。

强子的所谓忠诚感动了辉子，他再一次重重奖励了强子，让他担任了香汇生物研究有限公司的董事兼副总经理，负责日常的全部工作，年薪达到百万元人民币。

再有个把钟头就到郎勃镇了，这是关键地段，一不小心就会被武警巡逻部队发现。好在小M告诉经海山，只要顺利走过金三角地带，不被他国的边防军追杀，走进国境，一切就都在自己人的保护范围内了。

曙光就在眼前，强子又低声唱起歌曲《成都》："让我掉下眼泪的，不止昨夜的酒；让我依依不舍的，不止你的温柔。余路还要走多久，你攥着我的手。让我感到为难的，是挣扎的自由……成都——滨海——你在吗？"他拉长了嗓门。

"别唱了，强子哥。"经海山带着一丝复杂的情感，小声劝阻道。

经海山自己都不知道为什么会对一个狠毒的杀人犯说出带感情的话来。他想，自己是对那个和妻子一起到城市打拼的农民青年说的，那个青年是值得同情的，而现在的杀人恶魔是要被绳之以法，被枪毙的。

不知是恐惧，还是兴奋，或是对眼前的王小五心存警戒，抑或依依不舍，强子竟然和王小五拥抱起来。他在内心里欢呼：就要回到滨海了，就要和艾梦还有儿子团聚了。

苟力——高强——强子，无论怎么伪造身份，他的内心都有一张可怕的魔网纠缠着他。天网恢恢，疏而不漏，他一定明白这个道理。只不过他现在麻痹着自己，他幻想着辉子给他安排的带着心爱的女人和孩子远走异国他乡，寻求幸福快乐的崭新的生活。他没有想到，那些个被他残害的魂灵是不可能饶恕他的，正义的法庭将再一次宣判他死刑，当场执行，永远没有"缓刑"两个字了。

这天中午，小M也到了郎勃镇。根据小M的计算，如果不出意外，老W会在晚上十点二十分到达姐妹旅店，并和强子吃饭，稳住强子，以拿到新的身份证明为由，天明订机票，返回滨海市。当晚他俩一定很累，会喝酒解乏，然后醉倒呼呼大睡。第二天一大清早，省厅领导就可以带领武警战士和刑警队员包围旅店，把他俩一起抓捕，送上飞机。

然而，小M计算得再精细，也赶不上世事的瞬息万变。

意外发生了。小M刚到郎勃镇，上级便派来联络员指示他立即返回滨海市，说有新的更重大的任务等着他去带队完成，上级会安排其他同志通知老W，让他一个人继续执行押解强子的任务。

小M不知道上级为什么会改变计划，他特别为经海山担心。父亲在世时，不止一次讲过："小经子真不错，将来肯定有出息。"父亲让他今后有机会接触一下经海山这个年轻人，说他是警界不可多得的好苗子，要珍惜他，爱护他。

突如其来的变化改变了任务执行的轨迹，组织再一次把艰巨的任务交给了经海山独自完成。小M本想在郎勃镇揭开自己的面纱，告诉经海山自己的真实身份，可是现在他还不能这么做，好兄弟经海山要继续扮演王小五——辉子集团黑恶势力的骨干成员，随时会被发现，甚至可能遭遇生命危险。

小M怀着对经海山的愧疚，撤离了郎勃镇，返回滨海市执行比押解强子更重要的任务。这就是和平年代战斗在隐蔽战线的忠诚卫士，很多时候他们身不由己，他们的信仰至高无上。

到了姐妹旅店，强子似乎是真的放松了，他一边大口喝着酒，啃着牛蹄，一边和王小五炫耀他奸杀第五名妇女的经过——那夜，他也是这样喝得醉醺醺的。

强子对大茹的死是有愧疚的，毕竟大茹的舅舅老队长是他能在滨海生存下去的恩人之一。自打四叔因工致残回了老家，幸亏有老队长的帮扶，他才渡过难关，有了今天。可惜他心理扭曲，报复社会，开始不择手段地捞钱，表面上是为了报答辉子老板对他的器重，实际上是为了谋求经济利益，满足自己的贪欲。

强子一时间夜夜出入歌舞升平的娱乐场所，醉生梦死。他改头换面，由苟力变成了"高强"。尽管有辉子和辉子的哥哥这两棵大树做靠山，他依旧噩梦缠身，只能用酒精来麻痹自己，让自己的胆子大起来，多挣钱，将来跑到国外，找一个女人，多生几个孩子，以后给他养老送终。他就这样做着美梦，给自己罪恶的灵魂找慰藉，让空落落的内心填满理想的幻觉。

有一次在洗浴中心，强子又和一个叫霞子的按摩女好上了。他看到霞子的第一眼，就认定她是个能卖大价钱的好货色。霞子二十几岁的年纪，中等身材，腰部有点肉感，穿着深色短裙，露出白里透红的皮肤。他被霞子青春靓丽的样子迷住了，开始了行动计划。霞子佯装情意绵绵，对他百般殷勤。在强子眼中，这些按摩女郎就是要钱不要命的主儿，只要给钱，板钉上床。经过几次豪掷千金地给霞子点钟送钱，霞子落入了他的圈套。强子感觉时机已成熟，正好国外有一个大富豪的老婆急需"货源"，他料定霞子的器官能卖一个好价钱，便伸出了罪恶的魔掌。

第十七章　霞子壮烈牺牲

锁定"猎物"后，强子诱骗霞子到了他家，甜言蜜语地哄骗她。霞子是个机灵的女孩，她知道这个男人是不负责任的，只是想霸占她的身体。强子强迫霞子和他发生关系，霞子用言语和身体温柔的抵抗来对付这个恶魔。

霞子讲，要有正式的名分，才能行夫妻之爱，她现在还是处女之身，不能轻易给任何男人，要真心对她好、经得起考验的男人才行。她说得强子欲火难耐。

霞子凭借机智躲过了色魔强子的几次诱骗。可强子哪是那么容易善罢甘休的，他开始不听霞子那一套，什么名分，他抄起了"屠刀"——迷药。那天，强子提前把迷药放入红酒里，再次邀请霞子到他家。

"霞子，我考虑好了，我要正式向你求婚，今天去我家谈谈咱俩的事。"

霞子有些放松了警惕，她被一种强烈的渴望驱使着，答应了强子的要求。

"三克拉的钻戒买好了，就等着它的主人戴上它。"强子甜言蜜语地实施着他的"捕猎"计划。他的背后明显隐藏着一副贪婪又充满色欲的恶魔面孔。

霞子中了他的圈套——他杀害霞子之后，兽性大发，连霞子的尸体都没有放过，可怜还是处女的霞子就这样稀里糊涂地被害身亡了。强子把她的部分器官卖到国外，又把她的肾给了一个高官的母亲。

辉子对强子的工作十分满意，这一次是为了给他哥哥的顶头上级的母亲寻找肾源。辉子的哥哥再一次走上了重要位置，成为滨海市核心领导班子的成员——市委常委。据说，那年中央巡视组查处腐败的高级干部——副市长，还是辉子的哥哥举报并协助巡视组侦办的。他因此还受到中央有关部门的表扬夸赞，被评为年度廉洁干部标兵。权术之争就是这么戏剧化，成者王，败者寇，云飞扬不断在仕途上攀爬晋升，他可能早已忘记了军营里的誓言，忘记了年轻时背诵的《党章》里的崇高信仰，把自己的原则立场葬送在享乐主义面前。

九月的西双版纳是迷人的，雨后初晴，一道彩虹挂在天边，像是在欢迎英雄凯旋。经海山心里明白，不把强子交到战友手中，自己的任务就永远没有完成。这一刻他清清楚楚，自己必须更加警觉。辉子集团的上层一旦知道了押解强子的消息，便会不惜一切代价灭口。上级让他一个人执行这次押解任务，就是让他秘密搜集证据，把隐藏的"大老虎""小苍蝇"等大大小小的腐败分子，还有黑恶势力的犯罪成员以及他们的"保护伞"一网打尽，还社会平安，让滨海市的空气变得干净新鲜。

强子所讲述的罪恶过往，经海山都偷偷记在脑子里，并暗地里整理好。他想，荒郊野外，老天为证，自己记录下的这些证据终将会成为扳倒化名"高强"的苟力及其背后犯罪集团的有力武器，为那些受害的无辜生命报仇雪恨。这一天迟早会到来，经海山无比坚信。

"行了，别再讲你的艳遇史了，都够拍成电影了。"

"二哥，你也说说你的故事呗，这一路都是我在讲我的罪恶了。"强子突然将了王小五一军。

"我没有你那么多艳遇，我干的都是贩卖毒品和人体器官的营生，不过在法律面前，我犯的也都是死罪，够判好几次死刑了。"

"讲讲你都卖给哪里了，挣了多少钱，遇到卧底了吗？"他似乎仍对王小五心存怀疑，也许是最近接触的人和事逐渐变少了，他的警觉性提高了。可能在他眼里，谁都有可能是卧底，专门缉拿他归案，深挖他背后的犯罪集团。

来的时候，小M叮嘱经海山，一定要显得流氓一些，可以把过去审讯过的罪犯的罪行"嫁接"到自己头上，一定要让强子相信，这世上还有比他更加残忍的恶人。

王小五对强子讲，那年他贩毒被警察追捕，举枪与警察交火，当场打死了一个警察，后来是在辉子老板的帮助下逃脱的。

王小五继续吹嘘："亏得警察被我打死了，要是他们抓到我，还讲什么警察纪律，不得集体吃了我啊！"

其实这是一起真实的事件，是经海山一辈子的伤痛。那次他和战友们执行抓捕贩毒团伙的任务，"砰砰——"两声枪响，战友倒在他的怀里，他眼睁睁地看着犯罪分子被一辆车接走。案子没有破，战友牺牲了，犯罪分子至今逍遥法外。

和眼前这个恶魔一样,在恶势力的"保护伞"之下,这些犯罪分子肆无忌惮、得意扬扬地活着。

"现在他能信我吗?"经海山想。

"行呀,二哥,你比我狠,我还真不敢杀警察,那可就离死不远了!我杀的都是社会最底层的人,什么乞丐、小姐、自己送上门的推销女、农村老娘儿们,警察不关心。"他又开始吹牛皮了。

"别说,我杀的最后一个女人不一般,她可是个高学历的女研究员,真是可惜了。"他原形毕露、满不在乎地说。

前年秋天,辉子集团的香汇生物研究有限公司高薪招聘研究员。一个漂亮的女研究生来应聘,被强子这个色魔盯上了,他怎么看这个女研究生怎么像他死去的妻子小婕。

经过各项笔试、面试,这个漂亮的女研究生被选中,在香汇生物研究有限公司的研发室做了研究员。女研究员哪里知道,这家跨国公司打着开发人类健康新产品的幌子,经营买卖活体器官的犯罪营生。当然,这是不可告人的核心违法内容,他们这种普通的科研人员只是正常和本市的医科大学对接搞科研实验,实际主要是研究保存内脏的液体药物。

那天,年轻漂亮的女研究员值夜班,被强子迷倒,而后又被残忍奸杀。辉子知道后,干脆拿这个女研究员的尸体做了一笔跨国大交易,之后还向公安局假报人口走失案件。辉子简直丧尽天良,他依仗在市里当市委常委的哥哥无所不为。这样的人口走失案件,目前已经有六七起了,怎奈警方没有任何证据,无法坐实辉子集团骨干成员的违法犯罪事实。

奸杀六条人命的重要案犯就在自己眼皮子底下,经海山在脑海里思考着临时改变的任务,盘算着怎样才能顺利把这个恶魔交到上级手里。

强子提出明天要买一部手机,联系辉子老板问候一下,他说他想辉子老板了。经海山知道,他的疑心病又犯了。如果上级的要求是不管死活,只要抓捕住强子就行,不让他再滥杀无辜,那经海山现在就能给他执行死刑,算是给那些女性报仇。

但小M讲过,就是牺牲自己,也要保证人证强子的安全,他是摧毁整个犯罪团伙的一张"王牌",必须让他好好地活着,迟早正义的子弹会射进他的胸膛。

经海山琢磨，这个身材魁梧的领导——神神秘秘的小M，听声音，像是个比自己年纪稍长的人，上级临时给他安排了任务，他一句话都没有留下就走了，自己又要一个人完成押解强子的艰巨任务。他说话怎么不靠谱，他到底是谁？

更令经海山觉得不可思议的是，这天晚上，给他部署新任务的人就是姐妹旅店的姐姐，她几句话说完，扭头就走。

"老W同志，我们认识吧？不用介绍了，我是受小M首长的指派联系你的。"

"大姐，你……"经海山无比惊讶，没想到是她来联络自己，代替小M部署任务。

"听着，你一个人继续……"

"是，保证完成任务。"

"小M首长让我代他问候你，让你一定注意安全。强子是个多疑的重犯，必要的时候，你可以杀了他，但你不能出事。"她伸出了柔软的手。那一刻，经海山想哭了，他有多久没有听到如家人般温暖的叮嘱和关心了。

大姐消失在暗夜中。经海山心里热乎乎的，原来真的有战友为自己做掩护，小M没有欺骗自己，姐妹旅店是自己人的据点。他似乎感觉到身边有无数双大手，每当他遇到险境时，总会有组织和战友伸出双手援助，让他化险为夷。

强子这个恶魔是真醉还是装醉，他是又在考验自己是真是假，还是考虑怎么对付自己？不论如何，这一夜他睡得倒是安分，没有对姐妹动手动脚。

现在经海山知道了，姐妹旅店是隐蔽的工作站，强子应该被姐妹"处理"了，否则他不会老老实实睡觉，怎么也会吵吵着找个小姐乐和乐和，或者找他继续吹嘘。

从六月二十一日那天遭遇车祸至今，已有三个月了，经海山经历了一系列事情——医院疗伤、墓地立碑、太平间领命，到现在本应完成任务，却遭遇临时变故，自己要独自押解恶魔强子，把他安全送到滨海市。

九月的西双版纳，山水温润，风光旖旎，然而现实却异常突兀地变化着，前一刻还如凉爽的清晨，让人浑身充满活力，下一刻便似酷热的正午，让人感觉置身于火山口，又像是一只羔羊被烈火炙烤，任人宰割。

经海山来的时候，一个人行走在荒郊野外，望着明月，思乡之情油然而生。

第十七章 霞子壮烈牺牲　097

他眼中滚动着思念父母的泪花，心中暗想，父亲的血压一定又升高了，母亲一定包了许多饺子，摆在自己的黑白照片前，喃喃低语："儿呀，吃吧，都是给你包的！妈再给你炸碗热乎的辣椒油。"

现在他身边多了一个罪犯。强子突然搂住王小五说道："二哥，冷吗？"

"不冷，有你在。"

"再坚持两三天，我们就到家了！"

强子有些兴奋，眼圈发红，他真是个多变的人。

小M是中央直属专案组第一行动队队长，重点负责查获荀力假死的线索，以及深挖其奸杀妇女的所有犯罪事实，为整个案件提供有力的人证物证。因此，把强子成功押解到滨海市，对案件的破获极其重要。

使命所在，小M想到了经海山，又碰巧经海山他们在办案归途中发生了车祸。小M请示了上级，来了个移花接木，迅速把掌握到的强子现在的行踪透露给化身"老W"的经海山，并命令他秘密押解强子。小M特别想告诉经海山，他就是老郭所长的三儿子，是你经海山的三哥。但他又打消了这个念头，目前还不行，这是组织的决定、工作的需要，说不定哪天他又要充当卧底，去执行其他任务。甚至有一天，他可能还要化装成经海山对立面的犯罪分子，去执行秘密任务。为了铲除黑恶势力，他们无时无刻不在刀尖上行走。如果让经海山了解自己太多的身份信息，反而会增添他的烦恼和担忧。

提及过往，小M最为痛心的是年轻战友、他爱人的三妹霞子的壮烈牺牲。四年前，专案组已掌握了荀力的部分犯罪证据，可并不充分，需要深入调查。谁料荀力竟获批保外就医，并且很快对外宣称医治无效死亡。自此，荀力成了"死人"，而辉子集团出现的高强，成为专案组近几年紧盯的调查目标。侦查员们了解到高强极为好色，便打算利用他的这一弱点对他展开秘密调查。霞子毫不犹豫，主动接下了充当卧底的艰巨任务。然而，命运无情，她最终牺牲在恶魔的家中，还被犯罪分子挖走了内脏，成为他们发财的牺牲品。回想起这些，小M心中满是悲愤，恨不得立刻手刃辉子和高强这伙恶魔。

霞子是刚从武警指挥学院毕业分配到金鹰特战队一大队的侦查员，也是自愿报名参加专案组的战斗员，而且很快成了骨干队员。她记忆力超强，过目不忘，对于搜集高强的犯罪证据至关重要。

霞子主动请战，接近高强，而能够到其家中寻找线索的机会更为难得，于是她孤身深入虎穴。没承想这名在校期间表现优秀的侦查员，还没有来得及绽放青春年华，就因为经验不足而被恶魔残忍杀害。

当姐妹旅店的大姐告诉经海山此事时，经海山愤怒至极，他恨不得用牙撕烂强子这个畜生！他要是早知道霞子是小M的妻妹，姐妹旅店的三妹，自己的战友，他或许就豁出去了，直接把强子千刀万剐，宁可回来背上一个违反纪律的处分，也要为霞子报仇雪恨。

第十八章　秘密就是秘密

冲动过后，经海山冷静下来。他深知这场扫黑除恶斗争的复杂性和紧迫性。身为人民警察，自己担负的责任就是铲除罪恶，依法惩治社会败类，强子只是这个强大的犯罪集团中的一枚小小的棋子。

他也知道小M心里更加难过，面对亲人惨遭犯罪分子侮辱和杀害，他一定更想手刃恶魔。但在责任和纪律面前，他们都必须服从大局。

经海山心怀佩服地向天空望去，心中默默地为至今没有见过真容的战友小M祝福，祈盼他平安。他也不禁想，在这场斗争中，又有多少昔日的领导、同志、同学甚至亲人成为斗争的对象，云飞辉、云飞扬、大香……或许还有许许多多相识或不相识的人，他们曾经是自己亲密的战友和伙伴。想到这些，他感觉心痛，"钱""权""色"就是魔鬼，一旦钻入人心，就会成为使人无可救药的毒瘤，必须动大手术，切除一切隐患。

途中，强子看着王小五戴着的绣着红五星的黑色棒球帽，充满好奇地问道："兄弟，你的帽子挺漂亮，哪儿买的？"

"来时辉子老板送的。'玄色'，你懂其中的寓意吗？它是老板的幸运色。"

"你知道我的网名吗？"

"玄色大侠！"王小五不假思索地回答。强子哪里知道，当年侦查员讯问他的时候，经海山就躲在隔壁的暗室里。他跟侦查员交代，他是用"玄色大侠"的网名和杀人凶手联系的。

"老板和你讲了？"

"当然，我在他身边待了那么久，这点事再不知道，还是你王小五兄弟吗？告诉你吧，'玄色'是辉子老板早年的一个秘密，还涉及一个很大的故事呢。"

"什么秘密？还有故事？"

"秘密就是秘密，我要是知道了，就不是秘密了！知道秘密的人是要掉脑袋的！"

"兄弟，我不问了，不问了！"

"当年你这个'玄色大侠'也够狠的，连个四岁的孩子都不放过。"

"兄弟呀，不是哥哥狠，我告诉那个凶手，吓唬吓唬高美丽的老公，撞折他的胳膊腿就行，给他点教训！谁想到他还领着个孩子，而且凶手把他俩都给撞死了。回去后，辉子老板还抽了我几个大嘴巴子，说我混蛋到家了，把人都给撞死了，说好了不能出人命官司的。唉，可怜了孩子。"

听到强子嘴里说出"可怜"两个字，经海山觉得可笑。

强子接着说："兄弟，我想开了，人，要想发财，不狠绝对不行，发不了大财！那些有钱的大富人，你问问他们，他们的第一桶金挣得干净吗？要想当官，不狠更不行，我在辉子他哥哥身上看得出，他不踩着其他同志的肩膀，能有今天的位置？知道吗？他哥举报的那个副市长，贪污的钱其实是我送的，他哥趁机反咬一口，成就了他现在的位置。"

"辉子的哥哥云飞扬，现在可是市里评选出来的廉洁干部标兵呀。"王小五说。

"什么标兵，那是给老百姓看的！我不就是和艾梦睡了个觉吗，还喝醉了酒，他哥哥就下令除掉我！还好辉子讲义气，让我到T国给他经营这里的生意，避避风头。"强子有些怨愤地讲。

"和女人睡觉怎么不行？你小子是有名的'采花大盗'，他们是允许的不是？"

"我不是睡错女人了吗！"

"睡女人还有对错？"

"我哪里知道我睡了'老大'的女人?！"

"'老大'是谁？"

"不知道，反正官很大，辉子他哥哥听到'老大'两个字都得站着说话，是个很大很大的官。"

"连艾梦也不知道，那怎么能是大官的女人？"

"艾梦知道也不会告诉我呀！别问了，问多了就会被他们干掉，卖器官！"

你不也说过，秘密就是秘密，就那么一两个人知道，知道的人多了，就不是秘密了。对不，兄弟？"他记忆力倒好，记住了王小五的话，这里用上了。

经海山记住了这个神秘的"老大"，一个能拿捏辉子集团，控制云飞扬的重量级"大人物"。

昨天夜里，大姐悄悄伴装成风尘女子给他传达了小M的最新指示，押解强子到景洪机场上飞机，到昆明机场下，这样他单独执行的任务就算完成了。到了昆明机场，会有其他的同志再告诉他下一步的任务。

经海山想，到了昆明机场，小M一定会现身。他到底是谁？每次与小M接触，经海山都有一种难以言喻的熟悉感，仿佛在遥远的记忆深处，两人有着千丝万缕的联系。那种似曾相识的感觉，以及两人在不经意间流露出的亲人间才有的感动，让经海山困惑不已。

此时此刻，看着蓝天白云，想到自己马上就要有惊无险地完成任务，经海山特别想要见到这位小M首长，虽然他没有显露庐山真面目，但每一次部署任务，他都精细无比，特别是对自己的安全问题，一遍又一遍地叮嘱，最后总是说："必要的时候，杀掉强子，你的生命最要紧。"他到底是谁？

小M知道，霞子牺牲，她的两个姐姐一定想为她报仇，可是组织上有严格的纪律，强子必须被毫发无损地带回滨海市，否则上级就会取消姐妹俩执行任务的资格，换人，这是首长的命令。姐妹俩为此写了保证书，不能因为泄私恨影响整体计划的进程。强子不仅残害了霞子，还奸杀了其他多名妇女，身上背着多起命案，他背后的犯罪集团的"大人物"还没有露出水面，必须要从强子嘴里套出更多犯罪分子的线索。只有铲除恶根，才能告慰逝者的在天之灵。

"我们要彻底摧毁整个犯罪集团，而不是一个罪犯。一个罪犯伏法，另一个罪犯又会冒出来。必须把犯罪集团背后强大的罪恶之根拔除，才能净化社会环境，让社会生态向好的方向发展。"小M带领专案组行动之前，首长再一次深情嘱托。这些小M都向经海山传达了，他是一名有执行力的值得信赖的好同志，否则，凭他的性格，强子这个杀人不眨眼的罪犯早就被他除掉了。

四年前，组织把小M从边疆调到滨海市金鹰特战队任职，侦破涉及某个"大人物"的重大犯罪集团的黑恶案件。当时高层已经初步掌握了这个"大人物"违法犯罪的一些蛛丝马迹，但即便如此，他还是晋升速度飞快。他的关系网编织得十分稠密，高层只能秘密开展调查，抽调边疆不熟悉滨海人际关系的优秀忠诚的侦查员来担当重任。

经海山这几年在中央驻滨海市巡视组工作，其间配合调查腐败问题案件的线索。前不久，在云飞扬的协助下，巡视组掌握了一名副市长涉嫌严重违法违纪问题的线索。可在组织找这名副市长谈话的第三天，他却意外跳楼自尽了，线索中断。不过，在这次案件的侦查中，云飞扬起了重要作用，他由此又一次得到重用提拔。

小M一直怀疑自己父亲的死是一起有预谋的事件。那年国庆节刚过，父亲还有一个多月的时间就要退休了。晚上九点，市局治安总队突然命令父亲带领派出所值班民警配合市里统一开展的打击"黄赌毒"行动。有群众举报，某夜总会存在吸毒、聚众赌博、卖淫嫖娼等违法犯罪活动。就在父亲率领十几名武装特警和便衣民警进入夜总会二楼的包间搜查时，几声枪响，父亲为了掩护一名年轻的民警战友，胸口中弹，抢救无效壮烈牺牲。至今凶手都没有抓到。

小M一直怀疑开枪的就是那个罪恶的苟力，现在苟力不仅奸杀了多名妇女，还残害了自己的妻妹霞子。小M对强子的仇恨深入骨髓，可是身为人民警察，他必须公正执法，把个人的仇恨埋在心底，誓将罪恶滔天的犯罪团伙全部打尽，还人间平安的生活。

那年小M从武警指挥学院毕业分配到边疆武警某部工作。父亲牺牲的消息传来，部队首长准了他的假。在父亲的遗像面前，小M发誓一定要抓到凶手。就是在那个时候，小M见到了分局刑警队的新兵经海山。他曾听父亲说，这个徒弟将来一定有出息。他们只见了一面，之后就再也没有见过。小M对经海山印象很深，但经海山对小M的印象应该是模糊的。

老郭所长有三个儿子和一个女儿。大儿子在西藏某部队守卫边疆，大女儿在本市中学教书，二儿子和三儿子是一对双胞胎，二儿子在医院当医生，三儿子就是小M。如果对这对双胞胎不了解，是分不清他们的。经海山其实和小M的二哥特别熟，那时候为了给闵大姑看病，他经常找小M的二哥帮忙。如果经海山见到小M，他一定会惊讶地以为小M就是老郭所长的二儿子。小M不和经海山面对面交流，确实有这个原因，但主要还是他目前身份特殊，不便和经海山讲明。等案件的侦办有了进一步的进展，他们一定会相见，如亲人和战友般拥抱。这一点经海山也是明白的，这是纪律要求，他现在之所以假死冒险顶替王小五，为的就是秘密破获这几起奸杀妇女的恶性案件，挖出背后真正的操纵者的"保护伞"——那个"大人物"。

其实小M的压力是巨大的，滨海市多起奸杀妇女案一直没有侦破，老百姓议论纷纷，尤其是妇女。那些拾荒的妇女和外来打工的妇女更是陷入深深的恐惧之中，不敢一个人出门。高层领导下达了命令，必须尽快破案，抓住罪犯，还老百姓一个平安稳定的社会环境。领导还放狠话说，再破不了案子，就要解散专案组，解散行动队，让更优秀的侦查员组建新的行动队！一定要一网打尽这伙为非作歹、丧尽天良的犯罪分子，无论涉及谁，都要依法处置！

一个多小时后，王小五和强子到了昆明。机舱外蓝天白云，那些缓慢移动的云朵，任你想象，或是一群战马、一座雪山、一个巨人……或是一张女子的脸，像高美丽，又像姐妹俩，更像被害死的妇女，她们面目狰狞地对着经海山说："你再不破案，我们就到阎王爷那里把你告了！"经海山打了个冷战，扭过脸。强子懒懒地伸了个懒腰，重重地打了个哈欠，说道："妈的，我吃迷魂药了吧，困死了！哥们儿，到哪儿了？"他向圆圆的舷窗外望去，那些狰狞的脸要是看到他这张罪恶的脸，一定团结起来吞掉他。

强子每次亲切地叫经海山"哥们儿"，经海山内心都会惊悚地一颤，他说不清心里有种什么滋味在涌动，是令人作呕的恶心，还是无奈的怜悯？和强子朝夕相处的这些日子，他经常不自觉地想，强子，也就是苟力，一个农民的儿子，如果不到城市来，在家务农，和妻子过"日出而作，日入而息，凿井而饮，耕田而食"的日子，该多好呀！

飞机降落在昆明机场，几个穿着机场工作服的壮汉——被挑选出来执行任务的武警战士——走了过来，佯装成空姐的姐妹紧随其后。强子和王小五还没明白怎么回事，一个壮汉便喊道："高强、王小五，你俩涉嫌违法犯罪，被逮捕了！"

经海山现在半是清醒半是糊涂：刚才在飞机上，空姐——姐妹旅店的大姐——冲他微笑，暗示战友关系，让他做好配合。此时，几个壮汉没等宣布逮捕强子和王小五的口令下完,就把冰冷冷的手铐戴在了他俩手上。

昆明火车站,王小五和强子被押进贵宾室,里面有两个干部模样的中年人正在说话,看到王小五和强子进来,他们像是很兴奋的样子。经海山想:"这两个人里是否有小M?"他感觉这两个人从身形和面相上看,一点都不像自己感觉中的小M,他俩的个子比自己要矮一些,而且说话的口音更像是当地人,语气很生硬,没有小M同志和蔼。也许这两位同志是配合他们把犯罪嫌疑人送上火车的当地司法机关的领导,确保犯罪嫌疑人在昆明火车站是安全的。小M说过,走过边境,到了咱们自己的地方,都有自己的同志护送。约莫半个钟头的时间,王小五和强子被押进了列车的软卧。强子一直盯着王小五,他发现王小五是"条子"了?还是觉得辉子老板安排他回来太冒失,毕竟在T国,他把毒品生意经营得有声有色,为什么急着让他返回滨海呢?让他继续从事香汇生物研究有限公司的营生,杀人取出活体器官吗?或者有更重要的任务,必须起用亡命之徒完成?再或者是要杀人灭口?强子完全糊涂了。他看着满不在乎的王小五,试图从王小五脸上寻找答案。此时强子酒全醒了,他感觉昨夜喝的不是酒,而是迷魂汤,他被眼前的一切搞蒙了,他甚至不知道自己是人还是鬼,是在梦里还是在梦外。

小M就在这趟列车上,他化装成软卧车厢的列车员来回巡视。开始查验车票的时候,小M敲了敲四号软卧车厢的门,一个年轻的壮汉把四张票全部递到他手中。小M瞅了一眼王小五,又看了看强子,仔细核对车票。年轻壮汉有些不耐烦地说:"看清了吗?行了。"小M装扮的列车员样子很逼真,强子使劲冲王小五挤眼。他想干什么?对王小五预警吗?或者他认识这个列车员,知道是辉子老板派来救他们的?列车员微笑着点点头,走了出去。表面上一切平稳,可是经海山内心忐忑不安,他没有认出小M,只是觉得这个列车员看上去有些面熟。他觉得这里一定有自己的同志化装成列车员,做好安保工作,但到底小M能否出现在列车上,他一点把握也没有。

小M心里觉得挺对不住经海山的,为了让强子不怀疑经海山,只好委屈他,给他也戴上手铐,"享受"如同罪犯的待遇。这样做可以暂时保护经海山,若途中有所不测,可以让他继续和强子周旋下去——目前还不能放松警惕。列车上他俩如果不老实,几个年轻壮汉可不管那一套,拳打脚踢是正常履行职责,只要不把他俩伤害过重，安全押解到目的地，就算是完成了一项光荣的使命。

　　自从接受任务以来，经海山明显消瘦了许多，如果现在让他回到家中，他的父母一定不敢和他相认。短短三个多月，他经受了各种危险考验。小M由衷地敬佩经海山，也感到愧疚——经海山是在替他完成这趟一个人押解犯罪嫌疑人的危险任务。小M不能完成任务，主要原因是他对强子不是很了解。这次经海山的卧底身份是辉子身边多年的随从王小五，强子虽然没有见过神秘的王小五，但还是听说过这个有武功的大名鼎鼎的人物，知道他是老板身边最亲近的帮手之一，也是黑恶组织中素有"四黑兄"之称的四人集团中的老二——王小五王二哥。他早年是辉子干"三产"时候的工友王大勇，后来下岗自己倒腾海鲜买卖，赔了钱，还和别人抢生意大打出手，伤了人，被判刑两年，刑满释放后被辉子收留，那时候辉子的生意刚有些起色。王大勇因为感激辉子，为辉子出生入死。听说他还跑了趟东北，把非法拘禁辉子的那个东北条子给打残了。后来为了给辉子抢生意，聚众斗殴，又把人打成重伤，法院判了他十五年有期徒刑。是辉子花钱给他"洗白"，从此他更名王小五，成为"四黑兄"之二哥。

　　特侦队的侦查员只要到异国执行任务，就会起个代号。队长的代号是小M，他是经海山——代号老W——的单线首长。由于特殊情况，小M的妻子、姐妹旅店的大姐黎子——代号梅L——代表小M和经海山联系。经海山不掌握她的代号。他们所有人的代号都由小M掌控，除非情况特殊，一般不让其他人知道。

　　这次起用经海山假扮王小五，是经过缜密考虑的，为的是让强子更加相信这个卧底就是王小五。虽然这一路上强子将信将疑，多次警惕地试探经海山，但经海山还是凭着不露痕迹的演技，让强子信以为真。

第十九章　武警击毙高强

"四黑兄"里有辉子的养子——"小淘气",听说是辉子早年到东北要账时在回来的路上捡的小乞丐,这一点强子也是知道的。"小淘气"的大名叫云陶琦,是经海山给起的,辉子的父母也很喜欢这个名字。

"四黑兄"里剩下的两个,强子只闻其名,其他情况一概不知。他们集团有规定,谁要是乱打听"四黑兄"的事,那就离死不远了。强子知道王小五的事,还是他逃跑之前辉子跟他讲的,说等风声过去,会派"四黑兄"里的二哥王小五接他回来。辉子还告诉强子,王小五比他小几岁。他告诉强子一个简单的暗语,并特别提醒强子不许用手机和他联系,到时候一切听从王小五的安排。所以一路上,强子怀疑过这个王小五,也试探过他,最后还是选择信任他,因为他觉得这个王小五太了解辉子老板了,对公司的很多事情他心里也跟明镜似的,外人再怎么装也难以掌握那么多公司的内幕情况。他对王小五的身份深信不疑,心存疑虑的只是王小五会不会已被公安策反,做了卧底来抓捕他?现在证实了,王小五并不是卧底,他也戴上了手铐,不知道是哪个环节出了问题。强子想,辉子一定会安排人来解救他俩,否则,他俩要是真的被抓,那辉子本人和他的集团,还有他哥哥云飞扬,就都要完蛋了。想到这里,强子又看了看王小五,阴险地微微一笑。经海山还真的不太理解强子这阴险的一笑是什么意思,难道他发现了自己这个王小五是假的,是公安的卧底吗?但经海山心里很轻松,他知道,无论发生什么,眼前的这两个壮汉一定是自己人,强子再怎么耍花样,也插翅难逃。

这趟列车需要行驶将近十五个小时才能到达滨海市,上级原计划让经海山带着强子乘飞机直接到达滨海市,后来考虑到危险性,便放弃了这个计划。强子是亡命之徒,一旦他发现王小五的身份是假的,就很可能会做出极端举动,即便飞机上有空警和便衣,危险系数也超大。坐火车更保险,而且小M已经让专案组暗中安排,把这趟列车的软卧车厢全部包了下来,增派武警战士全程配合,确保万无一失。

强子一直没有消停，他一会儿喊渴了，一会儿喊饿了，一会儿要解大便，一会儿要解小便，几次折腾，挨了好几个大嘴巴子。经海山在一旁觉得挺解气。强子不停地哼唱："曾经真的以为人生就这样了，平静的心拒绝再有浪潮……有人问我你究竟是哪里好，这么多年我还忘不了……是鬼迷了心窍也好……是命运的安排也好……"这是一首老歌《鬼迷心窍》，强子断断续续、自我投入地唱着。两个年轻壮汉不知道听没听过这首歌，他俩没有再抽强子大嘴巴子，而是静静地"欣赏"他演唱的样子。强子冲王小五说："我原来当过夜总会总经理，天天泡在歌厅里，味道足吧？"的确，强子虽然五音不全，但是歌唱得挺有感情，听起来有一种伤感的味道，估计两个年轻壮汉听到了好听的歌，就没有阻拦他。

列车前进的速度极快，让人来不及欣赏窗外的风景。强子没有任何余地逃脱，其实经海山明白，强子的歌声是在暗示他想办法逃脱，可经海山又有什么招法呢？就是有，也不能伤害身边的战友啊！身边的两个年轻壮汉可不知道经海山的底细，如若强子和他有所行动，他俩是否会果断地解决掉他们呢？

"兄弟，你唱几句，老板说你可是小张国荣！"强子又对王小五起了疑心吗？是不是又在试探他？

"夜风凛凛，独回望旧事前尘……任你怎说安守我本分，始终相信沉默是金……少年人，洒脱地做人，继续行，洒脱地做人……"王小五唱起张国荣的这首《沉默是金》，他不仅唱得像张国荣，甚至还唱出了强子和两个年轻壮汉的眼泪。

"兄弟呀，你唱得真好。"强子坚信，眼前这个人就是"四黑兄"的二哥王小五。他没有见过对方，但是老板在他临行前跟讲他，到了T国好好经营那边的生意，等这边的风声过去，会派王小五——一个唱歌像张国荣的"奶油小生"——接他回来。

"啪啪"两个响亮的耳光子打在王小五脸上。"你唱起来没完了！以为这里是演唱会？"那个年纪小一些的壮汉失去了耐心，开始边打边数落王小五。强子看到王小五挨了大嘴巴子，便疯狂了，露出杀人的凶狠劲，扑向年轻一些的壮汉。两个壮汉一起上手，像宰小鸡一样制服了强子。王小五也不示弱，大声嚷嚷："绑架了！救命呀——"包厢外传来阵阵脚步声。包厢门开了，一个身穿笔挺灰色西服的中年男子站在门口，只是扫视了一圈，没发出任何声音。经海山抬头看了他一眼，面熟，他不就是刚才来查票的列车员吗，怎么变魔术一样，西服革履了？他是——经海山眼前一黑，列车开始穿越山洞。

列车行驶的速度慢了下来。现在已经是深夜十一点多了，经过十五个小时的行进，列车即将到站。强子开始要起无赖，王小五必须配合。"绑架了，黑社会绑架了——"王小五大声吵闹起来。强子也嚷嚷道："肚子疼，要拉裤里了！要拉裤里了！"穿着笔挺灰色西服的男子又过来了，他让强子去卫生间，用手里的矿泉水泼了王小五一脸冰冷的水："老实点！"说完这三个字，他向前移动了几步。

在姐妹旅店的时候大姐就交代了，现在只有姐妹俩和小M了解老W的底细，其余同志都会以为老W也是被押解的证人，也就是真的王小五。小M也对押解证人的武警战士交代说，如果证人反抗，可以采取必要的手段，但是不能让他们有生命危险，必须保证他们的生命安全。小M还交代武警战士，要像一群"假警察"，让强子和王小五搞不明白，不知道是谁抓的他俩，甚至要让他俩感觉像是被同伙绑架，成了"肉票"，而不是公安机关的正常抓捕。别说，刚开始经海山还真怀疑是辉子知道了信息，发现了情况，派人来劫持他俩，那样的话，他俩的性命都有可能交待。

强子就是这么想的，由于过去经常进出派出所、刑警队的审讯室，他自以为很熟悉"局子"。他想，自己接触的警察很多，没见过这样的，这两个壮汉和他们这帮流氓地痞没什么区别，一句话不说，直接抽大嘴巴子。他们到底是谁？辉子的仇家吗？还有那个西服革履的斯文家伙，一看就是个"笑面虎"，像辉子的哥哥云飞扬，一肚子阴谋。强子表面装傻充愣，其实内心跟明镜似的，在城市待了这么多年，他看清了许多人情世故。

经海山被冰冷的水泼醒了——这个西服革履的男子是小M吗？水是冰冷的，可是泼在脸上，却似乎有一股强大的力量！是他，是首长，是那个来无影去无踪的小M，一定是！经海山起身，对方又消失了。经海山明白了！

包厢里，王小五开始大声闹腾，他配合强子，说是吃坏了肚子，要解大手，否则就拉裤子了。强子走出卫生间，瞪了外面的王小五一眼，王小五心领神会。

之后王小五进了卫生间，强子没走几步，就开始反抗，想要挣脱手铐，押解王小五的年轻壮汉制服了强子。而卫生间里，王小五成功击碎车窗玻璃，跳车逃离。穿着笔挺灰色西服的男子立即组织几名壮汉前去追捕。

强子心里多少得到了一点安慰，他想，不管抓了他们的人是谁，只要王小五跑回去，告诉辉子老板，老板一定有办法解救他。他像个胜利者一样，扬起了他那张罪恶的脸。他哪里知道，一场正义的审判正等待着他。

站台上的乘客走得所剩无几了，几个壮汉押解着强子下了火车。强子突然看到了生机，他猛地挣脱武警战士的控制，转身跳下站台，奔跑起来。一名武警战士掏出九二式手枪，"砰砰——"开了两枪。两颗子弹全部射中要害，恶贯满盈的强子当场被击毙。

小M听到站台枪响，急忙折返回去，试图阻止，却已经晚了，子弹早已穿透了强子的肉身。

强子，高强，不！苟力！这个杀人恶魔倒在了冰冷的铁轨上。此时，一列进站的火车匀速碾过他的尸体，真应了那句俗话：人在做，天在看！罪大恶极的苟力得到了万劫不复的下场——他犹如一只流浪的野狗在高速公路上奔跑，被高速驶来的汽车撞死，又被往来的车辆碾压。小M到了跟前，看到的只是一堆血肉模糊的东西，估计苟力的灵魂已经到了十八层地狱。

姐妹旅店的大姐黎珺是小M的妻子，两人成婚多年，既是夫妻，又是战友。好多同事只知道黎珺的丈夫在边疆担任军官，还真不知道他就是首长小M。他们一直保持隐蔽，等待完成任务再公开他们的夫妻关系。在郎勃镇的时候，二妹黎荣看到经海山盯着姐姐的眼神，便故意戏弄经海山，谎称大姐还没有结婚。黎荣倒是还没有结婚，今年三十岁了，小M一直想把二妹介绍给经海山，他觉得等任务结束，黎荣对这个同事会有好感的。

"我看经海山这个小伙子不错，你给二妹说说呗，她都三十岁了，还没嫁出去，成'老大难'了！你这个当姐夫的，还是领导，要关心她呀！"黎珺对小M讲。

"我知道。可谁知道经海山这小子是怎么想的，他在找对象这事上，让大香伤得挺重。要是二妹有意，那就好办了。"家里的事，小M全听妻子的。

"我看二妹对经海山有意思，她骗经海山说我未婚，是大龄剩女，经海山信了，看我的眼神不对。她净瞎说，明明是她心里着急了，又不好意思，用我试探。鬼丫头！不像三妹有话直来直去。"黎珺一提到三妹霞子，整个人就泪水涟涟。

小M紧紧地拥抱着妻子，说："三妹的仇，一定要报。"接着，他岔开话题讲："荣子，她这叫投石问路，谁让她的大姐、我的老婆是个大美人呢！要是经海山那小子看上你，我就揍他，我的老婆不准别的男人看上！"这是他俩当晚在昆明火车站的宾馆里见面聊得最多的话题，而这一晚也是这么长时间以来他俩最放松的一晚。

逃出来的经海山住在火车站西侧一家酒店的1004号房间。他侧躺着，不断地更换着电视频道，停在了新闻台，漂亮的女播音员正在严肃地播报新闻：本市连环奸杀妇女案，经过警方多年侦查，终告破获，犯罪嫌疑人荀某，化名高强，在逃亡近四年后，被英勇的公安干警当场击毙。

听到"当场击毙"几个字，经海山先是一惊，随后脑海中浮现出三个沉甸甸的字：为什么？三个多月的辛苦，就这样白费了？辉子犯罪集团难道还能继续逍遥法外？究竟是什么样的人，拥有如此强大的力量，竟敢抗拒法律，对抗组织如此严密的行动？经海山感觉到，前方的道路比自己独自穿行在崇山峻岭中还要艰险，斗争的形势也将变得更加复杂。

后来经海山才得知，击毙荀力的是一位武警战士，他在今年军分区射击大比武中荣获第一名。凭借此次出色表现，他荣立个人一等功，随后光荣退役。金鹰特战队专案组也因出色的工作成绩，获得了上级的集体嘉奖。领导评价道，毕竟成功侦破了奸杀妇女案，击毙了罪犯，给了社会一个圆满的交代，这无疑是一次重大成功。

经海山躺在柔软的床上，感觉浑身疼痛，他用迷茫的眼神直勾勾地看着电视上跳跃的画面，却听不到里面的声音，脑海里翻滚着各种混乱的画面：荀力——高强——强子，逃婚出来的青年农民，杀人不眨眼的恶魔，武警战士射出的子弹，被击毙的罪犯，鲜血，尸体……这一路上，经海山对人性的改变又有了深入的理解——"一念成佛，一念成魔"。

经海山耳边回响起两个人的声音——

"哥们儿，你说我见到了辉子老板，答应他带着艾梦和儿子逃亡到哪个国家好？"强子吐了口烟雾，问道，"老板在哪个国家生意好呀？"

"当然是M国！听说M国的生意可是一本万利，不，应该说不需要本钱，靠胆量和性命挣钱！"王小五神秘地睨视了强子一眼说。

"对，M国，无本生意，用命挣钱！"强子应答。

"对了，无本生意，就是我杀了人，给他们尸体，他们把器官取出来，放在香汇生物研究有限公司冷冻，之后偷偷用专机运往M国，卖给客户挣大钱，哪有本钱呀！他们的本钱就是我们的命！"强子又狠狠地说。他转过头来，假装疑惑地跟王小五讲："你不知道？对，辉子老板舍不得你的命，你的命用处大！"

"得了，强子哥，我知道一些。辉子老板没让我掺和，只是运输的时候，让我押送到机场。这还是你逃跑之后的事，辉子老板对兄弟们都不薄。"王小五立即解释道。"这个荀力不简单啊，他哪里还是农民的后代，现在都快演变成'侦查型''心理型'罪犯了，处处设计圈套，考察我到底是不是辉子的亲信。"经海山心里寻思着，继续思考着应对这个恶魔的对策。这一路上，他和强子要斗智斗法，还要斗嘴。

"对，你是辉子老板的铁杆亲信，他不会让你干犯大罪、死罪的事。"强子有点酸溜溜地讲。

"辉子老板对你也不薄，你睡了'老大'的女人，'老大'是什么人你知道吗？辉子老板还是没有除掉你，让你活着。他冒着大不敬，甚至被杀的可能，现在还要送你出国，让你们全家团聚，我看他对你也够哥们儿！"

强子又觉得王小五说得有道理："兄弟，你说得也对，他保了我的命，我就要给他卖命。到了国外，我还得给他卖命，咱的命就是辉子的。肯定是'老大'玩腻艾梦了，才甩给我。我才不管，到了M国，我还要找屁股大的外国妞。"他又恬不知耻地露出邪恶的面孔说道。

经海山把荀力的证言一一记在心里，到了晚上，他就会以大小便为借口，离开强子的视线，偷偷速记证据。

那夜，强子正好看到王小五在本子上涂写什么，便问："哥们儿，在写什么？那么认真神秘。"王小五料强子也不看不懂速记文字，便把本子丢给他。

"我在记录行进的路线,以防走错了道。"强子翻了几页横七竖八的线条,又把本子递给王小五:"哥们儿干事细致,老兄我佩服,要不然你能是辉子老板的贴身心腹,他能让你来接我?可以看出老板还是关心我的,值了,为辉子老板卖命!"

经海山这一路上和强子相处,已经把准了他的脉,他毕竟是个死刑逃犯,知道自己的命随时会丢。

第二十章　小M陷入疑惑

火车刚刚到站，车上的旅客还在出站，另一趟列车又缓缓进站，强子突然转身逃跑。在没有任何领导下达命令的情况下，武警战士举枪射击——击毙强子。小M当然不理解，他觉得对不起经海山。这位无名英雄，他忍受着成为"死人"的煎熬，历尽千辛万苦押解的重要罪犯、证人——高强，不！是苟力，还没来得及被审讯，没得到法律的严惩，就这么死掉了。

扫黑除恶和反腐败的道路上充满艰难险阻，这是一场硬仗，一场长期的斗争。

"王小五死了，有人假冒王小五！他是顶替已经死了的人，按照辉子老板的指示去接强子回国！"云飞扬常委在电话里喊着。"这不可能，不可能！哥，我查，我查！"是谁这么大胆子，在假扮自己旗下的铁杆亲信——"四黑兄"之老二王小五，秘密执行接强子回国的任务？是谁呀？这一切辉子和他哥哥云飞扬是不知道的，现在他们只掌握了王小五死了，有人假冒王小五的情况。假冒王小五的到底是谁？

"到底是谁走漏了风声？难道自己人当中有辉子或是他哥哥的耳目，给他们传递了情报？"小M心里想，此时他陷入了更加危险的境地。他一方面要执行单线首长下达的重要任务，另一方面又肩负着金鹰特战队专案组负责人的工作，同时他还得按照辉子的要求管理好他负责的相关娱乐场所，有时候还要执行辉子安排的一些重要任务。因为这些，他又不能露面，不能和经海山见面。幸好辉子他们还没有掌握经海山仍活着的消息，更不知道是活着的经海山假冒了王小五，他们只知道有人假冒死去的王小五秘密抓捕强子，以揭穿润弘集团的黑恶内幕。

辉子得到情报后，安排人及时把强子处理掉了，避免了润弘集团的毁灭。

辉子三年前招聘了一位神秘人物，就是老郭所长当医生的二儿子郭建军。他跟辉子讲，自己患了"无精症"，找女人早晚要"戴绿帽子"，所以他不喜欢女人。他觉得自己"没用"，想挣点养老钱，打算跟着辉子老板好好干，再往后辅佐少爷云令冲继续给集团卖老命，等干不动了就找个僻静的寺庙当和尚，安度晚年。他讲的话，让辉子感觉像是遇到了"同病相怜"的知己。

辉子只知道郭建军是医生，没有家庭，想下海挣钱和当和尚，他根本不知道老郭所长还有一个双胞胎儿子郭守军在公安队伍里，而这个郭建军就是双胞胎中的弟弟郭守军冒充的。郭建军和辉子讲，这么多年他实在是受够了医院教条的管理，想要辞职下海，自己开诊所，或者到民营企业锻炼。他还偷偷和辉子讲："我不像我们家老爷子那样死心眼儿、一根筋，现在改革开放，形势大好，我得趁机捞一把，也过过好日子。"他的想法让辉子很是满意，现在的社会，有这样想法的人很多。就在前几天，报纸还登了一个县委书记辞职，自己经营企业挣钱去了的新闻。甚至还有一个歌唱家，某歌剧院院长，正厅级干部，愣是辞职做起了眼镜生意，还发了大财，挣的钱比他唱歌时多了好几倍。辉子经过两年多的考察，认定郭建军是自己的好哥们儿、好帮手。

郭建军刚到润弘集团，辉子就安排他带几个骨干去一家个体水泥企业讨债。郭建军知道辉子这是要他纳投名状。他了解到这家小水泥企业是当地一个"恶霸"村主任指使亲属搞的"捞钱机器"，村民们对此敢怒不敢言，而且造成了严重的环境污染，于是他带着弟兄们，先是对"村霸"一伙人好言相劝，但他们不但不听，还动了手。郭建军本身就当过特种兵教头，身手了得，他随手抄起一把铁锹，大喊："你们都闪开！"他一个人对付十多个人，把对方全部打得满身是血，瘫倒在地，包括那个"恶霸"村主任和他的亲属。钱要回来了，辉子给了郭建军重金奖励。从此，郭建军成为辉子集团的重量级"打手"，被辉子称为"四黑兄"之首。久而久之，他在这个圈子里变得赫赫有名。后来他还和四平道派出所所长信志丰拜了把子，成了把兄弟，而这也是辉子的授意。

即便如此，辉子也不愿意让郭建军参与太多杀人犯法的事，他怕失去这么好的干将，毕竟郭建军是老郭所长的儿子，而且还是大香引荐的。很多事他还是让苟力、王小五那样的外围干将去做，露了马脚就干掉。

小M，也就是老郭所长的三儿子，他真正的身份是武警指挥学院毕业的军转干部，还是金鹰特战队队长。转业之后，他的真实身份和个人简历由他的单线首长掌握，就连"小M"这个代号也只有最高层首长及经海山和小M的妻子黎珺知道。他是从武警部队直接调到中央直属专案组任职的，当时是奉命侦办一起涉及高等级机密的案件。三年前，此案涉及了润弘集团，上级派他深潜在润弘集团的董事局主席辉子身边。为了抓住那个更大的"老虎"，他孤身一人与犯罪团伙周旋，只接受最高层单线首长的指令。

小M请示他的单线首长，能否向那名击毙强子的武警战士询问一些当时的情况。首长告诉他，专案组已经调查过了，执行任务的武警战士得到了上级的指示，这次到火车站执行的任务特殊，只要犯罪嫌疑人有反抗逃逸的行为，当场击毙，不用请示。这是上级的死命令——绝不能再让这个恶魔逃掉，祸害百姓。

武警指挥部首长特意安排这名神枪手参与了押解任务，因此强子刚想逃跑，这名武警战士就举枪射击，而且直接击中要害。小M想不通这是为什么，到底是谁泄漏了强子被押解到滨海市，而且是滨海火车站的情报？

大香秘密换肾的第一个肾源就是强子奸杀的第一名妇女——拾荒女提供的。强子救了大香的一条性命，为此辉子一直感激强子。

大香生完儿子云令冲，身体就一直虚弱，辉子带着她在国内各大医院查了个遍，大夫给出的结论都是尿毒症，唯一的办法就是定期透析，或者换肾，每年还要输血。输血好办，辉子的那些铁杆手下争先恐后"孝敬"大香夫人。换肾就没那么容易了，得有合适的肾源才行，而且当时国内的器官移植技术一般，只有M国最先进。于是辉子带着大香飞到M国，认识了医学博士阿麦，开启了他们跨国的罪恶合作勾当。当然，大香对换肾的具体细节不是很清楚，她只知道是辉子花了大价钱给她买来肾源，为此她十分感激辉子，认为自己选对了丈夫。

阿麦给大香体检后，建议寻找与大香年龄相仿的亚洲女性提供肾源，这样和大香的身体更加匹配。他还说，他可以跟随辉子回国，给大香做移植手术。

辉子在M国还见到了阿麦的老板——M国S生物研究集团创始人，这个机构是专门从事人体器官移植研究的大型医学研发机构，其实就是个惨无人道的犯罪集团。表面上他们是为了患者健康，进行器官移植研究，以延长患者生命，实际上他们一直干着罪恶的营生，以捞取金钱为目的。过去他们主要在东南亚的一些贫穷落后国家开展生意，以高价收购人体器官，说是自愿买卖，但遇到能获取高额利益的机会，他们便会不择手段。现在他们将手伸向了中国等国家。辉子等人得以被引荐给这个国外的犯罪集团，也是出于"老大"的授意。

辉子还认识了M国享誉世界的器官移植专家——阿麦的师弟丹阿米博士，他们在经营跨国业务上达成了一致，成立了香汇生物研究有限公司。阿麦跟随辉子和大香回国，找到合适的肾源，由阿麦亲自主刀，为大香做了肾移植手术。

大香的手术非常成功。辉子奖励了阿麦，并任用他担任香汇生物研究有限公司的高级顾问兼执行总经理，强子任副总经理兼安保部经理。

大香的病好了，而且比之前更加健康漂亮。她很感激辉子，觉得是辉子不辞辛劳，在国内四处求医问药，救治身患重病的自己。后来，辉子还不肯放弃，亲自带她远赴M国，寻求外国专家的帮助，终于使她得到极其成功的医治。大香不知道的是，辉子同时还为他哥哥的"恩人"——"老大"建立了一家罪恶的跨国公司，为打造他们的金钱帝国又干下了一笔罪恶的勾当。

大香听从爱人辉子的建议，辞去了银行柜员的工作，在家全心全意照顾母亲闵大姑和儿子云令冲。她更加爱她的"小于连"——辉子了。闲暇的时候，她依旧喜欢阅读世界名著；到了夜晚，她就依偎在辉子的怀里——其实更多的时候是辉子依偎在她的怀里——给辉子讲述《简·爱》《悲惨世界》《巴黎圣母院》等名著里的故事，听得辉子时常潸然泪下。

经海山那几年则在巡视组协助调查各类案件，东奔西跑，没有固定的休息时间，连和父母见面的机会都很少，基本上就是电话问候一下。他自知不孝，亏欠父母太多。大香患病换肾的事，经海山一丁点也不知道，更不知道辉子现在经营跨国倒卖人体器官的罪恶营生。他还是在接受押解强子的特殊任务时，听小M给他讲了一些辉子集团的犯罪勾当，再有就是在路上听强子自述了一些犯罪事实。经海山震惊了，他没有想到辉子丧尽天良，什么营生都敢做，他更没有想到大香现在也是辉子犯罪集团的"帮凶"。香汇生物研究有限公司——他们害人的机构都用上大香的名字了！经海山真的痛心疾首。

经海山在工作中偶尔还是会想起大香的，想到四年时间里他们缠绵的爱，还有大香给他心灵深处刺去的狠狠一刀。每当想到这里，他就恨辉子这个无情无义的伪君子，更加觉得大鹏的死和他有关，老郭所长的死也和他有关，最起码他是知道自己和大鹏发生命案那天的真实情况的。"玄色",他用"玄色"来掩盖事情的真相,更欺骗了大香的感情,用金钱俘虏了大香和闵大姑的灵魂。经海山怀念和大香相处的日日夜夜,他也想念高美丽那个"红颜薄命"的漂亮女人。

腊月二十三,小年,经海山按照预定时间、预定地点来到墓地,在自己的"墓碑"后三排的一个张氏老太太的墓前祭奠,等待和他的单线上级小M接头。

经海山想,这次是否能如愿,见到小M同志的真实面目呢?他是火车上那个身着灰色西服的中年人吗?

时间一点点过去,上午十一点半,头戴绣着五颗红色小五星的黑色棒球帽的经海山焦急地观察着周围零散的陌生扫墓人。

突然,他看到了一个熟悉的女子——高美丽!她牵着一个手捧鲜花的四五岁的小女孩,身后跟着一对老夫妻正缓慢地前行着。

顷刻间,有一些咸咸的液体钻进了经海山的嘴角……

小M在远处看着这一切,心里充满了歉意。他默默地向着经海山站立的方向,立正,敬礼!

这一次是小M安排经海山见一见自己的父母,还有他的老校友高美丽和孩子的。小M现在还不知道经海山和高美丽之间的感情,他认为经海山和自己妻子的二妹黎荣很合适,毕竟他们是同行,为了方便今后的工作,他想促成两人的婚事,而这也是妻子的嘱托。

经海山看到父母衰老的面容,心里酸酸的,眼泪止不住地涌动,但他不敢哭出声音,只能压抑心底的痛苦。为了更多人的安宁,他觉得自己值了。高美丽和小女孩的出现,让经海山更为感动,他内心不禁疑惑:这个小女孩是高美丽和谁生的?难道是和她后来的丈夫?"唉!"他叹了口气,快速擦了一把眼泪,心想,无论如何,只要高美丽幸福就好,能有一个女儿陪伴,她一定会对生活充满希望。

回到住处,经海山买了酒肉,一个人喝得酩酊大醉。他想回忆他和大香的爱情,却回忆不起来,又想回忆那夜他和高美丽到底发生了什么,也没有半点记忆。

电视机里重播了那条新闻:奸杀妇女的凶犯荀某,被英勇的公安战士击毙,逃窜四年之久的恶魔终于得到了应有的下场……

"混蛋！屁话！小M，你个大骗子，你到底在哪里？你是鬼还是人？肯定不是人！"经海山一个人骂着，发泄着心中无限的愤怒和惆怅。

辉子在脑子里梳理起整件事情的来龙去脉，琢磨着内鬼会是谁。眼下让他安心的是，强子死了，事情也就一了百了。不过他也担心哥哥，要不是哥哥的情报来得及时，措施采取得力，不可想象的大事就会发生，那时自己怎么面对哥哥？而更不好面对的是"老大"，没有了"老大"的庇护，他们所有人都得完蛋！想到这里，辉子浑身发抖，像是得了一场大病。

辉子单线联系哥哥的座机响了，他立即接起电话，站起来说道："哥，我知道我给你惹祸了。"

"行了，我和'老大'说了，是荀力发现了你要除掉他，他装死逃跑，这几年你一直在找他，现在找到了他，派人把他处理掉了，正好把几起奸杀妇女的案子都扔给他，也算结案。否则，我这个负责政法的领导也是无法面对社会大众的质疑的，也得给公安机关缓解一下压力。荀力死了，案子破了，效果更好。'老大'满意了，说还要提拔我，让你把生意继续扩大，照顾好艾梦，还有她的儿子。"

"哥，放心，没有下次了。"辉子放下电话，心里的一块石头落地。随后，他又给郭建军布置了新的工作。

经海山酒醒了，他推开窗户，望着天空，突然眼前一亮——天空中一群大雁飞过。他看着最后一只落伍的雏雁，真的想飞过去，把它送到雁群中。片刻，一只大雁飞了回来，领着雏雁继续南飞，一直飞到白云深处。经海山看不到了，可是他的脑海里总是有一群大雁飞翔着，其中一只雏雁落伍，另一只大雁飞了回来，护佑着它去追寻那群南飞的大雁。

第三部

深潜

高美丽怀疑经海山的遇难并不那么简单,他疾恶如仇,在中央巡视组配合抓捕"大老虎",得罪的"大人物"很多。那些人物绝不好惹,他们的部属死党众多,报复的可能性极大。高美丽一直怀疑辉子集团有问题,她预感经海山的死很有可能和辉子有关。

第二十一章　深潜香汇公司

小M再一次失约于老W经海山同志。他根本就没有到墓前与经海山接头，只是远远地望着经海山见到日夜思念的父母和朋友高美丽。

漆黑的午夜，经海山躺在住所的床上，窗外的云黑沉沉的，他不禁想，哪一朵云是他自己，哪一朵又是高美丽呢？今天见到了父母，还有高美丽和她领着的小女孩，自己心里说不出是痛苦还是喜悦，抑或是一种难言的欣慰。自己现在就是"烈士"，要是被他们发现，他们肯定不知自己是人还是幽魂。不过，即便是幽魂，他们也会拥抱自己。要是回到中央巡视组，非得把首长和同事们吓坏了。

"小M为什么选择我呢？如果见到他，我一定要揪住他的衣领子，大声问他：'你为什么选择我？我还没有成家，还没有孩子，再有一个多月，我就三十六岁了！你还有人情味吗？'"经海山在心里和自己对话。此时小M真的如幽灵一般，已经站在了经海山的窗前。

"你看上去就像二十六岁的样子，一点不像三十六岁的男人，或许是你没成家的缘故。放心，哥一定给你介绍一个漂亮的女孩，比大香更漂亮。"

经海山被突如其来的人影和话语吓出了一身冷汗。"你不会也和我一样，光棍一条吧？"他假装镇静地说，好似早已发现对方的到来。

"我有妻子，还有儿子。"

"饱汉子不知饿汉子饥，真该揍你一拳！"

"兄弟，来，给哥哥几拳。"

经海山的房门开了。

"不许开灯。"对方已经站到了经海山面前。

"你是谁？"经海山坐了起来，摸出手枪。

"小M！"对方回答。

"为什么骗我？"经海山听出了他的声音。

"让你看看他们，不好吗？"

"你到底是谁？"

"现在还不是和你相见的时候。"

"我这个'烈士'什么时候'起死回生'？"

"你先把它吃了。"几个小盒被扔到床上。

经海山拿起一个小盒，借着月光，看到上面写着：通脉养心丸。经海山不知道是感动还是恐慌，心脏跳动得更加迅猛。

"没有你不知道的。"经海山故意加大嗓门说。

"是的，我是你肚子里的蛔虫。"

"这个小M真是孙悟空，刚才他一定是钻到我的脑仁里了，把我心里想的话全部听了去。"经海山心想。

小M交代了新任务，走了。

"一时半会儿，我活不过来。"经海山自嘲着说道。他往嘴里塞了一把红色小药丸，用嘴里分泌出的一点唾液把药丸强咽了下去，之后大声咳嗽。小M或许能够听到，他最好听到，这是经海山心中的怨愤，还夹杂着委屈，也许是想让人可怜可怜他这个活着的"死人"。

经海山不知不觉记起和大香热恋的时候，大香问过他："经海山，你为什么喜欢当警察？"

"可以保护自己，保护家人，保护天下的好人。"

"你是令狐冲，还是张无忌？"

"你还喜欢金庸武侠小说？"

"特别喜欢。"她依偎在经海山的怀里轻声说道。

"我更喜欢佐罗，他蒙着脸，露出两只眼睛、一行白牙，身披一件黑色的战袍，骑一匹黑马，手拿一柄利剑，飞檐走壁，唱着'Here's to being free la la la la la la Zorro's back……'"经海山哼唱着法国电影《佐罗》的主题歌。

"你唱得真好听，你就是我的佐罗。"大香的体香总是能够让经海山神魂颠倒。

"我也愿意当你的令狐冲——沧海一声笑，滔滔两岸潮，浮沉随浪只记今朝……"经海山动情地演唱着江湖豪情。

第二十一章 深潜香汇公司

"我是你的任盈盈。"大香沉醉在他的歌声里。

这些甜蜜的日子，曾经让经海山感到无比幸福。但当下他回忆起这一切，只感到痛心疾首。他又抓了一把药丸扔进嘴里，眼角滚动着的泪花流入了嘴里，是泪水把这药丸送到了他体内。

他现在还不能变回经海山，经海山依旧躺在坟墓里。

现在经海山不能再伪装成王小五了，毕竟真的王小五在辉子谋害经海山的那场车祸中当场死亡了，而这个信息已经被辉子掌握了。经海山也不再是那个代号"老W"的特战队员了，他的任务已经"成功"完成了，要说有不成功的部分，那也是被小M他们搞砸的。

经海山现在是一个叫史一鸣的小老板，他要勾引一个和强子有染的女子，她有了孩子，还差点丢了性命。

交代任务的时候，小M故意双眼直勾勾地盯着经海山，经海山却看不到他的脸。小M说："你是一名公安干警，去'勾引'女性，要讲纪律，守住底线，不能真的有事。你看过老电影《英雄虎胆》吗？你要像侦察科长曾泰一样，在美女面前坐怀不乱，再说她背后有'大人物'盯着你。组织相信你，你只要从她那里获取辉子集团的犯罪证据，拿到那个'大人物'在幕后操纵的证据，就是最大的成功。"他最后又说："你一个人押解强子的任务完成得很出色，首长答应给你记功，等到你凯旋的日子给你颁奖。你速记的内容，我们的同志都整理好了，很重要。"

他还是没有和经海山见面，低着头，挥挥戴着白手套的手，算是告别。"有情况我会联系你。不要忘了，你身边有战友帮你。小心辉子和大香，不能和他们见面。"他走了，经海山看着这个熟悉又陌生的背影消失在黑暗中。

天蒙蒙亮，经海山一个人躺在落脚旅店的木制双人床上，陷入了一种疲惫，一种从来没有过的疲惫。

润弘集团又进入了国内五百强企业前十名。辉子成了市政协常委，他太忙了，到处宣讲民营企业发展靠的是政府的好政策，并且一再表示润弘集团要回报社会，回报百姓。大香到集团担任了副总经理，兼任香汇生物研究有限公司董事长，但是她根本就没有去这个合资的香汇公司上班，公司的日常经营都是由M国总代理阿麦博士和集团总代理艾梦负责。

因为强子和王小五接连做了不该做的事——调戏"老大"的女人艾梦，所以遭到了"清理"。强子是咎由自取，王小五则多少有些冤枉，是艾梦对王小五产生了好感——也是酒精惹的祸。两人还没有发展到"出轨"的那一步，"老大"知道了，让云飞扬看着办。无奈之下，云飞扬给弟弟辉子下了死令。辉子想，让王小五干一件惊天动地的大事后再去死，也算是人尽其才。

经海山若出现在辉子和大香面前，一定会露馅。即便他现在外形有所改变，也骗不了大香，不出二十四小时，大香一定会嗅出他的体味，毕竟他俩谈了四年恋爱，那种肌肤之亲的感觉又怎能忘掉呢？辉子那个"鬼子精"也出不了三天就会知道经海山没有死，他会再一次制造事端，让他成为真正的烈士。

王小五到底干了什么，辉子非得让他死于非命？想要从艾梦嘴里套出这一切的真相，肯定没有那么简单。艾梦和辉子又是什么关系？她四岁的儿子如果不是强子的，那又会是谁的？那个"大人物"到底是谁？连小M都不知道。他很神秘，就算是辉子去见他，恐怕也只能见到他的背影。他的权力到底有多大，位置到底有多高，恐怕只有云飞扬清楚，他是一定见过这个"大人物"的。

小M说，年底前要把事情办妥，夜长梦多，到时候露出马脚，暴露了，局面就很难预料。

马上中秋节了，按照"该死"的小M的命令，经海山天天在滨海做着"地下工作"，自己的爹妈不能孝敬，还要冒着风险去"勾引"一个不相识的女人——艾梦。艾梦到底是一个怎样的女人？她掌握了多少关于润弘集团的罪证？经海山琢磨着他的新任务，为此他特意跑到一个专门卖经典老片录像带的地方，买了一部《英雄虎胆》，在落脚的旅店里翻来覆去看了好几遍。他敬仰曾泰这位解放军侦察科长，感动得流了好几次眼泪，他想自己押解强子这一路，就有些像老前辈曾泰同志，深入敌人的心脏，而他现在要深潜辉子集团，而且还要回避辉子和大香的眼睛，他感觉自己比曾泰老前辈还难。

下个月农历初十，经海山就三十六岁了，墓碑已经立了半年。他想，自己是老W，是王小五，现在又是史一鸣，自己的名字"经海山"难道就这么不讨人喜欢吗？大香是不喜欢的，那高美丽呢？艾梦呢？既然大香不喜欢，干吗又出现在他的世界里呢？她总是给他希望，然后又让他希望破灭，让他明白什么是痛不欲生。也许真应了那句老话，有缘无分的爱情注定让人悲伤。

经海山头戴一顶绣着五颗红色小五星的黑色棒球帽，这是小M送给他的。至于为什么一定要让他戴这样的帽子，小M没说，只说是戴上防风沙，也防寒冷。他去T国执行任务时戴的那顶同样款式的棒球帽，被他在滨海火车站逃跑的时候弄丢了。现在小M又给了他一顶崭新的同样款式的棒球帽。戴上它，经海山觉得自己特别像苏联小说《钢铁是怎样炼成的》里的保尔·柯察金——那个时代的英雄。

经海山身上穿的是一套蓝白色的运动装，脚上穿着一双红白耐克运动鞋。这当然也是小M安排的，他告诉经海山，这样穿着显得"嫩"。其实过去好多人都说经海山看起来比实际年龄显得年轻，他现在这样一装扮，哪里像个从南方来应聘的油头粉面的小老板，倒像个时尚的"小鲜肉"。

经海山现在的名字叫史一鸣，京武体育学校毕业，留校当了武术教练，嫌工资太低，下了海，干了几年医疗器材生意，赔光了家底，听说润弘集团旗下的香汇生物研究有限公司招聘安保负责人，便来应聘。他要把来应聘的人全部打趴下，让香汇公司坚定地聘用他当安保部经理。

风很大，卷起铺天盖地的沙尘。经海山驾驶着一辆红色夏利车，向着报纸广告上刊登的招聘地点前行。一栋气派的大楼出现在眼前，"全心全意，为民造福"八个大红字高高悬挂在楼前。"这广告语就是他们骗人的招牌吧。"经海山不禁想。大厅里挤满了壮汉，像经海山，不，像史一鸣这样看起来文弱的青年，还真不多。

史一鸣翻了几个漂亮的跟头，来了一个"鲤鱼打挺"，又撂倒了几个壮汉，顿时响起一阵接一阵的掌声。坐在考官席中的一个灰白发的外籍男人起身，说了一句："你留下吧。"然后就转身走了。经海山知道，这个人就是阿麦博士。一个个子不高，打扮很精致的女子走过来，伸出纤细白净的手，说："恭喜你，史一鸣，成为我们公司安保部的副经理。"

"不是经理吗，怎么是副的？"经海山故意显示出小心眼儿的样子，不满意地问道。

"你在半年的试用期里为副职，半年后转正，就是正职了。"她不紧不慢地回答。

"工资也减半吗？"

"当然！"她柔里带刚地说了两个字。她就是艾梦，艾总，后来熟悉了，史一鸣习惯喊她"艾姐"——在没有外人的时候，她喜欢让史一鸣这么喊她，因为这样显得亲切。

一切都在按照小M的计划推进，有时候经海山真的特别佩服小M，他到底是谁？诸葛亮再世吗？能掐会算。

艾梦——这个模样冷酷的少妇，虽说不上绝美，但也不能说不漂亮，她的气质是大香、高美丽没法比的。其实经海山不愿意在心里把她们和这个艾梦做比较。艾梦是不会欣赏强子那样的男人的，她四岁的儿子一定不是强子的。强子，一个走进大城市的农民后生，文化程度可能仅有初中水平，后来成为一个恶贯满盈的杀人在逃犯，被武警击毙，又被火车碾压成一摊血肉模糊的肉泥——他充其量就是个"背黑锅"的。

经海山极力关注着这个外表精致，对他不屑一顾的女子艾梦。

"随你便，愿意就留下，找她办理手续，不意愿就走人，我们有备选。"艾梦不客气地指着一个年轻女职员，给史一鸣下了"最后通牒"。

"好吧！我也先试公司半年。"史一鸣装作不在乎这个职位的样子回答。

艾梦是否觉得史一鸣是个男人味很足的人呢？经海山在心里告诫自己，跟她只是逢场作戏，不能动真心，自己是来执行任务的，绝不能节外生枝。再说她有儿子，虽然是谁的还不知道，但这里面一定隐藏着大秘密。

和大香的四年之恋深深打击了经海山，让他感到自卑，放弃了人间有真爱的罗曼蒂克的想法。高美丽也让他揪心，她身边的小女孩是谁？她为什么带着这个小女孩来到"死去"的经海山的墓前？那天夜里，他和高美丽到底发生了什么？难道这个小女孩是他"酒后无德"的结果？可即便如此，也不可能一次成功吧？这样的事真的会发生吗？

第二十二章　精致女人艾梦

带着许多疑问，经海山跟随艾梦指定的女职员走进了一间办公室，按照女职员的要求填写了几张表格，像是把自己卖给了香汇公司一样。他心里想，身为人民警察，国家副处级公务员，自己就这样变化着不同的社会身份，扮演着各样的角色。如果哪天社会真正和谐了，没有了违法行为，自己在社会上找工作一定很有优势，特别是当演员，自己可是有真实的生活体验的。

经海山时刻提醒自己，现在的目标是艾梦，这一次和假冒王小五不一样，上次是和死刑犯博弈，这次是和美人较量；上次拼的是智慧和勇气，这次拼的是定力和忍耐力，风险更大，战胜"糖衣炮弹"比起抵挡真的炮弹更难。

史一鸣在安保部的十几天里，来了个"新官上任三把火"，对手下的十五名安保人员进行了全面考核，然后分工培训。身体素质好、有点拳脚功夫的五人是一组，主要负责运输公司研发的贵重新药物产品；能坐得住，稳重一些、年纪大一些的五人是另一组，负责在公司楼内进行巡逻，承担"看家护院"的职责；再有五名年轻的新的安保人员是一组，是应付突发事件的机动力量，史一鸣整日对他们进行强化训练。

香汇公司里的实验药物不仅贵重，而且有很高的机密性，稍有泄露，就是要命的事，如果被窃贼入室盗走，那麻烦就大了。机动组平日里就是在一间专门的健身房里训练格斗、散打、拼杀功夫，然后跟随史一鸣执行特别行动任务。这里的外籍老总阿麦博士说，今后史一鸣带队执行的都是绝密任务，他们要随时等待命令。

这里的健身房很宽敞阔气，甚至让经海山感到有些喘不过气。他在市局的训练基地里也没见过这样大规模的健身房。这个健身房，就像一座"魔鬼游乐城"——根据自己这些日子亲眼所见的种种震感场景，经海山暗自给这里起了一个名号。

"魔鬼游乐城"位于这栋大楼顶部的第三十八层，是个带阁楼的楼层，准确讲并不是阁楼，而是隐藏起来的完整的一层楼。这层楼的屋顶采用了斜面设计，经海山用眼睛丈量楼层最低处都足足有三米高，整个楼层挑高能达到八米左右。"魔鬼游乐城"楼上楼下的面积加在一起，足足有两千平方米。

当经海山以史一鸣的身份游走在这里时，他似乎忘记了自己到底是谁，到这里来做什么，又是什么任务让他看到了不一样的世界。

如果当时为了金钱，听从辉子的建议，来到润弘集团任职，那自己现在到底变成什么样了？心中的信仰会被这个魔鬼般的"新奇世界"改变吗？经海山想，一定不会，自己在警旗面前发过誓，要为警察事业奋斗终生，甚至不惜牺牲生命。

"魔鬼游乐城"的一层灯光昏暗，似乎是电路接触不良。那个专门在这里守夜的外籍男人告诉史一鸣，这是实战需要。乍一看到这个守夜人，准会被他吓一跳，他就像《巴黎圣母院》里的敲钟人卡西莫多。难道这是大香挑选的"卡西莫多"？为了满足自己的阅读想象，还原书中的场景？经海山漫无边际地假想着，有时他的假想会"成真"，其实这源于他对事物的冷静分析和深入了解。

一层东侧有一个类似擂台的空场，中国古代的十八般兵器——刀、枪、剑、戟、斧、钺、钩、叉等一排排整齐地摆放在那里。史一鸣抽出一支枪，好似赵云在世般挥舞起来，犹如戏台上"长坂坡救阿斗"的场面，看得那个老外"卡西莫多"喊了声"好"。中间区域是一个西洋式的拳击台，拳击台周围的地面上嵌着一个个铁疙瘩，史一鸣不慎踩了一脚，直痛得他"哎哟"一声。此外，东侧还有十几组挺怪异的健身器械，好像是特别打造的，那个年纪大一些的安保员工告诉史一鸣，这些器械主要是用来训练"挨打"的，好让人"刀枪不入"。"挨打多了，功夫也就练成了。"他说。这句话是辉子老板在公司刚成立的时候，来这里视察时讲的。刚才拳击台下的铁疙瘩，也是为了让训练者练就"钢筋铁骨"——打不过对手就会掉下来，轻者一身皮外伤，重者胳膊腿骨折，脑袋缝几针都很正常，不过死不了人。这就是设计师的本事，设计师是来自阿麦博士家乡的退役军人，是辉子花费重金请来的。一层西侧是一个实弹射击场。

"怎么还有真枪实弹的真家伙？"史一鸣有些惊讶地询问安保员工。

"史经理，这是秘密，时间久了，您自然就知道了。这好像是在公安机关备案过的游乐射击场，公安部门的上层大人物还来过这里射击打靶呢。"

史一鸣装作不会使用枪械的样子说："这个用枪，我还是不行，等以后慢慢练吧。"

走到南侧拐角，史一鸣吓了一跳，一些鬼怪模样的人体模型吊挂着。"这是让弟兄们联想对手从而进行搏击的假想敌人。"这里简直就是十八层地狱，难道又是大香按照金庸武侠小说的场景布置的人间地狱？

上了所谓阁楼，里面静悄悄的，灯光依旧昏暗，像是走进了海洋博物馆。那个守夜人"卡西莫多"说话了："史经理，您暂时看看就可以了，这里是你们所要保护的公司重要标本的存放处。"经海山也不想过多地了解这里，他要一步一步侦查，以免打草惊蛇，也许这一切都是艾梦的考察试探呢？史一鸣假装有些疲惫的样子说："行，以后慢慢参观吧。"

现在史一鸣带领他的新老队员，除了执行押送公司货物的任务，其他时间基本上都在这里开展训练。

面对这样的场景，经海山不禁联想，强子整日里在这样的环境中训练，能不产生变态心理吗？他奸杀妇女，非法进行人体器官交易，与这里人间地狱般的环境是有密切关联的。经海山突然感到毛骨悚然，背后好像有一把利剑刺过来，一直刺透他的胸膛。他抓了一把红色小药丸送进嘴里，狠狠地咽下，稳定心脏。这些日子，他总感觉身后有一个红衣女侠手持利剑，刺向他的心脏。他时常游走在这样的噩梦里，有时候，他感觉血管里流淌着一股黑色的血液，不，不是黑色，是"玄色"。他又记起了"玄色"，还有大鹏和老郭所长。

艾梦告诉史一鸣，像他这个级别的人物，是见不到集团董事局辉子主席的，就连本公司的董事长大香也见不到。史一鸣的顶头上司就是艾梦，再往上就是那个外籍老总阿麦博士。

经海山躺在租住的房子里，一个人，黑着灯，实在是无聊。他对自己说："你无聊的时候，还是想想怎么对付艾梦吧，早日把证据拿下，把辉子犯罪集团攻破，你就可以早日'还阳'。""放屁！"经海山自己骂自己。他叹了口气，开始思考如何才能不暴露自己，让艾梦主动说出事情的真相。王小五为什么宁愿赴死？艾梦的孩子是谁的？她到底知道多少秘密？贩卖人体器官的事她知道多少？还是全然不知？经海山打心眼儿里不希望艾梦知道香汇公司是倒卖人体器官的罪恶犯罪集团，那样的话，她也是死罪。虽说自首可以获得法律的宽大处理，但恐怕她就是知道实情，也不敢自首，因为自首就意味着辉子集团会处理掉她，那个"大人物"也会给云飞扬下达指令，她是活不了的。

　　一个阴雨天，史一鸣邀请艾梦下班后到桂城西餐厅吃饭。两杯红酒，两块七分熟的牛排，一盘沙丁鱼，一碗蔬菜沙拉，甜酸口味。史一鸣要了罗宋汤，艾梦要了奶油蘑菇汤。两人静静地坐着，听着在餐厅表演的小女生演奏《梁祝》。她说："你爱听这首曲子吗？"史一鸣讲："我更喜欢理查德·克莱德曼的钢琴曲《献给爱丽丝》。"

　　"你一个'武夫'，倒挺浪漫。"

　　"我也有温柔的一面。"史一鸣独自喝了一大口红酒回答。

　　"我们是在过招吗？"

　　她走到唱片机前，西餐厅里缓缓响起了《献给爱丽丝》的钢琴旋律。这首曲子特别适合热恋的人听。过去经海山和大香经常拥抱在一起，甜蜜黏糊地听这首曲子——那些个日子特别幸福。

　　"谢谢。"史一鸣眼圈红了，颤抖着说。

　　"回忆起初恋了？"

　　"艾总，一般男人的心思是逃不过你的慧眼的。"

　　"你二十九了？不像。"

　　"我像三十多的。"

　　"别扯了，你就是个二十六七的愣小子。你接受姐弟恋吗？"

　　"你是我姐吗？你顶多和我年纪相仿。"

　　"别拣好听的说，我比你大三岁，三十一了，还有个没爹的儿子。"她面带冷酷地接着说，"出来了，就别喊我艾总，喊姐。"她喝多了吗？她刚喝了小一杯红酒。

　　借着酒劲，她移步坐到史一鸣身边，扑到史一鸣怀里。经海山被艾梦的举动惊吓到了，但他不能完全表现出抗拒，他无法判断真假。她是在考验史一鸣吗？还是她不能忍受"守活寡"的日日夜夜？又或者是她背后的那个"老大"在考验史一鸣？现在拒绝她还是有理由的，否则她会怀疑史一鸣是否够男人，她背后的操纵者也会怀疑。经海山最大的优点是"怀疑一切",最大的缺点也是"怀疑一切",这就是职业属性——必须"怀疑一切"。

"王小五肯定死了。"艾梦流着眼泪说。"四黑兄"之二哥是王小五到国外交易生意时使用的名号,在集团里,他就是王小五。

王小五的死是艾梦告诉史一鸣的,史一鸣不知道王小五这个人的存在,他是从南方来这里应聘的安保部经理,现在是副经理,艾梦说有半年的试用期,但这不重要,重要的是获取证据,赶紧让自己从"坟墓"里出来,变回人民警察的"真身",经海山想。

"你怕吗?"她问。

"怕谁?"史一鸣假装不知道地问。

"当然是老板。"

"老板是谁?"

"我也不知道。"她的回答让人意外。

"不是辉子主席吗?"史一鸣追问。她摇摇头,又投入史一鸣的怀里。他们就这样说了一些意义不大的话,史一鸣得保持镇静,她的真正底细他还没有弄清楚。

史一鸣也有些喝多了,不知为何,他突然有种怜香惜玉的冲动,感觉自己不是在逢场作戏。他想,即便有人指使艾梦考验自己,也要让对方感到一些真实的存在。

分手的时候,艾梦轻轻咬了史一鸣的嘴唇。她是"爱丽丝"吗?他梦里的"爱丽丝"像大香,不,像高美丽。

她问他:"知道强子吗?"他摇摇头。她又问:"你不看电视新闻吗?奸杀妇女的恶魔高强,在押解途中逃跑被武警战士击毙,真是大快人心。是集团高层给警方提供线索,才抓到这个魔头,只可惜没有公审就死了。

史一鸣惊讶地问:"你认识他?"她回答:"何止认识。""怎么回事?"史一鸣带着酒劲又问。她说:"这个高强是从监狱逃出来的,伪造了身份,借着有点功夫,其实就是有狠劲,当上了公司的安保部经理,后来还当上了副总,没承想是个杀人恶魔。""是吗?"史一鸣再一次装作特别惊恐地问道。她看出来他胆小,说道:"至于吗?你的功夫可比那小子高多了,不过,你没他狠。"

他继续追问:"这个叫强子的是不是追求过你?"她吸了一口烟,说:"那个该死的色魔能不纠缠女人吗?"

"他怎么样你了?"

"你想哪儿去了,我是'老大'的人。那个死鬼高强,就算给他一百个胆,他也不敢。"

"你真是'老大'的人?'老大'是谁?"

"算是吧。别问,问了都得死。"

"强子不怕'老大'?"

"哈哈,强子就是个混蛋,打工的混混,怎么有资格见'老大'呀?就是辉子,也没有资格见。他哥哥云飞扬想见,也要提前一个月找秘书约。"艾梦似乎很骄傲地说。

"他是大老板咯,你儿子的爹?"

"别给脸不要脸,回家!"她翻脸了。史一鸣打车送她回家,一路上,她把吃的喝的全吐出来了,史一鸣赔了司机两百块钱了事。到了家,他扶她上楼,她又搂住了他。

"史一鸣,你小子算得上小帅哥吗?反正我欣赏。"谁知道她说的是酒话,还是故意试探,或是真心需要男性的爱,她这个年纪的少妇正是渴望情爱的时候。

十天了,外籍老总阿麦一直没有交给史一鸣特别的任务,史一鸣只见过他一次。还有,那天应聘的时候,考官席上阿麦和艾梦中间还坐着一个神秘男人,他把帽檐压得很低,自始至终都没有讲话,只是看完史一鸣的表演,和阿麦耳语了几句就走掉了,而且再也没有来过。这个神秘男人到底是谁?

午夜,小M的身影闪现。

"接近艾梦了?"他问。

"是的。"经海山回答。

"说说,有什么新的发现。"

"她说,她四岁的儿子不是强子的。"

"那是谁的?"

"好像也不是王小五的，我问多了，她便破口大骂，我真想回骂几句。"

"你压着点脾气。"

"我知道。她喝醉了，我送她回家，她还咬了一下我的嘴唇，现在还有点疼。"

"很好的开头，注意火候，别当真，真的绷不住了，请示组织。等案子结束，她如果没有参与违法行为，你自己也愿意，可以考虑。"

"你当领导的别开玩笑，我还不够委屈吗？你不给我介绍对象了？"

"等你完成任务再说。"

小M走了，没有留下安慰的话语。"妈的！"经海山骂了一句，他真想哭几声，这过得什么人不人鬼不鬼的日子。

天大亮，天边已映出粉红色的朝霞，看来昨天的女气象预报员又说了假话，她说今天白天有大到暴雨，各单位应提前做好防汛工作。"屁话！"经海山把怒火撒在了昨天桂城西餐厅电视机里的那个女气象预报员身上。

没有带雨具的经海山在暴雨里淋成了落汤鸡，他想，自己冤枉那个女气象预报员了，她真的漂亮，像大香。

第二十三章　大香着迷"于连"

现在想要见到三十四岁的云飞辉主席，需要提前一周预约，而且他还未必有时间接见。能直接见他的都是副市长以上级别的官员；市里的局级干部，还是一些要害部门的一二把手想要见他，则需要预约；其他小官员是见不到他的。老同学、老同事能见到他的几位秘书，就已经算是有面子的人物了。好多高层领导见到他，都称呼他为主席先生或者飞辉同志。辉子大部分时间都辗转在各个经济发达的国家洽谈跨国生意，国内的业务基本都由大香和他身边的几个信得过的人负责。

辉子在感情上还算安分，他爱大香，大香一直把他比作于连。辉子说他只是前半生像于连，后半生绝不会像他一样悲惨。大香说："你是我一个人的于连就够了，我是不会讨要情债的，何况我已经拥有了你。"辉子在学生时代就是个特别不爱读书的落后生，他是为了讨好大香才去读了《红与黑》，不过他一直不懂这部写得拖泥带水的文学巨作到底好在哪里，大香为什么那么着迷，不就是一个叫于连的小青年给市长"戴了绿帽子"吗！他内心不喜欢于连，可是大香喜欢，他就顺着大香的意愿充当他不喜欢的于连。

经海山喜欢《红与黑》，他知道那是十九世纪法国批判现实主义文学的代表作品。他觉得大香喜欢辉子，可能是因为辉子发迹的经历和于连有些相似，也或许是因为辉子高中时的样子是大香喜欢的。"情人眼里出西施"——她就认为他像于连。

经海山第二遍读《红与黑》的时候，心想："难道我是那个被'戴绿帽子'的市长吗？我要杀了辉子吗？大香这个薄情寡义的女人！"

在爱情的世界里没有原谅，所有男人都是自私的，他们想占有女人的身体、灵魂，甚至下一辈子。那么女人呢？她们同样想拥有男人的保护，想小鸟依人，想过上想象中天堂般的生活。经海山是在寻找批评自己的依据，还是在寻找批评大香背叛爱情的依据呢？

　　辉子为了讨得大香的真爱，不厌其烦地读了三遍《红与黑》。他向大香发誓，他会永远爱大香。他说，当年上高中时，他偷偷看到大香穿着裙子睡着了，他瞬间有种莫名的感动。那一刻，他便认定了大香是他心中的"圣母"。为此他付出了巨大的代价，大鹏捅了他三刀，还好他最后保住了性命，而且真娶到了大香。也许只有通过这种方式，他和大香才能成为夫妻。如果大鹏还活着，大香一定是和经海山那个警察结婚的，怎么能瞧得上他呢？没承想大香选对了，现在的辉子是功成名就的民营企业大老板，甚至是世界级的企业家，名声传到了很多国家。东南亚的那些个达官显贵、富商巨贾为了得到和他合作的机会，甚至争相要见他。他能说会道，给他们带去无穷无尽的希望。他告诉那些对长生不老梦寐以求的达官显贵，中国自古就有太上老君练就不老仙丹的传说，他也正在研发能够延长寿命的良药，相信不久的将来一定会成功。许多富贵的人都在拭目以待，期盼辉子早日对他们施以恩赐。辉子自己都不相信自己说的是真的，但他知道，只要敢想，就没有办不成的事。

　　辉子有一次回忆起自己在东北讨债受到殴打和侮辱的经历，发誓一定要再到东北找条子和他的老板，揍那伙人一顿，再向他们要个几十万块钱，给当地建一所希望小学，绝不能便宜了那伙恶人。

　　辉子除掉王小五是迫不得已，他必须按照哥哥云飞扬的要求去做，而哥哥则是在执行"老大"的命令。王小五疯了，找了不该找的女人——他走了强子的老路，迫不及待地调戏了艾梦。"活该！"辉子恨恨地向王小五和他的合影照片啐了口唾沫，愤怒地骂道。但他心中还是感到有些悲伤，毕竟他和王小五曾有过一段过命的交情。当年王小五跟着他到异国谈生意，为了他，差点把命丢在国外。

　　强子出事后，辉子让王小五接替强子担任香汇生物研究有限公司的副总经理兼安保部经理，没承想他也对艾梦产生了非分之想。艾梦也是寂寞难耐，看着帅气的王小五，便主动投怀送抱，结果被"老大"的人看到，报告给"老大"。"老大"大发雷霆，骂道："我的女人都敢动！这等无情无义的小人，必须除掉，否则早晚出事！"云副市长吓得屁滚尿流，赶紧给辉子下了死令："王小五必须死！要么哥哥死，你选吧！"

　　辉子是个重情义的人，他虽然迫不得已让王小五去除掉经海山，但听说王小五没有死，跑了，他也感到有些欣慰。如今辉子知道王小五已经死了，活着的是个假王小五，此前是公安派人卧底伪装成王小五，试图抓到强子，以曝光他们的那些违法事件。好在英明的大哥做了决断，及时采取措施除掉了这个没脑子的强子。

辉子仰仗着哥哥的权势，肆无忌惮地做着各种违法生意，疯狂地捞钱。他倒卖违禁物资，走私毒品，只要有钱挣，几乎什么生意都敢接。但他还是聪明的，凡是违法的营生，他都只是投资，具体经营的事情都交给旗下的公司去做。即便出了事，他也有退路，只要政府部门掌握不了他违法的证据，他就可以提前向有关部门举报，来个先下手为强。

为了给大香换肾，他铤而走险，又涉足了贩卖人体器官的罪恶买卖，而这也成为他又一项捞钱的营生，他像是发现"新大陆"一般，紧紧抱住这棵新的"摇钱树"。他指使下属无底线地做着违法勾当，只要暴露，他就想尽一切办法杀人灭口，甚至还会配合政府一起缉拿罪犯，为此他多次受到市里政法部门的表扬。目前公安机关无法掌握他旗下的上百家企业哪家有违法行为，因为但凡有企业露出苗头，他就会积极配合组织开展调查，同时立即清理门户。就像十多年前经海山当派出所所长的时候，他旗下的建筑公司拖欠农民工工资，他不仅在派出所当着大家的面给农民工发钱，还把殴打农民工的中层主管交给经海山依法处置。

他的这种阴阳两面派的作风，给执法机关带来极大的麻烦，好多侦查工作都需要秘密开展，一不留神还会落入他设计的圈套，前功尽弃不说，还得给他道歉，或者大张旗鼓地表彰他。

辉子一直以来没有一点花边新闻，这一点大香对他很放心，很满意。他甚至要求摘除自己的一个肾给大香，大香得知后，抱着他，当着众人的面喊道："我的小于连，我爱你，一生一世。"在场的许多亲朋好友还以为辉子改名于连了。还有人说，大香换肾换得认错人了。只有辉子心里明白，他自愿一生一世做大香姐的于连。

在一次市政协会议上，作为常委的云飞辉提议建立一个为妇女提供免费大病医疗的基金会，由大香担任会长，全部资金由润弘集团承担。市领导非常满意他的提议，又给他颁发了"年度慈善大使"的称号。辉子恬不知耻地讲："正因为有社会各界的支持，才有如今强大的润弘集团。取之于民，用之于民，我们要回报社会，回报百姓，润弘集团是千百万百姓的企业。"

他的香汇生物研究有限公司，打着造福人民的旗号，干着取人性命、挖人内脏的罪恶勾当。他们大逆不道，罪大恶极，"衣冠禽兽"这四个字就是对他们这群披着羊皮的狼的最好定义。

经海山的车祸事件就是辉子在幕后操纵的，他认为只有经海山死了，大香和儿子才能一心一意地和他过日子。他心里总有一个阴影，觉得大香心里一直装着经海山，自己只是个替代品。他甚至在梦里梦到自己的儿子喊经海山爸爸。他忍受不了这样的折磨，借着"老大"的指令，他下令，让王小五处理此事，来个"一箭双雕"。

经海山死了，辉子的心情放松了许多，就是有时候做梦，梦到经海山回来了，和大香、小令冲团聚，气得他端起冲锋枪一通扫射，但竟然没有一颗子弹击中经海山。他们嘲笑他是废物，就是那个可怜的于连——被绞死的可怜虫于连。

辉子满头大汗地醒了，看着身边的大香，竟然痛哭起来："呜呜，呜呜，呜呜——"那哭声听起来就像是大半夜在闹鬼。大香起来拥抱他，安抚他，轻轻地亲吻他，唤起他对爱的渴望，唤起他少年时代偷偷看她的那份感动……

辉子也经常暗暗嘲笑自己，有钱又有什么用，整日里还不是要提心吊胆地过日子，坐在车里生怕对面的大货车冲撞过来。他曾经指使手下用这样的行动害死过好多人，有经海山这样的"得罪"他们集团的坚持原则的执法者，还有高美丽的老公和儿子这样的无辜者，他知道自己罪行累累，可是他已经上了"老大"的船，他知道这条船是永远靠不了岸的。

第二十四章　辉子陷入苦闷

辉子怀念大鹏，是大鹏带着他去家里玩，才让他有机会与一生挚爱的大香姐相识，并结为夫妻。辉子到现在依旧是"大香姐""大香姐"地亲切喊自己的妻子，他觉得喊"大香姐"就意味着他们能永远在一起。即便大香没有应声，他也不停地喊，甚至肉麻地追着喊："大香姐——大香姐——"就像小时候喊"妈妈——妈妈——"一样甜蜜。只要每天能够喊"大香姐"，无论是当面喊还是在电话里喊，他就心满意足，幸福并快乐着。

辉子作恶多端，虽然他没有亲手杀人，但他是授意者，或者指使者，是他暗中指使他的"亲信"去雇凶犯罪。可是，他平日里却在公众面前表现出一副无比和善的面孔，遇到有人受灾需要救济，他还会抹几滴眼泪，表示心痛，之后把他挣来的那些黑钱捐献给那些毫不知情的人。表面上他是个连只小鸡都不敢杀的大善人，实际上他却在用无数无辜者的鲜血打造他的金钱帝国。在他心里，利益是至高无上的，他会不惜一切手段去获取利益。

辉子的身家早已过百亿，但他在爱情上始终如一，一直爱恋着大香姐，这一点还算让经海山感到一丝安慰。

时光荏苒，快二十年了，每当闵大姑想起大鹏，她就会记起经海山，总觉得经海山没有牺牲，那么好的一个警察不会那么早就牺牲，她坚信这一点。辉子也劝说了多次，他告诉岳母，经海山因公殉职了，他是在去西北执行公务返回途中遇到风暴，发生车祸而遇难的。说到经海山遇难，辉子表面上总是带着几分悲哀的表情。大香则痛苦万分，像当年大鹏遇难时一样伤心。辉子心里妒火燃烧，一开始他还感到有些遗憾，想过帮经海山一把，跟哥哥说说，再给经海山一次机会，毕竟经海山是他的老校友、老学长，而且在他创业初期给了他许多帮助，就连"小淘气"的户口也是经海山帮忙给上的。但当他看到大香真心为经海山的

"死"而痛苦时，他又觉得经海山"死"得理所应当。

辉子在结婚前向大香坦白，他作为男人的第一次冲动给了东北那个木屋老板的老娘儿们——去东北讨债那次，辉子中招了。

辉子讲到这里，哭得像个孩子。大香紧紧地把他搂在怀里说："可怜的小于连，姐不怪你，姐一直爱你。"辉子则带着委屈和忏悔应道："姐，我这辈子都忠于你一个女人，要是背叛你，就遭天打雷劈！"

"不准起誓，我信你。"

当初辉子狼狈不堪地在哥哥战友的帮助下跑了回来，内心一度受到极大的创伤。他跑去东北这一趟，只吃了几块猪头肉，还挨了顿打，不仅十五万元的欠款没要回来，还把自己带的万八千块钱全搭进去了，最后狼狈而归。

他回来后，搂着裴晓红大哭了一场。"裴姐，咱们受骗了，咱们破产了！"

"辉子，我的兄弟，不哭，有姐在呢。"

"姐，我的亲姐，对不住了。"辉子像孩子似的呜呜地哭个不停，裴晓红心痛地把他拥在怀里。

裴晓红陪着辉子，度过了那段最艰难的日子。那个时候他们吃着大饼就榨菜，喝着水管里的自来水，都感觉无比甘甜。

在裴晓红的鼓励和帮助下，辉子再一次到南方闯荡，去了上海、深圳、珠海，还到了云南、贵州……那年在南方，辉子得到了姐夫的帮助，在生意的经营上渐渐走出低谷，迈向成功，直到后来飞黄腾达。

尤其是云飞扬转业之后，当上了政府官员，辉子的企业便更是如日中天。但是在改革开放的中期，辉子受到市场的诱惑，一心想获取更高的利润，再加上云飞扬急需金钱支撑自己的地位，他便突破底线地去经营违法的买卖，甚至参与跨国的走私毒品和倒卖人体器官的罪恶营生。

辉子深陷泥潭，沉沦于自己不择手段打造的金钱帝国。尤其是他哥哥的地位必须要用金钱维系，只有这样，他哥哥才能给予他的金钱帝国以庇护。不过，辉子对待和他一起打拼起家的裴晓红倒是不错，不仅让她成为集团董事会的股东之一，还让她担任了集团的财务总监，掌管集团所有的财务事宜。辉子非常信任她，很少过问财务方面的事情。裴晓红对辉子也是一如既往地忠贞不贰，他们的企业能有今天，与两人之间的绝对信任密不可分。他们是感情纯洁的姐弟，也是有过患难之交的真心朋友。

史一鸣到香汇生物研究有限公司半个多月，把安保部那帮人练得服服帖帖。他心想，辉子能见他吗？辉子见到他，是否一眼就能认出他呢？大香一定是一眼就能认出他的，毕竟他们有过爱的亲密接触。他心里琢磨着，必须抓紧从艾梦嘴里套出一些情况，搞清王小五的死，拿到香汇公司倒卖人体器官的人证物证，这一切的关键点还是在艾梦身上。

"你跑哪里去了？"

"我给老家寄钱去了，我老爸生病住院了。"

"集团董事局的领导来视察了，想见见你这个新来的'功夫王'史经理。"

"领导就是那个叫辉子的大企业家吧？我见过报纸上的照片，真人还真没见过，他人在哪儿呢？"史一鸣装腔作势地用扫视了一下整个大厅。

"行了，早走了。不是大明星辉子主席，是他夫人，大香董事长，咱们公司的实际控股人。不过她不是法人，法人是阿麦博士，他是外籍人士，在税收上有优惠政策。"艾梦眉飞色舞地给史一鸣讲解。

经海山想，亏得他今天睡了个回笼觉，否则，在大香面前，他一定会穿帮，所有的努力和牺牲都会付诸东流。

"谢谢你，艾姐，要不是你替我挡着，在大香夫人面前美言，我肯定会被辞退。我看阿麦博士就不太喜欢我。"

"怎么会？阿麦挺喜欢你，他就那样，他在他们国家是医学方面的领军人物，有点傲慢。"

根据艾梦的介绍，阿麦是M国著名的医学外科专家，在他们国家享有很高的声誉。"他那么优秀，怎么跑咱们国家来了？""唉，家家有本难念的经，人人都有难言的苦。外国人也一样。""他是——？"史一鸣急切地问。"也不是什么保密的事，他也是为了钱。""啊？M国可是发达国家，工资比咱这里高。""那也不够给他儿子看病的。""他儿子怎么了？"

阿麦的儿子患有先天性脆骨病，也叫成骨不全症，民间叫瓷娃娃病。患有这种病的人，全身骨质疏松，极易骨折，还伴有蓝巩膜、耳聋等症状。"那孩子咳嗽两声骨头就会断，需要大笔的钱医治，阿麦在国内拼了命也挣不了在咱香汇那么多钱。为了救儿子，他才来中国，辉子给他的聘用金是他原来薪资的十几倍，除了让他担任香汇的执行总裁，还让他做大香董事长和她母亲的私人医生。"艾梦讲。

辉子静下来的时候，还是会无缘无故地冒出一身冷汗。他寻思，王小五制造经海山遇难事件，经海山死了，他也死了，他怎么又会出现在T国呢？说他接受自己的指令，去接强子回来，这简直难以置信。难道是"老大"发现了自己办事不力，才亲自派人去除掉强子，以绝后患？那下一步"老大"会不会对自己或者哥哥下手？太可怕了！辉子不敢往下想，他有大香姐，还有儿子啊！这个"老大"，实在是得罪不起。又或者，假王小五的出现是中央巡视组或市纪委安排的？还是公安局那帮人为了给经海山报仇，开始对他下手了？

无论如何，强子在火车站被武警击毙，也算是除去了一大隐患。只可惜T国的生意无人打理，派谁去接替强子呢？辉子正紧张地谋划着下一步该怎么办。现在河湾省的G公司急需肾源，可是他们已经制造了十二起人命案，现在再安排作案，风险极大。到东南亚去收购人体器官的"员工"，都被当地士兵给乱枪打死，只有一个跑了回来，但按照"老大"的命令，必须除掉，以防事情败露。现在最赚钱的营生遇到了棘手的麻烦，看来要尽快起用"四黑兄"之老大郭建军了，只有他有超一流的能力，当过医生，还是功夫高手，就是十个八个强子、王小五，也不是他的对手。可是辉子还真舍不得让郭建军拼命，郭建军这几年可是他的高级"参谋"，他狠不下心起用这个得意助手。

辉子陷入了苦闷状态，实在不行，只能起用裴晓红的弟弟裴晓军。这个王小五胆子太大了，就连"老大"的女人也敢惦记，真是混蛋到家了！辉子想起王小五的事情，既气愤，又惋惜。近期他的集团接连损失了强子和王小五两员大将，到底出了什么问题呢？

辉子下飞机了，他和河湾省的G公司谈妥了生意，必须回来主持这项"玩命"买卖的运作。这项买卖大香是不太清楚的。

大香领着儿子在贵宾候机室等待辉子回家。见到辉子，大香立马紧紧抱了上去。辉子右臂搂着大香，左手拐着儿子，竟然哗哗地流起了眼泪，他离开他们娘儿俩不过一个来月，却感觉与他们分别许久。他感觉自己老了，身心都处于一种疲惫的状态。

辉子的哥哥讲过："我们都要服从'老大'的指挥，不能擅自行动，否则尸骨无存。我们必须清楚，我们今天飞黄腾达都靠的是'老大'。"他明白哥哥的话。

辉子静下来的时候，总会思念当年和大鹏坐在四平道派出所对面的马路牙子上看漂亮女生的往事。他俩海阔天空地闲聊，大鹏说他最想和高美丽上一样的大学，那样高美丽就一定属于他了。辉子说，他要学金融，挣大钱。大鹏说："我姐是学金融的，到时让我姐给你复习。"辉子心里甜甜的。

辉子做噩梦时总会梦到大鹏，大鹏手握一把匕首，戴着"玄色"棒球帽，追赶着他，还大声说道："你个王八蛋辉子，还敢看我姐睡觉，我杀了你！"

"不要，不要！大鹏不是我杀的，不是我杀的……"

"我知道不是你杀的。辉子弟弟，我亲爱的小于连，别怕，别怕，大香姐在。"如果他在大香身边做噩梦，大香每次都会轻轻唤醒他，呵护他，安抚他。要是在外地做噩梦，他就会一个人反复抽自己嘴巴子，来缓解心中的恐惧，或表达忏悔。对，他一直在对自己的过往进行忏悔。在四平道派出所对面的马路牙子上，路灯下，大鹏自己捅在自己肚子上的那把水果刀，以及他的黑色棒球帽上的鲜红血迹，就在辉子眼前晃来晃去，像是小时候看的万花筒。辉子把大香姐送给他的那顶红色棒球帽扔了，他害怕，他是拿那顶棒球帽给大鹏擦拭血迹的。

现在，大鹏没有了，大香姐成了他的老婆，辉子为失去大鹏而感到悲哀，又为娶到大香姐而感到幸福。

辉子一个人的时候，总会偷偷地哼唱陈百强的《偏偏喜欢你》："……旧日情如醉，此际怕再追，偏偏痴心想见你。为何我心分秒想着过去，为何你一点都不记起，情义已失去，恩爱都失去，我却为何偏偏喜欢你。"他忘不了过去，忘不了大鹏。他离不开大香姐，每当与大香姐分开的时候，他都会十分想念她，进而不停地听着或自己哼唱着《偏偏喜欢你》——辉子喜欢陈百强，他的打扮都是在模仿陈百强的样子。

云飞扬通知辉子今天晚上务必进京，有要事商量。刚回来的辉子又要走了，他紧紧抱着爱人大香姐，一刻也不愿与她分开。大香姐推开了他，让他快点动身——他知道她总是那么明事理。

路上辉子让司机反复播放着《偏偏喜欢你》，他流着泪看着车窗外，光秃秃的树枝即将折断，他心里泛起一股苦涩的滋味。"我又为何偏偏喜欢你，爱已是负累，相爱似受罪……"他情不自禁地一字一句唱着。

辉子想，要是陈百强还活着，他一定要去见见他，和他聊聊爱情，聊聊《偏偏喜欢你》。他还想，他要带着大香姐和儿子去一趟香港，和陈百强深爱的那个传奇又美丽的女子共餐一次，感受一下他们之间的故事。这个计划是藏在他一个人内心的秘密，他甚至已经在让秘书联系了，准备找个合适的机会成行。

现在的辉子没有办不到的事情……

第二十五章　美丽携女回乡

高美丽在深圳听闻经海山牺牲，痛苦万分，立即辞去工作，带着女儿回到了滨海。起初，她想找辉子，求一份稳定的工作，在这里守着经海山的父母，守着经海山的墓碑，把孩子抚养成人。但是，她怕大香姐猜疑辉子和她旧情未断，从而影响他们的感情——何况她还带着个孩子，这更加会让不知情的大香姐疑惑——因此她最终选择了自己创业。她不愿意再让之前的悲剧发生——丈夫因为猜疑她和辉子有染而白白送命，还把无辜的年仅四岁的儿子也搭进去了。高美丽在深圳那家公司的老板得知她执意要回乡创业，特别支持她，提出让她在滨海成立一家分公司——美丽进出口服装贸易有限公司，由深圳那边的总公司出资，她担任法人代表和总经理。上个月，这家公司正式挂牌营业。这也得益于她那退休的公公——外贸局原副局长，他在背后帮了一下忙，和相关部门的老部下说了话，才使得公司的审批程序在短时间内走完。

辉子听说高美丽回到滨海，开了一家进出口服装贸易公司，心中纳闷：高美丽怎么不找他这位曾经追求过她、支持过她的老同学呢？辉子想，找不找随她便吧，反正看在大鹏的面子上，自己肯定会帮她。如果大鹏不死，他一定会和高美丽考上同一所大学，两个人相亲相爱，高美丽也不至于为了事业嫁给那个副局长的儿子。她爱那个死去的老公吗？辉子一个人的时候，总会回忆起这几个老同学，他也不知道为什么，可能是像他在大香面前坦言的：自己老了。

"你喜欢高美丽哪里？"那夜在路灯下，辉子问大鹏。

"我喜欢她厚厚的嘴唇和整齐的牙齿。"大鹏有些陶醉地说。

"我现在不知道还喜不喜欢她。"辉子冒出这么一句话。大鹏不理解他的话，难道他为了自己这个哥们儿，把高美丽让给自己了？

辉子不愿意再回忆下去。

高美丽和副局长的儿子成婚，是为了躲避辉子的追求，她实在不愿意嫁给辉子，那样她就会想起大鹏，也会想念经海山，从而陷入情感的牢笼。她想不如嫁给副局长的儿子，好让自己有个解脱。她的丈夫当年也是一个帅小伙，比她年长一岁，还和经海山有几分相似之处，尤其是他的眼神，和经海山像亲兄弟；他的嗓音比经海山还洪亮，唱起歌来比经海山也不差。这些或许也是她当初做出那样的选择的原因吧。

现在高美丽在遇到一些难以解决的问题时，总要到经海山的墓前对着经海山的石雕烈士像诉说心中的苦恼。说来奇怪，倾诉之后，她总能想出解决的办法。这也成了她的一种精神寄托。

如今的高美丽，早已不是十七八岁时那个满脸欢笑，笑出灿烂年华的漂亮小姑娘了，在她身上，女性的魅力都毫无保留地绽放出来。"校花"一词已远远不足以形容她的风采，当下对她最恰当的形容正如她的名字——高贵美丽的女子。

学生时代，高美丽暗恋的是比她高两个年级的学长经海山。这个秘密在她内心隐藏着，对她而言，这是一个天大的秘密，她时不时就会一个人脸红心跳地想象一些浪漫的场面。后来她嫁给了外贸局副局长的儿子，有了儿子，生活被家庭的重负占据。随着时间的流逝，她渐渐忘掉了自己那不切实际的青春浪漫梦想，把更多的精力投入到事业当中。她在外贸局是有名的女强人、业务骨干，她身边的同事都很认可她。了解她的同事说，她要不是副局长的儿媳妇，早就当处长了，过两年也许就是局长了。高美丽不仅漂亮，还是名牌大学的毕业生，有文化有能力，对大家也好，大家都希望她当"大官"。

现在高美丽每次到经海山的墓前祭扫，都要认认真真唱几句《是三生有幸》，这是经海山最喜欢的京剧唱段，她想如果经海山在天有灵，一定会很高兴。

"是三生有幸，天降下擎天柱保定乾坤，全凭着韬和略将我点醒……"

那一夜，高美丽很幸福。经海山醉了，又似乎是在清醒中痛哭着，大香的"移情别恋"击碎了他对爱情的所有美好憧憬，他陷入了一种心碎肠断的绝望。他任由酒精麻醉着他的肢体，支配着他的欲望，是酒精让他"胡作非为"了一把。然而，高美丽却感到莫大的幸福，她知足了，她把埋藏在心里十几年的情感宣泄出来，把自己的身体献给了真正的心上人——经海山。

之后，她发现自己怀了身孕，是告诉经海山，还是隐瞒？经海山还没有从失去大香的痛苦中走出来，告诉他那晚在他酒醉之时自己和他发生了这一切，他会信吗？

高美丽狠下心来，她告别父母，一个人踏上了奔向远方的求生之路。高美丽想等一切平静下来，等腹中的孩子呱呱坠地后再向经海山解释。经海山是有责任有担当的男人，她信他。如果经海山另娶他人为妻，她就在心里永远埋藏这个秘密，一个人把孩子抚养长大。

没承想，四年之后，经海山牺牲了。那一年，高美丽得知经海山在打听她的消息，但她还没有准备好，她想等女儿再大一些，让父女俩做个亲子鉴定，再让他们相认。高美丽知道自己活得太累，想得太多，也许这就是婚姻失败给她造成的心理上的后遗症。

冬天的阳光下，城市显得枯瘦干净，街道上依旧车流如织，道路两旁光秃的树枝像一条条毒蛇，蜷缩着身子等待出击。高美丽的公司门口，一辆豪华的奔驰轿车停下。

"大香总经理，您还亲自光临，真是荣幸之至！"高美丽早就站在门口迎接大香的到来。

"咱们是好姐妹、老同学，你还是喊我大香姐吧。"大香现在一副贵妇人莅临指导工作的派头，不过，她的言语还是很随和的，毕竟大鹏曾追求过高美丽，辉子在没有爱上她之前，还是大鹏的情敌。

"不敢，您现在是了不起的知名企业家，不能坏了规矩。"

"死丫头，还是这么伶牙俐齿，大鹏要是还活着，娶了你，一定是个'妻管严'。"

说到大鹏，两个人竟然同时掉下眼泪。

"咱们女人就是眼窝子浅，不提大鹏了。"大香的语调和四年前判若两人。

时势造英雄，财大了自然气粗，权大了也自然压人一头。人一旦拥有了权力和金钱这两样东西，气性和德行就会变得完全不一样。高美丽面带笑容，心里却有说不出的滋味，不知是酸还是苦。

"辉子太忙，来不了，不过他知道你回来了，还带着一个孩子。听说这孩子是你和海山的，你俩啥时候走到一起的？够保密的啊！"大香似乎对高美丽和经海山的"结合"感到很高兴。其实大香心里想的是，经海山和高美丽走到了一起，她内心对经海山还存有的那点愧疚就可以烟消云散了。她觉得经海山和她一样，也在背地里"勾搭"上了别人。她哪里知道，经海山那晚是酒醉喊着她的名字，睡在了高美丽的怀里。

"大香姐，你说得不对，孩子不是经海山的，是经海山给我介绍的他战友的，在南方，也是警察，牺牲了。我觉得在那里待着伤心，就回来了，没承想经海山也牺牲了……"高美丽编了一个故事。的确，在高美丽心里，孩子的父亲——经海山牺牲了。

"哦，我还以为孩子是你和海山的。这外边的人嘴乱传，你可别在意，好妹妹。"大香将信将疑地回答。

大香继续讲："可惜海山牺牲了，上高中那会儿，他那么喜欢唱京剧，我还以为他要考戏曲学院，谁想到他报考了警校。"她叹了口气，接着说："好人呀！"

她又流泪了——

"大香姐，闵大姑身体还结实吧？孩子还好吧？我抽空去家里看看他们。"高美丽岔开话题。

"挺好的，欢迎你来。"

两个而立之年的女人聊起了家常。不管多么富有，不管官做得多大，人与人之间想要保持亲近的关系，还得聊家常。不过，两个女人的谈话无处不显露出心思，她们一定在互相比较现在谁是生活的胜者。尤其是高美丽，生怕哪一句话说错，带来不必要的麻烦，所以她语速缓慢，每一个字说出来都非常谨慎，这也是她常年在生意场上打拼形成的习惯——无论做什么都很稳重。当然，大香的话语中充满了骄傲。现在的大香已经不是刚参加工作时那个腼腆的知识型女子了，尤其在换肾之后，她就显得有些"盛气凌人"了。她甚至自己对着镜子说过："我像王熙凤？"这句话一说出来，吓得辉子赶紧说："大香姐，你不是王熙凤，你是我的德·瑞那夫人，我是你的小于连。"辉子以为大香梦游呢。这之后，大香又神经兮兮、自言自语地说过几次。辉子赶紧找到阿麦博士咨询。阿麦博士认为大香这是换肾的后遗症，问题不大，过一两年就会慢慢好起来。他建议辉子带大香看看中医大夫，喝点中药调调，他说："别看我是外国医生，我也很相信中国的中医。"

辉子通过各种渠道找遍了中西医大夫，甚至找了易经大师给大香看，结果都是大香的身体恢复得很好，各项指标都非常正常。但大香的性情确实有了明显的改变，她变得话多了，有些爱唠叨，或者说不像以前那样多愁善感，现在的她多了几分泼辣潇洒。这让辉子多少有些不习惯。辉子暗暗埋怨自己，给大香换肾的时候，应该找一个性格和她相近的女人的肾源，那个该死的高强，弄了个拾荒女，问题一定出在拾荒女身上。

大香来看高美丽是辉子提议和安排的，他知道高美丽对经海山的死心存怀疑，高美丽是何等聪明的女子，心眼儿比他辉子还多，她要是个男人，准是个"智多星"谋士。

高美丽把精力全部投入到了公司的发展中。女儿和自己的父母做伴，有空的时候，她就带着女儿去看望经海山的父母。经海山的父母对高美丽的关爱十分感动，也很喜欢她的女儿小晶。有一次，经海山的母亲竟然说："小晶长得多像咱家海山小时候啊。""你想儿子想疯了，胡说八道！"经海山的父亲训斥着老伴。此时高美丽心里充满了歉疚。"这就是经海山的骨肉。"她多么想告诉两位老人真话。

第二十六章　小女人老古董

高美丽是个现实主义者，她之所以选择和外贸局副局长的儿子结婚，一是因为他的外形和经海山有些相似，二是因为她想得到一些"实际"的幸福。哪承想，想象中的幸福并不是幸福。经历了失败的婚姻，她才发现真正能让她感受到发自内心的幸福的时刻，竟是经海山醉酒的那个夜晚。那一夜，经海山紧紧地抱着她，和她倾诉他对大香全部的爱，然后在她怀里哭着睡去……

"为什么是辉子，不是我？因为我没有钱吗？"经海山怒吼着，他恨不得走到大香面前问一问。

"大香，我爱你，嫁给我，嫁给我……"经海山发疯似的扑在高美丽身上，酒精已经让他分不清眼前的女人是谁。两个女人的面容在他眼前晃动，痛苦让他失去了往常的理智。

"我喜欢你，经海山，很早就喜欢。"高美丽讲的话，经海山根本没有听到，他沉沉地睡在了高美丽怀里。

高美丽眼前幻灯片似的循环浮现着那天夜里的情景，时间飞速流转，好像一辈子就是短暂的一瞬。站在经海山的石雕像前，她想，如果经海山还活着，她一定要再冲动一回，奋不顾身地投入他的怀抱。

高美丽有时候不理解大香，中国有那么多古典名著，她为什么偏偏喜欢读外国的古典小说，还尤其喜欢读有关偷情的爱情故事？高美丽想不通，大香那么稳重腼腆的女生，在面对爱情时，内心为何有那么强大的力量，犹如决堤的洪水一泻千里，明明和经海山已经到了谈婚论嫁的阶段，一夜之间却嫁给了比她小的辉子，还把自己的丈夫比作小说里的人物。

在高美丽十几平方米的办公室兼会议室里，大香环视四周，喝了几口咖啡，皱了一下眉头，看着高美丽。

"怎么，不对您的口味吗？"高美丽有些不知所措地问道。

"不是，你怎么知道我爱喝象屎咖啡？"大香说，"这种牌子的咖啡很难买的。"

"朋友寄来的。"

"美丽，你真用心。"

"大香姐，我还给您准备了一些象屎咖啡豆，是我委托在泰国五星级宾馆工作的朋友买的，送给您略表心意，您别见笑。"

大香十分感动地和高美丽拥抱，表示对她用心的感谢。无意间，大香发现高美丽的桌上有一本《鲁迅文集》。"怎么看鲁迅先生的作品？"

"哦，闲暇时间读一读。"

"你知道吗？经海山最爱读鲁迅先生的文章，有的文章他都能大段大段背诵下来。"

经海山在和大香恋爱的四年里，与她唯一的分歧就是在阅读文学作品上，两人见解不同。

"你喜欢《茶花女》吗？"大香问。

"我还是喜欢鲁迅先生的小说，你看他描写的孔乙己，一个老秀才，清朝科举制度下的牺牲者，沦落到求乞的境地，还不肯脱下象征读书人身份的长衫，这是旧时代的悲哀。鲁迅先生用文学作品唤醒大众，让大家明白必须改革，中华民族才能强大起来。"

"我没有你那样的大抱负大理想，我还是喜欢玛格丽特，她像中国的陈白露。"

"大香，我建议你多读读鲁迅先生的作品，理解其中的斗争和担当精神。"

"你是国家栋梁，我是小家幸福就行的小女人，我就是喜欢两个人的世界，不懂你说的大道理。"

"小女人！"经海山开她的玩笑。

"老古董！"她回敬他。

送走了大香，高美丽却感到一阵疲惫。"还是小的时候好，没有这么多心思。"她边想边对着镜子整理发丝，涂抹口红。

第二十六章 小女人老古董   151

在经海山的内心世界，总有一个人让他惦记，这个人就是高美丽，他也说不清楚自己为什么会有这样一种心境。每当有朋友或者亲属给他介绍女朋友时，他总是推托说案子太多，没有时间谈对象，别耽搁人家姑娘。经海山想，如果是那天夜里，自己对高美丽做了什么轻浮的举动，他愿意承担一切后果。可她就这么消失了，连一点音信都没有，他多次托朋友和同行打听都没有结果。

经海山的父母也一直劝他忘掉大香，说一晃就四十岁的人了，再不结婚，都成"老疙瘩"了，让人家笑话。经海山明白，辉子给大香的那种物质生活，他永远给不了，即便是作为大香的精神支柱，他可能也比不上辉子。在大香心里，她一定觉得辉子远比自己要浪漫，最起码辉子总是哄着她，不像自己总是以说教来含蓄地批评她的观点。女人嘛，还是喜欢男人哄着她。

"妈，'老疙瘩'挺好，一辈子不结婚，陪着你和我爸，不好吗？省得有了儿媳妇，你就觉得我娶了媳妇忘了娘。"经海山每次面对父母的催婚，总是表现出一副满不在乎的样子，哄得他们高兴，免得他们惦念。他还说："妈，亏得我没有娶大香，这个女人嫌贫爱富，到了咱普通人家，你怎么伺候她呀？我总是抓人办案不在家，到时你们婆媳大战，可没人帮你啊！"他想尽一切办法让母亲不再惦念大香，其实真正忘不掉大香的还是他自己。

"算了吧，别找借口了，你整天忙得不着家，还陪我们！你结婚了，你不在，有你媳妇在，再有个大孙子，我和你爸俩人那才叫幸福咯！"

闵大姑也是，一想起经海山就心绞痛，她还让大香给经海山张罗个好姑娘，算是对经海山感情上的补偿。

"妈，您就别操心经海山了，我俩的事已经说清楚了，他找不找女朋友我不能掺和。"其实，在大香心里，她知道自己对不住经海山，可是她不能不考虑现实生活，选择辉子是她心甘情愿的，她觉得跟辉子结合更像是夫妻过日子。和经海山结合，他的心思全在破案上，对家庭的付出肯定会打折扣，不像辉子会全心全意地照顾她和母亲，还有孩子。所以，选择和辉子结婚，大香很满意。

"不知道你们年轻人是怎么想的，我是管不了了，大鹏要是活着，再跟了高美丽那丫头，我更管不了了。"闵大姑又想起儿子大鹏了。这几年她心里无时无刻不在想念大鹏，想起儿子她就心痛，就要抱抱大香的儿子小令冲，她觉得小令冲就是大鹏生命的延续。

在辉子心里，他觉得自己唯一对不住大鹏的地方就是他太自私了。那日，大鹏捅伤他之后，他"哎呀，哎呀——"地叫喊着要报警。大鹏害怕警察来了把他抓进监狱，如果辉子有个好歹，他就是杀人犯了。想到这里，他一狠心，就给了自己一刀。在拔刀的时候，由于水果刀不那么锋利，一下子没拔出来，他又被鲜血吓蒙了，情急之下，他就把刀在腹中转动了几下，想着那样就好拔出来了，没承想造成了肠道破裂。辉子看到大鹏自己捅伤自己，也害怕了，颤抖着说："大鹏兄弟，我服了，服了！我不再想你大香姐了，不想了，行吗？你赶紧回家拿钱，我先去医院。"说完，他就朝医院方向快速走去……

不过辉子留了个心眼儿，他没和任何人讲过他让大鹏回家拿钱的事，这是老郭所长和他谈话时套出来的秘密。

在南方时，高美丽在朋友的推荐下，应聘上了一家食品加工公司财务总监的职位。对有着多年国企管理岗位工作经验的她来讲，这份工作她轻松胜任。仅用了一周时间，她就把财务部门管理得井井有条，还把过去的一些账目给捋顺了。这家公司的老板十分满意，同时对她漂亮的外表赞不绝口，总是借故来找她聊天。

高美丽不喜欢这样的接触，于是她辞职了。在改革开放的前沿都市深圳，老板包养"二奶""三奶"是见怪不怪的事情。他们那里有个高档小区，名叫"凤凰城"，里面住的几乎都是"二奶""三奶"之类的女子，她们不在乎自己的身份，只要有房有车有钱，对她们来说就是最大的满足。若是再生出个男孩，那她们就是"宠妃"了，就可以有资格向包养她们的"钱先生"吆五喝六，甚至哭哭啼啼地要名分，不给名分就带儿子回老家另嫁他人。她们以此要挟，无奈之下，好多港台富商选择离婚，迎娶"二奶""三奶"为正房。

高美丽不想做那样的女人，她是经海山一个人的，她已经错过青春少女的美好时代，不想再失去第二次青春了，她坚定地要求自己为经海山"守身如玉"，等时机成熟了，她要回到爱恋的人身边，与他共度一生。

高美丽就这样换了几个工作。她不好意思总去找朋友帮忙，在极度困难、走投无路的时候，为了女儿能吃得好一些，上个好一点的保育院，她去路边的餐馆洗过盘子，还做过家教，当过孤独老人的保姆，甚至去医院的太平间为死者梳洗

第二十六章　小女人老古董

打扮过……改变她命运的是一年多之后发生的一件事。在四处打工的日子里，有一天，一名派出所警官找到她，说打听到她是从滨海市来的高美丽，并告诉她有一个滨海市公安局某分局的刑警队队长正在打听她的下落。

"可找到你了。"年轻警官高兴地讲。

高美丽问明情况后，把自己的情况和那位警官做了简单述说。她说她丈夫死了，为了逃避家里给她找新对象，她带着女儿跑了出来。她一把鼻涕一把泪地讲着，没想到还真的"骗取"了那位警官的同情。

其实，高美丽心里还是有所顾忌，她觉得现在还不是和经海山见面的时机。她跟那位警官说，自己想在这里安家立业，央求他不要把找到她的事情报告给上级。

年轻警官通情达理，答应了她，并按照她的意愿回去向领导汇报交了差，替她隐瞒了事实。后来，在这位年轻警官的帮助下，高美丽应聘到这座城市著名的华子商贸集团工作。功夫不负有心人，在辞职返乡之前，高美丽已经做到了那家公司高级财务总监的职位，年薪几十万元。

高美丽回到家乡，心情复杂，唯有对经海山的爱不曾改变。

第二十七章　苦了海山同志

无论如何，高美丽都没有改变对经海山的痴情，反而更加坚定了对他的情意。

她感谢那位年轻警官对她和女儿无微不至的关怀，并郑重地告诉他："兄弟，你就当我是你亲姐姐吧。我们母女忘不了你的恩情，等孩子大了，让她来看你，你就是孩子的亲舅舅。"

年轻警官紧紧地和高美丽母女拥抱告别，依依不舍地看着飞机消失在云层里……

高美丽把自己所有的积蓄都投入到公司里，为公司的发展倾注了全部心血。经历失败的婚姻、丧子的悲痛、爱人的牺牲……她的人生磨难重重，但关键时刻又总有贵人相助。

在人民医院后门的太平间围墙外，小M告诉经海山，高美丽当下的状况挺好的。他讲，组织上一定会帮助高美丽母女俩，同样会照顾好经海山的父母。现在经海山就是要尽快摸清辉子集团的底细，不能拖太长时间，以免史一鸣的身份暴露。

"我想知道，高美丽带着的女孩是怎么回事。"经海山问。

"这个你得自己问她。"小M回答。

现在谁也不知道高美丽带着的女孩的情况，她只是说她在南方结了婚，丈夫死了。她告诉女儿说："你爸爸已经死了，他是好人，是个警察。"

女儿也问过她："爸爸是经海山叔叔吗？还是南方的那个年轻的警察叔叔？他们都死了吗？"

"不许多问！知道爸爸在南方，他牺牲了，就行了。"为了孩子的安全，高美丽不能和她讲实情。等孩子长大了，她会把一切都告诉孩子的。

这个四岁多的女孩似乎很懂事，她点着头说："妈妈，我懂，咱们保密，我和经爷爷、经奶奶都没说过。他们问我爸爸呢？我说他在南方，是警察，牺牲了。我说我长大也要当警察，他们就抱着我哭了。"

大香还是不相信高美丽说的话，她觉得精明的高美丽不会无缘无故地回来，她是来调查经海山牺牲原因的吗？她怀疑辉子了？想到这里，大香冒出一身冷汗。她何尝不怀疑辉子呢？她派人专程去南方打听了，听说高美丽和当地派出所的一名年轻警官非常好，两个人好像恋人一样，但结没结婚不清楚，反正她带着的女孩喊这个年轻警官叫"舅舅"。

打听的人还说，经海山曾经去高美丽打工的城市找过她，但并没有打听到她的下落。

大香得知这些情况后，不知道是满意还是遗憾，她笑了笑，自己倒了杯红酒，一饮而尽。她还记得当年经海山参加她和辉子婚礼的情景。那时，醉酒的经海山满眼通红，死死地盯着她和辉子，眼神中带着愤怒——不，那不仅仅是愤怒，还有一种仿佛要"杀人"的凶狠。还好高美丽把经海山给拽走了，才避免一场盛大的婚礼出现不可收拾的局面。在高美丽家里，她给经海山脱衣服的时候，发现经海山腰里别着一把手枪，她当时就吓出了一身冷汗，心想不管多么优秀的男人，为了爱情，都可能铤而走险，还好经海山控制住了自己的情绪。其实辉子是了解经海山的，他知道经海山是个疾恶如仇的热血男人，做出惊天动地的事对他经海山来说是有可能的，所以他安排了手下的几个保镖一直盯着经海山，一旦发生情况，便能迅速把经海山控制住。

高美丽没有告诉经海山的父母小晶是经海山和她的女儿，她怕老人伤心。回到滨海市，她见到老人的第一面，就和老人说："您二老就拿我当亲闺女，小晶就是你们的外孙女。"

高美丽怀疑经海山的遇难并不那么简单，他疾恶如仇，在中央巡视组配合抓捕"大老虎"，得罪的"大人物"很多。那些人物绝不好惹，他们的部属死党众多，报复的可能性极大。高美丽一直怀疑辉子集团有问题，她预感经海山的死很有可能和辉子有关。

高美丽不相信经海山就这么死了……

真实的史一鸣，一个在南方长大的男子，长相帅气，比经海山毫不逊色。他是小M在部队时的司机，在边疆当了五年兵，退伍后回到老家，自己经营了一家五金小超市，生意做得非常好。后来，他不断扩大经营规模和经营范围，甚至把生意做到了东南亚地区。他在越南讨了老婆，改了名字，入了越南国籍，定居在越南。临出国之前，他特意赶来看了自己的老首长——郭参谋长。从此，史一鸣这个人便在国内消失了。

小M想到他，又看到了一线希望。

他再一次向单线首长提出，继续让经海山同志执行卧底任务，以他曾经的部下史一鸣的身份，打入辉子集团旗下的香汇生物研究有限公司，接近艾梦，调查香汇公司倒卖人体器官的犯罪证据，以及真正的幕后大人物"老大"的情况。因为真正的史一鸣已经不在国内，所以即便辉子要调查，也只能查到史一鸣是个退役的武警战士，当兵之前上过武术学校，会些拳脚，现在自己开了一家五金小超市等。

首长同意了小M的意见，他面带无奈地讲道："不过，这样的话，又苦了海山同志，本来他这次押解高强的任务完成得十分漂亮，可惜还是走漏了风声，让辉子犯罪集团又一次逃脱了法律的制裁！"首长叹了口气，接着说："一定要保护好海山同志，他现在可是直接钻到犯罪集团的'心脏'里搜集证据，而且辉子、大香等人都认识他，他面对的危险比以前更多了。"

"请首长放心，我一定保护好他，就算我有什么事，也不会让他有事。"

"你们两个都要安全。"首长语重心长地讲。

小M和首长仔细商讨了下一步的计划，以及日常接头的方法、暗语等。最后首长再次嘱咐小M，千万不能出现不必要的牺牲。

经海山接受新任务的时候，心里对小M是存有抱怨的。他心想："这个小M，算是盯上我了，天天让我伪装身份做卧底，之前要和杀人恶魔称兄道弟，现在还要去勾引女人！"

艾梦这个女人心思缜密，她说的每一句话都是话里有话，让你琢磨不透。幸亏侦查员出身的经海山见识多，说话"老到"，不易被对方左右。面对好多问题，他都采取"装傻充愣"的办法，而这种"装傻充愣"反而给对方一种真实感，认为他憨厚。经海山就这样慢慢赢得了艾梦的欣赏，艾梦似乎在不知不觉中陷入了一张"情网"。

艾梦从史一鸣身上感觉到了一股军人的气质，他不仅做事果断，更有一种侠义之气。那天，公司安保部的一个老家在农村的安保队员向史一鸣请假回老家，说父亲被车撞伤，在医院抢救，肇事司机逃逸。史一鸣二话没说就准假了，还自己掏腰包，给了那个安保队员一千块钱。事后阿麦博士大发雷霆，他说，公司所有人离开本市，必须跟他请假，否则扣除三个月工资和全年的奖金。史一鸣满不在乎地说："你扣我的吧，你老子躺在医院，你不着急？"气得阿麦说要找辉子告状，开除史一鸣。幸亏艾梦从中调解，又让史一鸣向阿麦道歉。经海山知道现在不是冲动的时候，任务还没有完成，再让辉子或者大香发现，影响了上级的"大计"，自己会挨处分的。挨处分不要紧，不能掌握辉子集团的犯罪证据，怎么给霞子还有被他们害死的无辜的人报仇？想到这里，经海山自己批评了自己。他心想，下次见到小M，一定要向小M汇报此事，请求组织处分。史一鸣诚恳地向阿麦道歉，得到了他的谅解，两人还成了好朋友。其实，阿麦很是欣赏仗义的史一鸣。

在艾梦心里，史一鸣是个值得信赖的男人。她不愿意欺骗他，但是她也害怕这个"小史"身上隐藏着什么不可告人的秘密，比如是辉子老板的亲信，或者是"老大"安插进来盯着她的"眼线"。艾梦现在谁都不信，她还要进一步考察史一鸣。

当初高强在香汇生物研究有限公司的开业宴会上喝多了，色欲膨胀，把艾梦挟持到公司的健身房，后来他怕有眼线发现，又将艾梦连拖带拽地弄到了"禁区"阁楼。在那里，喝大了的他把艾梦给"征服"了……醒来的时候，他已经被五花大绑。艾梦哭得像泪人一样，说自己对不起"老大"的恩情，不想活了。几个公司领导目瞪口呆，眼睛看着辉子老板，等待他下命令惩罚色胆包天的高强。辉子知道现在要是对"老大"隐瞒，不及时处理高强，他和哥哥都得完蛋。

于是，辉子带着艾梦的儿子去做了亲子鉴定，告诉"老大"孩子就是他的，"老大"这才放了心。辉子让高强戴罪立功，到T国经营毒品生意，也算是保住了他的一条烂命。

高强跑了之后，王小五接替高强在香汇公司担任了副总经理兼安保部经理，可没承想他也"喜欢"上了艾梦。他跟艾梦说，他不在乎她带着高强的儿子——

他们对外宣称艾梦的儿子就是她和高强的，会把他当自己的亲儿子，帮她把孩子抚养成人。艾梦觉得王小五是个可靠的男人，总比来无影去无踪的"老大"强，便动了和王小五在一起的念头。结果他俩还没做出什么"出格"的举动，"老大"就知道了，大发雷霆，下令必须除掉王小五。"老大"还说，要不是为了让孩子有妈妈，早就把艾梦扔进海河喂鱼虾了！艾梦倒是天不怕地不怕，一副满不在乎的样子，觉得只要下次见到"老大"，跟他撒撒娇，把责任推到"臭男人"身上，再把儿子抱过来，喊他一声"爹"，一切就会像没有发生似的，雨过天晴。

"你要是天天来，那帮子色鬼还敢吗？"艾梦和"老大"耍小脾气。

"老大"倒是体贴她。"放心，很快就送你和儿子出国，我有时间就过去看你们，国内眼睛太多，我目标太大。"

艾梦知道自己和孩子暂时安全了，但不能声张，本来她想趁高强跑掉之后，让王小五当孩子的"继父"，可是"老大"醋劲大发，非要让王小五死。艾梦想，孩子大了怎么办？不如和"老大"讲明，让史一鸣当孩子的"继父"，只是名义上的孩子父亲，自己不会跟史一鸣行夫妻房事。让史一鸣"背锅"，总比一个逃犯要好上一万倍，这样对孩子今后的成长绝对有好处。想到这里，艾梦心里感觉甜甜的。她要找辉子，她要见"老大"。

史一鸣正在训练新招聘的安保队员，艾梦来了，跟史一鸣讲："恭喜你，一鸣，鉴于你的表现，公司决定，不再对你进行半年的试用期考察，直接任命你为安保部经理，把'副'字去掉。我们一致认为你的表现很突出，阿麦总裁上报集团同意了，你是公司成立以来试用期最短的一名员工。"

"谢谢你，艾总！"史一鸣表现出非常激动的样子，甚至用双手摇晃了一下艾梦的肩膀。

"啊！"艾梦轻轻地叫了一声。

显然史一鸣用力过大了，他立即松了手。

"对不起。"

"没事，看把你高兴的。"

"涨钱了嘛！晚上我请你吃饭！对了，阿麦总裁要是有时间，也叫他一起来，咱们吃西餐。"

"怎么，请我一个人不行吗？"

"不，人多，热闹！下次请你一个人。"

艾梦和辉子单线联系，只有辉子一个人了解艾梦的真实情况。"老大"和艾梦的事情，也只有辉子一个人知道，处理他们之间的事情，辉子是绝对保密的，这也关系到辉子的性命和集团的利益，还有他哥哥的仕途。

艾梦本是个幸运的女孩，她在南方的一个小镇努力读书，考取了本市的医科大学，还是本硕连读，经过七年专心致志的临床医学的学习，取得了优异成绩。毕业后，她本想留在本市的第一人民医院工作，可是经不住香汇生物研究有限公司高薪招聘的吸引。她以优异的成绩被聘为该公司生物化验室的主任助理，不到两年又被破格提拔为公司的副总经理，一年后和"老大"相识，直接任总经理。她的英语水平也很高，和外籍总裁阿麦以及其他外籍工作人员都能顺畅交流，为公司省下了专门招聘翻译人员的费用。刚开始艾梦工作兢兢业业，她知道这份工作来之不易，对一个年轻的医学生来说，刚一毕业就能拿到近三倍于大医院主任医师的薪水，谁会不动心，谁会不好好工作呢？

那年霞子也来这家公司应聘了一份工作，但听说不久就辞职不干了。她嫌公司给她的钱少，于是去了辉子集团旗下的洗浴中心，那里的工资是这里的两倍，还可以接受客人的小费。

那时，艾梦听说霞子正和副总经理兼安保部经理高强谈恋爱。高强色胆包天大家都知道，他的靠山是集团的辉子主席，没人敢过问他的事。后来霞子不再在洗浴中心上班，突然失踪了，听说是和高强跑到西南一带生活了。再之后随着高强被击毙，再也没有人议论他们的事了。

第二十八章 艾梦戏弄一鸣

从另一个角度说，艾梦也是个不幸的女子。她来公司应聘的时候，在面试现场被幕后的一双眼睛死死地盯上了。这个人就是云飞扬的上级，公司的实际控股大老板"老大"。

"老大"只有一个女儿，不甘心巨额财产将来让女婿继承，于是利用职务之便和许多未婚女子有染，可是那些不争气的女人给他生的都是女孩，让他花重金打发了。这不趁着这次招聘，他想再找一个年轻漂亮、学历高的姑娘，最好是南方姑娘，和她来个"南北配"，生个优质孩子。

就在这个时候，艾梦老家的弟弟突然重病辍学，家中积蓄全部花光，还欠下一大笔债。无奈的艾梦找到大香董事长，寻求帮助。大香把情况告诉了辉子，辉子找到艾梦，告诉她"老大"喜欢她，并想要"借腹生子"的事。辉子说："如果你能生个儿子，就一步登天了。"

艾梦答应了。

她见到了这位高层的"大人物"，他仪表堂堂，不过年纪大了一些。他找专家给艾梦的弟弟治病，帮艾梦还清家里的债务，还给她在老家的父母买房置地，给她弟弟安排更好的大学深造。他还答应艾梦，如果她生了男孩，就让她弟弟出国留学，回来后给他当秘书，还有可能把她"扶正"，让她成为他的正牌"夫人"。

艾梦的肚子很争气——她果然生了个儿子。"老大"老来得子，喜出望外。当时他搂住艾梦，喘着粗气，说着海誓山盟："我马上离婚，我们结婚。"

艾梦流下了幸福的眼泪。可就在这个时候，"老大"又被组织考察，得到进一步重用，调到中央关键部门担任"一把手"，若此时出现婚姻问题，他的仕途就全完了。

他交代云飞扬，照顾好艾梦母子，一有空他就会回来看他们，若是有一丁点闪失,"格杀勿论"!云飞扬立马交代给弟弟辉子。

艾梦明白事理,她知道"老大"的前途至关重要,若是耽误了他,她全家人都没有好日子过。就算是为了报答他,她也会忍受一切,把所有的苦咽下去。

但艾梦毕竟还年轻,"老大"又忙得根本回不来,她心想,这样的"大人物",身边得有多少女人围着转。这时"四黑兄"之老二王小五出现了,俩人"干柴烈火"地一碰撞,导致了王小五的杀身之祸。

艾梦和史一鸣的阅读兴趣倒是颇为一致,她也喜欢读鲁迅先生的作品,觉得读鲁迅先生的作品能让自己浑身充满力量。她说:"鲁迅先生的《祝福》写得最好,尤其是那一段:'"我真傻,真的,"祥林嫂抬起她没有神采的眼睛来,接着说,"我单知道下雪的时候野兽在山墺里没有食吃,会到村里来;我不知道春天也会有。……"'"艾梦像电影《祝福》中饰演祥林嫂的艺术家一样,声情并茂地念着小说里的段落。她绘声绘色的表演与真切的道白,把史一鸣听得热泪盈眶。

艾梦知道王小五死于车祸,她害怕了,意识到"老大"的权威至高无上,更知道自己逃不出"老大"的手掌心,是她的儿子保佑着她,否则她会死得比王小五更惨,而她的家人,也不会有什么好结果。她知道自己必须无条件地服从"老大",有一丁点非分之想都将落得万劫不复的下场。她只有把心中的怨恨和委屈发泄在辉子身上,辉子不敢轻易惹恼她。辉子知道,这个艾梦一旦在"老大"耳边吹风,说几句对他和他哥不利的话,"老大"就有可能翻脸,高强和王小五就是前车之鉴,所以他对艾梦百依百顺。

辉子秘密见了艾梦。"你的事,我跟'老大'汇报了,他不同意。他说他也想你和儿子,但国家的事更大,家事毕竟小,他希望你包容他理解他,等忙过近期的几个重要会议他就来见你们。"

"他理解我吗?包容我吗?我实在没办法了,儿子整天找爸爸。"

"忍着,别忘了你弟弟在他身边当秘书,你不想见到你亲弟弟了吗?"

艾梦倒吸了一口凉气,颤抖着说:"别,我等,我等。"她又开始恐惧了。

辉子也是没有办法,才用要挟的手段来吓唬艾梦。辉子知道要挟是管用的,是能够让人心甘情愿地屈服的。他辉子集团的利益和他哥云飞扬的仕途,在"老大"面前一样时时被拿来作为要挟的筹码,他们哥儿俩一样时时要屈服于

"老大"。

当夜,艾梦急忙给弟弟打了电话,又给父母打了电话。得知他们都平安无事后,她悬着的心才落了地。她静静地凝视着天花板上那团黑暗的灯影,恍惚间,觉得它像极了一个人的脸,一个她无比熟悉且满心渴望去爱的人。可转瞬间,那人脸的影子陡然变得狰狞起来——竟是"老大"那张可怖的脸,那个在背后手段凶残,而她却因种种无奈不得不依附的"大人物"。

她想哭,想放声痛哭。

她决定豁出去了,她想反正弟弟在"老大"身边也没担任什么重要职务,他只是想用弟弟来控制自己的一举一动,难道还真敢要了弟弟的命吗?主意已定,她拨通了辉子的电话。

"夫人,这么晚了,有何吩咐?"

"我要见'老大'。"

"对不起,夫人,首长这几天有重要会议,再说前不久你们不是见面了吗?"

"辉子主席,我有急事。"

"有什么事,您跟我说,我能解决的马上办!"

"我想和'老大'分手。"讲完这句话,她立马挂了电话。

"别……"辉子这个"别"字话音未落,对方就挂了电话。

辉子放下电话,自言自语骂道:"什么东西!要不是首长稀罕你,我早把你轰出去了!"他思考着怎么对付这个艾梦,回到卧室。

"这么晚了,又是谁?"大香从睡梦中醒来。

"大香姐,没事,公司的电话。"

"睡吧,明天你还要去F省出差呢。"

辉子在大香怀里甜甜地进入梦乡……

一大早,辉子拨通了和"老大"单线联系的电话,汇报了昨夜艾梦的电话内容。"老大"不悦地说:"这点事你都处理不了!下周你带他们母子来见我。"

"好!"辉子刚说完"好"字,电话里便已是"嘟嘟嘟"挂断的声音。

"唉——"他叹了口气,心里寻思着,"首长就是首长,说话简单。他的编外夫人和他一样。"

第二十八章 艾梦戏弄一鸣

"老大"是不允许艾梦找男人的，他对艾梦有了感情，有了占有欲，更重要的是艾梦是他儿子的监护人，他不想让儿子失去母爱，更不想让别的男人占有艾梦，所以他一忍再忍。

艾梦在接触史一鸣的半个多月里，深深地被史一鸣的男子汉性格打动，可是她又不能为了自己的一厢情愿，毁了儿子的未来，毁了史一鸣的性命。昨天夜里她一时冲动，给辉子打了那个电话，天一亮，她就害怕了，她害怕自己的亲人因为自己的"私欲"无辜地丢掉性命，她只能继续耐心地等待"老大"。

史一鸣到底是什么背景，辉子还没有查清楚，只知道他会些武功。史一鸣自己介绍说他从武校毕业，后来当了兵，辉子找人打听了，并且到南方史一鸣的老家做了调查，情况基本与他本人说的一致。一个县城工人家庭出身的小子，初中毕业，受电影《少林寺》的影响，上了两年武术学校，想出人头地当武侠明星，结果碰了一鼻子灰。后来当兵，还是边防兵，还当过私人老板保镖，干过银行现金押解保安。再后来自己经营医疗器材生意，赔了本，出来找份保安工作。当然，这一切都是小M安排好的。

艾梦近来经常做噩梦，梦里香汇公司研发的用于封存人体内脏的药物发生了诡异巨变，导致那些个内脏都"复活"了，一个个张牙舞爪地向她讨命。她满身大汗地醒来。看着幼子睡梦中甜甜的微笑，她流出了两行泪水。她不知道那几个药物医学博士搞的研究到底为公司带来了多大利润。阿麦博士每次亲自送来人体内脏的时候，总是讲，这是从某某国死囚犯身上摘除的活体内脏，要赶紧封存保鲜，救助那些急需器官移植的患者。之后都是由高强他们去绝密的阁楼库房存放。高强失踪后，便由王小五负责。后来又听说王小五死于车祸，现在一直由阿麦博士和那个外籍看守人员"卡西莫多"负责管理。

现在他们聘用了新的安保部经理史一鸣，按理说应该由史一鸣负责管理，可现在他们就是让他训练新的安保队员，有时候运输公司药物什么的，他带几个人负责押运，搬运的事他不能掺和。有一次史一鸣勤快，想帮他们装卸那些精致的盒子，结果被阿麦训斥一顿，还被禁止上阁楼。史一鸣刚来的时候，守夜人"卡西莫多"带着他到阁楼简单看了一眼，阿麦知道后，狠狠地揍了"卡西莫多"一顿。

"记住了，不让你插手的事，不准动。"阿麦博士的中文特别好，不看他那张脸，很容易认为他就是中国人。

史一鸣把这事和艾梦讲了，艾梦说："你千万别管他们的事，让你干啥你就干啥，把钱挣到手才是真理。"

经海山是带着使命来的，他一定要把事情侦查清楚，找出证据。他心想："艾梦到底知道多少内情？她是否参与了香汇公司的违法犯罪活动？"他再次陷入疲惫，这是一种隐隐作痛的精神上的疲惫，他开始关心艾梦了吗？

艾梦并不知道这些事情的底细，她只是觉得公司经营的业务过于神秘，阿麦博士天天在空中飞来飞去，一会儿"送货"，一会儿"接货"，他到底为什么要亲自去做这些事情？过去这些都是安保部经理去跑的"业务"。艾梦大惑不解，她更不知道自己和她的团队一直在为凶狠的犯罪集团提供医学上的技术支持。

艾梦对"老大"的希望彻底破灭了，她心里清楚，如果她不顾一切地去追寻自己的爱，让"老大"知道了，肯定不会放过她。高强的逃离、死亡、王小五的车祸，都绝非偶然，她隐约感觉到这些事都和辉子集团，和"老大"有关联，而主要的导火索就是她自己，所以她现在每天都活在胆战心惊之中。

今天是周三，公司事务不多，艾梦趁着空闲来到安保部找史一鸣。史一鸣刚好训练回来，看到他健硕的身体上流淌的汗水，以及他带着男性魅力的微笑，一个三十多岁的少妇难掩一种出于本能的渴望。

"艾总，不，艾姐。"史一鸣腼腆地喊道。

"一鸣，你该喊我艾总，这是在公司。"

"艾总，怎么又外道了，我哪里做错了？"

"你也学会贫嘴了。"史一鸣能和自己不见外地开些玩笑，艾梦心里十分高兴，这样他们才不拘束，才是铁哥们儿的感觉，而且这样艾梦也会觉得史一鸣心里有她。

"晚上请你一个人吃饭，去哪里吃，你定。"

"还没有发薪水，就请客？"

"我来半个月了，再过半个月就发，月薪一万五，今天超前花一千五请你，姐。"

"十分之一，够抠门儿！"艾梦心里像吃了蜜似的，但嘴里还是表示不满意，这就是女人对心仪的男人耍心思的一种撒娇。

第二十八章 艾梦戏弄一鸣

经海山明白艾梦的心思，他不断地提醒自己不要忘记任务。小M说了，要不择手段完成任务，但要注意纪律和安全。有时候经海山想，难就难在注意纪律，注意安全，还要不择手段，难上加难呀！这个小M一副上级腔调，他自己怎么不试试不择手段，注意纪律和安全呢？

还是桂城西餐厅，一根蜡烛，两颗孤独的心，彼此倾诉着心事，可是各自又在心里藏着秘密，还得对对方设防。艾梦更是害怕周围会有一双眼睛死死地盯着她，这个人不知道什么时候就会把她和儿子一起粉碎，或者把她对身边异性萌生的"爱"再一次泯灭。

"你不高兴？"史一鸣问。

"没有，见你高兴。"

"谢谢艾总。"

"你故意气我。"

"不是，也不敢。"

男女之间的情感就是这么奇怪，越是有意表达爱意，越是要和对方产生一种莫名其妙的"矫情"。

"你是姐姐，应该让着我。"他挑逗起来。

"弟弟就要听姐姐的，服从姐姐！"

外面起风了，小提琴缓缓奏响，《梁祝》的曲子多少让他们感到有些伤感，尤其是艾梦。经海山心里生出了一种悲悯的情绪，他心里依旧想着高美丽，想着大香——大香怎么会变心呢？

艾梦沉浸在此时的幸福中，借着史一鸣的"关爱"，向他倾诉自己在公司四年之久的无奈，以及瞬间的所谓"幸福"。但是她没有全盘讲出实情，只是说了高强那个混蛋想占有她的身体，王小五为人仗义，可惜遭遇车祸遇难。她还半开玩笑地说："一鸣，你和王小五有点像。"

"姐，你是在拿我和死人相比，让我当替代品吗？"史一鸣酸酸地说。

"不是，你别怨姐，算我说错了话。"

两个人默默地时而嘴角轻扬，流露出欣赏之意；时而微微抿嘴，似乎满是无奈。他们借助酒精和牛排来传递内心的想法，诉说难以直言的话语。经海山想，等酒劲上来，说几句酒话，感染一下现场气氛。艾梦想，多喝些酒，说点深情款款的话,"老大"知道了又能怎样?他们在心底揣测对方的心思,暗自思忖对方是否已对自己生出朦胧的"爱意"。

时间自由地流转着,它不怜悯任何生命、任何事物,只是按照宇宙的规则不停地流转……

"太晚了,我们回去吧,晚上我儿子不肯睡觉,得我哄他。"艾梦还是有所担心。

"我送你。"

"当然。"

桂城西餐厅对面,始终有一双眼睛紧紧地盯着他们二人的一举一动。所幸,他们一直保持着同事间应有的距离,交流甚少。两人只是聊了聊当下社会的经济、教育、医疗等问题,其实说得他俩都觉得无聊,没有意义……

第二十九章　大香再次换肾

为了不让大香为家庭所困，成为家庭主妇，辉子想尽了办法。他知道大香喜欢读书，便特意将豪宅别墅五米高的顶层设计成一个两层的带楼梯的阁楼式空间，其中一半打造成悬空的立体图书阅览室，不仅便于取书阅览，还可以让人安静地在这里休息、写作。每一层都有一张定制的红木长条书案和一把小叶紫檀椅子，供大香阅读时使用，旁边还摆放着一张贵妃榻。辉子说："大香姐，你累了就在这里休息，看看书，孩子让阿姨带。"大香进入阁楼，第一眼看到的是"大香读书阁"的金字大匾，她泪流满面，亲吻着辉子薄薄的嘴唇，深情地说："我爱你，我的小于连！"书架上大部分是珍藏版的中外名著书籍。走进这里，有一种书海无边的感觉。

"谢谢你，你是我的于连，永远的于连！"大香控制不住自己感动的情绪，接着说道："你是于连，也是大鹏，更是辉子！"

"大香姐，你喜欢我是谁，我就是谁。"

大香无比幸福地点点头，图书阅览室成为大香的一处精神家园。

辉子是按照重庆大学图书馆内部的样子来装饰这个图书阅览室的，全部的书架都是小叶紫檀材质的，就因为大香曾经说过，她当年在重庆大学培训的时候，最喜欢的就是那里的图书馆，高高的深色木质书架，宽大气派的书桌，坐在那里多么惬意，自己犹如书中人。

"等咱们结婚了，我给你弄一间属于你的书房，把你喜欢的所有书都给你搬来，让你看个够！每天晚上，你就给我讲书中的故事。"经海山曾向大香如此承诺。

经海山许诺给大香一间书房，但是他没有做到。辉子没有许诺大香什么，但是他送给大香一间图书阅览室。现实就是这样讽刺。

大香昨天晚上又梦见了经海山，他满脸鲜血、披头散发地指责她是潘金莲，还不如安娜·卡列尼娜呢。他还抢走了她的儿子，辉子举起了屠刀向他砍去。

"辉子，你住手！辉子，你住手！"

"大香姐，醒醒，醒醒！"辉子惊醒了，他轻轻地呼唤着大香。

浑身冒汗的大香慢慢睁开眼睛。"辉子……"她叫了一声辉子，竟然抱着辉子"呜呜呜"地哭了起来，嘴里还不停地喊着经海山的名字，辉子内心五味杂陈。

"行，大香姐，我也是你的经海山，经海山现在和大鹏做伴去了。"

大香似乎没有听见辉子讲的话，也不知道自己在说什么梦话，她哭累了，便在辉子怀里沉沉地睡着了。这一夜辉子一直半躺在床头，哄着心爱的女人，听她喊着昔日恋人的名字，迷迷糊糊地度过了一夜。天亮了，大香问辉子她怎么在他的怀里，辉子一笑，带着疲倦说："我乐意搂着你睡，踏实。"大香一笑而过。辉子之所以讨女人喜欢，就是因为他对所爱的女人的一切都能容得下，他懂女人，所以他能成功赢得女人的欢心。

大香内心对经海山还是有着一份很深的感情的，可是生活不只是油盐柴米，不只有酸甜苦辣，还有更多的现实问题。经海山是个工作狂，根本照顾不了家庭，就连基本的日常生活中的琐事他都解决不了。大香不想生活在理想之中，她要为母亲着想，为自己孩子的未来着想，因此她毅然决然选择了辉子。

大香不想在英雄的光环下过毫无保障的日子。她在心里暗暗地说："经海山，对不起了。"她没有眼泪，没有对曾经的理想爱情的不舍，她只想把今世过好，不管来世。大鹏的死、父亲的死，还有母亲因为失去爱子、失去丈夫而精神崩溃，都让她不得不重新做出人生的选择。现实的生存法则告诉她：一切随缘，一切都要从现实出发。

大香的父亲在世时曾经说过："我们家大香表面上看是只小绵羊，其实她内心里装着一匹狼，还是一匹野性十足的狼。"知女莫若父，父亲懂她。一想到父亲，大香就独自掉泪。

大香对辉子经营的生意一直有所疑虑，但看到辉子为了拯救她的生命不顾一切，哪怕捐献自己的肾脏也要让她获得健康，她还能怀疑什么呢？一个男人如果把他的生命都交给了他的爱人，她还有什么理由怀疑他呢？大香下定决心，她要

第二十九章　大香再次换肾

为自己的丈夫辉子担当起一份责任。

"大香姐是我的命，我死，姐都不能死！"大香在病床上微闭双眼，听得真真切切。她觉得值了，不管辉子是什么样的人，她都会义无反顾忠诚于他，爱他，像爱大鹏一样。

大香产后得了抑郁症，很长一段时间，辉子放下一切工作，陪着她在海南疗养。

大香哪里知道，她的肾源就是化名高强、罪大恶极的荀力奸杀的拾荒女提供的。

有一次，辉子发现高强借着倒腾人体器官的买卖，奸杀妇女，还和阿麦私底下分赃。辉子狠狠地教训了高强，骂道："你他妈的混蛋，你不是说她们都是自愿卖肾的吗？怎么还先奸后杀？！"从他们的争吵中，大香似乎听出一些门道，她想问辉子肾源来自哪里，但辉子的哥哥告诉她，是辉子花钱从发达国家的死刑犯身上买的，他给了死刑犯家属钱，然后把肾源空运过来。大香便不再问了，她觉得自己的命都是辉子给的。

得知经海山死了，而且是和辉子手下王小五的车相撞，发生车祸而死亡，大香顿时觉得经海山死得蹊跷。经海山不是和罪犯徒手搏斗寡不敌众而英勇牺牲，也不是面对持枪歹徒奋不顾身而壮烈就义，而是那么悄无声息地被一辆厢式货车夺去了年轻的生命。她觉得经海山死得不值，实在不值。她还隐约觉得经海山的死和辉子有关，可是没有证据，她也不能胡乱猜疑自己的丈夫。就是有了证据，她也不敢相信辉子是"幕后刽子手"，要是枪毙了辉子，自己和儿子还有年迈的母亲怎么活命？想到这些，大香不禁打了个冷战，她决定不再问辉子经海山到底是怎么死的，也不愿意再想经海山的事，就让经海山随着时间的流逝在这个世界上消失吧。

年初，阿麦博士邀请了国际顶级器官移植专家，也是他的同校师弟丹阿米博士为大香会诊。丹阿米博士建议再次给大香做肾移植，将她的右肾摘除，换新的，因为她的左肾已经移植了三年左右，右肾一直高强度地工作，这样下去会有旧病复发的风险。现在是更换右肾的最佳时机，不能耽搁，要尽快找到匹配的新鲜肾源。

大香在辉子的一再央求下，担任了润弘集团旗下香汇生物研究有限公司的董事长。其实她只是名义上的"一把手"，公司真正的最高管理者是外籍医学博士阿麦，他以执行董事兼总裁的身份，全权负责公司的整体运营。而艾梦担任总经理，主要是为了掩人耳目，搞一些慈善公益活动，同时研发存放人体器官的保护性药物。更多的原因是，她是受到"首善之区"的"大官"保护的重要人物，负责养育延续他生命的儿子。另外，这位"大官"还让艾梦盯着这家公司的运营效益，这个不为人所知的"魔鬼"医疗公司是他运用权力谋取经济利益的重要保障，不能让辉子哥儿俩和阿麦一伙欺骗。

当艾梦无意中透露出"老大"不放心辉子集团，让她盯着他们，同时又不放心她，安排多个眼线盯着她的事情时，经海山就想，这个"老大"和辉子集团的关系建立在缺乏信任的基础上，他们迟早要分裂，迟早会被送上威严的法庭。

大香一开始还怀疑艾梦和辉子相好，可自从她当上了香汇公司的董事长，每半个月要来公司视察一次工作，她又发现，艾梦和辉子是不可能的，因为艾梦从来不把辉子看在眼里，有时候辉子和艾梦讲话都显得有些拘谨。大香心里猜测，艾梦一定不是一般的女子，她背后一定有更加强大的势力支持。大香细心观察着，她心想，一定要找出端倪。

"艾梦就是个小县城来的小女子，神气个啥！"实际上，大香心里一直鄙视艾梦。

"你可别惹艾梦，姐，听我的没错，你就算不为我和大哥着想，也得为咱儿子着想。"辉子看出了大香的心思。

"我知道。"大香迎合辉子说。

大香第二次换肾很成功，这次是医术高于阿麦的丹阿米博士亲自到滨海来给大香做的移植手术，术后他对辉子讲："您夫人活到一百岁没有问题。"大香苏醒后，辉子就把这个喜讯告诉了她。

"姐，你能活到一百岁，这是咱儿子的福气，也是我最大的心愿。"辉子双手合十，做了个祈祷的动作。

"谢谢你，我的辉子。"大香似乎想通了，辉子就是辉子，他不是于连。这是大香第二次换肾的结果吗？

　　四年多了，大香换了两次肾。她真的不知道自己身上的肾脏是从哪里来的，是辉子通过什么非法手段获取的，还是真的从国外的死刑犯身上买来的？她不敢去想，也不愿去想……

第三十章　大香再失亲人

辉子时常做噩梦，梦中一道凌厉的闪电劈下，把他劈成了两半，一半是他自己，另一半是经海山——经海山向他讨命来了。经海山在阴间成了阎王爷身边的判官，他左手抓着荀力，右手拎着带血的砍刀，一步一步逼近他。

这场梦还没有结束，他又陷入了另一场梦。王小五，为了救他，被M国的黑帮分子用冲锋枪不停地扫射。他护着主子辉子，辉子完好无损，甚至连一根发丝都没有断，一点皮都没有擦破。辉子感动了，王小五是用命来守护他的命。他们脱险了。辉子拽着王小五的手臂，一头磕在地上，执意要和王小五结拜兄弟。随后还是经海山身着崭新的警服，手握冲锋枪，开始向辉子扫射，仇恨的子弹像冰雹一样射来。

这时，大鹏出现了，他质问辉子，为什么让他回家取钱，为什么辉子自己不去取钱？取钱重要，还是性命重要？大鹏又从口袋里掏出水果刀，步步逼近他。天空黑压压的，突然浑身是血的经海山双目圆瞪，握紧拳头向他挥去："辉子，你这个杀人魔王，还大鹏命来，还我师父老郭所长命来！""不是我，不是我——"辉子拼命号叫，他没有了任何逃跑的路——在悬崖边上，他身后是经海山、大鹏，还有一群破衣烂衫的拾荒妇女，脚下是万丈深渊，汹涌的波涛向着地狱奔流。他摔下去了……

辉子从噩梦中醒来，然后爬起来，一个人在M国的五星级大酒店里疯狂地摔砸所有东西，把值守的保安都给惊动了——辉子疯了。他隔壁的随从保镖全部跑了过来，就连他的合资伙伴丹阿米博士也跑了过来。丹阿米给辉子打了镇静剂，他才睡去。

辉子在异国大病一场。大香抛下母亲和儿子，赶到M国来守护他。辉子得的是妄想症，他看见大香，竟好似服下了一剂特效良药，比一众大夫的悉心诊治还要管用——在大香怀里，他痊愈了，是大香的爱把他医治好的。从此他再也离不开大香,他觉得自己就是寄生在大香身体上的"细菌",没有了宿主,就没有了他赖以生存的"温床"。

大香嗜书如命,她每天都要到辉子送给她的"大香读书阁"读书。辉子也特别会讨大香欢心,他专门聘请了一位滨海大学中文系的女博士给大香做伴读,帮她整理所有的图书。辉子还为大香订阅了多种中外文学杂志,供大香了解当下优秀的文学作品。她的伴读女博士看到"大香读书阁"里的书籍,惊讶道:"大香夫人,您家里的藏书比我们学校图书馆里的还多。"

大香抿嘴冲她微笑。每当大香静静地在这里读书的时候,她的话语都很少,她想,她是在和那些中外名著中的人物交流思想,不能用言语,要做到心领神会。

"大香夫人,辉子主席对您真好,您真有福气,天生带着贵妇相。"伴读女博士感叹道。

"贵妇相是什么样?"大香问。

"就像安娜·卡列尼娜。"

"我不喜欢她。你读过《红与黑》吗?"

"对不起,大香夫人,我是说您像那个演安娜·卡列尼娜的女演员一样端庄漂亮。"伴读女博士有些害怕,慌忙解释道。

"没事。我问你读过《红与黑》吗?"

"读过。"

"你喜欢里面的谁?"

"于连……不,我也不知道。"

"哈哈哈——"大香哈哈大笑起来,笑得伴读女博士毛骨悚然。

大香把伴读女博士辞退了。其实,在读书的时候,大香不喜欢身边有人,尤其不喜欢没完没了和她谈天说地的女人,她喜欢一个人静静地沉浸在那些经典小说的世界里,想象自己穿着长袍大褂,吃着简单的食物。那个世界没有污染,没有那么多电子产品。她不喜欢电子产品,甚至都不爱看电视,顶多陪着小令冲看看动画片《黑猫警长》。她觉得动画片挺有意思,大家都知道动画片里的故事是假的,是虚构出来的,不会当它是真实事件。而儿子小令冲,只要看到黑猫警长,就嚷嚷着要当警察,像黑猫警长一样,抓捕那群害人的大老鼠。

辉子不在身边的时候，大香常常在深夜一个人悄悄地来到"大香读书阁"，拿起她心爱的小说轻声朗读。读到动情的地方，她便犹如小说里的女主人公一样，亲吻镜子里自己的红唇。每每这时她都会感觉周身发热，怀念起经海山曾经给过她的疼爱和抚慰。

"海山，你好吗？"

"挺好，大香，等我忙完这个案子，一定陪你和闵大姑到河畔踏青。"

"我知道你忙，你许诺我们娘儿俩几次了，说要带我们出去玩。周末你去一趟商城就行，给我妈买一件红毛衣，下个月她过生日。"

"哦，你看我这个记性，昨天我爸生日，我没有回家，连电话都忘了打，罪过呀罪过。"

"我去了，还给他买了件黑色的毛衣，告诉他是你买的。我跟他说，你最近太忙，没时间回来，等哪天有空了，你会回家去看他。"

"谢谢你，我的大香。"

大香和经海山的每一次见面交谈，大香都记得清清楚楚，她一直想把这些记忆抹掉，可就是抹不掉，尤其是听到经海山牺牲的消息后，她总是会回忆起和经海山在一起的恩爱场景，感觉经海山在抚摸她、亲吻他。

镜子里的自己就是经海山，他还活着。大香哈哈大笑起来。她大口大口地豪饮拉菲，用酒精麻醉自己，她想尽快入梦，在梦里和自己爱着的男人纠缠。她想辉子要是在身边也挺好，她会温柔地亲吻他，让他得到满足。她有时会愤怒地对着镜子反复抽打自己的脸。"换肾，换肾，健康的肾又有什么用？！"在这样的夜晚里，她不知道熬掉了多少青春梦想，消耗了多少对爱情的渴望。

换了两次肾的大香越来越年轻美丽，她的肌肤像清泉一样水嫩光滑，再配上她华丽的大红色旗袍，让她看起来像是一朵盛开的牡丹花，夺目耀眼，认识她的人都以为她去韩国做了整容手术。

最近，大香总是以视察集团旗下的投资公司为由，到高美丽的服装公司来。她说，想起弟弟大鹏，就想去找高美丽，见到她，就好像见到了大鹏。她喜欢和高美丽一起回忆中学时代的事情——经海山看到她脸红，高美丽看到经海山脸红，大鹏看到高美丽脸红，辉子死乞白赖地讨好高美丽。

回忆着，哭笑着，大香和高美丽两个人成了无话不讲的好闺密。大香和高美丽说了好多秘密,还托付给高美丽好多事情。

高美丽心想,经海山真的不理解大香,大香真的有好多无奈,她也真的很爱辉子。她曾经把经海山当作理想的爱人,经海山牺牲了,她痛苦万分。她说,对她而言,经海山的死比大鹏的死更让她感到痛苦,她甚至想过辉子死了,她都不会这样万箭穿心地心疼。她心疼经海山一生净想着别人,帮助别人,就是不会照顾自己。

高美丽有时候理解大香,有时候又似乎看不懂大香,感觉她像是活在另一个世界或另一个世纪的女子。她还和大香说,有机会她也买一本《红与黑》来读读,看看于连到底有多可爱。

"于连不适合你。"大香肯定地说。

"姐,我不跟你抢他。"

两个人哈哈大笑,拥抱在一起。大香竟然泪水涟涟。高美丽也仿佛被心底潜藏的"内伤"猛地击中,神情瞬间黯淡——她想经海山了。

窗外下雪了,这一年的冬天特别冷。大香的母亲闵大姑时隔四五年,再一次自己来到四平道派出所门前,她突然发现对面的马路牙子上坐着一个小青年。

"大鹏,下雪了,别滑倒!"她不顾一切地奔跑过去。覆盖着一层薄雪的路面上,一辆轿车没有刹住——闵大姑倒在血泊中。

大香冷静地对辉子讲,她了解到,司机没有逃逸,他在第一时间救助母亲,并报了警,说他愿意承担后果,母亲的死是个意外。她竟然没有掉一滴眼泪,还平静地说:"妈妈找大鹏和爸爸去了,这是一件多么幸福的事。"

办好闵大姑的丧事,大香在自家别墅的图书阅览室撕心裂肺地痛哭了一阵子。辉子听见了,在门外静静地祈祷,祈祷他的大香姐平安无事。他没有推开门,他心想,让大香姐一个人哭吧,她的弟弟大鹏、父亲,还有她曾经的恋人经海山,现在是她的母亲闵大姑,他们都去了另外一个世界。那是一个什么样的世界,辉子不知道,但起码他现在不想让大香姐去,他希望自己先去,为大香姐安排好那里的一切。

大香的精神遭受了巨大的打击,辉子抹着眼角的泪,心疼不已。他对大香的爱,早已经超越了男女的肌肤之爱,是一种刻骨铭心的挚爱。

在大香情绪稳定一些的时候，辉子又赶到最高层首长"老大"的驻地接受他下达的指令。"老大"这次是背对着辉子训话的——以前都是"老大"的秘书，也就是艾梦的弟弟和辉子见面，传达"老大"的指示。这次辉子看到了"老大"的背影，这让他激动不已。

辉子还是放心不下大香姐，他找到阿麦博士，想让他以体检的名义，从心理学的角度开导她。

从表面上看，闵大姑的不幸遇难似乎没有给大香带来多少痛苦，这几天她天天和儿子小令冲在一起。她把阿姨辞退了，自己一个人照顾孩子。看到大香姐这样做，辉子不但没有反对，反而放心了，他知道大香姐现在唯一惦记的就是儿子，她不会想不开，因为有小令冲这个牵挂。

小令冲出奇地听话，他不再找陪伴他的阿姨了，只是冷不丁地问："妈妈，外婆呢？她怎么还不回家？""外婆找你外公和大鹏舅舅，还有……"大香实在是憋不住了，泪水夺眶而出。"妈妈，我听话，不找外婆，就找妈妈。"小令冲用自己的小手给大香擦拭眼泪。

辉子这些日子事务缠身，很多事情都必须由他亲自处理——集团旗下的洗浴中心涉嫌"黄赌毒"问题被查；建筑公司的工地由于违规作业，造成重大人员伤亡；房地产开发公司没有给业主按期交房，集访的群众和他的员工大打出手……他大哥云飞扬让他立即消除社会不良影响，跟进整改举措，必要的话用钱摆平一切事情，阻止事态进一步恶化，还让他想尽一切办法分担政府下达的经济指标任务。

每天无论多忙，辉子都要给大香打一个问候电话，告诉她有事可以找高美丽商量，高美丽是可以信任的老同学、老朋友。他和大香说，等忙过这阵子，就带大香和小令冲去M国，小令冲也该上学了，他们今后就长期生活在M国，忘掉这里的一切。大香心里何尝不想忘掉这一切，可是她忘不了。

大香理解辉子，她告诉辉子，注意身体，不要担心她和小令冲，小令冲特别懂事。

午夜，大香在镜子里足足欣赏了自己一个时辰，她看到镜子里皮肤白净、气质忧郁又充满风韵、让人想入非非的女子，不禁想："她是谁？是林黛玉？不。是西施？不。是玛格丽特……她是一个鲜活的、好好的大香呀，怎么能是一个风

第三十章 大香再失亲人　177

尘女子呢？"

　　大香又去找高美丽了，但高美丽出差了。高美丽的服装公司成立至今，靠着大香的香汇生物研究有限公司长期定制高档防毒防静电工作服的业务挣了不少钱，而且香汇公司从来不拖欠款项，这就使得高美丽没有后顾之忧。

　　大香给高美丽写了一封一页纸的信，交给了高美丽的秘书。她说："告诉美丽，姐姐拜托她了！"

　　大香回到她的图书阅览室，看着书架上满满的藏书，闻着淡淡的木香，她感觉那一本本安静的书似乎在心疼地告诫她："你累了，停下来歇歇吧。"

　　大香放下了所有的惦记，她想念大鹏，想念父亲、母亲，也想念经海山。她把一张黑白全家福照片放在书架上最显眼的位置，她要和自己的血亲挚爱说说心里话，问问他们为什么这么狠心，留下她一个人面对这艰难的世间。这世上她的亲人，只剩下四岁多的儿子小令冲，还有丈夫辉子，但儿子似乎和阿姨更亲，她这个亲生母亲就像一个毫无意义的符号；而丈夫心里似乎只有他的集团，他的"金钱帝国"，对她难得有几句真言。

　　大香躺在贵妃榻上，微闭双眼，刹那间，她仿佛被一股神秘力量驱使，竟瞧见经海山正伫立在眼前。他还是老样子，身材匀称，眼神睿智，透着淳朴善良。

　　真的是他，大香举起了锋利的手术刀……

第四部 大计

经海山知道，螳螂捕蝉黄雀在后，黄雀身后还有老鹰，老鹰身后还有一双猎人的眼睛，"老大"是猎人吗？这个世界，谁又是真正的主宰者？

第三十一章　大香选择自尽

大香死去的场景，犹如一幅古典油画。

她走得那么安静，好像永远沉睡在书海里。她头枕着那本从母亲单位借阅的没有归还的旧版《红与黑》，整个人像幸福地、甜美地熟睡了一样，没有痛苦，没有遗憾。在三十九岁生日的前一周，大香死去了。是不是她体内更换的两个肾脏的主人还了魂，向她复仇，让她的生命定格在了三十九岁？

辉子还想着借大香姐的生日，带她和小令冲出国旅游，让大香姐散散心，忘掉闵大姑去世的悲痛。没承想，她还是放下了辉子，放下了小令冲，找她挚爱的亲人去了……

大香一身黑色的衣裳上溅着鲜红的血迹，像是冬日里怒放的蜡梅花，颈部红色的纱巾格外鲜艳，仿佛流淌着的鲜血。在辉子为她设计的"大香读书阁"里，大香悄然离世。她的死被公安机关鉴定为自杀，但润弘集团的员工在私底下传说辉子主席的夫人是被"玄色"凶手杀害的。

"听说了吗？大香夫人是死在'玄色'凶手的手术刀下的。"

"她弟弟大鹏不就是死在'玄色'凶手手下吗？"

"那是和辉子主席有关的陈年旧事了。"

"听说四平道派出所的老郭所长都快要把案子破了，却让'玄色'凶手一枪给打死了。"

"听说他徒弟经海山不甘心，在追捕向他师父开枪的凶犯时让凶犯开车给撞死了。"

"经海山仗义，大香夫人之前和他定了亲，后来却变心，嫁给了辉子主席。辉子主席多有钱呀，谁不稀罕！"

"还有咱们公司的'玄色大侠'荀力，死了又活，活了又死，他到底是死是活？是不是就是他行凶杀的人？"

"如果是那样，是不是辉子老板安排的？"

"嘘，别瞎说！隔墙有耳，小心让辉子老板听到，拿咱们祭奠大香夫人！"

"大香夫人对咱们不错，别看她是有钱人，可心眼儿好。"

"唉，好人不长命呀！"

一时间，谣言传遍全市……

在案发现场，信志丰带领刑警、法医还有派出所的民警正忙碌着。辉子急匆匆赶来，看到这一切，他右手捂住胸膛，踉跄几步，还没有走近大香，便一头栽倒在木地板上。他感到自己的心脏被大香血红的手揪得生疼。

辉子昏厥过去，他身边的阿麦博士给他打了强心针。"辉子主席，您的夫人失血过多，已经去了天堂。"阿麦博士向缓缓苏醒过来的辉子宣布。

辉子被送进了医院，他不能接受大香的自尽，不能接受他的妻子、爱人，甚至可以说是他的精神寄托，以这样的方式死去。她用手术刀狠狠地割开自己的手腕，在午夜，在她的精神家园"大香读书阁"，在辉子给她置办的贵妃榻上，望着漆黑的天窗，凝视着暗红色的月光，静静地死去。

大香的死，和当年的"玄色"案件有什么关联吗？

信志丰是经海山警校的同学，当年在四平道派出所的时候，经海山是所长，他是教导员。信志丰稳重，有些内向，政治理论水平高，写得一手好看的钢笔字，还有文学天赋，文章写得在全校数一数二地好。刚当警察那会儿，他总是被分局政治处借调过去写材料。后来，分局领导干脆把他从派出所调到分局政治处。两年之后，他到基层锻炼，提了干，后来又调到四平道派出所担任政治教导员。

"经海山，你是所长，大主意你拿，我会支持你，支持你就是支持咱们的集体。"这是信志丰第一天担任四平道派出所教导员和经海山的表态。之后他确实就是这么做的，所以经海山工作起来特别得心应手。过去和经海山搭班子的那个教导员，总是和经海山藏心眼儿，经海山是个直脾气，对付那个摆老资格的"老政工"的确费了不少精力。现在好了，老同学，想说什么就说什么，反正都是为了工作。

第三十一章 大香选择自尽　181

经海山和信志丰可谓年轻有为，配合默契，合作第一年他们所就荣立了集体一等功。

后来经海山调到分局任刑警队队长，信志丰转任四平道派出所所长。再后来，经海山从刑警队抽调到中央巡视组配合工作，信志丰又调任分局刑警队队长。听相关人员议论，信志丰到分局当刑警队队长，还是辉子的哥哥帮忙在背后替他说了话。

目前组织上正在考察信志丰，想提任他为分局副局长。

"辉子老总可是我的贵人。"信志丰对属下讲了好多次这样的话，所以遇到与润弘集团有关的案件，办案或出警的民警都要向他报告，大事化小、小事化了也就是常态了。信志丰讲，保护企业的合法经营权，对全市的经济发展是有利的。

信志丰现在是市局领导眼里大名鼎鼎的"破案能手"，有领导才能的"干将"。尤其是经海山牺牲后，他还作为宣传经海山先进事迹的宣讲团成员，到各地宣讲他和经海山并肩作战，破获大案要案的事迹。有一年，经海山为了保护一名凶犯的母亲，被凶犯砍了一刀，左臂上留下一道很深的伤痕，缝了十四针。可在信志丰的演讲稿里，故事变成了经海山为了掩护他而受伤，显得他俩的战友情无比深厚。他在台上讲得热泪盈眶，台下掌声雷动。

大香的死给了辉子沉重的打击，他感觉天塌下来了。在这个世界上，能够理解他、宠着他，像母亲一样疼他的人只有大香姐，他一直说，大香姐是妻子，但更像是母亲。

辉子真的承受不了失去大香姐的痛苦，他可怜儿子小令冲，小小年轻就失去了母亲；他更可怜自己，午夜失眠的时候，谁还会给他讲《红与黑》的故事，温柔地唤他"小于连"？

"大香姐，你为什么不要你的于连，不要你的小令冲了？没有你，我和小令冲今后的日子可怎么过下去呀？"他歇斯底里地号哭着，像一头无家可归的野兽，不论谁前来劝说，他都充耳不闻。哭累了，他就开始絮絮叨叨地重复那几句话："大香姐，你不要于连了，不要小令冲了……"

辉子对前来吊唁的人不予理睬，信志丰自以为和辉子有些交情，又是政府干部,上前安慰了辉子一句"节哀",没承想辉子大发雷霆,骂道:"白养你了,我老丈母娘被车撞死,你却把肇事司机放了!那个该死的司机跑哪儿去了?你他妈要了他多少钱?我翻倍给你,把他枪毙了,判死刑,死刑!"他疯狂了。自从当上集团董事局主席,辉子很少这样失去理智地暴跳如雷。

"我抓紧重新审理。"信志丰战战兢兢地回答。

"要不是我丈母娘遇难,我的大香姐也不会……"辉子话还没有说完,又泣不成声了。

辉子的大哥、市委常委云飞扬来了,训斥辉子说:"注意形象,别犯浑!"听了云飞扬的话,辉子才消停下来,重新找回身为本市最大民营企业家应有的姿态,开始正常接待前来吊丧的亲朋好友。

辉子回到自己房间,想清净一会儿。"辉子主席,您别气坏身子,我有责任,等上头考察完了,我当上副局长,一切都会办妥的。"信志丰跟着进来解释道。

"你这是做买卖,讲价钱,不让你当副局长,你还不给我办事了?!你混蛋,混蛋!"辉子又小声骂道。骂累了,辉子坐下来,又觉得不应该得罪这个信志丰,便说:"我伤心过头了,请谅解。一会儿我跟我哥汇报下你的事,还得我哥讲话,加紧提拔你。"

扑通一声,信志丰跪在辉子面前,哽咽地说:"辉子兄弟,我是你的人,我一定把撞死闵大姑,不,撞死咱妈的司机绳之以法!就是犯错误,我也要办他!如果我是副局长,就给肇事司机一个别的罪名法办。我得有审批权呀,我要是坐在那个位置上就好办了。"

辉子抄起手机说:"哥,您到我屋里来一下。"

"哥……"

"辉子弟,节哀,照顾好儿子,别忘了你还有爹妈和哥哥姐姐呢。"

"我知道。哥,信志丰的事……"辉子指着信志丰说道。

"小信呀,你可得老实点,别总是表面一本正经,背地里净干些见不得人的事。光喊口号,做表面文章,那是不行的。把辉子的事办好,那个司机的事就算了,多干点正经事。"

"首长,我一定记住您的教诲。"信志丰没有想到自己能在首长面前表

第三十一章 大香选择自尽 183

忠心。

"我知道,好好干。"

在信志丰心里,他觉得越大的首长说话越和气。

史一鸣听艾梦讲辉子的夫人大香自尽了,惊讶得差点失态,他真的有些慌了神。

"你认识她吗?"

"不认识,听你说过,上次她来视察,我没在,没见过。哦,对了,我在报纸上见过她的照片,好像是作为新派女诗人被采访的。"他有些语无伦次。

"看你听到她死了的消息,像丢了魂似的。"女人都是极度敏感的,艾梦这样高智商的女人更是精明透顶,极为擅长察言观色。

"艾姐,你真的想多了。"

"我总感觉你心思太重了。"扔下这句话,她表现出不高兴的样子,走出了安保部。

他没有追上去,艾梦回过头,以为他要追过来。可惜,他还是表现出了难过的样子,即便他强忍着,还是让艾梦感觉到他和大香在某种意义上是相识的,甚至有一种无法言表的情谊。"他俩是亲属?是恋人?不可能,大香在北方,史一鸣在南方,他俩不应该认识,如果认识,史一鸣到公司上班,还用应聘?"艾梦不明所以地想着。

也许他们根本就没有关系,是自己太喜欢史一鸣的错觉,艾梦有些茫然地边想边走远。

经海山一个人跑进卫生间,反锁上木门,强忍的眼泪流淌出来。那泪水像断了线的珠子,一滴一滴无声又急速地滚动下来。

大香为什么选择自尽?她为什么会无缘无故地死去?不,不是无缘无故,她是因为闵大姑的遇难而悲恸欲绝吗?闵大姑的事情,经海山是在闵大姑出殡那天听艾梦讲的。她当时问道:"一鸣,你去吊唁吗?""我又不认识老板,像我这等小人物,就别去给人家添堵了,本来人家就伤心着呢。"在经海山心里,闵大姑还是有位置的,他默默地为闵大姑的遇难心痛,但他不能暴露身份,组织上有纪律,要等小M的指令他才能行事。目前他的主要任务是围着艾梦转,打听到她背

184 大案

后的大人物的秘密，挖掘香汇公司违法犯罪经营的事实。

闵大姑去世不到一周，大香又撒手人寰，经海山不敢刨根问底地打听她的死究竟是何缘故，他只能一个人偷偷地躲在卫生间里痛哭，为她默哀。

大香的死，让经海山又联想到了"玄色"。为什么案发现场总有"玄色"的影子？——那种黑色与红色的鲜明对比无处不在。现场出警的侦查员没有发现什么不对劲的地方吗？经海山觉得，现场就是一个"谜"，一个他要按照老郭所长指引的方向揭开谜底的"谜"。

经海山破解着"玄色"谜团，他在脑海里反复回想老郭所长在办案笔记本里涂画的所有内容，同时不断梳理自己心中的构想，决心顺着这条关键线索，向着获取证据的方向前行，最终将"大鱼"捕获，还社会一片晴朗的天空。

可恼的小M一个多月不来接头了，经海山感觉自己快要伪装不下去了。他真的怕自己暴露出来，怕艾梦去告发他是个卧底的警察。那样的话，辉子、高美丽还有他家人仔细一打量他，一定会认出他。他会把爹妈吓坏的，但他们就是吓着了，也会高兴，毕竟儿子还活着。他还会吓坏高美丽和同事们，他们会感到毛骨悚然，得缓一阵子才能接纳他。辉子定过神来，也一定会继续追杀他。他倒是不怕辉子追杀，那样的话，他当诱饵能够把他们犯罪集团一网打尽，就算牺牲了也是光荣的，反正他已经有了墓碑，还有了石雕像，看上去他永远那么年轻。想到这里，他又不觉得小M那么可恨了。小M当时花了十多万块钱给他买墓地，还请了本市美院著名的雕塑家免费为他雕刻了身着警服的半身像，听说雕塑家听了他的事迹后，深受感动，流着眼泪雕刻完成了这尊栩栩如生的石雕像。他还听说他爸妈搂着他的雕像不愿离去，感觉儿子永远活着。

大香的死，让经海山又怀念起了她的温柔体贴和身体所散发出的女人特有的体香。经海山总是喜欢亲吻大香修长白皙的颈部。大香和经海山谈恋爱这四年，对经海山的关怀无微不至，她对待恋人，似乎有一种与生俱来的母爱。也许是因为她太想她的弟弟大鹏了，所以和辉子在一起后，她又总有一种发自内心的姐弟情怀，她把这种情怀不自觉地投注在辉子身上。

辉子办理完大香的后事，一个人疲惫地躺在他和大香在一起时睡的大床上，举着大香的遗像，嘴里竟然背诵起《红与黑》的片段："……红日西沉，渐渐接近那关键时刻,于连的心跳得有点异样。黑夜来临。看到夜色特别幽暗,不免暗中窃喜,心头像搬掉了一块大石头。天空浓云密布,热风吹过,乱云飞渡,似乎预示暴雨将临。两位女友挽臂徐行,一直散步到很晚。她们今夜的种种做法,于连都觉得有点怪。风起云动,于某些细腻的心灵,似能弥增情致……"

辉子现在天天带着小令冲,时时刻刻不离小令冲左右,他似乎怕再失去和大香仅存的"爱的结晶"。看到小令冲,闻着小令冲身体散发出的奶香,辉子就感觉像看到了大香,闻到了大香的体味一般。哪怕是去集团开会,他也会让保姆把儿子带来,有时候他们一起在办公室里玩耍,小令冲也非常懂事似的"爸爸,爸爸"叫个不停,给了辉子一种继续生活下去的勇气。

漆黑的夜色中,细雨蒙蒙,小M和经海山见面了。"别难过了,我知道你和大香的情感,你到现在都不愿再找对象,就是因为还没有走出这段情感阴影,我懂。"

"你不懂,不懂!"经海山虽然压低了嗓门,但是他必须把心中的怒火向他亲近的人发泄出来,才能平复内心的悲伤。

"人生有一种情感,叫无可奈何。"

"为什么无可奈何的总是我?"

"你选择的信仰,要求你必须做到。"

"信仰"这个伟大的词,经海山懂,他擦拭了泪水,向小M敬了礼。此刻,小M多么想走到经海山面前,给他一个温暖的拥抱,好好地安慰安慰他。然而,小M却无奈地发现,自己也深陷在一种无法言说的无奈境地中,动弹不得。

小M只得向经海山强调工作任务:"时间不多了,别忘了你背后还有一个高美丽,一旦她发现你,后果不堪设想。"

"我明白,坚决完成任务!"经海山带着悲痛回应了小M的叮嘱。

第三十二章　大香"托孤"美丽

闵大姑遇难后的几天里，大香仿佛变了一个人，她悄悄告诉高美丽，其实她内心是深爱着经海山的。高美丽吃惊了，她不希望任何一个女人惦记经海山，就算他躺在墓地里，她也不允许，这就是她高美丽作为漂亮女人对爱情的一种"霸占欲"，她狭窄的心一丁点缝隙都不能留给别的女人去说爱经海山，尤其是大香这个背叛爱情的女人，她认为大香不配说她爱经海山。高美丽早已把经海山认定为她一个人拥有的"爱人"。当然，她的真实情感是隐藏在她的心海里的，或者说是锁在她情感的"保险柜"里的，她是不会轻易打开这个保险柜的。

"小令冲是我和经海山的儿子"这句好似晴天霹雳的话，是大香决定结束自己的生命之前通过遗书告诉高美丽的。她决定"托孤"高美丽。

当年辉子从东北回来时，是从冰雪连天的东北最北部村子里穿着单衣跑出来的。三九天在地冻天寒的东北，穿着厚厚的棉衣都能冻出冻疮脓包，何况辉子那身板。那一次是他作为男人受到的最大的伤害。

和大香结婚那天夜里，辉子发现自己极度"体弱"，于是开始四处求医问药。凭着强大的经济实力，他在全世界寻求医学专家的帮助，最终找到阿麦博士的同学、世界著名的男性生殖专家为他诊断，结论是"弱精、早泄，不能生育"。

还好大香在婚前就告诉辉子了，她与经海山有过肌肤之亲，没承想怀了身孕。辉子说，只要能守着大香姐，他什么都不在乎。辉子的"宽宏大度"让大香无地自容。

辉子和大香婚后是幸福的，老中医讲，可以用中草药调理试一试，辉子对此充满了希望。他说，即便他和大香姐不能有孩子也没关系，大香姐这个岁数，再生孩子风险太大，有小令冲就足够了。

经海山一直想不通的就是那天夜里，大香留住了他，一次、两次、三次他们缠绵着。每当经海山提出"大香，我们结婚吧"，大香总是委婉地拒绝："等你抓住杀害大鹏的凶手，我们立马就结婚。"

大香从小就喜欢读诗写诗。那天午夜，她依偎在经海山怀里，经海山紧紧地拥着她，生怕天亮。他说："大香，你要是读中文专业，一定是个著名的诗人。"

"干吗读中文专业？理科女生照样当诗人！"

"大香，我就爱你天生的那股文学气质，不对，应该是天生丽质。"

"我也是，喜欢你的侠骨柔肠，如果在明朝，你是令狐冲，我就是任盈盈。"

他们开始进入《笑傲江湖》里浪漫的武侠世界，他们多么渴望像书中的人物那样遨游于天地间，行侠仗义，一柄剑，一匹马，拯救那个时代的不公。

那个夜晚让经海山刻骨铭心。

大香和经海山悄悄地讲过，将来他们生了儿子就叫经令冲，要是女儿就叫经香盈——这是只有他俩知道的秘密。

大香有了身孕，本来想告诉经海山，让他高兴，因为她觉得大鹏的案子已经真相大白——案子破了，破案人是辉子，但也是经海山。可有一次，辉子开车陪大香送囡大姑去医院检查，大香无意中听到辉子在电话里讲："哥，他是警察，行吗？"停顿片刻，辉子又斩钉截铁地说："马上办，放心！"

辉子的这通电话引起了大香的猜疑，辉子嘴里说的警察是谁？一定是经海山。他秉公办事，严格执法，一定又得罪了什么"大人物"。"不行，我要阻止他们加害海山，和辉子结婚，让他们放弃对海山的陷害，这是唯一的办法。"大香暗暗下定决心。

所以，大香和辉子的夫妻关系一开始其实是有名无实的，大香心里只有经海山一人。辉子一直像敬奉"圣母"一样敬着他的大香姐，对她不离不弃，宠爱有加。最终他的爱感动了大香，让大香觉得无以为报，于是她下定决心跟辉子好好过日子。她也没有想到经海山如此割舍不下和她的这份感情，一直不谈恋爱找对象，到死都孑然一身。

高美丽打开大香留给她的没有落款和日期的简短遗书。

美丽，我的好妹妹：

当你看到这封信的时候，我应该已经和我的父母、大鹏弟弟一家人，还有我此生最幸运相识的爱人经海山团聚了。想到这里，我还是十分幸福的。

辉子是个好丈夫，他命苦呀！他一直很爱你，拿你当亲人，他和大鹏就是为了追求你才惹出事端。跟辉子结婚吧，圆了他的梦！我把他和儿子小令冲托付给你了，小令冲是我和经海山的儿子，帮我照看好他，你当小令冲的妈妈我才死得安心。

万分感谢，我的好妹妹美丽。你的大香姐向你鞠躬！不，跪拜，叩谢！

午夜，夜很静，很沉，很暗。高美丽感到窒息，她几乎是从床上蹦了起来，光着脚冲到窗户前，打开窗户，让腊月的寒冷空气钻入她身体的各个器官，满足整个身体对氧气的需求。

高美丽手里攥着大香的遗书。"嫁给辉子吧，为了孩子，为了你自己，也为了辉子，否则辉子也会死掉的。"高美丽自言自语地重复着这样的话。

"史一鸣，行了，醒醒，还失眠了，睡得和死猪一样。"小M来了，他低声呼唤着经海山。

"你来了。"经海山搂住小M的脖子，竟然"呜呜呜"地哭了起来。

"大香的死是个意外，你别太难过，记住你现在的身份是史一鸣，进展如何？"

经海山整理了一下情绪，说道："有些进展。第一，艾梦和辉子背后的人，就是他们嘴里说的那个'老大'，和整个犯罪集团有着脱不开的关系，甚至艾梦的儿子就是'老大'的。第二，那个阿麦博士有问题，抓紧控制他，他近期要回国。第三，他们杀人倒卖人体器官的证据不足，需要进一步侦查。现在抓捕艾梦的理由倒是有，他们现在做走私生意，使用大量的违禁药物，艾梦负责研究保护人体内脏的药剂。"

"'老大'是谁？"

"我感觉'老大'是辉子的哥哥云飞扬的后台，是更高层的大人物。"

"你的时间不多了，抓紧。"

"你长什么样？"

"又来了，到时候让你看个够。"

小M伸出手，握住经海山的手。"辛苦了，经海山同志！"第一次和小M握手，经海山感觉那么熟悉，又那么陌生。

他又流泪了，有多久没有人喊他"经海山同志"了？他都快忘记"经海山"这个名字了，他有时候甚至会问自己："我是谁？我叫什么？王小五吗？还是史一鸣？"

小M消失在漆黑的午夜中。他倒是像令狐冲，来无影去无踪，一派"大侠"风范。

第三十三章　美丽二婚辉子

"高美丽嫁给辉子了。"艾梦告诉史一鸣。这个晴天霹雳般的消息，击碎了经海山对情感的所有幻想。

"谁？高美丽是谁？"他佯装惊讶道。

"就是辉子主席梦中的老情人，听说大香夫人的弟弟当年就是因为和辉子争夺高美丽，被'玄色'给捅死的。你当然不知道了，我是听死鬼高强说的。"

"可是，大香夫人才刚去世不久呀？"

"哎呀，有钱人不能寂寞，辉子主席那么有钱，在外边还少得了二奶、三奶、四奶？他和外面的'小妾'不知道有多少孩子呢，至少得有一个排吧！"

艾梦不停地说："我还听说，大香夫人的弟弟，叫什么——哦，好像叫大鹏，他是自杀的，不是外边传说的什么让'玄色'捅死的。什么事一传到老百姓嘴里，就变得离奇了。"

"哦，艾姐，你知道的辉子主席的事还真多。"史一鸣有些心不在焉。

"你心不在焉。"艾梦坚定地说。

史一鸣惊讶地看着艾梦，结结巴巴地说："艾……艾姐，你……你是我肚子里的蛔虫？"

"哈哈，你们男人那点心思呀，是瞒不过我的，别人娶了漂亮媳妇，你们就羡慕嫉妒恨，我说得对吗？"艾梦开了史一鸣的玩笑。

史一鸣觉得这样挺好，艾梦把自己给说蒙了，自己好装傻充愣，让她感觉自己就是一个四肢发达、头脑简单的一心想发财、想娶漂亮女人的市井小民。

高美丽和辉子的意想不到的结合，让经海山一点也不理解，而且和之前一样的是，他又有一种心脏刺痛的感觉。

他心里总觉得自己和高美丽有一种说不清道不明的情感羁绊，他甚至幻想过，等任务完成后，他就向高美丽求婚。可是现在什么都完了，他又开始在心里大骂小M："这个不见脸的上司，等哪天见到他，第一件事就是要抽他几个大嘴巴子，方解心头之恨！"

高美丽从大香那里知道了关于辉子的一切，她对辉子的感情真的有一些同情心掺杂在里面，毕竟辉子在年轻的时候追求过她，而且过去她的工作和现在的事业也都仰仗辉子帮忙，他给予了她无条件的支持和帮助。辉子虽说油嘴滑舌，满嘴甜言蜜语，让人感觉缺乏安全感，但是他这么多年对大香姐的关怀无微不至，高美丽是看在眼里的。再者辉子虽然一脸色狼相，但他始终特别尊重高美丽，从来没有和她动手动脚，从未对她有过任何过分的举止。高美丽这十几年在商场打拼，没少遇到色狼，辉子不像他们，他是对女人有风度和分寸的男人。

还有最关键的——经海山的儿子小令冲，大香死前恳求高美丽做的最为重要的事情就是照顾小令冲。小令冲是经海山生命的延续，她怎么能不管呢？为了小令冲，她也要违心嫁给辉子。

高美丽一直对经海山死于车祸这件事心存疑虑，她怀疑有某股恶势力蓄意谋害经海山，而且她怀疑幕后之人有可能就是辉子；就算不是辉子所为，他也一定知道一些内情。她想通过和辉子结婚查出一些经海山车祸事件的端倪，为给经海山报仇提供证据。想到这些，她便义无反顾地决定去找辉子。

大香去世一周后，高美丽找到辉子。"辉子，我愿意嫁给你，但前提是我们暂时只做名义上的夫妻，我会遵照大香姐的嘱托，帮你照看孩子，其他的以后再说。你要是同意，咱们就结婚。"

高美丽主动提出结婚，让辉子措手不及，他根本就没有想过再婚，他和大香姐的感情是任何人都替代不了的，但如果说在他心里还有其他能够和他有夫妻情分的女人，恐怕也只有高美丽了。他面无表情，平静地说："大香姐疼我，怕我孤独，活不下去，去找她，那样的话小令冲多可怜呀！你当小令冲的妈，她放心，我也安心。"

"我嫁给你，是为了孩子。"

"美丽，上学那会儿我是喜欢过你，你漂亮、开朗，哪个男生不想娶你做媳妇呢？可是后来我见到大香姐，不知道为什么，我就爱上了她，或许这就是前世的姻缘吧。但她为什么不和我说一声就走？我们一家人一起走也好呀！大香姐呀大香姐，你心里还是放不下经海山！"辉子带着埋怨的口气对着天花板说道。

"大香姐说过，她在经海山之前就喜欢过你。"

"哦。"辉子不冷不热地回答。

"过去你对我好，看来都是逢场作戏。"

"也不全是。"他开始面对高美丽讲话。

"你考虑好了答复我。"高美丽走出了辉子的办公室。

一周后，他们果然结婚了。辉子当着好多人的面说了这样的话："我对不住大香姐，儿子太小，不能没有母爱，这也是她生前的嘱托。美丽是大香姐弟弟大鹏的梦中情人，我和她成为一家人是天意。"

辉子对外宣称，大香是因长期饱受尿毒症的折磨而离世的，绝口不提她其实是用手术刀割腕自尽的。面对手下的员工，他声色俱厉地警告道："谁要是敢对外乱嚼舌根，立马除名！"他把"除名"两个字说得很重，语气中满是不容置疑的威严。经此一吓，集团里的员工确实没人敢声张，唯有艾梦胆子够大，私下里跟史一鸣谈论此事。

经海山还是无法理解大香的死，他不禁想，大香是不是有什么难言之隐？或者她知道了什么辉子集团的秘密？大香出事后，出现场的是信志丰，他一定会按照辉子的意图结案。经海山陷入了悲伤和猜疑的复杂情绪中，但他很快又推翻了自己的全部猜测："不会不会，辉子那么爱大香，他一定会保护大香，这一点是不可撼动的。"

辉子坚持要把高美丽的公司并入他的润弘集团，作为集团旗下的子公司，过去高美丽没有答应，她不想靠着辉子的名望致富，更不想让大香左右了自己。一来女人嘛，都是敏感的，她们对自己爱的男人要拥有绝对的占有权，她们是不允许这个男人再给别的女人一切帮助的。二来，高美丽怀疑辉子经营的企业有问题，在和大香姐接触的这些日子里，她更加感觉辉子集团一定干着某些不可告人的事情。就拿大香姐任董事长的香汇生物研究有限公司来说，这家公司以所谓研发人体健康药物为主要业务，每年的利润高达上亿元，她真的不敢相信，研发什么样的先进药物能创造出如此惊人的经济效益。

高美丽心里一直念念不忘经海山，就连女儿的名字她都给起作"高怀晶"，小名"小晶"。

大香特别喜欢小晶，她曾跟高美丽说："等我儿子长大了，让他娶你家小晶当媳妇，辉子一定高兴。"高美丽当时就一阵心惊，脱口道："那我们可高攀不上。"没承想她当时无意中说的话，现在竟成为现实。

"有什么高攀不上的，你可是我们辉子的梦中情人，我们儿子娶你家女儿，他一万个乐意。"

那时，高美丽还不知道大香儿子真正的父亲是经海山，这是只有大香和辉子两个人知道的惊天大秘密；而高美丽自己女儿的亲生父亲也是经海山。

大香在母亲离世后不久就决定把小令冲托付给高美丽照顾，并决定把小令冲是经海山的骨肉这个秘密告诉高美丽，于是她便提笔给高美丽写了那封遗书。高美丽在得知这个秘密后，心里其实是暗暗高兴的，她来到经海山的墓前，喃喃自语道："海山，老话说得没错，好人终有好报，虽然你被恶人陷害，不幸牺牲了，可是你在这人世间留下了一双可爱的儿女——令冲和小晶。"

大香的儿子随辉子姓，叫云令冲。当时辉子并不同意，他想叫孩子云小连，他说："大香姐，你不是喜欢于连吗？孩子就叫小连多好！"大香则说："令冲好听，男孩子，有令就要冲锋，有英雄气概。"辉子哪里知道，大香和经海山有言在先，若是生了男孩就叫经令冲，带着笑傲江湖的英雄气概。

辉子虽然不满意，但他心想，大香姐天天读书，有自己的想法，就随她吧。"行了，大香姐，听你的，你读书多，学问大，就叫令冲，令冲好听。"大香怕辉子怀疑她和经海山有给儿子起名的约定，便说："也得听听你这个当爹的意见，孩子的小名就叫小连吧。"辉子抱着小连一边亲着，一边流下了眼泪。大香心里也不是滋味，她心想，辉子是高兴自己有了儿子，还是悲伤孩子不是自己的？一股内疚的情绪萦绕于大香心中。

辉子和高美丽选择了腊月初一这天结婚。再有二十几天，就是辉子和大香结婚六周年的纪念日——辉子和大香是六年前的腊月二十八结的婚。

腊月初一，大雪纷飞，五星级的辉扬国际大酒店灯火辉煌，张灯结彩。好多人议论道："辉子老板的夫人尸骨未寒，他这就迎娶新人。"

"现如今有钱人都有好几个老婆，这算什么。"

"他不怕他死去的老婆半夜三更来找他们？"

…………

老百姓的话当然是传不到辉子和高美丽的耳朵里的。

艾梦打扮得花枝招展，临行前她问史一鸣："你去吗？老板大喜的日子，你随份大礼，借机认识一下他，兴许他会重用你，给你涨薪水，那你小子可就一步登天了。"

史一鸣摇了摇头，说："算了，找别的机会吧。"他心想，借着今天的大好机会，何不侦查一下这家隐秘公司的隐情呢？他想去阁楼侦查，看看里面到底有什么秘密。他决心早点完成任务，揭露辉子集团的罪行，不能再让高美丽落入陷阱。这也是小M交代的命令。

经历重重磨难的高美丽现在显得更加沉稳大气，举手投足间尽显智慧与果敢，周身散发着女强人的高雅气质。她身穿绣有黄色牡丹花的蓝色旗袍，显得雍容华贵。在她身旁，高怀晶和云令冲一左一右乖巧相伴。辉子一身灰色西装搭配白色衬衫，系着一条带有三条红线的黑色领带，乍一看这领带就是黑色的，只有走近仔细观察才能看到领带上有三条暗暗的红线。高美丽面带微笑，辉子神色肃穆，一家四口人走出来，全体来宾起立鼓掌，掌声雷动。

"感谢各位亲朋好友的到来！我和美丽重组家庭，这是我夫人大香的遗愿，让孩子拥有一个有双亲关爱的完整家庭。"

"妈妈，妈妈！"云令冲天真地喊着高美丽。

"你不是爸爸，爸爸去了老远的地方。"高怀晶显然不懂事了，吓得司仪赶紧说："孩子，辉子叔叔现在就是你爸爸，快叫爸爸！"辉子扭过脸对着司仪讲："不要吓唬孩子，时间长了，她会喊的。"

热烈的掌声再度响起。

高美丽没有责怪女儿，而是说："好了，今后熟悉了你再叫辉子叔叔爸爸，好吗？"又是一阵雷鸣般的掌声。

"谢谢大家，我和辉子是中学同学，大香姐是我们的学姐，我之所以和辉子结合，正如辉子所言，是要照顾好眼前这个喊我妈妈的小男孩。"高美丽哽咽了。

又是一阵掌声响起，还有不少人感动得流下了眼泪。

就在外面大雪纷飞，辉子和高美丽举行婚礼的时刻，一起奇怪的案件发

第三十三章 美丽二婚辉子　　195

生了：辉子集团旗下香汇生物研究有限公司的执行总裁阿麦博士在办公室割腕自尽。

信志丰是从辉子的婚宴上接到民警报告的，他立即慌忙赶往现场，都没来得及喝喜酒，甚至连招呼都没来得及和辉子打。由于涉及外国人，现场相对封锁，经过法医鉴定，阿麦的确是自杀身亡的。信志丰带领侦查员展开调查取证。

正在公司顶层阁楼开展侦查的经海山接到安保队员打来的电话，得知了阿麦博士自杀，公安局的信志丰队长正带着警察在现场办案的消息。他和安保队员讲，他提前告知安保部的值班人员自己身体不适回家休息了，而且已经和阿麦博士请假了。经海山知道自己必须溜出公司，如果信志丰见到他，会出大麻烦。他想既然阿麦博士已经死了，死无对证，说自己和他请了假没在公司，就可以避免辉子和艾梦的怀疑。现在他必须和小M见面，否则信志丰他们找他取证了解情况，他会暴露的。

经海山冒着大雪来到人民医院后门的太平间围墙外，出乎他意料的是，一个身穿黑色厚衣、戴着红色毛线帽子的女子向他走了过来。"哦，是她。"经海山激动得像见到久别重逢的亲人一样跑了过去，紧紧地握住了对方戴着黑色皮手套的手。

"大姐，你好吧？"

"史一鸣，你辛苦了。"她以经海山的化名问候经海山。

四行热泪簌簌而下，将飘落在两人脸上的大片雪花悄然融化。此刻，经海山内心深处涌起一股难以名状的脆弱感。究竟是大香的骤然离世，还是高美丽嫁给辉子这一事实，导致他这般脆弱，连他自己也说不清楚。他只觉得满心委屈，任由无声的泪水不受控制地流淌，以此来宣泄内心种种复杂的情感。

经海山没有返回公司给他安排的住处，他按照大姐的指令来到另一处住所，等待小M给他安排新任务。

午夜，小M和经海山在新的地点见面了。

"我们准备对阿麦实施抓捕，可一进他办公室，就发现他已经身亡了。"

"这里一定有问题。"

"是的，知道此次行动的人不多，我们正在排查。"

"我暴露了吗？"

"没有，下一步我想办法阻止信志丰调查你。"

"这有可能吗？除非让他知道我在执行任务。可是他和辉子走得很近，他的晋升据说和辉子哥哥跟上头'打招呼'有关，他还是那个政治素质值得信赖的信志丰吗？"

"我知道，目前只有把他调走，让其他同志接手此案，他们不认识你，你可以蒙混过关。年前不管你掌握了多少证据，先撤出来再说。"

"明白，我抓紧行动。对了，今天我偷偷进了香汇公司的阁楼库房，在里面发现了一些用药物浸泡的人体内脏器官。我怀疑这些都是从他们秘密杀害的人身上获取的，之后用药物保存起来，寻找机会处理，或许还有更大的用途。我拍了些照片。"经海山把拍下来的照片发给了小M。小M还是捂得严严实实。

"现在阿麦死了，隐患就更大了，他们很快会派一个叫丹阿米的人来顶替阿麦。"

"这个人我听艾梦说过，他的医术比阿麦还高，大香的第二次换肾手术就是他亲自做的，他是阿麦的校友、师弟。"

"你还是要盯住艾梦，不能让她出事。"

"从我掌握的情况来看，艾梦知道的事情不少，但是她是否参与了人体器官倒卖，没有证据。不过他们公司好多的违法行为她是知道的，她话里话外都透着对公司经营的怀疑，甚至不满，但近百万的年薪还是留住了她的心。再有她背后孩子的爸爸——那个'老大'，也是个神秘的大人物。她是逃不掉的。"经海山似乎很同情艾梦的处境，向组织如实汇报。

"好，保护好她，保护好自己。"

"是。"

第三十三章　美丽二婚辉子

第三十四章　阿麦割腕自尽

　　高美丽婚后仍旧独立经营进出口服装贸易公司，虽然她的公司已经并入辉子的润弘集团旗下，但她还是公司的独立法人，继续对公司享有独立的操控权。

　　事实上，辉子压根就看不上高美丽的服装贸易公司，毕竟这家公司的经营范围和利润都那么有限，他只是在帮她。现在成为一家人了，他更是希望高美丽不再受那份罪了。他知道，高美丽是女强人，她和大香姐不一样，大香姐多少有些"嫁鸡随鸡，嫁狗随狗"的传统理念；高美丽不一样，她要独立，要有属于自己的事业。辉子太了解她了，便遂了她的心意。

　　辉子有要求，润弘集团所有员工的工作服全部交给高美丽的公司负责定制。高美丽答应了，所以她的公司现在运转得十分顺畅，利润有坚实的保障。高美丽把心思更多地放在了照顾两个孩子上，尤其是对待小令冲，她比大香在世的时候还要尽心。辉子看在眼里，心里满是欣慰和感激。他觉得大香虽然没了，可是高美丽进入了他的生活，让他的感情世界仍旧有一份爱存在。

　　他很思念大香姐，那种思念之情是高美丽所不能替他消解的。他想大香姐的时候，就会独自一人到"大香读书阁"去。他不让任何人接近那里，就连打扫卫生都是他亲自去做。他有时候躺在贵妃榻上，闭上眼睛，似乎能感觉到大香姐仍然在世，他能隐隐约约听到大香姐的呼唤——"于连，我的小于连"。他微笑，他哭泣，他不敢睁开眼睛，他怕睁开眼睛看到的现实没有黑暗中泛着红光的"玄色"场景来得幸福、踏实。辉子的这颗心完完全全地封存在了大香姐的怀抱里。

　　辉子和高美丽结婚的第一夜，辉子喝醉了，是高美丽把他扶上了床。辉子醉酒说："我的大香姐，再给我读一段《红与黑》吧，我睡不着，你还读小于连那段，或者朗诵一下《春》。"辉子拽着高美丽不松手，高美丽轻轻地朗诵起来："盼望着，盼望着，东风来了，春天的脚步近了。一切都像刚睡醒的样子，欣欣然张开了眼。山朗润起来了，水涨起来了，太阳的脸红起来了。小草偷偷地从土里钻出来……"辉子的呼噜声响了，高美丽回到两个孩子的房间，眼前的一幕让她潸然泪下——小晶把小令冲搂在怀里，像妈妈一样哄着找大香妈妈的小令冲入睡了。小晶看到妈妈进来，嘘着手指示意：哥哥睡着了，不要惊动他……

就在公安机关准备抓捕阿麦的前一天，辉子悄悄地让他的部下来到市局找某领导举报阿麦涉嫌从境外倒卖人体器官的事。

此外，辉子秘密指示信志丰，如果阿麦拒捕反抗，信志丰就亲自现场击毙他，避免留下后患。辉子通知了信志丰，让信志丰带队埋伏在婚礼现场，在婚礼仪式即将结束的时刻抓捕阿麦。就在信志丰摩拳擦掌，准备再立新功的时候，一个民警跑来报告，说阿麦在自己的公司里死了。

辉子之前告诉信志丰，阿麦一定会来参加他的婚礼，警方可以在婚礼现场抓捕阿麦。没承想，阿麦不仅没有来参加辉子的婚礼，反而在香汇公司割腕自尽，现场甚至和大香出事时很像。辉子的婚礼现场一派热闹景象，有参加过他和大香婚礼的老人讲，辉子二婚的场面比头婚还气派热闹，还有一对金童玉女当花童。"这小子是积了哪辈子德，大美女都钻进了他的被窝，还白捡了一个美人坯子的女儿，真是艳福不浅呢！"有人议论道。

阿麦身穿一身黑色西装，围着一条红色的羊绒围脖，安静地趴在两米长的大老板桌的正中央，他左手握着一把手术刀，右手攥着拳头，鲜血流满了整张桌子，他的脸部以及所剩不多的金发上也沾上了鲜血。

现场法医讲，阿麦死了至少有两个钟头以上。辉子的婚礼庆典是从上午十一点二十八分开始的，也就是说，阿麦自尽的时间是在上午九点半左右。第一个目击者是阿麦的司机，据他讲，阿麦说今天是集团老板加好朋友辉子大喜的日子，他一定要体面一些，早些到达婚礼现场，他和司机约定要在十点半之前到达。可是司机等到十一点了，还没见阿麦下楼，就上楼敲了阿麦办公室的门，但是没有应答，于是司机轻轻推开门……

看到眼前的一切，司机"啊！"的一声叫了出来，然后就像无头苍蝇一样在楼道里乱跑乱撞起来，边跑边大喊："来人呀！阿麦博士被杀了，阿麦博士被杀了！"

就在阿麦准备就绪打算自尽时，化身史一鸣的经海山按计划开始他的侦查任务。他先是趁"卡西莫多"不备一掌击倒他，捆上他的双手，封上他的嘴，蒙上他的眼睛，再把他的屋子搞乱，伪装成进了贼的样子，还拿走了几样值钱的东西。经海山想，等案子破了，如果"卡西莫多"是无辜的，就把东西还给他。一切处理妥当，他取下"卡西莫多"身上的钥匙，悄悄地登上了阁楼。

经海山知道"卡西莫多"每次巡夜都要拿着钥匙到阁楼看看，所以他上阁楼的时候非常小心，恐怕这里有什么机关暗器。果不出所料，他刚迈上第一个台阶，一支利箭便射了出来，还好他快速躲了过去。紧接着又是一排暗箭，经海山凭借自己过硬的功夫闯了过去。他走近大门，打开了门锁，满屋漆黑，不时地有几个红色的亮点在闪烁。经海山早已处理好了这个红外线报警器，此刻它只是闪烁着亮点，音频线路已经被掐断，不再具备报警功能。经海山想，这一次他进入香汇公司核心的机密库房，一定要拿到证据，然后他就消失，让他们永远也找不到史一鸣。到时证据确凿，就可以把辉子集团的几个首犯一举抓获，他以史一鸣的假身份卧底的任务便圆满完成，以后就可以恢复自己的真实身份，继续和犯罪分子斗争了。

经海山用微光手动电筒和微型录像机开始固定证据，这个库房里保存的都是用药物浸泡的人体器官，还有一些奇形怪状、他根本看不懂的东西。一个婴儿样子的标本浸泡在药物溶液中，经海山的脑神经猛地震动了一下，这样的标本他在医院的妇产科见过。

短暂的愣神后，经海山继续细心紧张地记录着这里的一切证据。

法医鉴定说，阿麦在九点左右就已将一切收拾妥当，显然是在进行最后的心理准备。从表面上看，他的样子不怎么痛苦，他是一名优秀的外科医生，他自然知道怎么死去不会太痛苦。同样是割腕自尽，他和大香不同，看得出他割腕的动作非常迅速，鲜血喷涌而出，他还提前在腕部注射了麻醉药物，所以他死的时候是没有太多痛苦的，像是又乏又困地睡去了。大香则是在自己的手腕处接连用手术刀划了好几下，脸上带着痛哭和思念的笑容而亡。

在辉子的婚礼现场，信志丰带领侦查员们一直等待阿麦的到来，准备把他包围起来，等待辉子的婚礼一结束，便立即缉拿这个来自异国的恶贯满盈的罪犯。然而，信志丰接到的情报是阿麦已经在自己的办公室里割腕自尽，他想立功从而马上晋升副局长的梦想要破灭了。他心中疑惑：阿麦怎么就自尽了，而且死法竟和大香如此相似？他倒吸一口冷气，心底涌起一阵莫名的恐慌，暗自思忖自己是不是卷入了一场不该涉足的可怕的"斗争"。他开始害怕辉子，更加害怕辉子的大哥云飞扬常委。他们到底要干什么？只是为了挣钱吗？精于算计的信志丰开始为自己的仕途担忧。

信志丰在警校学的是痕迹专业，他仔细地勘查了现场，觉得阿麦的自尽有些蹊跷，他不像大香那么痛苦，更像是被迫先用了什么药物再割腕。他想进一步查验，现场的领导却训斥他："你小子辖区内接二连三发生人口失踪案你破不了，倒是对自杀案感兴趣！赶紧滚，那几个妇女失踪的案子再挖不出线索，就撤了你的职！你的能力比经海山差远了！"

"是，局长，我加紧破案。"信志丰小心地说着，退了出来。他对局长的批评极为不满，经海山都已经是死人了，还拿他和自己比。

辉子想让高美丽代替大香管理香汇生物研究有限公司的业务，他和高美丽讲："美丽，你不用去香汇公司做具体的工作，那里有合资的老外负责，还有几个科学家主持研发业务，你就是到年底看看账目，把咱们的利润核算一下，其他的事都是他们外资机构管，我们不管。在财务方面，你和大香姐可都是专家，你过去是财务总监，大香姐是银行柜员出身，我信你们，不信老外。这不他们胡来，惹出了事端，亏得我发现得早，报了警，不然就会连累咱们集团。"

高美丽犹豫了一下，说："辉子，让我考虑一下行吗？"辉子高兴地搂住高美丽，轻声说："一切听你的。"高美丽有些不情愿地挣脱出辉子的怀抱，说："辉子，咱们事前说好了，我跟你结婚是为了孩子，大香姐刚死不久，你要尊重她，也要尊重我。"

"对不起美丽，我有点情不自禁。大香姐死去，我真是痛不欲生，觉得活着没有意义，你能够嫁给我，哪怕是假意的，也唤起了我生活下去的希望。我高兴呀，我喜欢的女人都能成为我法律意义上的妻子，我真的很知足了。"辉子满足地苦笑了一下，走出高美丽的房间。

高美丽不知道自己现在这样做是对是错，她想，自己跟辉子结婚，是为了替大香姐照顾她和经海山的儿子，也是为了让自己的女儿和哥哥一起成长，将来他们长大成人，在感情上会有更深的兄妹情义。再有她一直认为经海山的死是辉子操纵的，他是那个在幕后指使的罪人，她想进一步调查，发现线索给经海山报仇。

阿麦自尽而亡的案子很快就结案了，公安局刑警队的人真的没有找史一鸣调查取证，史一鸣照常当他的安保部经理，直接接受艾梦的领导。那个"卡西莫多"发现自己被人算计了，阿麦又死了，也不敢声张，否则这个新来的丹阿米也不会饶了他。他假装什么事也没有发生，虽然丢了些财物，但阁楼的秘密库房没出什么问题，他就念"阿门"了。

新上任的丹阿米博士到了公司，这个老外比起阿麦，年纪小了将近八岁。阿麦是个过了知天命年纪的人，却很好色，没少拈花惹草，但是他对艾梦倒很尊重，不敢越雷池半步。他对公司另外两个女员工早就动手动脚了，其中一个被他的金钱征服了，另外一个女研究员的丈夫毒打了他一顿，不久女研究员就辞职了。为此辉子大发雷霆，骂他道："女人有的是，非得干兔子吃窝边草的事，这些科研人员多么重要，你就不能检点一点?!"盛怒之下，辉子向他的合伙人——M国的外籍老板请求换人，撤掉阿麦。就在阿麦即将回国的时刻，他割腕自尽了。他的死成了一个谜。辉子表面上似乎在装傻充愣，信志丰不禁暗自嘀咕：阿麦的死和辉子有关吗？为什么辉子给自己假情报？

有了高美丽的精心呵护，再加上有一个漂亮的小妹妹，倒也看不出小令冲失去亲生母亲有多么伤心。也许等他长大了，他就知道什么是母子情深了——那时他还会记得他的亲妈妈大香吗？还有他连面都没有见过的亲生父亲经海山，是个烈士——他哪里知道呀？哪里懂得这一切呀？想到这里，高美丽不禁泪水涟涟。每当想到经海山，她就会抱紧小令冲，亲吻这个可怜的没有亲爹亲妈的孩子。而且更可怜的是，身在富豪家庭，这孩子却不知道谋害他亲生父亲的人有可能就是他的养父云飞辉。

高美丽见小令冲非常喜欢舞枪弄棒，就和辉子商量让孩子参加武术学习班，锻炼锻炼身体没什么坏处。辉子不同意，他专门从体校请了一名武术教练到家里来教小令冲武术。高美丽是想让孩子多和外面的小朋友交流，以免性格孤僻。辉子却不这么认为，他不想让小令冲与外面的普通孩子有接触，他要让儿子接受贵族般的教育，让他上本市最好的国际学校——红叶寄宿学校，还要聘请各科老师单独给他授课。等小令冲高中毕业，他就把小令冲送到国外去上最好的大学，毕业后把他的那些国际企业交给小令冲管理。小令冲要是有志向，当上外国的总统都是有可能的。辉子把自己的野心都寄托在小令冲身上，他告诉高美丽，他希望小晶能一直陪伴在小令冲身边，将来等他们长大了，让他们成为夫妻。辉子以为大香姐死了，小令冲的身世只有他一个人知道，这个秘密将永远是秘密，小令冲就是他唯一的亲生儿子、润弘集团今后唯一的继承人。他对小令冲充满希望。自打大香去世，他就一直想尽快把儿子送到国外读书，让高美丽和她女儿陪着，这样也说得通，毕竟高美丽现在是孩子的养母，自己又是她女儿小晶的养父。

　　高美丽倒是不着急，她想等小令冲和小晶长大一些，就把一切告诉他们。她知道，绝不能让兄妹俩产生恋情，到了初中就要把他们分开，自己到国外陪小令冲读书，让女儿留在国内，等有合适的机会再讲明他们的关系。

　　辉子经常出国忙工作，每每这时高美丽就要忙里忙外，在家照顾孩子，在外打理自己服装公司的业务。辉子即便在国外，也会天天来电话，和小令冲说说话，有时也会和小晶聊上几句。小晶现在倒是不害怕这个陌生的男人了，但在她心里，她一直不接受辉子做她的爸爸，她一直惦念着那个妈妈不让说的警察爸爸。她知道，那个警察爸爸是英雄，是烈士，虽然她还不太懂什么是烈士。她也知道，现在她不能说出爸爸的事，妈妈告诉过她，一说出来她们母女就会有危险，要等到妈妈和她一起抓住坏人才能说出来。其实小晶见过爸爸的雕像，但她不知道那是爸爸，只知道是一位和爸爸一起抓坏蛋的大英雄。

　　香汇生物研究有限公司近来安静了许多，每天经营着正常的业务。艾梦总是找史一鸣诉说心中的苦闷。可不是嘛，一个快要步入不惑之年的女人，带着一个四岁多的儿子，不能公开孩子的父亲，虽然不愁吃不愁喝，但是孩子没有父爱，女人夜夜独守空房，那是何等苦闷的日子！

　　艾梦有时候真的想和史一鸣带着孩子远走高飞，哪怕被"老大"抓到打死也不后悔，可是史一鸣总是对她有所保留，她真的不理解史一鸣心里到底在想什么。有时候她想，王小五才是个好男人，她甚至认为死了的强子都比眼前这个史一鸣像男人，除非他是卧底。想到这里，她浑身起了鸡皮疙瘩。史一鸣不近女色，不去歌舞厅找小姐，更不去洗浴中心按摩，那些男人酒后离不开的场所，他从来不去，他到底是什么人呢？艾梦时刻警惕着。

高美丽答应辉子接任香汇生物研究有限公司董事长的职务，辉子十分高兴，他告诉高美丽，他除夕夜上午就回国，和全家人团聚，等过了年就宣布把公司交给高美丽管理。

艾梦告诉史一鸣，辉子主席的新夫人高美丽就要到公司任董事长了。听到这个消息，史一鸣心里猛地一震。高美丽和大香不一样，大香对经营企业是漠不关心的，只是摆个空架子。高美丽却是有头脑管理企业的精英，她为什么答应辉子呢？辉子又为什么放心把公司交给她管理呢？他不怕高美丽调查他的公司的违法行为吗？

"高美丽呀高美丽，你为什么要蹚这趟浑水呢？"经海山心里再一次感到危机。

辉子让高美丽到香汇公司任职，就是为了掩人耳目，其实公司还是由丹阿米和艾梦掌控。大香在的时候，她几乎不去公司，就是做个样子，给外界看。辉子认为，高美丽也会这样做。

第三十五章　艾梦渴望爱情

　　艾梦实在忍受不了"独守空房"的寂寞了，内心的孤寂促使她决定对史一鸣发起爱情攻势。另一边，"老大"已经将近三个月没有联系她了，而辉子也远在国外，她暗自思忖，那些监视她的"爪牙"会不会也放松了警惕？

　　这一天，艾梦打扮得楚楚动人，邀请史一鸣到她家用晚餐，史一鸣答应了。艾梦想，她今天一定要试试史一鸣到底是什么人，如果他真的是卧底——一个坐怀不乱的好人，那正好可以为自己脱离"老大"的魔掌找一个好借口。艾梦打定主意，便开始谋划如何进一步揭开史一鸣的真实身份。

　　答应艾梦的邀请后，经海山陷入沉思：那个神秘的"老大"究竟是谁呢？是辉子的哥哥云飞扬，还是云飞扬的上司？抑或另有其人，而且职务更高？艾梦和他讲过，除了这个神秘的"老大"，还有一个叫"蚂蚁"的神秘人物，他们会是同一个人吗？还是两个人，甚至三个人？经海山肯定地感觉到，两个人也好，三个人也罢，其中必定有一个人是云飞扬本人。他要去艾梦家里赴约，要进一步掌握证据，摸清楚"老大"、"蚂蚁"、云飞扬和辉子这几个人的关系。可是他又满心忧虑，这个让他既怜悯又牵挂的女人，到底有没有参与那些违法之事？倘若参与了，又陷得有多深？

　　"艾姐，你儿子的父亲在国外做什么大买卖，舍得把你这么漂亮的妻子一个人扔在这里？"

　　"你说你姐夫？他做什么大买卖，他坐牢！"

　　"在国外坐牢？"

　　"哈哈，你当真了，他坐的是没有期限的牢。"

　　"不是，听安保部那帮弟兄讲，姐夫在国外是响当当的大人物，很有钱，你怎么不跟他出国呢？"

　　"等儿子大一点，我就陪儿子去国外读书。现在你姐夫在中东一带做生意，那里太乱，天天打仗，炮火连天的，谁敢去？等他到了M国，我们再去。"艾梦明显在撒谎。

"你真有福。"史一鸣的话有些逢场作戏。

艾梦内心深处隐藏着一个不可告人的秘密：她的儿子，根本就不是"老大"的。艾梦自己十分清楚，这个孩子就是已经死去的高强的。那天，强子醉酒后强奸了艾梦。严格来讲，也并非完全算强奸，艾梦当时半推半就，一来是自身的欲望作祟，二来也算是借此报复"老大"。事后，她害怕"老大"知道了，会报复她全家，所以她讲，高强是强奸未遂，算是蒙混过关。第二天，她和"老大"上了床，之后便怀孕并产下一个男婴。"老大"十分满意，让辉子加倍照顾她。他名正言顺的女儿，也是他唯一的孩子在国外读书，现在他终于有了第二个孩子，还是一个儿子，他激动得热泪盈眶。他是一个典型的有着传统观念的现代社会的官员，骨子里充满了重男轻女的思想，对于有了延续家族香火的接班人——儿子，他兴奋不已。他曾经对云飞扬说："还是得有儿子才行，咱们的家业才算有继承人，女婿毕竟是外姓人，闺女就是有了儿子，也是外孙，没用，和咱们不是一条心。你没有儿子，辉子有儿子，也算有了继承人。可我不一样，我们家四代单传，到我这儿不能断了香火，你要帮我，也是帮你自己和辉子。"

"老大"觉得自己和艾梦有了儿子十分幸福，那段时间，他几乎天天召见艾梦，两个人好似新婚宴尔，如胶似漆。之后他想到了离婚。就在这个节骨眼儿上，他又被提升为部委"一把手"，调到"首善之区"担任更高级别的领导干部。此时他不能离婚，只能和艾梦变成"地下夫妻"。

一开始艾梦还能忍受，"老大"也会抽空回来看看他们母子。可近两年，他回来的次数越来越少，有时候三四个月回来一次，或者干脆让辉子把他们母子送过去团聚一番。尽管如此，他倒是经常来电话问寒问暖。艾梦想，也许他在那边有了新欢，渐渐地就会忘掉他们母子。

还好艾梦的亲弟弟倒是一直被"老大"带在身边做秘书，艾梦听弟弟讲，"姐夫"对他特别关照，也总惦记着小外甥和姐姐。"姐夫"还给他这个"编外"的小舅子介绍了女朋友，让他成了家，而且在那个一线大都市买了豪宅。可以说，"老大"对待这个"编外"小舅子，比亲小舅子还要好，照顾得十分周全。这也是艾梦感激"老大"的主要原因。

经海山一直觉得，只要套出艾梦背后的"老大"是谁，他就可以完成任务，请求组织恢复他的真实身份了，到时他一定跪在父母面前，求得父母的原谅。他想，母亲一定会高兴儿子死而复生，父亲也许会给他几拳，那是一种沉重的父爱。

艾梦听着王菲的《传奇》，心情无比愉悦。"只是因为在人群中多看了你一眼，再也没能忘掉你容颜……想你时你在天边，想你时你在眼前，想你时你在脑海，想你时你在心田。宁愿相信我们前世有约，今生的爱情故事不会再改变……"

艾梦兴奋地、情意绵绵地一边哼着歌，一边忙碌着晚餐佳肴——煎牛眼肉、培根卷、烤鸡翅、蔬菜沙拉……她还特意熬制了俄式罗宋汤，打开两瓶拉菲红酒放入醒酒器——她是打算和史一鸣一醉方休，来个意乱情迷，"生米煮成熟饭"。她想好了，要是"老大"发现了，她就"恶人先告状"，说他一定又在外面养了"小三"，看他怎么回答。他毕竟是公众人物，艾梦想，他不至于要了自己儿子妈妈的命吧，否则儿子长大了也不会认他的。想到这里，艾梦又充满了信心，燃起对生活的渴望和对爱情的憧憬。

"感谢你，艾姐。"史一鸣端起了精美的德国肖特圣维莎高脚杯，动情地说。

"一鸣，谢谢你对姐的肯定。"她有些语无伦次了。

"干杯！"

"干杯！"

两个人异口同声地说，举起酒杯一饮而尽。

三杯酒进肚，放松警惕，二人开始倾诉衷肠。艾梦似乎遇到了最能化解她苦闷心绪的知己。

"一鸣，你不知道，钱多了，真情就少了，真的是这样。"她扬起脖子，又一次把杯中的红酒一饮而尽。

"艾姐，慢慢喝，你说，我听着。不过，你好好的一个医学硕士、科研工作者，为什么不去北京发展？窝在这里，给一家民营公司打工，浪费了你的才华。"

"一鸣呀,别提了,不是穷嘛!唉,你是不知道,姐在这里真的是伴君如伴虎,你看辉子主席在集团公司,那可是有着万人之上的气派呀。有时候就是区长来视察工作,他都不放在眼里,见一面算是客气的,或者让裴晓红老总出面,就已经是高级别的迎接了。有什么了,不就是有俩钱嘛!"

"艾姐,有钱能使鬼推磨。"史一鸣装作有些醉意的样子,让艾梦继续说下去。

"兄弟,说得没错,他们就是为了钱!阿麦博士怎么死的?肯定是分赃不均。"

"他不是自杀吗?"

"他为什么自杀?好好的,还有那么多钱!你知道吗?他在国外有好几个老婆,他告诉过我,他在印度都有老婆孩子。他的死,肯定有人在背后操纵。"艾梦的嗓门开始放大。

"艾姐,你可别瞎说,让辉子主席知道,就坏了!"史一鸣继续用言语刺激艾梦。

最终,艾梦还是让经验丰富的经海山绕了进去。"我瞎说?我就是瞎说,他辉子,还有他的常委哥哥云飞扬敢把我怎么样?一句话,让辉子的公司倒闭,把云飞扬的常委、常务副市长职位免了,就这么轻松,哈哈!"

"艾姐,你喝多了。你可别吓唬我了,我胆小,可惹不起辉子主席,更别提云常委了,我还指着这份薪水活着呢。"

"别怕,有姐姐,姐姐不行,咱还有姐夫呢!"

"姐夫到底是什么人物?"

"你姐夫是大官,他们都怕他。"

"我也怕。"

"你不用怕,有姐呢。"

"姐夫在哪儿啊?"

无论史一鸣怎样问,艾梦都不再透露更多信息,只是说"老大"是大官。

"你不用怕,等我们结婚了,你就知道了,吓死你!哈哈哈!"她突然又补充一句,随后便趴在了桌子上。

史一鸣头脑很清醒,他佯装醉酒,开始胡言乱语,东一句西一句地扯别的话题，而艾梦也在半醉半醒间继续诉说着她的故事。这一切，都被史一鸣用随身携带的微型录音机录了下来。

根据艾梦的描述，她撒了一个弥天大谎，她的孩子就是强子的，而"老大"一开始也有所怀疑，还让辉子协助做了亲子鉴定。结果辉子来了个以假充真、瞒天过海，告诉"老大"鉴定结果——孩子就是他的。此事只有辉子和当事人艾梦心知肚明。

艾梦躲过了一劫，心中对辉子很是感激。她心想，辉子还是善良的，还是仗义的，否则她一家人都会被害。辉子虽然知道阿麦一伙人是跨国倒卖人体器官的国际犯罪组织，但是碍于"老大"的指令，还有亲哥哥的前程，他也就在极大的利益诱惑面前屈服了。辉子之所以冒险，是因为他觉得他就是一个集团的名誉法人兼执行主席，这么多年的营生一直是"老大"在背后操纵他和他哥干的，他们哥儿俩已经陷入"老大"的完全掌控之中，已经没有回头路了，而且"老大"的官职也越来越大。

艾梦喝了一口加了冰块的XO，瞬间清醒了些，说道："一鸣呀，你最好还是别知道'老大'是谁，不然连怎么死的都不知道。"她醉眼蒙眬，接着又讲："我跟你说，一鸣，有个警察叫经海山，他老是跟'老大'对着干。当时他升职当副处长，还是辉子的哥哥找'老大'帮的忙。结果这经海山恩将仇报，调到巡视组后还不安分，非要秘密侦查辉子集团的那点事。结果怎么样？出车祸死了。弄死他的就是那个王小五，后来王小五也死了。不说这些了，反正你也不认识他们。"她得意地摆了摆手，示意史一鸣给她点上一支烟。

"辉子主席这么厉害，难道他还杀人不成？"

"哈哈，你个乡巴佬，辉子算个屁，他敢动老娘一根手指头吗？你看到高强了吗？你看到王小五了吗？他们都逃不出'老大'的手掌心，除非上月球！不，上月球'老大'也会把他们抓回来处死！"艾梦真的是醉了吗？还是酒后吐出真言，故意泄露一些秘密给史一鸣？艾梦讲的每一句话，都让经海山倒吸一口凉气。在温暖的室内，他仍然感觉浑身颤抖，头脑发麻。他真的想象不出"老大"是谁，谁能有那么大的权威？

"那是辉子主席的哥哥？副市长有这么大权力呀？"

"你又说笑了，辉子的哥哥也是个屁，他今天能当上这个副市长，全是'老大'提拔的。其中还有我的功劳呢，要不是我给'老大'生了一个大儿子，云飞扬狗屁不是！"

经海山感觉艾梦越说越离谱，真真假假，有些天方夜谭的感觉，他需要回去再梳理梳理。

"艾姐，你别喝了，你越说我越犯嘀咕，我还是走吧，'老大'要是正派人监视咱们，你没事，我就死定了。"史一鸣边说边站起身穿上外套。

艾梦粉红色的脸蛋上露出了得意的笑容。"你怕了！你们都是孬种，怕了！还是高强有种，他说，死了也要做风流鬼！"

艾梦一把抱住了史一鸣。"你今天不能走，陪陪我，这个地方是我偷偷租的房子，'老大'绝对不知道，我们的儿子住在他买的别墅里，有阿姨照顾。孩子夜里不找我，他跟阿姨倒像母子。"她伤心地哭出了声。

"艾姐，我还是害怕，你说的'老大'比辉子主席的副市长哥哥官还大，我真的怕。艾姐，你饶了我吧！"经海山还是想引艾梦说出"老大"的真实身份。

"滚！没种的男人，滚！"她发火了。

"好，艾姐，我滚，我滚，我真的不想做风流鬼！艾姐，你原谅我。"

经海山借机跑出了艾梦的家，他想这个背后的"大人物"一定背景深厚，手握重权，这个案子更加棘手了。"老大"到底是谁呢？

街道上寒风凛冽，行人无几，几辆车驶过，经海山感觉有些抵挡不住这样刺骨的寒冷，他慢慢地行走，开始想象"老大"的样子，这几年从本市提拔到"首善之区"任职的领导有好几个，"老大"到底是哪一个呢？

他想着把今夜了解到的情况汇报给小M，让他再去判断一下艾梦所说的"老大"究竟是谁。突然，一阵狂风袭来，经海山压低了绣着五颗红色小五星的黑色棒球帽，边走边回忆艾梦讲的话。

"史一鸣！"

背后的一声呼唤让沉思中的经海山回过神来，他停下了脚步。

"别回头，你慢慢走。"

"小M同志，我有紧急情况向你汇报。"经海山听着对方的脚步声说。

"你做得很好，现在是紧要关头，你千万不能暴露，要注意安全，一旦有情况，马上撤出来。"经海山感觉到小M越来越关心自己的安全，每次见面他都会嘱咐自己安全第一，有情况可以先撤出来。

"放心。"他把录音带交给了小M。

史一鸣走了，艾梦一个人把剩余的红酒全部喝光，愤怒地砸碎了醒酒器和高脚杯。她更加恼怒地把桌子掀翻，一地的碎片四处飞溅，其中还夹杂着点点鲜血。她放声痛哭，一个寂寞的少妇就这样不停地折磨着自己。她喜欢史一鸣，想豁出去和他好，哪怕只是"一夜情"她也不后悔，就是被"老大"杀了也值了。

艾梦疯狂地发泄着对史一鸣的不满和对"老大"的怨恨，而就在她和史一鸣"把酒言欢"之际，对面窗户里的一双眼睛自始至终紧紧盯着这里的一切。

"报告首长，这里一切正常，那个叫史一鸣的还算老实，没有越界。"

"好，查一下这个男人的底细。"

"是，首长。"

第三十六章　一鸣伺机逃跑

艾梦想到了自尽，像大香夫人那样一了百了，用手术刀割腕，让鲜血染红自己的生命。阿麦不也是吗？不，阿麦不是，他不想死，他是被逼迫死的吧？艾梦想到了许多可能和不可能的情况。最终她还是下不去手，她没法抛下四岁多的儿子，她的弟弟也还控制在"老大"手里，年迈的父母今后的生活也得有人照顾。想到这里，她点燃了一支香烟，狠狠地吸着尼古丁，狠狠地将迷茫全部吸进肺里，让烟雾弥漫在内心深处的每一个角落。

艾梦现在每天要抽三盒中华香烟，她想，人生就像吐出来的烟雾，一团团、一缕缕烟雾，时而无形，时而有形，扩散起来张牙舞爪，渺小起来无影无踪，聚来散去，散去聚来，循环往复……

天大亮了，艾梦照常到了公司，整个上午她都在实验室和同事们一起研究丹阿米博士交代的新课题——人体器官或组织存活的基本条件和存活期的再提升，包括心脏、肺、肝脏、肾脏、胰腺、小肠、皮肤、角膜、血管等，还有这些器官或组织的妥善保存。目前这些器官或组织的移植技术相对成熟，特别是肾脏和肝脏移植，成功率较高。可是，大脑、子宫等器官在移植上还有一定难度，成功率极低，主要原因是这些器官在离开人体后的存活率低，保存的方法和使用的药物还有待进一步研究。当下润弘集团又投资上亿元作为专项资金，让香汇公司研发新技术、新产品，力求攻克这一难关。艾梦把心思全部投入到研究中，尽量用忙碌的工作把自己的大脑填满，不去想那折磨人的"爱情"。

中午，艾梦来到史一鸣的办公室。

"一鸣弟，走，吃饭去。"

"艾姐，昨天，我错了。"

"你想多了。昨天我喝多了，你也喝大了。夜里冷，你穿得少，没冻着吧？"她好像什么事情都没有发生一样，像姐姐关心弟弟那样对他嘘寒问暖。

身为"孤独"的"坐探",经海山心中涌起一股暖流,他望向艾梦,觉得她身上似有大香那般的柔情。"谢谢艾姐。"

"真的拿我当姐姐了吗?"

"真的,艾姐。"史一鸣毫不犹豫地说。

"谢谢你,一鸣兄弟。"艾梦似乎很满足。

"姐,今后有什么难处,只管跟弟弟说,弟弟别的不行,动动拳脚、卖卖力气还是可以的。为姐上刀山下火海,弟弟在所不辞!"

艾梦流泪了,说道:"一鸣,有时候我真想躺在你的怀里。"她情不自禁地脱口而出自己的心思。

"姐……"

他们有说有笑,并肩走向食堂,但是背后有一双眼睛始终盯着他们。他们的一举一动都在辉子的掌控中,都在"老大"的控制范围内。

经海山知道,螳螂捕蝉黄雀在后,黄雀身后还有老鹰,老鹰身后还有一双猎人的眼睛,"老大"是猎人吗?这个世界,谁又是真正的主宰者?

当然,辉子一开始只知道香汇公司新聘请了一个头脑简单、四肢发达的家伙——史一鸣——做安保部经理,他对此并没有怎么放在心上。这几天,辉子频频得到情报,说这个史一鸣和艾梦走得有些近乎,而且还有情报讲,这小子和王小五有点像。辉子惊讶了,外边本来就有传言,说王小五没死,而是亡命天涯了,还扬言要找辉子、云飞扬还有"老大"报仇。王小五武功高强,还会易容术,难道他真的还活着?

辉子疑神疑鬼地向他的眼线问道:"当初这个史一鸣来公司,是谁同意他进来的?"

"是阿麦博士同意的。"

"谁推荐的?"

"这个……阿麦博士没讲。"

"混账!"

这个史一鸣,和阿麦一定有关系,或者……他要是卧底……想到"卧底"这两个字,辉子浑身瘫软,连喘气都出现了困难。他的随从赶紧给丹阿米博士打了电话,喂他吃了救心丸。辉子闭上双眼,脑海里出现了阿麦的影子。"阿麦和史

第三十六章 一鸣伺机逃跑 213

一鸣到底是什么关系？史一鸣是他安插的秘密力量吗？史一鸣和艾梦又有着什么秘密？他像王小五，王小五死了吗？如果他活着，他一定会报复我，报复我的家人。"想到家人，辉子真的有些害怕。他哥哥他倒是放心，他那个级别的官员，都有警卫保护。警卫也不是吃干饭的，王小五再有本事，也动不了哥哥。可是自己的家人——儿子、父母，现在又多了高美丽和小晶，他们的安全就没有办法保证了。辉子不想他们出事，他立即叫来亲信郭建军，让他加强对他家人的保护。

丹阿米博士来了，给辉子注射了一剂药物，辉子逐渐清醒过来。

"丹阿米博士，阿麦博士活着时的所作所为，你们都查清楚了吗？"

"查清楚了，除了在死前一周寄出去一大部分钱财，他什么也没有做。"

"看来他早有防备，你们再仔细查，看看有没有遗书之类的东西，另外重点查查他和史一鸣的关系。"

"放心，主席先生，我会尽力。"

"好！"

"总部那边又催货了，这次是一个顶级人物需要货源，开的价格是我们创办跨国公司以来最高的，希望主席先生重视。"

"放心吧！给我盯紧了史一鸣。"

"这小子还算可靠，守夜人告诉我了，他一直没敢碰艾总，而且和安保部那帮人搞得跟亲兄弟似的，什么时候起用他，您下令。"

"他不碰艾总更可怕，再调查，再考验！"

"怎么？辉子主席，我不明白。"

"你是外国人，当然不明白。"

丹阿米摇着头，无可奈何地说道："好，听您的。"

"妈的，外国人就是各色，同意了也摇头。"辉子看着丹阿米的样子，不由得心生一种讨厌的感觉，心里骂着，嘴上又说道："合作愉快，共同发财！"

一个多月前，辉子原本想让阿麦再考验一下史一鸣，看看能否用金钱和美色把他收入麾下，让他发挥一下之前高强和王小五的作用。自从他俩死了，公司的好多业务都只能由其他几个亲信去做，或者阿麦亲自出马，可是阿麦能信吗？辉子怕再出差错，不能再失去精心培养的骨干，那样代价太大了。眼下，他刚完成"老大"布置的新任务——去M国联系一宗大买卖，就遇上了史一鸣产生"疑点"

的问题。他不得不重视这个史一鸣,如果他是可以提拔成高强、王小五那样的骨干型人才,也算阿麦临死之前干了一件"好事"。

云飞扬曾告诫辉子:"对艾梦你不能放松,还是要盯紧。'老大'说过,艾梦出了半点差池,我和你自己看着办。"当时辉子吓得一身冷汗,云飞扬把他臭骂了一顿,还要求他对艾梦格外爱护关注。正因此,艾梦工作的科研部门全是女性,因为在辉子看来,有了异性,艾梦就会按捺不住欲望。

安保部的男性要远离艾梦的办公区域,可那个该死的阿麦看见艾梦也是一副色眯眯的样子。辉子提醒过阿麦多次,阿麦虽然没有"得逞",但还是让"老大"发现了一些猫腻。辉子赶紧和合作的外资公司总部协调,让他们把阿麦调回国,说是五年一个周期,轮岗。

阿麦的死和艾梦有着直接的关联。信志丰曾向辉子透露,凭他多年从事痕迹检验的经验判断,阿麦并非死于自杀,而是遭人杀害,有人故意制造了一个阿麦自杀身亡的现场。

"辉子主席,阿麦的死疑点太多。"

"你别管,上面说他是自杀,他就是自杀。"

"可是……"

"什么可是?说,要多少钱摆平你的手下,让他们闭嘴?"辉子不耐烦地问。

"不是钱的事,有的人跟经海山一样,一根筋。"

"行了,我哥说了,上头很快会考察你。"

"谢谢云市长,不,主要是谢谢主席您呀。"

"行了,好好干!"辉子知道,只要满足信志丰的"官瘾",就可以完完全全地掌控他。

其实,辉子和云飞扬对阿麦的死同样心存怀疑。阿麦没有理由自尽,他是个怕死的胆小鬼。此前,辉子曾单独找到阿麦,郑重警告他不准对艾梦动手动脚,否则高强和王小五的遭遇就是前车之鉴。阿麦害怕了,这一年来,他几乎不敢正眼看艾梦,可还是没有逃脱被杀的下场。但他的死难道仅仅是因为艾梦吗?肯定不是,辉子和云飞扬都是这么想的。辉子告诫信志丰:"别胡乱瞎说,当心引火上身,还想不想当副局长了?!"信志丰点头答应,还轻轻地抽了自己嘴巴子。信

第三十六章 一鸣伺机逃跑 215

志丰实际上就是耍了点小聪明，让辉子和云飞扬对他高度重视，尽快把他坐上副局长位置的事给解决了，那样他就可以更好地为他们"效力"。其实这都是他给自己找的借口，他已经因为自己的"权欲"膨胀而深陷泥潭。

昨夜过后，经海山感到格外轻松，小M告诉他了，等到了春节，就把他和一位女同志送到海南度假，假期结束就恢复他的真实身份，他的职位也会得到晋升。经海山心想，总算解放了，这么长时间以来，自己被搞得见不得人，看到高美丽更是心惊胆战、东躲西藏，生怕她发现；看到信志丰那个家伙也要绕着走，这小子不是善茬，现在用"鬼子精"称呼他比称呼辉子更合适。

经海山心里似乎对艾梦萌生出一种亲人般的情愫，但是他身负重任，不敢前进一丁点的。大香、高美丽他都拯救不了，倒是辉子这个混蛋艳福不浅，先后将两个女人都娶作了媳妇。有时候经海山真的想和艾梦亲近一些，他想反正是执行任务，被逼无奈，但是他知道，一旦被背后监视艾梦的那双眼睛发现，他的命就真的危险了。"红颜祸水"还是躲远点为妙。况且他自己的真实身份也不允许他走错一步，他时刻提醒自己，不能像信志丰那样，为了权欲、钱欲而丧失原则和信仰。

小M同志和经海山讲过，组织上对信志丰的表现很不满意，只是碍于上面有"大人物"为他说话，所以目前还是重用他的。经海山真是为这位老同学、老搭档捏把汗。"志丰啊，千万别走错了路呀！"经海山默念道，其实他也是在告诫自己千万不能失了初心。

这一天是腊月二十三，农历小年，阳光明媚，不是很冷，还有一些暖意，比腊月初一辉子和高美丽结婚那天，也就是阿麦割腕自尽那天暖和多了。艾梦和丹阿米碰过头，把史一鸣喊了来，吩咐他带着安保部的得力干将到机场"接货"。这次艾梦和丹阿米要一同前往，搞得史一鸣有些不明所以。往常"接货"都是他带着几个人去，甚至有时候他都不用去，让几个兄弟去就行。他心想，这次的"货"一定很贵重。

"一鸣！"艾梦亲切地叫住了他。

"艾姐，有何吩咐？"

"没什么，你不问问我，去机场'接货'，我和丹阿米一起去的原因吗？"

"艾姐，你开玩笑，你们上层的意图，我哪敢问？我的任务就是保护货物安全，不，也保护你们两位老总的安全，还有咱们整个公司的安全。这是必须做到的。"史一鸣回答得十分在理。

"哈哈，一鸣，你现在是越来越谨慎了，不像那两个死鬼高强、王小五，见到女人就腿软，见到钱财就能豁出命。"

"人为财死，鸟为食亡，这是生命的本能。不过我还是惜命的，活着总比死了好。在生死上我是个'狗熊'，可不像那两位仁兄一样，愿意做死了的'大英雄'，我还是做活着的'大狗熊'吧。"史一鸣说得是头头是道。

"行呀，一鸣，挺会应付我了。"

"不是应付，我说的是现实。"

"好，你说得对。一鸣，姐要是走了，你会想我吗？"突然，她语气平静地说了一句挺让人意外的话，史一鸣愣住了。

走？经海山头脑转了几个弯，心想："坏了，他们这是要去哪里？要逃跑吗？怎么办？"

楼道里沉寂了片刻。丹阿米走了过来，和艾梦讲了一句英文："我们抓紧行动吧。"他们以为史一鸣一介武夫听不懂，哪里知道以史一鸣的英语能力，听懂他们的对话毫不费力。

史一鸣装作听不懂的样子，说："哦，两位老总说话，我回去安排一下，十点准时出发。"他抽出身来，脑海里回想着丹阿米说的那句话："我们抓紧行动吧。"这是什么意思？经海山看了看手表——九点半，现在通知小M是来不及了，情况有点反常，他想，到时候只能见机行事。

艾梦和丹阿米坐的是公司标配的奔驰轿车，史一鸣坐的则是押送货物的奔驰厢式货车。出发前，史一鸣坐在副驾驶座位上，透过后视镜看到艾梦把一个粉色的行李箱放进了奔驰轿车的后备厢里，接着丹阿米又示意司机将一个灰色的行李箱放进了后备厢里。出发后，史一鸣一路上都在思考艾梦和丹阿米讲的话，他们这是要走吗？他们要去哪里呢？

到了机场，一切好像早已安排妥当似的，机场的总经理亲自前来迎接，把他们带进了贵宾室。休息片刻，一个官员模样的中年男子热情地走了进来。

"抱歉,艾女士,刚散会,请您原谅。"中年男子扭过身子和丹阿米握手,冲着史一鸣点点头说:"专机已经等候多时,你们把货物卸下来装上车,艾女士和家人以及丹阿米博士登机就行,首长已经安排好了。"

　　贵宾室的门又开了,一个中年妇女抱着一个小男孩在两名警卫人员的护卫下进来了。艾梦跑了过去。"妈妈!"小男孩亲切地喊着。艾梦抱着儿子亲了又亲,像是多日不见的样子。

　　艾梦回过头看了史一鸣一眼,说:"谢谢你了,一鸣。"史一鸣走了过去,和艾梦握手。就在握手的瞬间,史一鸣感觉一个小纸团塞在了他的手心里。

　　史一鸣指挥着几个安保员,从一架私人飞机上卸下几个精致的金属箱子,搬上货车装好。他看到艾梦抱着孩子,和抱孩子来的中年妇女,还有丹阿米博士,一起上了一架小型客机。进入机舱的瞬间,艾梦回过头望了他一眼。

　　飞机起飞了。史一鸣上了车,几个安保员也随他上车。在副驾驶座位上,史一鸣偷偷单手打开手心里的小纸团,一行秀气的钢笔字显现在他眼前:"出了机场赶紧下车逃跑!别了,一鸣,保重,千万保重!"这行字让史一鸣无比震惊,他不知道将要发生什么事,但他知道他必须逃跑,因为他是个无名小卒,知道公司的事多了,难免露出马脚。

　　他抬头看到前方有个加油站,便佯装肚子疼,让司机停车。"兄弟,我肚子疼,在加油站停一下!"

　　史一鸣走进加油站的卫生间,立即从后窗逃离,躲进公路旁的杂草丛里。他看到前方有十几辆警车鸣笛奔驰而来,堵住了他们押送货物的奔驰厢式货车。全副武装的警察和一队武警战士从车上下来,举枪对准奔驰厢式货车,喊话道:"前方GH8088厢式货车里的人听着,我们是市公安局的,请你们举起手来,慢慢下车,我们要例行检查!"喊话的人正是信志丰。

　　史一鸣按照艾梦的提示逃跑了。
　　从此,艾梦母子和丹阿米博士失踪了……

第三十七章　志丰立功晋升

辉子实名举报他集团旗下的合资企业——香汇生物研究有限公司是一家打着他们集团的旗号，经营着跨国倒卖人体器官的罪恶营生的黑恶公司，是一个罪大恶极、泯灭人性的犯罪组织，其中最大的犯罪嫌疑人就是畏罪自杀的阿麦。

辉子是在国外出差时得到这个可靠情报的，之后他立即安排助理向分局刑警队队长信志丰做了报告。

辉子把这么重要的情报提供给信志丰，就是为了让他再次立功，破获本市多年未破的妇女失踪和被奸杀的积案。信志丰获此情报后，迅速向市局、分局领导进行汇报。市局领导高度重视，要求他们立即成立专案小组，下设行动队，由获取情报的信志丰担任队长，实施对外籍犯罪嫌疑人阿麦的同伙丹阿米的抓捕。信志丰又一次站到他人生迈向辉煌的十字路口，他信心十足，心想没有抓到活着的阿麦，抓到丹阿米也一样能够破获这起跨国大案。没承想丹阿米已经提前逃跑，信志丰他们扑了个空，但是可以证实的是，阿麦就是制造本市多起妇女失踪和被奸杀案件的幕后主犯。

信志丰写好案件综合报告，呈交市局领导。本市多起妇女失踪和被奸杀的积案彻底告破，犯罪嫌疑人高强被击毙，另一名犯罪嫌疑人王小五死于车祸，外籍主犯阿麦畏罪自杀。案件真相大白，信志丰立了大功，受到表彰，组织上开始对他进行进一步的重用考察。

辉子因为实名举报自己集团旗下的合资企业经营罪恶买卖，有立功表现，因此不予追究法律责任。香汇生物研究有限公司的高管大香、阿麦都已割腕自尽，无法追究法律责任。新上任的丹阿米已经逃走，也无法追究其责任。其他相关人员艾梦、史一鸣和外籍仓库看守员也已经失踪，余下的员工什么也不知情，就是打工挣钱，没有获取有效证据的价值。

辉子暗暗庆幸高美丽具有良好的风险预判能力，之前他想让高美丽接手管理香汇公司，高美丽并没有马上答应，否则她很可能就会被牵涉其中。如今，公安机关正全城通缉香汇公司分管研发业务的总经理艾梦和安保部经理史一鸣。

经海山化名史一鸣潜入香汇生物研究有限公司后，刚获取到一些有价值的情报，就这样被辉子实名举报，让信志丰带队一举捣毁了香汇公司这个犯罪集团的窝点，公司的主要负责人丹阿米和艾梦逃走，此案就此告破。这也有点太突然了，实际上隐藏在背后的真正的"大老虎"还没有浮出水面，警方就这样草率地大规模收网，仅仅抓捕了一些无关紧要的人员后就快速结案，让经海山的努力付诸东流。

"经海山同志，委屈你了，现在你还不能露面，先躲起来。"小M把新的住址和联系方式交给经海山，叮嘱他："记住，只有我和梅L可以和你联络，其他人不要相信。"

"我知道。"

这次见面，他们还是在人民医院后门的太平间围墙外，简短几句话说完，小M就和经海山分手了。

经海山再一次陷入孤独和被追逃的险境之中。他到滨海市郊区的一家快捷酒店住下，等待上级给他传达新的指令。这家酒店是小M的一个远房亲戚承包的，生意一般，只是在召开会议的时候被会议主办方租用，但也能够经营下去。有时候小M会给他这个亲戚揽点游客生意，所以对方对小M十分感激。他叫小M"军哥"。经海山住进这里，又换了新的身份，现在他的名字叫韩啸峰。经海山早已做好了继续执行秘密任务的心理准备，他想小M哪里会让他去海南度假呀，一准儿又会给他安排新的任务。韩啸峰这名字好听，比起王小五、史一鸣都好听，像个侠客的名号。

经海山望着黑沉沉的天空，想数一数星星，可是他找了半天，连一点亮光也没有寻到。他看到一片乌云，觉得它像一张脸——倒是有些像阿麦？他"唉"了一声，叹了口气，开始思考阿麦的死。事情怎么那么巧合？那天辉子和高美丽结婚，他进入阁楼秘密仓库侦查。据小M讲，阿麦公司的一个外籍看守人听到阿麦司机惊恐的呼叫声，跑了过去，看到现场一片血迹，便赶紧报了警。经海山想，那个"卡西莫多"明明被自己打晕了,他是怎么赶到现场报警的呢?而且,他也没有向辉子报告他被袭击的事。

经海山分析,这里面一定有蹊跷。他知道,信志丰出现场,一定能查出个蛛丝马迹,但现在他要是被辉子控制了,就难以把案子查清,可惜自己不能到现场侦查。现在要想弄清阿麦的死,"卡西莫多"是个关键人物。他要把这个情况报告给小M,让他尽快找到"卡西莫多"这个神秘的外籍仓库看守人,搞清楚他到底是什么来头,在为谁工作。

信志丰率队一举端掉了香汇公司这个跨国犯罪集团,这个集团打着服务患者、开发健康保健药物的幌子,干着研制保存人体器官的特殊药物,倒卖人体器官的违法勾当。信志丰在组织审理此案的过程中得到了市局领导的充分肯定和多次表扬,他心里得意扬扬。

最后信志丰荣立个人一等功,并得到上级提拔,晋升为分局主管刑侦等业务的副局长。刚刚三十七八岁的副局长,在全市都算是年轻的领导干部,这个大案子让信志丰出尽了风头,也让他得到了梦寐以求的重要职位。他赶紧打电话向在海外出差未归的辉子进行汇报,感恩戴德地说道:"辉子主席,我的今天都是您给的,您放心,我一定知恩图报!"此时的信志丰早已忘记初心使命,忘记组织对他的培养以及警营领导和战友对他的期望,忘记为人民服务的宗旨。他现在一心攀附权力以获取个人利益,把自己的"成长"归功于辉子的恩赐,成了辉子的"家奴"。

"案子还顺利吧?"辉子问。

"一切顺利,您可以回来了,市局领导都表扬您了,说您顾全大局,大义灭亲,敢于向自己'动手术',揭家丑,用老话讲叫'向自己开炮'。"信志丰一改常态,说起话来不像过去那么一板一眼,多少带了一些江湖官腔。

"好好干,现在我们有共同的事业,你懂吧?"

"我懂,我懂。"信志丰现在充满了"奴相",其实他不懂,他不过是一枚棋子,是那种随时可以被"舍弃"的小卒。也许他心知肚明,只是装作"似懂非懂"的样子,因为他内心藏着更大的"野心"——他起码要爬到辉子哥哥云飞扬云常委这个级别的位置。他不遗余力、没有原则地朝着这个"目标"前进。

现在的信志丰，在辉子和领导面前是一脸"奴相"，可是转过身去，面对下属，面对百姓，又是一副趾高气扬的样子，一派"领导干部"作风。他对待原来的刑警队弟兄们，江湖气十足，还动不动就是"妈的""混账"等脏话脱口而出。拍他马屁的民警和相关人士见到他，都喊他"信爷"或者"局座"，更有甚者喊他"信青天"。他现在带的队伍，带着浓重的旧社会码头帮派的做派，缺失了国家公职人员那种淳朴爱民的作风。他听惯了阿谀奉承的话，谁要是提不同意见，他直接拍桌子瞪眼。当然，见到上级，他又谦卑得像一个新兵。他现在彻彻底底就是一个两面人。

明天就是除夕了。这几天，经海山像一只老鼠一样东躲西藏，他每天午夜之后都要到人民医院后门的太平间围墙外等待小M或者梅L的到来。可是他盼星星盼月亮，就是不见他们的踪影。"难道他们把我当一枚'弃子'了？"经海山开始胡乱猜想，他化名的史一鸣已经被悬赏通缉，虽然他现在叫韩啸峰，可是通缉令上是他的照片。如今，他留着长长的胡须，装作一个音乐艺人，大白天在房间睡觉，半夜三更则去夜店驻唱。酒店老板对他挺照顾，三天两头给他包顿饺子吃，有时候还给他买只烧鸡，或者送一瓶高粱酒。经海山恨不得找到小M直接说："你给我安排新任务吧，让我干什么都行，只要能暂时离开滨海这个地方就行。"

静下来的时候，经海山又想起艾梦，他不知道艾梦带着儿子去了何处。他想，有丹阿米随行，他们一定是去了M国，丹阿米所在的跨国集团总部——一个在全世界都很有名气的人类健康福祉高级研究中心，就在M国。

艾梦冒着风险通知他逃跑，看来他们早已经策划好了要走。艾梦背后的"老大"越来越扑朔迷离，他到底是何等"大人物"？用一手遮天来形容，也不算过分。

逃出第十天了，经海山，不，韩啸峰躺在散发着一股霉味的床上，蜷缩着身体，望着窗外的白云，听着"噼里啪啦"断断续续的鞭炮声，继续等待小M的指令。此时此刻，他"唉"地叹了口气，感受到了"每逢佳节倍思亲"的滋味。他默诵着："独在异乡为异客，每逢佳节倍思亲。遥知兄弟登高处，遍插茱萸少一人。"他心想，唐朝诗人王维独自一人在长安漂泊的时候，是否就是他现在这个样子？他流泪了。他想念父母，想念大香和高美丽，也想念艾梦——一个他有些喜欢又不敢接近，心中同情又感无奈的女子。

信志丰穿着崭新的警服，亲自开着警车，前往机场迎接他的"恩人"辉子。他嘴里哼唱着："几度风雨几度春秋，风霜雪雨搏激流，历尽苦难痴心不改，少年壮志不言愁……"

机场贵宾室里坐满了迎接辉子的人，包括辉子集团公司的高层领导，还有他留守在家的三个贴身秘书。辉子这次出国洽谈业务，只带了他的养子云陶琦——小名"小淘气"。

高美丽带着一双儿女也来了，她本不想来，可是碍于云飞扬都亲自来接弟弟了，她也不好意思不来，毕竟人家是在职的市委常委、常务副市长。但是云飞扬一直说："今天我请了两个小时假，来接弟弟回家，这是父母的命令。大过年的，做老大哥的不能违背父母的命令，听父母的话也是孝敬。"

现在的信志丰可不一样了，毕竟是市公安分局的副局长，当他走进来的时候，就连云飞扬都喊了声："信局，真威武呀！"信志丰赶紧上前，"啪"一个立正敬礼！"首长，您好，这不都是您的培养嘛！"云飞扬说："好，小信，知道是组织的培养就好，好好干！"

云飞扬走到高美丽身边，问候了几句："谢谢你，美丽，替我们云家照顾孩子呀。"他抱起云令冲，亲吻他的脸颊。小令冲嘴真的很甜，他说："大伯，我想你了。"孩子的话让云飞扬泪流满面，在场的人都非常感动，大家纷纷议论起来。

"云常委重情重义，是个好领导！"

"云常委这么忙，还能亲自来接弟弟回家过年，真是个好兄长呀！辉子主席太幸福了！"

"我要是有这么个哥哥就好了！"

"你得修行八辈子才行！"

…………

辉子上了云飞扬的红旗牌轿车。

"你们太大意了，香汇公司有卧底都不知道！还好我得到情报，让你赶紧举

第三十七章 志丰立功晋升　　223

报。那个史一鸣跑了！"云飞扬板起面孔，严厉地训斥辉子。

"哥，那个史一鸣我都找人查清楚了，没有问题，就是个穷武术教练，小县城没有背景的工人家庭出身，还当过兵。"

"混账，别解释了！他当过兵，要是上头派下来查案的卧底就麻烦了！去，再派人彻查，他到底是什么人，不能糊弄'老大'！"

"哥，你别生气，我知道错了，我本以为可以用金钱和美色诱惑他，让他接替高强、王小五做几件事，没承想……看来上头也有人盯着'老大'。"

"未必，或许是在暗地里调查我。你小心点，带着美丽和孩子直接回爸妈家。我还要陪书记和市长慰问，回家再说。"

"明白，哥。"

"辉子呀，你要好好'培养'信志丰，用金钱、权力、女人把他控制住，不能再出乱子。"

"哦。"辉子若有所思地答道。

信志丰这个年过得是幸福满满，他在辉子的五星级辉扬国际大酒店摆了三桌，说是要答谢辉子。他说，没有辉子和云常委，就没有他的今天，他一定听辉子和云常委的指示，好好干，干出个样子，保卫一方平安。

辉子没有出席信志丰的答谢宴，他安排裴晓红参加了宴会。其实，裴晓红出席信志丰的宴会，已经是给足了信志丰面子，为此市局的有关领导也来了。要不是裴晓红出席宴会，市局的领导信志丰是请不动的，充其量只有他们分局的局长和政委出席。如今的信志丰正是春风得意的时候，保不准哪天他就会得到"老大"的赏识，爬到更重要的岗位上。他现在就是人们眼中的"潜力股"。

这几年，裴晓红在集团公司的财务工作上没少花心思，成果显著。工商税务部门对润弘集团十分满意，称润弘集团为全市纳税大户，还是税务系统评选出的一级标兵"信得过"企业——这都是裴晓红立下的汗马功劳。

这么多年来，历经无数次考验，辉子早已将裴晓红视作集团中最值得信赖的骨干成员之一。回首刚创业的日子，裴晓红一度是他手下唯一的员工。二人情谊深厚，胜似亲姐弟，哪怕远在南方的辉子的亲姐姐，在辉子心中，对他的好都比不上裴晓红。这话是那年辉子和姐姐吵架时脱口而出的。辉子和裴晓红可谓"蓝颜知己"。

在公司的一次年会晚宴上，裴晓红喝醉了，当着公司众人的面说："我要是年轻点，非得嫁给辉子，即便当'小三'我也愿意。"那天大香也来参加晚宴了，听到裴晓红说的话，她当即就要上前抽裴晓红几个大嘴巴子。还是辉子反应快，他立马拦住大香说道："大香姐永远是我的女神，我永远是她的小于连，谁也代替不了！"大香感动了，她高兴地举起酒杯，冲着裴晓红骄傲地说道："晓红姐，谢谢你这么爱辉子，愿意当他的'小三'。我不介意你当辉子什么，只要你老公愿意！"此话一出，裴晓红觉得很没有面子，"哇哇"地吐了一地。辉子给秘书使了个眼色，把裴晓红送回了家。

过了一段时间，裴晓红就和丈夫离婚了。裴晓红的丈夫是工商局的一名干部，开始他是感激辉子对妻子的照顾的，后来他发现妻子总是跑税务所倒腾账目，润弘集团在暗地里做假账，逃避纳税。他多次劝诫裴晓红说："晓红，咱们可不能为了私利钻政策的空子，损害国家利益，那是要坐牢的。"

"你懂什么呀？什么政策，还不都是人定的！别跟我啰唆了！"自从担任了润弘集团的副总经理兼财务总监，裴晓红在集团的地位显赫了，在家里也摆起了谱，根本听不进去老实本分的丈夫的意见。那天她醉酒在大庭广众之下说的话，被人演绎一番，从税务局传到了工商局，她丈夫接受不了"戴绿帽"的笑话，再加上她在家里专横跋扈，她丈夫气愤地说："守着你的钱财自己过吧！"一怒之下，她丈夫选择了净身出户。走的时候，他跟裴晓红说："女儿在国外，我每月会给她寄钱，你照顾好自己，等你什么时候想通了，再来找我。"

裴晓红气得大骂道："滚，滚蛋！谁要找你！女儿也不用你管，你那仨瓜俩枣的，留着去孝敬你妈吧！"她在五百多平方米的豪华别墅里一个人哭了一整天。

那天的年会晚宴，信志丰也在场。看到眼前的一幕，他心里就想，有钱真好，有那么多漂亮女人争先恐后给自己当"小三"，这到底是什么世道！他不满地豪饮着茅台酒，吞食着辽参、鲍鱼等高级菜肴，还有从澳洲空运来的大龙虾，好像不喝白不喝，不吃白不吃似的。

辉子用余光看透了这个虚伪的家伙，他想好了计策，一定要把这个信志丰给"拉下水"，让他为自己和集团服务，为此他还向哥哥提出了想法。不久，信志丰调任分局刑警队队长。信志丰做梦也没有想到自己能"青云直上"的"恩人"竟然是辉子和他哥哥，后来还是市局政治部的一名干部把此事透露给了他。得知真相后，信志丰赶紧到辉子的公司"致谢"。从此，他便听从于一个"有钱人"的摆布。

第三十八章　除夕英雄独处

那年春节过后不久，刚出正月，裴晓红就和她的丈夫离婚了。她心情不好，辉子安排了一次宴会为她解闷，还邀请了信志丰。宴会上，裴晓红喝多了，信志丰也喝多了，之后他俩就睡到了一起。这是辉子的"授意"，也是为了了断大香姐对他的猜疑。其实大香知道辉子的那点能耐，他也干不出什么"激情燃烧"的事，如果他想和裴晓红好，十多年前他俩在一起打拼做生意的时候就黏在一起了。她就是有种心里不舒服的感觉，说白了，就是女人的小心眼儿，吃醋了。

信志丰和裴晓红有一年多不联系了，本来裴晓红就比信志丰大了七岁，再加上她心里真正爱的是辉子，毕竟风里来雨里去，她和辉子一起奋斗过，可以算是同甘苦、共患难。为此辉子不仅给她开了最高的年薪，还给了她集团百分之十的股份。也就是说，裴晓红是润弘集团的股东之一。现在钱对裴晓红来说不是什么重要的问题，她说过，她喜欢和辉子一起干事业，辉子知道女人爱什么，什么东西能够讨得女人的欢心。在这一点上，大香、高美丽和裴晓红都是有共鸣的，或许这就是辉子的优点。对女人，他真的不在乎钱，他觉得自己的行为体现出了他作为男人的"英雄气概"。

信志丰的父母是机械总厂的普通工人，他父亲和辉子的父亲是同事，是一名八级电焊工，他母亲是工厂食堂的炊事员。他还有一个姐姐，是公交司机，早已经成家。他学习成绩优秀，高中毕业原本打算上海事学校——他立志当一名海员，在大海上漂流一生，到全世界各个国家去看看；他还想写一部关于大海的小说。然而事与愿违，当时他的笔试、面试成绩都名列前茅，老师告诉他，他被录取已经没什么悬念了，回家等消息吧。哪承想学校只有一个录取名额，他被一个派出所所长的儿子给顶替了。他一赌气就报考了警校，和经海山成了同学。

"爸，我被一个派出所所长的儿子顶下来了。"

"儿子，爸爸是工人，有技术，厂里的领导都尊重我，不行你就到厂里技校学技术，毕业了接替你老爸。"

"我想当警察，报警校。"

"行，志丰，爸遂你心愿。"

就这样，信志丰成长为一名人民警察。他参加工作后勤勤恳恳，不怕吃苦受累，经常替战友值班，赢得了大家的好评，可是每次提拔干部，总没有他。他仔细观察，发现自己没有任何"门路"。人家经海山有个老郭所长"罩着"，老郭所长活着的时候，对经海山这个爱徒关怀备至，还不遗余力地向各方推荐经海山。而分局局长作为老郭所长的徒弟，自然也乐于助力经海山，于是经海山不断得到重用。而他自己呢，尽管在工作上全力以赴，却还是"原地踏步"，还总被借调到分局政治处，帮忙写材料，搞文化宣传。他感觉到要想得到晋升，"上面"没有人，只凭自己的努力是绝对不行的，那就会像他高中毕业考海员一样被人顶了。他把想法和父亲讲了，想问问父亲有没有关系能帮他一下。

父亲和蔼地和他说："孩子，好好干，是金子总要发光，咱不急，一辈子当个好民警也挺好。有时间你看看电影《今天我休息》，里面那个叫马天民的警察就非常令人敬佩。"

"爸，那是电影，不是现实。"

"电影都是来源于生活的。"

"算了，不说了，咱就是臭工人家庭，没有和人家攀比的资格！"他扔下这句话就走了，气得他父亲半天没有说出话来。

信志丰知道自己不像经海山有那么好的运气，遇到了老郭所长，但他心里不服气，一直暗暗地使劲，心想总有一天要超过经海山。他开始在爱情方面下功夫。经过分局政治处一位热心科长的介绍，他和市法院副院长的大龄女儿相识。对方比他大三岁，是市局行政处的女民警。不久他们就结婚了，婚后育有一个女儿。

之后信志丰就开始在仕途上走运，先是被提了干，之后又调到四平道派出所当教导员，和经海山搭班子。再后来经海山调任分局刑警队队长，他顺理成章地当上了派出所"一把手"——所长。

他表面上谦虚地称经海山有基层经验，业务能力比他强，他写写文章还行，上一线办案还要向经海山学习，但他心里其实并不服气。在当派出所教导员期间,他通过经海山认识了辉子,一来二去,他和辉子的关系走得比经海山还近。经海山提醒过他,要和企业老板保持距离,别把自己"陷进去",但他根本听不进去,他的心思就是一定要超过经海山。

辉子是何等聪明的人,他看出了信志丰和经海山不一样。经海山一根筋,总是把原则和制度放在前面,"无可奉告""不能打听""要讲原则"这些话是他的口头禅。而信志丰就是个"官迷"加"财迷",只要能够达到目的,实现他所谓"理想",他是不择手段的。他当所长那阵子,不时帮辉子解决问题。在他看来,替辉子把事情"搞定",从中拿点好处费也无可厚非。而且,他还会给身边的人分上一杯羹,所以他在小圈子里倒也有几分所谓"好人缘"。经海山则是自己廉洁奉公,还要求身边的同事也一样要清清白白。有一次,经海山带着侦查员到辉子集团旗下的企业出现场,正赶上中午饭点,辉子让经海山和侦查员到他的酒店用餐,经海山楞是不去,自己掏腰包给大家每人买了一桶方便面,只是找企业的工作人员要了些开水泡面。他还说,等案子破了,再请大家吃涮羊肉。

信志丰不听经海山的劝阻,他不信老同学、老搭档的逆耳忠言,他认为经海山是怕他抢了辉子集团这块"肥肉"。他永远忘不掉他高中毕业,明明考了第一名,却被有关系的派出所所长儿子顶替的事,就因为对方的父亲是领导,而他父亲是工人。他也知道经海山和辉子关系不一般,他们是校友,辉子的妻子是经海山过去的恋人,而且辉子在高中毕业前和他妻子的弟弟大鹏的案子,经海山也参与侦办了,但不管怎么讲,他就是觉得经海山在假正经。

为此,他回家经常和父亲吵架。他父亲一次次地说他,干工作不能挑挑拣拣,干一行就要爱一行。可他哪里听得进去,他报考警校就是为了脱离那个"三级跳坑"胡同里的平房大杂院。上警校那会儿,他长期住校,放暑假就去外地打工,不肯回家,气得他父母和姐姐又心痛又恨他"嫌贫爱富"。

得知经海山牺牲的消息时,他在众人面前满眼含泪,表现得非常悲痛,但他比谁都清楚,自己的机会终于来了。此后,在云常委的"关照"下,他接连升任分局刑警队队长、分局副局长,仕途比起从前顺利太多。然而,他并没有心满意足,他要向更高的"官位"攀登。他知道他已经退休的市法院副院长的老丈人已经无力帮他了,他只有借着辉子手中的"钱"和云常委手里的"权"继续向上攀爬,实现自己那所谓"理想",像云常委那样,体验到那种"一人之下,万人之上"的感觉。他心想:"这世上哪有什么绝对的对与错,官大一级压死人,谁的官大谁说的就是真理,就是绝对正确的!"

信志丰和裴晓红就是逢场作戏,那夜裴晓红喝得烂醉如泥,也是好巧不巧,倒在了信志丰怀里,两人就顺势发生了关系。信志丰这样做,是为了更进一步拉近和辉子的关系,以便在今后的仕途上搭上辉子哥哥云常委的这条"大船"。而裴晓红则觉得信志丰比她那个不懂人情味的丈夫强出百倍,如果能"占有"他,今后她和辉子在公安系统就有了一条可以利用的"线"。他们是各有所需,谈不上有什么感情。

整个城市的大街小巷基本上空无一人。经海山想,今天他再去一趟人民医院后门的太平间围墙外,小M再不来接头,他就要直接回家。"不行,大过年的,别吓着爸妈。"他转念又想。此时此刻,他孤身一人,真的有一种英雄落寞,欲哭无泪的感觉。家家户户张灯结彩、团团圆圆,饮着美酒,吃着饺子,举杯互道安康,祝福新岁好运连连。在这个万家团圆的幸福时刻,经海山一个人在冰冷的城市角落等待组织的命令,这就是一名优秀侦查员的职业宿命。他望着天空,脑海里浮现出小时候那些美好的记忆。每当过年,大年三十晚上吃团圆饭前,他都要给长辈们磕头拜年,然后长辈们会给他压岁钱,爷爷奶奶给得最多——五毛钱,叔叔婶婶只给两毛钱,他把这些钱存起来,出了正月,就到书店买他喜欢的小人书。

远处,一个穿着红色防寒服、戴着黑色毛线帽的时尚女人向经海山走来。她是郎勃镇姐妹旅店的大姐、小M同志的爱人——黎珺同志,代号"梅L"。

"经海山同志,不多说了,情况紧急,你明天乘飞机去海南,和一位女同志会合,见了面你就会认识她。给你拜年了,好兄弟。"梅L的声音有些哽咽。

"大姐,谢谢你。小M同志还有什么要求?"

"他让我给你拜年。另外他还让我告诉你,你完成了'大计',立功奖章回来发给你。再见,经海山同志。"

"大计?"

还没等经海山再次询问,或者说他还没来得及给小M和梅L拜年,对方就消失在黑暗的夜色中。经海山不敢逗留,手中握着梅L递给他的一封信和一袋食品,消失在鞭炮齐鸣的除夕夜里。

  信志丰摆了三大桌宴席，宴请亲朋好友。宾朋满座，客人脸上都洋溢着喜庆的笑容。中间最为豪华的一张大圆桌上坐的是信志丰的一众家人，他的父母和岳父岳母坐在上座，左右两侧分别是他的妻子、女儿和其他家庭成员。左右两旁的圆桌上坐满了他手下的全体侦查员及其家属，除了个别值班人员外，其余均悉数到场。信志丰满面春风，容光焕发，轻快激昂的广东音乐《步步高》响彻整个宴会大厅。

  裴晓红挨着信志丰坐在他旁边，他俩心知肚明，名义上裴晓红是代表辉子主席，实际上这是他俩的"小秘密"。

  "今天是除夕，合家欢乐的日子，在座的都是我最亲的家人朋友，下面先请裴晓红女士代表润弘集团的辉子主席讲话，大家欢迎！"信志丰这开场白，搞得跟重大活动的典礼似的，有模有样。不过他那些下属倒也配合，纷纷欢呼鼓掌，给足了裴晓红讲话的排面。

  "感谢信局，感谢信局的家人，你们培养了一名优秀的公安基层领导。第一杯酒敬信局的各位家人，干杯！"裴晓红将一小杯茅台一饮而尽。

  "这第二杯酒……"显然裴晓红是这场宴会的主角，气氛越来越热烈，整个宴会大厅一派欢乐场景，窗外大雪纷飞，鞭炮齐鸣。

  "美酒飘香啊歌声飞，朋友啊请你干一杯请你干一杯……"信志丰酒醉放声歌唱，他的歌声把这场宴会带入了高潮。信志丰在警校时就是文艺骨干，每年搞联欢会的时候，他和经海山就是最好的搭档。当年毕业的时候，他和经海山就合唱了这首歌。眼下唱着唱着，信志丰流泪了，他说他想起了他的战友——英雄经海山。他还说："为我们的英雄干杯！"

  除夕夜市郊的快捷酒店，除了值班的两三个男性服务员和保安，空无一人。501房间里，经海山一个人看着春节联欢晚会，吃着梅L送来的已经凉了的三鲜水饺，思绪翻涌。他真的想念母亲包的饺子，他真的想和父亲干一杯，或者哪怕是在所里值班，在大街上巡逻守护千家万户的平安，再或者出差抓逃犯，也比现在一个人孤独地等待下一项任务来得让人痛快、欣慰，他的眼角流下了无声的泪水。

大年初一，信志丰第一个跑到辉子父母家里，说是来给辉子父母拜年，其实主要是来给云常委送礼，献殷勤表忠心。他和辉子哥儿俩及其家人刚客套了几句话，手机就响了。"报告信局，刚接到市局转警说，润弘集团的财务总监裴晓红死在家中了，市局领导让您马上到现场。"信志丰当时就蒙了，他赶紧把辉子叫到一边，刚要耳语汇报，辉子的手机就响了："主席，裴总在家里身亡了！"

　　"你马上去现场！"辉子用颤抖的手指着信志丰命令道。

　　"哦。"信志丰一边应答着辉子的指令，一边匆忙地给正在和父母还有高美丽说笑的云常委敬了个礼，一溜烟地跑了出去。

　　云飞扬站了起来，走到辉子面前，小声问道："什么事，那么紧张？别让爸妈和美丽看出来！"

　　"哥，裴晓红死了！"

　　"什么?!"云飞扬倒吸了一口凉气。

　　"还好，她是死在自己家里，不是公司。"

　　"你先不要去现场，也不要去公司，你这么大一个集团，死一个股东，没什么了不起的，让公安局去处理。我一会儿在市委还有一个重要会议，明天我还要进京向'老大'汇报工作。你好好待着，不能出问题，让信志丰随时向你汇报。"

　　"哥，我懂。"辉子强忍着恐慌和悲伤说道。

　　"多陪陪爸妈和美丽，还有你儿子。"

　　"好。"

　　云飞扬走出家门，直奔市委大院。此刻，他心里也是七上八下。他暗自思忖，倘若信志丰能够妥善处理好这件事，日后定要再次提拔重用他，毕竟他还是个有可塑性的得力干将。

　　信志丰到了现场，裴晓红离异的丈夫，还有刚回国的女儿、女婿、孩子哭成一片。信志丰和侦查员、法医来到裴晓红的卧室，只见她身穿黑紫色的睡袍，胸前露出红色的内衣，静静地躺在席梦思双人床上。她左手握着一把带血的手术刀，右手手腕处有一道深深的凝结着鲜血的大口子，皮肉向外翻着，如同一张大嘴向外喷吐着暗红色的血浆。信志丰的眼眶瞬间湿润了——毕竟他和裴晓红曾有过一段"婚外情",而且就在昨天,他们还在一起开心地迎接新年的到来,裴晓红还特别兴奋地致辞祝福,怎么不到一天,在大年初一的早上九点半,她就这样死了?更奇怪的是,大香、阿麦,现在还有裴晓红,他们的死法都如出一辙,身穿黑色搭配着红色的衣物,割腕而死,鲜血流淌。

现场鉴定结果显示,裴晓红系割腕自尽。市局要求迅速结案,严禁消息外传,并对外统一口径,就说裴晓红长期饱受抑郁症困扰,一年多以前家庭出现矛盾,和丈夫离异,给她带来很大的压力,她想复婚,她女儿也劝她和父亲复婚,可是她丈夫已经找到新的伴侣,不想和她复婚。她丈夫说,自己想找一个女人做伴,不想找领导训斥。她后悔了,抑郁症发作,割腕自尽。

信志丰给辉子打去电话请示该怎么处理此案。

辉子一本正经地说:"你们公安局实事求是,正常办案就行,她要自尽谁也管不了。"辉子的声音很低。

"好的,主席,我知道了,上级也同意我们的结论,裴晓红女士因抑郁症发作,割腕自尽。"信志丰倒是底气十足。

辉子挂了电话,泪水早已落到地面上,他眼前浮现出裴大姐和他一起奋斗的场景,他顿时感到一阵天旋地转,双腿发软,整个人不受控制地栽倒在地,脑袋流出了鲜血。

信志丰心里明白,润弘集团现在出了那么多古怪的案件,辉子一定离不开他这个分局副局长。这几起案件要是被定性为他杀的案件,辉子他们集团就完蛋了。好在是他出现场,能帮他们妥善处理。他心想,等这个事件结束,自己的职位是不是又要升了?他幻想着"远大"的前程,早已将和裴晓红之间的那点"过往"抛到了九霄云外。在他看来,裴晓红的死反倒让他少了些麻烦,浑身都轻松了不少。

第三十八章 除夕英雄独处 233

第三十九章　海山度假待命

大年初一早上八点五十分，经海山坐在飞机头等舱宽敞的座椅上，侧着脸，透过舷窗看着窗外翻涌的云海，一道刺眼的光芒照射过来，他立即下意识地收回了目光。随后，他闭上眼睛，试图想象宇宙的浩瀚与深邃。现在他心里多少有了些轻松之感。这是他有生以来第一次享受厅局级正职干部的待遇，坐上了头等舱。他想小M对他还是不错的，给他买的墓地是最好的，安排他坐的飞机是头等舱，还说让他去海南度假，届时会有一名女同志会和他见面，而且这名女同志他认识。"她会是谁呢？"经海山不禁想。不知为何，他心中似乎幻想着在海南能有一场"浪漫"的邂逅。他现在还不知道，他一直工作和生活的城市滨海又发生了一起离奇案件——辉子集团的重要人物、财务总监裴晓红割腕自尽。

就在经海山出神的时候，一位漂亮的空姐向他走了过来。经海山感觉之前好像见过这位空姐，又觉得她像个明星。"姐妹旅店的二妹？！"他在心里喊了出来。

"先生，请您系好安全带。请问您需要什么帮助吗？"

"看错人了吗？"经海山心里犯起了嘀咕。

"先生，请问您需要什么帮助？"她继续耐心温柔地问道。

"谢谢，不需要。"经海山回过神来，或许是因为太孤独了，他现在常常会觉得见到的某个人似曾相识，尤其是女人，他总会抑制不住想要和对方拥抱，说上几句话，彼此问候一下，给寂寞的心增添一点暖意。

他再一次望向那一束束刺目的光芒，还有天空中一团一团的白云，那些白云形态各异，像是天兵天将正在奔跑冲锋，去捉拿那个正在大闹天宫的齐天大圣。

"孙悟空就在我眼前，它挥舞着金箍棒打倒了一大片天兵天将，它是在保护我吗？"经海山一阵恍惚，他真的太累了，又不知道自己是谁了。"我现在到底是谁？还是经海山吗——那个赤胆忠心的人民警察？他现在可是一个躺在高级墓地里的死人，是烈士，他的父母一定领到了一笔抚恤金。"

昏昏沉沉的经海山被刺眼的滚滚白云包围了，他走不出这个迷幻的世界，甚至开始感到窒息。

"先生，您喝点什么？"空姐又出现了。

"二妹，你是二妹？"

"我不是你二妹，先生，您在做梦。"

"哦，对不起，我认错人了。来杯可乐吧。"经海山感觉自己头脑昏沉，像是在做梦，可是眼前这位漂亮的空姐的确像郎勃镇姐妹旅店的妹妹。

"好的，先生。"

经海山怎么也睡不着了，闭上眼睛就是梦境，睁开眼睛就是云海一片。他想，如果自己能像孙悟空那样腾云驾雾，在云海里遨游，或是直接从云海坠入万丈深渊，掉到自己的家乡滨海市，那也不错。

对于裴晓红突然割腕自尽的案子，信志丰感到有些不可思议。在案发现场，他总感觉很奇怪。据裴晓红的前夫讲，他和裴晓红从十年前起就不睡在一起了。搬进这栋别墅后，他独自住在一楼，裴晓红住在二楼，三楼则是留给女儿一家三口的。女儿一家有时从国外回来，会住上一阵子，他们一走，三楼便空着了。裴晓红的前夫时常会上三楼打扫卫生，他一直盼着女儿一家人能回国定居，如此一来，裴晓红能常常见到外孙女，心情或许会好一些。而四楼摆放着裴晓红供奉的菩萨像，她严禁家里人上四楼。有一回，前夫上去打扫卫生，出来后便被裴晓红劈头盖脸一顿臭骂："那是你能进的地方吗？你有那个德行吗？这是第一次，也是最后一次！再敢犯这样的错误，立马给我滚出去！"裴晓红的前夫回忆起当时的场景，仍心有余悸："她那凶神恶煞的模样，让我都不敢认了。这人啊，一旦有了金钱和地位，就跟变了个人似的，简直成了'神经质'，都不能算正常人了。"裴晓红的前夫还感慨说，离了婚，他才终于找回做男人的感觉，腰杆子都挺直了，现在挣的钱够花就行，不必再去攀龙附凤，自由自在、潇洒惬意地过日子，才是最重要的。

裴晓红和前夫还有一个过继来的儿子，这个孩子其实是裴晓红前夫的亲侄子。孩子的父母故去，裴晓红的婆婆无力养活孩子，于是裴晓红的前夫央求她把孩子过继来给他们当养子，这样到老了也有个儿子给他们养老送终。裴晓红倒是爽快地答应了，还给养子找工作、买房子、娶媳妇，现在养子还给她添了个大孙子。不过，养子一家有了孩子就很少来了，裴晓红太忙，也没时间去看孙子，就出钱让亲家照看孙子。她的两个孩子倒挺会生，她的亲生女儿生的是女孩，她的养子生的是男孩。

凭借多年的现场勘查经验，信志丰认为阿麦的死和裴晓红的死都有蹊跷，他们像是受到什么药物或者外界因素的控制，从而产生幻觉而割腕自尽。大香的死，虽然和阿麦、裴晓红相似，但可以肯定是自杀。辉子那么爱大香，他不至于丧心病狂到这种程度，这绝不可能。但是，阿麦和裴晓红两个人的死有可疑之处。想到这里，信志丰打了个冷战，他开始害怕自己将来不会有什么好的结局。即便如此，他还是得在裴晓红系"割腕自尽"的死亡鉴定报告书上签上自己的大名，这样才能结案。他答应过辉子，一旦有了签字权，辉子说什么他就做什么，现在就是考验他的时候。他虽然心怀恐惧，也只能照办，否则他的下场也许就和阿麦、裴晓红一样。

信志丰看着自己在报告书的领导栏签下的名字，心里又产生了一种无比骄傲的满足感。他心想，自己总算熬到在公安分局可以说了算的地位了，不到四十岁就可以大笔一挥，决定人的死法，也算没给老信家"丢脸"。他想，等他的孩子长大了，就不会发生被一个小小的派出所所长的孩子顶替名额的事了，只有他的孩子顶别人名额的份儿了。想到这里，他不禁笑出了声。

经海山在海口市的美兰机场下了飞机。走出机场，海风吹来，他竟然打了一个喷嚏，搞得周围的几个女性用异样的眼光看向他，他只能一个劲地说对不起。他打开梅L给他的信，里面有一张指示图，指示他到了海口后，打车到一家叫"临海大酒店"的旅店住宿，上面把一切都安排好了。

经海山又看到了那位空姐，是她，一定是她！经海山飞奔过去，在机场外宽阔的候车大道旁，一把抓住了对方的手。然后，他们拥抱在一起。

"经海山同志，你辛苦了，小M让我来的。"

"我知道是你，你就是姐妹旅店的妹妹，没错。"

"叫我荣子吧。"

"荣子，谢谢你。"经海山在千里之外的他乡遇到亲人般的战友，一时之间，他不知道说什么好，他太激动了，太需要有人呼唤他的真实姓名"经海山"了，也太渴望再次感受那被人关怀的温暖了。

荣子告诉经海山，她的真名叫黎荣，而她的大姐黎子，也就是郎勃镇姐妹旅店的大姐，真名叫黎珺，是小M的妻子；还有被高强奸杀的女子霞子，真名叫黎霞，是她们的三妹。她们姐妹三个，继承了父亲的遗志，走上了从警的道路，为了社会的平安，奉献了自己的一切。她们的父亲是一名英勇无畏的武警缉毒战士，十多年前，他深入毒巢，卧底长达五年之久，最终成功捣毁了一个长期向中国境内贩毒的犯罪集团。就在抓捕首犯的时候，那名穷凶极恶的首犯引爆了自制的炸药，她们的父亲不幸壮烈牺牲。她们的母亲——一名小学教师，听闻丈夫牺牲的噩耗后，嘱咐黎珺照顾好妹妹们，随后纵身从五层楼上跳下，追随她们的英雄父亲而去。

临海大酒店的餐厅里，扮成情侣的经海山和荣子真的很般配。荣子三十出头了，一直没有找男朋友。她说，不给三妹报仇，她死都不嫁。其实，自从在郎勃镇的姐妹旅店见到经海山，荣子就喜欢上了经海山，总觉得经海山就像她的亲人一样。经海山则拿荣子当自己的妹妹。

海口的正月，四处皆是葱郁的绿色，太阳散发着炽热的光芒，经海山和荣子在海边纵情畅游。此时此刻，经海山身心无比放松，他浮在清澈蔚蓝的海面上，微闭着双眼，脑海里又浮现出大香、高美丽以及高美丽身边的小女孩的影子。他似乎忘掉了身边美丽的荣子。

荣子轻轻问道："经海山，你想你的爱人和孩子了吗？"

"你不知道？你姐夫没有告诉你吗？我没有老婆孩子，一只'孤雁'罢了。"

"啊！听姐夫说，你比他小不了几岁，你到现在还没有成家，那我叫你大叔吧。"她开玩笑道。

"叫我老大爷都行，随你怎么叫。你姐夫多大岁数？长什么样？我没见过他，接受任务前，领导只告诉我今后听他的指示，他和我单线联系。"经海山的语气中透着一丝不满。

第三十九章 海山度假待命

"哦,你该成家了。"

"你呢?之前在郎勃镇,你说你结婚了,妹夫如今在哪里?"

"骗你的,我还没结婚。"

"你有真话吗?你还告诉我,你大姐是大龄剩女,害得我胡思乱想了一通,我还想等完成任务,就去郎勃镇找你大姐谈对象呢。"经海山故意这么说,说得荣子的脸都开始发热了。

"对不起,当时我是开玩笑,你还当真了,小心我姐夫给你小鞋穿,他可是个醋坛子。"

"那还不都怨你,小心我让你姐夫揍你,其实你才是那个老剩女。"经海山开玩笑道。

"我不是,在你面前不是,你个大叔!"

两个人有说有笑,真的像是情侣来海南度假的感觉。经海山心里明白,他马上就是韩啸峰了,"卧底"的日子又将开始,不知这次又将执行什么"大计"任务。还好这次身边有美女做伴,他感觉自己就像是著名特工"007"。别说,经海山的外形还真有点像那个第五任"007"的扮演者——好莱坞明星皮尔斯·布鲁斯南。

高美丽和裴晓红接触不多,但很早就相识了,那年辉子帮高美丽争取到市外贸局工作的时候,她俩就开始接触。辉子请客送礼的物品都是裴晓红给操办的,她是一个办事精明老到的女人,怎么会在事业处于巅峰的时候自杀呢?难道就是因为家庭的不幸?是离异造成的?离异之事,责任也在她呀!

高美丽询问辉子:"裴总为什么会死?她和大香姐的死法那么相似。"

"你怀疑谁吗?"

"我怀疑谁?"

"那你提这个问题干什么?她的死跟你我有关系吗?!"辉子气呼呼地夺门而出。

这是辉子第一次向高美丽发火,而且是重重地甩下一句话就离开,头也不回。辉子的愤怒让高美丽愣住了,她的确怀疑辉子有问题,大香、阿麦、裴晓红的死法那么相似,谁不会产生怀疑呢?她想,今天自己的问话可能过于急躁了,刺激到了辉子的痛处。加上润弘集团近期接二连三发生大事件，虽说在云飞扬的"坐镇指挥"下，事情最后都化险为夷，可是集团损失很大。这些大事件似乎让所有人都对辉子产生了不信任，辉子也不得不对所有人产生防备。

接下来的一周，辉子都没有回家，只是偶尔打电话询问一下小令冲的情况，其他的家事一概不问。其实高美丽心里知道，大香活着的时候告诉她了，辉子只要和心爱的女人吵架了，就会选择"躲避"一阵子，他一定要等对方先开口跟他讲话。不需要道歉的话，只要说一句"辉子，回来吧，儿子想你了，我也想你了"，他就会立马回家，就算是在国外也会很快乘专机回家。高美丽想，她是不是也要像大香姐一样，给辉子一个"台阶"下呢？"不，我是高美丽，不是大香，我要让他知道女人不都是一样的。"高美丽和辉子开始了"冷战"。化解"冷战"局面的是小令冲。那夜小令冲高烧不退，高美丽不敢怠慢——她毕竟不是孩子的生母，她给辉子拨通了电话，说："对不起，辉子，小令冲病了。"

辉子赶到医院，趴在小令冲的病床床头，整整守候了小令冲一夜。"爸爸，我想你了。"小令冲的一句话，让辉子瞬间崩溃，他抱着儿子号啕大哭起来，像是受了委屈的孩子一样。"爸爸对不起你，我的好儿子！"

他不仅没有责怪高美丽，还向高美丽道歉。"美丽，你辛苦了，是我这个爹没有当好。谢谢你，让小令冲有妈妈喊。"辉子哽咽地说。高美丽不敢相信眼前的辉子竟有如此慈祥的一面。

现在的润弘集团旗下有十几家子公司，其中部分子公司原本是本市的国有企业和街道的大集体企业，后来这些企业濒临破产，市领导出面积极协调，让润弘集团改制重组了这些企业。经过一系列举措，近几年，这些企业都扭亏为盈。当然，润弘集团因为吸纳它们，也获得了政府很大的扶持，这实际上是一个"双赢"的局面。

目前这些企业还留存着一部分国有股份和大集体股份，眼见润弘集团开始走下坡路，这些企业便萌生了摆脱润弘集团的想法，怕刚过上好日子，又面临倒闭破产的困境，也怕沾上润弘集团涉黑的污点。于是，这些企业联合起来，想要脱离母公司，实现独立运营。辉子气急败坏，他愤愤地讲："妈的，没饭吃的时候来找我，求着贷款，求着投资，现在好了，有鱼有肉吃了，就想跑，没门儿！找律师，打官司，告他们！"他心里知道，一旦这些企业脱离润弘集团，好多地方性的优惠政策他们就享受不到了，集团就会有破产的风险。还好，当初他听大哥的话，把部分资产转移到了M国。

半个多月过去了，经海山在海南的日子过得十分愉快。但他还是经常做梦。有一次，他梦到大香在大海里被鲨鱼吞进了肚子里，满脸鲜血地让他前来营救，他拼命去救她，也钻进了鲨鱼的肚子里。在鲨鱼的肚子里，他又碰到了高美丽和她领着的小女孩。他惊醒了，身边空荡荡的，不见一人。他想去隔壁找荣子说说话，又怕荣子误会。在男女情感的问题上，经海山就是那么拧巴。

天亮就是正月十五了，海南的冬天，让人感觉不到丝毫寒冷，甚至可以说到处都是暖暖的春意。

"请到天涯海角来，这里四季春常在，海南岛上春风暖，好花叫你喜心怀……"伴着这样轻快的歌声入眠是多么惬意的事，可经海山心里还是空落落的，没有太多幸福的感觉，他有些忍受不了这样过于平淡闲散的日子了。虽然有荣子在身边陪伴，可一旦独处，他就又回到了那段一个人押解强子以及在香汇公司卧底的日子里。他又想到了艾梦，那个精致聪明、对他有着爱意的南方女子——她到底去了哪里，就这样人间蒸发了吗？

他还想，年前高美丽是不是又带着他父母和那个小女孩到自己的墓前祭奠了呢？不，她现在应该不会去了，她现在有了辉子那个混蛋富豪做丈夫。他恨辉子，现在更加恨，甚至想一枪毙了辉子。

他又想，不管高美丽去不去，他父母是一定会到他的墓前祭奠的。想到父母看到他的雕像而伤心难过，他又没能成家，没能给老经家留一个后，他真的觉得愧对父母。想着想着，经海山的眼角滚动着泪花，心脏隐隐作痛，他又抓起一把红色小药丸放进嘴里，让这小药丸治愈他心里的伤痛。

经海山哪里知道，年三十那天清晨，高美丽就带着小晶，陪同经海山的父母等亲人，到他的墓前祭拜了。原本她还想带着小令冲一起来，小晶也吵吵着让哥哥一起来给英雄的经海山叔叔扫墓，可是辉子一听就大发雷霆。

"我的儿子凭什么去祭拜他呀？！"

"辉子，经海山是你和大香姐、我还有大鹏的老校友，还是烈士，让孩子们去祭拜一下有错吗？我建议你要是有时间，也应该去，他当派出所所长的那会儿，没少帮你解决困难。"

"你去，我管不了，但我儿子不能去！"他气呼呼地上了楼，又到"大香读书阁"里"闭关修炼"去了。自从大香死后，辉子经常一个人到这间图书阅览室和他的大香姐聊天。他还下了令，没有他的允许，任何人不能进入图书阅览室，包括高美丽和孩子们。"大香读书阁"里的一切物品，依旧按照大香活着时的样子摆放着，没有任何变动。

"大海边哎沙滩上哎，风吹榕树沙沙响，渔家姑娘在海边哎，织呀织渔网，织呀嘛织渔网……"经海山喜欢站在海边听这首《渔家姑娘在海边》，他在香汇公司时经常听到艾梦边走边哼唱这首曲子。艾梦的家乡离海南不远，就在邻省的某个小城。

第四十章　执行"大计"任务

在海南，经海山休息了半个月，但他也用足了这十五天时间。他回顾了自己从警以来破获的形形色色的案件，尤其是把大鹏和辉子的"玄色"案件，以及润弘集团辉子和他大哥常委云飞扬，还有幕后的"老大"涉嫌违法犯罪的重大案件之间的关联，再次运用自己特有的思维方式进行了一番梳理。他不禁沉思：为什么组织上这么重视润弘集团的案件，而且屡次指派自己化装成卧底，执行秘密押送或深潜任务，以获取证据？犯罪嫌疑人真的涉及高层的"大人物"，甚至手握政法重权的"大人物"吗？

与师父老郭所长在办案笔记本上画图分析案件经过和走向的办案经验不同，经海山现在是在脑海里画图还原案件的真实面貌，以及思考侦破的阻力点……

正月十六这一天，荣子和经海山讲，他们要在海南执行一项艰巨的任务。

经海山说："我知道，小M不会让我清闲这么长时间。"其实他早就不想再待命了，他原本就想和荣子说："我休息够了，你和小M讲，我要求接受新的任务。"没承想，还没等他开口，荣子就按捺不住，和他说了上级布置的新任务。临来的时候，上级交代黎荣，让经海山缓冲一下，养精蓄锐半个月，熟悉一下当地的环境，准备展开收网"大计"。

荣子想，姐夫的猜测也不准，临行前姐夫说，经海山那家伙憋不了十天就会烦躁，就会主动请求安排工作，即便他耐住性子了，也过不了正月十五。他还告诉荣子，正月十六必须向经海山交代任务，否则时间就来不及了，不能再让犯罪分子逃脱法律的制裁。

"上级已安排好，我俩假扮成夫妻，进入润弘集团在三亚的分公司。上级获取到情报，这家分公司表面上经营橡胶制造和房地产开发业务，实际上与T国的贩毒团伙有勾结，经营毒品和违禁品走私生意。过去高强在T国负责联络生意，他被击毙后，他们和T国的业务中断。近期他们又派人过去联络，但是被边防军击毙。

现在这家公司还在联系其他贩毒团伙开展相关走私业务，以及其他咱们还不掌握的违法业务……"

荣子把具体情况向经海山进行了说明。

"从现在起，你又不是经海山了，你是韩啸峰，韩啸峰，记住了！"荣子再三叮嘱经海山。

"知道了，我早就不知道自己是谁了，经海山死了，他是烈士，我现在是韩啸峰。你叫荣子——李荣，而不是黎荣，对吗？"经海山回应道。

"再说一遍，你叫什么，我叫什么？我们是什么关系？"说到这里，荣子脸上泛起了一抹绯红，声音也低了下来。

"我叫韩啸峰，你叫李荣，我叫你荣子就行，我们俩是假夫妻，对吗？"经海山按照荣子的要求答道。

"不对，现在不是假扮夫妻，是真夫妻，如果露馅的话就没命了，懂吗？"她一脸严肃地说道。

"哦，是真夫妻，那我就不见外了，直接喊你老婆。"经海山觉得自己和眼前这个大女孩像是一见如故的老朋友，所以不禁开起了玩笑。黎荣心里却对经海山对她的这个称呼感到满意，她似乎认定了这个叫经海山的男人将是自己可以托付终身的爱人。临行前，大姐黎珺还跟她说："通过这次任务，你也可以'考察'一下经海山，合适的话，让你姐夫给他下命令，娶你。"

"姐，瞎说，这事也能下命令？！"黎荣虽然嘴上这么说，心里却美美的，虽然经海山比她大了七八岁，但是她心里的确装着这个像大男孩一样的英雄。

润弘集团三亚分公司的前任董事长就是裴晓红，她刚刚割腕自尽，集团董事局主席辉子就按照程序指定裴晓红的弟弟裴晓军接替了她的职务，全权管理三亚地区的业务。

裴晓军早年通过辉子哥哥云飞扬的关系进部队当兵，在新兵连训练结束，就给时任团参谋长的云飞扬当司机。云飞扬转业后，也一直把裴晓军带在身边当司机。多年来，云飞扬对待裴晓军如同儿子一般。后来云飞扬当上了副市长，按照要求换了司机，裴晓军也不愿意留在区政府体制内，他央求云副市长把他调到辉子的润弘集团工作，于是云飞扬就安排他到润弘集团的车队当上了队长。后来，他又被调到润弘集团旗下的房地产公司当保安经理。在辉子多年的调教下，裴晓军的对外交际水平越来越高，加上他在政府部门工作多年，看也看会了官场的门道，因此受到辉子的重用。几年来，他在辉子的公司已经是骨干成员之一了，也是"四黑兄"之老三。

辉子集团的骨干成员之间相互不联系，几乎谁也不知道谁的底细，全部信息都掌握在辉子手里，就连他们本人都不知道自己核心骨干的身份，只有辉子一个人清楚，而这也是云飞扬交代的。

韩啸峰和李荣走进润弘集团三亚分公司的大楼，这里的装饰比润弘集团在滨海市的总部还气派高档，既奢华又不庸俗，古典中透着张扬，雅致中尽显高贵。看到这一切，就可以想象裴晓红细心精致的一面。迎面是"为人民服务"五个金色大字，据说这是辉子在公司开业庆典的前期，按照他哥哥云飞扬的要求改换的企业口号，原本的口号是"大胆发展，企业腾飞"。云飞扬说："我们要永远牢记老一辈革命家的谆谆教导，全心全意为人民服务，这才是企业发展的根基。没有了人民群众的根基，一切都是空谈，只有一心为民，企业才会走上健康发展的轨道。"

裴晓军是被辉子紧急召回国接替姐姐裴晓红的职务的，刚从M国回国不到一周时间。他对姐姐的死感到意外，可是他又能怎么样，辉子主席说姐姐是自杀的，那她就是自杀的。其实辉子也急需得力的帮手，而且是那种有本领又忠诚，能够勇往直前的帮手。当然，只要是用钱能感化的，就好办。就在这个时候，辉子的亲信郭建军向辉子推荐了两个在海南打拼多年的朋友，也是他在老家的亲属——表弟韩啸峰和表弟媳妇李荣。

昨天晚上，为了预祝任务顺利完成，经海山和荣子喝了酒。荣子告诉经海山，他们这次执行卧底任务，最多只能伪装半年时间，到时候即使找不到证据也得撤退，否则辉子就会发现他们是假的韩啸峰和李荣，根本不是他的"四黑兄"之老大推荐的亲属，那样他们的生命就会有危险，死掉的那么多人就是例子，"老大"的力量是不可估量的。

"咱俩既然假扮夫妻，那就要亲近一些，不能让他们看出破绽来，咱俩要住在一起。"经海山借着酒劲耍起了贫嘴。

"行了，说正事！你知道这次推荐咱俩进润弘集团三亚分公司的人是谁吗？"

"你刚才不是说，是辉子的'四黑兄'之老大嘛。"

"那你知道这个老大是谁吗？"

"不知道。"

"我姐夫，你的上线小M，他叫郭守军！"

"啊？！他就是小M？！"经海山瞪大眼睛，张大嘴，一副不知所措的样子。

"你知道就行了，别再出什么乱子。我姐夫还让我告诉你，到时候等你们见面了，他再向你全盘解释整件事情。"

其实，经海山心里早就对小M的身份有所揣测了。然而，他始终难以相信，老郭所长的三儿子郭守军——那个他唤作"三哥"的人，竟一直潜伏在最危险的地方——润弘集团内部，作为辉子的亲信待在他身边。为了社会的安宁，他真的付出了更多的努力，承受了更多的孤独。

现在的裴晓军一看就是个利益至上的商人，还透着一点官气，不过他对辉子主席亲自介绍的这两位"人才"还是比较尊重的。过去他在区政府好歹也是个正科级司机，除了给云区长开车，他还有另外一个身份，就是区政府办公室秘书三科科长，是个有职务的公务员。经海山是何等聪明的侦查员，他一看就知道，裴晓军的机关作风很浓，喜欢听人的阿谀逢迎。

"裴董事长，一看您就像政府领导，干企业委屈您了。"

"小韩，你会看相吗？我还真的在政府部门当过干部，太累，操心呀！这不辉子主席还是不放过我，让我来守着他和我姐打下的三亚江山。"

"哦，您是说裴总监吗？真是可惜啊！"荣子抹了抹眼角。

经海山看了荣子一眼，心想，这假老婆有点意思，装得真像，有些逢场作戏的功夫，在郎勃镇自己就被她骗了，对她的话信以为真。

三个人一起长吁短叹，回忆裴晓红为公司立下的汗马功劳。裴晓红是润弘集团的创始人之一，集团的大事记里，第一章记录了辉子主席创建润弘集团的艰辛过程，第二章全篇介绍了裴晓红女士的"丰功伟绩"。

事实上，一开始裴晓红对和辉子合作是有些犹豫的，她不想和这个看上去不太着调的精瘦男人下海经商，毕竟一旦在商海触礁，落得个狼狈不堪的下场，她又该如何向丈夫、女儿和养子一家人交代呢？她心想，即便她下岗了，再找份工作也不难，毕竟她有会计师的证书，当时找一家集体企业打工或者给个体户干，赚点收入维持生计还是不成问题的。但她实在受不了辉子的软磨硬泡，辉子发誓说，只要裴大姐跟他一起干，他们早晚能发家致富，成为人人艳羡的万元户。最后裴晓红"投降"了，答应了辉子和他开公司，给他当会计。当时，润弘商贸有限公司的法人、总经理兼业务营销员是辉子，财务会计兼办公室主任是裴晓红，这家公司，其实就是只有他们两人的皮包公司。

二十多年过去，他们两人始终共事，在辉子穷得快要自杀时，裴晓红甚至决然地把自己仅有的房子抵押出去给辉子贷款，帮助辉子走出困境。后来，辉子的哥哥转业，到区政府担任了要职，辉子的润弘商贸有限公司的生意才越做越大，越做越红火，发展成集团企业，最后甚至成为实力雄厚的跨国集团。

韩啸峰和李荣一唱一和，说得裴晓军心花怒放。看得出来，他对辉子主席身边人推荐的人十分信任，觉得他们一定是自己人。可是辉子也交代了，对韩啸峰和李荣两人不要轻易委以重任，要慢慢了解他们的底细，考查他们的能力，等有了十足的把握再让他们参与核心业务。近期香汇公司的安保部经理史一鸣还没有抓到，他很有可能就是巡视组的"卧底"，所以辉子再三叮嘱裴晓军千万要小心行事。

裴晓军叫来了漂亮的女秘书，让她给韩啸峰他们安排衣食住行，还说让他们休息一周再开始工作。他听说李荣学的是临床药学专业，就说可以安排她去研发部。至于韩啸峰，可以去行政部，做些安全管理方面的事情。之前辉子讲过，韩啸峰身手不错。

在和裴晓军见面之前，荣子就已获知了裴晓红割腕自尽的消息。她深知此事的敏感性，便将情况详细告知了经海山。不然，今天他俩见到裴晓军，提起裴晓红的死，极可能露出破绽。经海山听闻裴晓红也是割腕自尽，脑袋瞬间"嗡"的一声响，仿若被重锤击中。刹那间，他又被拽回大鹏、大香、阿麦死亡的"玄色"案件中，开始不由自主地在脑海里勾勒裴晓红的死亡过程，试图从中找到蛛丝马迹。

李荣告诉裴晓军，在她和韩啸峰来之前，他们的表哥就告知了他们裴晓红女士的不幸消息，但是他们一直在海南打拼，没能到滨海市参加裴晓红女士的葬礼,因此深表歉意。裴晓军伤感地讲,他这辈子能发展到今天,全凭姐姐的照顾和云常委、辉子主席的栽培。

经海山和荣子到了裴晓军安排的豪华公寓住处,经海山四下查看了一番,并没有看出什么异常,但他还是小心翼翼地写下一张字条:"小心他们的窃听。"荣子当然明白,她会意地点头。

"啸峰,别看电视了,我累了,洗洗睡吧。"

"你先洗着,我抽支烟,一会儿咱俩来个鸳鸯浴。"

荣子的脸一下子涨红了,她举起拳头,却一时语塞。韩啸峰赶紧讲:"荣子,明天赶紧把咱们租的房子退掉,这里条件太好了,咱们得好好干,报答裴董事长,还有辉子主席。"

"那当然了,咱们好好干,等有钱了,咱们在三亚也买一套临海的大房子,把孩子和爷爷奶奶接来一起住。"

"真是到了天堂了。"

"行了,快点过来。"荣子开始撒娇了。

窃听器那面,裴晓军偷笑了几声。"辉子主席多虑了,我也洗鸳鸯浴去。"

"啸峰,你昨天呼噜声太大了,我一夜都没睡好,今天别折腾了,让我好好休息一晚上。"

"啊……"

"行了,今天我先睡,你等我睡着了再睡。"荣子做了一个不要出声的手势,提醒经海山注意被人窃听。

经海山拱拱手,绅士地说:"对不起,夫人,今天你先睡。"

窃听器那边,裴晓军的手下打着哈欠说:"这对夫妻真是无趣,家不长里不短地唠叨个没完,听得都累死了,还是打情骂俏有意思。"

经海山把双人床让给了荣子,自己在床边的木地上铺了一床被子,和衣而眠。荣子让他换上睡衣,这样遇到情况也显得真实一点,他听从了荣子的安排。

经海山走出史一鸣的角色,又进入了韩啸峰的世界。前方险恶难行,不知道还会发生什么样的事。他听着荣子轻轻的呼噜声,失眠了。他自言自语地说:"这么漂亮的女生也会打呼噜。"

第五部

对决

在郭守军单线联系的高层首长的积极运作和全力协助下,国内派出警卫部队成功将经海山接回国,同时揭开了经海山一直在秘密执行特殊任务,并没有牺牲的真相。因为表现出色,经海山被授予"二级英模"荣誉称号。

第四十一章　啸峰递投名状

辉子坐在大香生前最喜欢的图书阅览室里，思念着他的大香姐。他脑海中浮现出大香姐喊他"小于连"，用薄薄的嘴唇轻轻地吻他的颈部的情景，那一刻，谁也替代不了大香姐的爱。

"辉子，你不怨我和经海山谈了四年恋爱吗？"

"大香姐，你想多了，你能同意嫁给我，就是我最大的福分。那个时候也就经海山那小子配得上你，我是配不上你的，而且大鹏的死，我是有责任的。"

"我弟弟的死，不怪你，你们那时候还太小，不懂得生命的可贵。这就是每个人不同的命运。"

"我有责任，是我说让大鹏回家拿钱的，他才没能及时去医院，不然他可能还有救。"

"辉子，都过去了，姐不怨你，这几年你帮了我和我妈很多，也算告慰了大鹏和我爸的在天之灵。"

"大香姐，谢谢你的大度。"

"辉子，我们好好过好好往后……"

辉子的心结在那一刻解开了，大香爱辉子，辉子更是离不开大香，他们的情感早已超越了夫妻间那种单纯的爱情，达到了一种难舍难分的"永恒的爱"的境界。

现在辉子和高美丽结婚，主要是为了让小令冲能有个妈妈叫，不能让孩子缺失母爱，毕竟他还不到六岁。辉子和高美丽现在虽然对外宣称结了婚，但辉子每天都在阁楼的图书阅览室睡觉，从来不和高美丽一起睡，这也是高美丽婚前和他的"约法三章"，而辉子也有此意，所以他俩彼此就心照不宣了。

辉子躺在他给大香布置的贵妃榻上，看着大香的黑白特写照片，感慨万千。真的是"弹指一挥间"！"唉——"自从没有了大香，辉子总是这样叹息不已。

他抹一把眼泪，怀里捧着大香的黑白特写照片沉沉睡去。

经海山化名韩啸峰，成功进入润弘集团三亚分公司的行政部任副总经理，主要负责分公司内部的行政事务，说白了就是负责安全。这块业务他倒是熟，他在香汇公司的安保部做过经理，所以干起来得心应手，而且他还会拳脚功夫，因此更是"业务对口"。他现在的下属也都对他心服口服，因为他性格憨厚，对待弟兄们很亲和，所以大家都愿意接受他的领导，喊他"峰哥"，私下里还有人说他像《天龙八部》里的乔峰，有大侠风范，可惜了不当影星，干这个行政副经理。

就是那么巧合，那天天气热得让人喘不过气来，公司门前来了几个过去被开除的保安。其实这几个保安就是附近村里的渔民，是几个小混混，当保安的时候手脚不干净，总是偷公司的一些橡胶原料出去倒卖，被公司的人发现，报告给裴晓红。裴晓红就让负责人扣发他们的工资，把他们全部开除，还指使人揍了他们一顿。没承想挑头保安的父亲是村治保主任，这下捅了马蜂窝，他们要求把赔款从五万元提升到一百万元。裴晓红原本说过正月初五来公司解决问题，没承想她正月初一就割腕自尽了。当下裴晓军正在为此事发愁，辉子通过关系联系到当地公安调解，但目前情况不乐观。这不出了正月十五，挑头保安的脑袋上还缠着纱布，他说出了正月还不给钱，就得赔二百万元了。韩啸峰了解情况后，决定出面摆平此事。他知道裴晓军在考验他，他怎么也得交上一份"投名状"，而且这帮小混混也不是什么好东西。

韩啸峰到了公司门前，看到几个小青年，还有一个五十岁上下的男子，嘴里叼着香烟，应该是挑头保安的父亲。

"让你们管事的来！"见韩啸峰出来，年纪大的男子嚷嚷道。

韩啸峰不紧不慢地讲："我就是。"

"新来的？"说话的是一个黑瘦的小个子青年，头上缠着纱布，一双老鼠眼，像是一只刚从动物园里跑出来的黑猴子，一副轻蔑的样子看着韩啸峰，似乎心里在想："看你能把我们怎么样！"

"你说对了，新来的，来处理你们的事的。这样，你们跟我去会议室，那儿有空调，有沙发，还有好茶，咱们边喝边谈。"韩啸峰很平和地说道。

"好！爸，哥儿几个，咱们进去。"说着，瘦黑青年就满不在乎地向公司大门里闯,几个保安不知所措地看着韩啸峰。楼上的裴晓军看着监控想,这个韩啸峰,把这帮人请进来,这不惹事嘛!请神容易送神难,这一招他们早试过了,结果派出所民警来了,各打五十大板。这帮人还把会议室里的桌子、椅子、暖瓶、茶杯砸得稀巴烂,他们刚收拾好。

进了一层的大会议室,只见会议室里空空的,什么也没有,只有一把椅子,这些人立马有些惊讶。他们回过头来,只见韩啸峰一个人进来后,把门锁上了。

"哥儿几个给个面子,我算了一下,你们几个的工钱加起来也就两万多块钱,公司给你们。我们的人打伤了你们,你们也打了他们,还砸了我们很多贵重物品,就算两清了。不过毕竟公司不差几个钱,我们给你们五万块钱医药费,最后再给这位老大哥三万块钱劳务费,你们看怎么样?"

"鸡杂!"瘦黑青年操着当地土语咒骂了一声,随即抄起会议室里唯一的一把椅子向韩啸峰砸来。只见韩啸峰纹丝不动,眼看着椅子向他的头部砸来,他轻轻一闪,随手把瘦黑青年一掌拍倒在瓷砖地板上。这一下瘦黑青年是真的破了相,脑袋上流出了鲜血。那个年纪大的男子一挥手,那几个小青年疯狂地一拥而上,还有两个家伙掏出了匕首。

韩啸峰不慌不忙,扫堂腿,黑虎掏心,苏秦背剑……几分钟下来,几个小青年满地找牙,只有那个岁数大的被韩啸峰一把拧住胳膊,动弹不得。

"好说好聊,十万块钱拿走,交个朋友,不然我到你们村里,打你个鸡杂!"韩啸峰也骂着脏话,一副流氓地痞的样子。

十万块钱,事情和解。韩啸峰还答应瘦黑青年,如果他愿意的话,还可以到公司当保安,每月加薪五百元,他俩当兄弟。

闹了快一个月的堵门堵路事件,让韩啸峰半个小时摆平。不仅如此,他还交了几个当地的小青年朋友,为日后的工作打下了基础。裴晓军大喜过望,他本想出五十万元解决此事,没承想韩啸峰只用了十万元就把事情成功化解。裴晓军向辉子报告,在他的亲自指挥下,公司成功化解了和当地村民的纠纷,还节省了三十万元。他奖励韩啸峰十万元,说让他留着请客,年终再给他发奖金。韩啸峰拍马屁说:"裴董,是您指挥得好,我为您效力义不容辞!"裴晓军高兴得合不上嘴。"放心,啸峰,我马上给总部打报告,你就是行政部总经理,把'副'字去掉!"

荣子化名的李荣被安排在公司研发部实验室当主任，她现在的身份是药学博士。荣子在武警指挥学院学的是法医专业，所以也有着丰富的药学知识。公司的所谓研发项目，实际上就是研发新型毒品。他们企图将毒品研制成不易被发现的药物形态，同时规避法律对毒品走私、贩卖克数的相关规定。如此一来，即便携毒贩毒分子不幸被抓获，依据法律程序，也难以被判处死刑。只要不是死罪，润弘集团就自信有办法将人从监狱里捞出来。

"荣子，你这次的任务是配合经海山同志行动，并且保证他的安全，如果有意外，你们立即撤离出来！"临行前，小M这样叮嘱自己的小姨子黎荣。

"放心，姐夫，我知道。"

"经海山这小子很不错，你也别错过这个机会，虽说年纪大些，但懂得疼人。"

"姐夫，哪儿跟哪儿啊，这可是执行任务！"

上级交代给他俩的任务就是搜集这家公司制毒贩毒的证据，之后一举捣毁它。

经海山化身的史一鸣，在掌握证据的最后关头让辉子抢先一步，辉子上演了一出"大义灭亲"的戏码——主动举报自己的公司，使丹阿米和艾梦得以顺利逃脱。虽然经海山未能圆满完成那次卧底任务，但根据他获取的情报，公安机关仍然成功捣毁了辉子集团在国内从事倒卖人体器官这一罪恶勾当的基地，同时还成功阻止了他们继续制造奸杀妇女并碎尸的案件。上级部门对小M所带领的行动队予以高度肯定，为他们记了集体一等功。小M在做汇报的时候，特意向首长汇报了经海山同志孤军奋战在敌人"心脏"的英勇事迹。上级首长很是满意，也很是担心，关切地叮嘱他们一定要注意自身安全。

经海山一直在想，辉子掌握情报的速度快得惊人，每当公安机关有新的线索，他总是第一时间采取行动，妥善处理。高强刚被押解回来，就在火车站被武警战士击毙，难道武警战士被他们"收买"了？真正的王小五制造车祸置他于死地，结果把自己的命也搭了进去。虽说王小五因为"迷恋"艾梦，最终也逃不过被"老大"大卸八块，成为人体器官"货源"的下场，但好在辉子还算"讲情讲义"，给他留了一个"全尸"。王小五也表示了他对辉子的忠心，到死也要完成辉子的命令。

荣子告诉经海山，她听大姐讲，裴晓红死时穿着黑色睡衣和红色内衣，经海山不禁"啊"的一声喊了出来。他感到难以置信，他开始思考为什么大香、阿麦连同裴晓红死法那么相似，死时都穿着黑红相配的衣物，而且都是割腕自尽？又是"玄色"，经海山的脑海里又闯进这个词。

经海山又想起老郭所长的办案笔记本，可惜他把这个办案笔记本还给老郭所长了。当年大鹏和辉子的"玄色"案件了结了，经海山觉得应该告慰老郭所长，就在老郭所长的墓前烧了这个办案笔记本。那是唯一对分析研判"玄色"案件有帮助的资料了。二十年了，"玄色"疑案始终纠缠着经海山的灵魂，没有一刻让他有吃了定心丸的感觉，他始终难以告慰他从警生涯中第一个亲如父辈的师父——老郭所长。

经海山开始回想办案笔记本里的所有图解和每一处文字内容。突然，他脑海中出现了一把带血的手术刀——对呀，就差找当年给辉子手术的医生了！他是谁？经海山感到一阵兴奋，可是现在他远在海角天涯，又怎么调查？还是等这里的任务完成，再顺藤摸瓜，寻找"玄色"疑案的谜底吧。

高美丽现在成了家庭主妇，她的服装公司不用她操心，她的助理就能把事情全部搞定，光是辉子集团的业务他们都做不过来，根本用不着再去承接其他客户的订单。有辉子照应，公司就能顺畅运转。

出了正月，高美丽和辉子商量起小令冲上学的事情。

"你不用操心，我想好了，不等令冲高中毕业了，今年夏天就送他去国外读书，我会办妥一切的。"

"辉子，咱们好好谈谈行吗？"高美丽似乎在央求他。

"我儿子上学的事，就这么定了，这也是大香姐在世的时候同意的。你女儿怎么办你定，我希望她和令冲一起去国外读书，你过去陪读。"辉子不给高美丽说服他的机会。

面对辉子的冷漠，高美丽有些心寒，她真的有些后悔跟辉子结婚了。她也知道，凭她的能力，要想调查出辉子和他的集团的问题，以及经海山的真实死因，那是难乎其难的。这里的保姆、保安跟她一句亲近的话都没有，只是遵从地回答她"是，夫人"，或者"好的，夫人，按照您的要求办"。只有和两个孩子在一起的时候，高美丽才感到快乐。自打和辉子结婚，她就和辉子分开住，她晚上和女儿一起睡，小令冲由阿姨哄着了自己睡，辉子基本上是到大香姐的图书阅览室休息。辉子大部分时间不回家来，待在公司或者出差在外。两个人结婚三个多月了，见面的时间很少，都是电话联系，辉子在电话中也只是询问儿子的情况，其他事情很少过问。两个人真的是有夫妻之名，没有夫妻之实，就是为了两个孩子有一个完整的家才结婚。

高美丽一直想到大香的图书阅览室看看，大香活着的时候告诉过她，辉子知道他的大香姐喜欢读书，因此特意在家里给她建了一个图书阅览室，取名"大香读书阁"。大香还告诉高美丽，这个图书阅览室里的书籍比她妈妈单位图书室里的还全，辉子心细，还特意聘请了一位滨海大学中文系的女博士给她做伴读。

高美丽和辉子提过能否参观一下大香姐的家庭图书室，辉子听后当场拒绝。现在的辉子和当年追求高美丽的辉子有着天壤之别，高美丽有些伤心，但也觉得正常，因为在她心里，辉子一直只是好朋友、老同学，她对辉子有感激之情，却没有爱情。从上高中的时候到现在，高美丽心里始终只有一个男人——经海山。

远在千里之外的经海山，每当想起大香，就会想到高美丽。尤其是那次，他在自己的墓碑前看到父母，还有高美丽和她领着的小女孩，那一刻，他的心剧烈地抽痛起来，他深切地感觉到那个小女孩似乎在牵动着他的心弦。静下来的时候，他总会回忆当年那个夜晚他酒醉后倒在高美丽怀里的情景。"该死的酒精，怎么什么都记不起来了！"他不停地捶打自己的胸口，想唤醒那一夜的记忆——那晚他到底对高美丽干了些什么，或者承诺了些什么？

第四十二章　红与黑的世界

高美丽想接近大香生前常去的图书阅览室，就是想进一步查清经海山遇害的真相。大香是否在她的图书阅览室里留着什么秘密？她去世前几天，经常找高美丽聊天，还说了些古怪的话。

高美丽忽然想起来了，她之前听说大香姐死的时候，身上穿的是黑色衣服，还戴着一条红色纱巾；阿麦死的时候也一样，穿着黑色西装，围着红色围脖；裴晓红同样是黑红色的搭配，穿着黑色睡衣和红色内衣。而且他们三个人都是割腕自尽。怎么这么巧合？辉子到底是不是幕后的凶手？他不应该害大香啊，他那么爱大香，他不会呀！至于阿麦，一个跨国合作集团的代理人、高管，辉子为什么要杀害他？辉子既然已经举报了他，为什么还要杀害他？高美丽反复问自己。裴晓红跟随辉子这么多年，他们之间早已有着比姐弟亲情还要亲的感情，辉子也没有理由害她啊！一切的可能都是不可能的！

高美丽现在似乎不认识辉子了，他在学生时代是那么机灵调皮，以至于大家给他起了"鬼子精"的外号。而且他什么事都敢做，什么话都敢说，也敢担当，不怕得罪人，否则他也不会发展到今天，拥有庞大的跨国企业集团。云飞扬是从旁维护着他，可是他创立的"金钱帝国"也帮助云飞扬走向如今显赫的地位。

又要到清明节了，北方的天气开始暖和了，辉子开始给儿子小令冲办理出国读书的事宜。高美丽真的没有办法说服辉子，可是她又可怜小令冲那么小的年纪，没有母亲陪伴在身边，一个人在异国上学。想到这里，高美丽就会难受，她怕辜负了大香姐的重托，再想到小令冲是经海山的骨肉，她就更觉得自己有义务保护好孩子。她和父母商量，想跟着小令冲出国去陪读，让小晶待在父母身边，陪伴他们，可是她又舍不得女儿——高美丽左右为难。

辉子给她下了最后命令："你不跟孩子出国，咱们就离婚，这样待在一起有什么意思？"

高美丽为了不辜负大香姐的重托，狠下心，答应了辉子，出国陪小令冲读书。她把小晶留给父母，也是为了日后回国有一个借口，同时让年迈的父母因为有外孙女做伴而宽心。可是离开自己的女儿，她的心像是被撕扯般疼痛。但她知道，为了经海山，她必须得这么做。

　　清明节，高美丽带着女儿小晶又来到了经海山的墓前，她默默地在心里和经海山说了好多话。

　　"你放心，海山，我会照顾好你和大香姐的儿子，还有咱们的女儿……"

　　她还告诉小晶要听姥姥姥爷的话，马上要上学了，要努力学习，长大了考公安大学，像经海山叔叔一样当警察。

　　小晶是个特别懂事聪明的孩子，她点点头说："你和令冲哥哥什么时候回来？"

　　"妈妈把令冲哥哥安排好了就回来，行吗？"

　　"他为什么不在咱们这里上学，非得去那么远的地方？"

　　"他爸爸让他去的。等你长大了，也去找哥哥读大学。"

　　"好的，妈妈，我照顾姥姥姥爷，还要去看望经爷爷、经奶奶。"

　　高美丽搂住女儿，眼泪簌簌地流淌着，她似乎感觉经海山的雕像也在流泪……

　　五月的海南让人有种身处火焰山的感觉，韩啸峰热得不敢出屋，他把空调调到很低的温度，却依旧感觉浑身冒汗，恨不得躲进冰窟窿里去，冷冻自己全部的神经才舒服。他太想回到自己的家乡滨海市了，那里就是三伏天也没有这么热。黎荣还好，她从武警指挥学院毕业，又在海南硕博连读五年，早就习惯了这里的气候。她告诫经海山："在公司别总嫌热，咱们是在这里生活了五六年的人，你要是露出马脚，那个裴晓军可不是吃素的。"

　　"我知道，他不吃素，我吃素呀！"

　　"别斗气，注意点，姐夫可告诉我了，让我管着你点。"

　　"好，我是一条光棍，你可要管我一辈子！"

　　黎荣给了经海山一拳，说道："你个堂堂大英雄，也这么油嘴滑舌的。"

　　"英雄也有调皮的时候。"经海山冲着黎荣做了个鬼脸。

此刻，黎荣感到无比幸福。

他们走在海边，手牵着手，像一对恋人的样子。经海山的皮肤在这几个月里晒成了像咖啡一样的浅棕色，黎荣不用晒，她本身就有着健康的小麦肤色。

用汗流浃背来形容，已经不足以展现经海山现在的状态了，他就像刚从大海里被捞出来一样，浑身都湿透了，汗水在他的衣服上被晒干，析出了一层白色的盐。

这几个月来，裴晓军对韩啸峰和李荣夫妇持续进行监视，但并没有发现什么异常，因此也就放松了警惕，只是让和他们一起工作的"铁杆"兄弟在上班时盯住他们，不让他们在公司乱跑乱看，等时机成熟，再和他们摊牌。从韩啸峰处理那几个闹事村民的事件中，裴晓军看到了韩啸峰的狠，并且已经喜欢上他，也信任了他。每次他给辉子打电话汇报，都要表扬韩啸峰。

李荣告诉韩啸峰，她在实验室里发现了一些违禁药品，但大多是麻黄素之类的可用于制药的违禁物，而且超量也不算多，公司进行存储或加工提炼，之后在某种药品中或者在实验室里使用，也不是什么具有决定性的违法行为，最多算是非法制药，会面临行政处罚。李荣了解过，公司是将麻黄素进行分析提炼后，送往其他制药厂，用于生产治疗鼻炎、鼻塞等疾病的药物。但是她心里清楚，也不能排除公司通过其他隐秘手段对麻黄素再进行深加工，用来研制新型毒品的可能性。毕竟润弘集团三亚分公司本身就涉足制药业，而且好多核心业务，李荣至今都没能参与进去，这明显表明对方对他们夫妇二人还没有完全放下戒心。

五一劳动节这一天，裴晓军设宴款待韩啸峰和李荣夫妇。在饭桌上，裴晓军讲，他万分感谢辉子主席派来了两个得力的助手，尤其是韩啸峰兄弟，大智若愚，看似粗犷豪放，实则心思缜密，在行政部门做安全管理工作实在是屈才了，过了五一节就要对他委以重任，担任分公司总裁助理，负责运营方面的业务，这也是集团总部董事会的意思；李荣则担任研发部总经理，不能浪费了她这个拥有博士学历的女强人！

经海山心想，辉子和裴晓军他们基本上是相信他和荣子了。快半年了，经海山没有和小M联系过，每次与上级联系，都是由荣子接头，之后荣子向经海山传达指示，这样能最大限度地消除辉子和裴晓军他们对经海山的怀疑。

这天晚饭后，高美丽叫住辉子，挽着辉子的胳膊说："辉子，你上高中那会儿追我是真的吗？"

"那还有假！那个时候你就是我心中的最美的女孩，女神！"辉子激动得紧紧握住了高美丽的手，接着说："大鹏那时候说，摸一下你的手就特别知足。他还说，你的手有一种柔软无骨的感觉。"

高美丽抽出了手，说："现在我老了，你不稀罕了？"

"谁说的！"辉子想有进一步的动作，他把嘴凑到高美丽的脸上。高美丽推开他，说："一会儿让孩子看见了。"辉子绅士地抽开了身子，环顾四周，感慨地说："唉！可惜大鹏了，他没福气。"

"别提过去了，提了让人伤心。"高美丽定了定神，继续说，"辉子，我想到大香姐的图书阅览室看看，她一直说要送我一本《红与黑》，我想……"

"行了，你不用上去，我找到了给你。"辉子用有些烦躁的口气说着，走上楼去。

辉子走进图书阅览室，里面漆黑一片，他停留片刻，关上门，黑暗的空间里闪出红色的光芒。辉子和大香就喜欢这样的场景，仿佛进入一个黑中带红的"玄色"世界。

辉子走到阁楼顶层，打开一只泛着红光、散发着红木香气的箱子，取出一本发旧的《红与黑》。箱子里面还躺着两个厚厚的档案袋，封皮上写着"玄色档案"，还有一盘录音磁带，里面录制的是大香喜欢的音乐。

他播放起大香生前最喜欢听的歌曲《梦里蓝天》。萨克斯前奏缓缓响起——曲风舒缓优美，情意绵绵，张国荣深沉而富有磁性的嗓音，仿佛诉说着辉子和大香的爱恋："在许多年以前，第一次相见，你温柔的眼和喜悦的脸，给了我爱恋，也给了我思念。梦里的蓝天，明亮又耀眼。在冰冷的夜晚，再一次浮现，你温柔的眼和喜悦的脸。缤纷的从前，有谁还会想念，梦里的蓝天，也渐渐飘远。在多变的爱情故事里面，我渴望的是一种永远……如果有一天，你回到我身边，让我深情地再望一眼……"

"大香姐，你是不是想经海山了？"每当听到这首歌，辉子就会这样想，但他从来不去问大香姐，他觉得那样显得他小气，毕竟大香姐和经海山谈过四年恋爱。可是他心里依旧酸溜溜的,他知道这首歌经海山唱得好听,经海山在上高中的时候就有"小张国荣"的美誉。

"大香姐,《敢问路在何方》多好听,你怎么就不爱听呢?我喜欢。"

"辉子,别阴阳怪气的。"大香心里跟明镜似的,她知道辉子心里不是滋味,因为他也听过经海山唱《梦里蓝天》。每当听到这首歌,辉子就假装犯困,大香只能自个儿陶醉在"梦里蓝天"的世界里。

歌曲停了,辉子默默地走到贵妃榻前,双膝跪地道:"大香姐,我想你了。"

辉子感到了孤独。大香姐在世的时候,他不管在哪里,都会想着快点回家,尤其是出国回来,更想早点见到大香姐,他对大香姐总有一种难舍难离的感觉。在大香姐的疼爱下,辉子的身体已经逐渐好转,每次和大香姐亲热,他都能感觉到男人的力量,他知道这是大香姐对他无微不至关怀的结果,他打心眼儿里把大香姐当成"圣母"一般的存在。他有什么事都要和大香姐说,征求她的意见。他俩在一起的时候,大香就喊他"小于连""我的小于连",辉子也愿意当大香的"小于连",一口一个"大香姐""大香姐"地叫着,比她的亲弟弟大鹏喊得还亲切。

"'玄色',他妈的'玄色'!都是你,都是你!你让我成功,你让我失败,你让我成人,你让我成鬼!他妈的什么鬼'玄色'!"辉子歇斯底里地在黑暗中泛着红光的图书阅览室里大喊着……

第四十三章　美丽出国陪读

　　高美丽带着云令冲，还有随从阿姨，跟着护送他们的云陶琦坐上了飞往异国的飞机。

　　小令冲坐在飞机上，看着舷窗外满眼的云朵，兴奋地嚷道："美丽妈妈，你看，那朵云像大香妈妈吗？"孩子天真的呼唤把正在聚精会神翻看《红与黑》的高美丽吸引过来，她顺着小令冲手指的方向望去，天空中的那朵云真的像一张美丽的脸——就是大香姐，她微笑着，似乎在感谢高美丽对小令冲的照顾，她的大义之举感动了天堂里的大香。

　　高美丽搂住小令冲道："是，那是你的亲妈妈，大香妈妈，她送你来了，让你好好学习，长大了学有所成，回来报效祖国。"高美丽也不知道小令冲听不听得懂她讲的话，她是想让孩子长大了像他的亲生父亲经海山一样，做一个真正的顶天立地的男子汉，而不是向辉子那样，借着改革的春风"发家致富"后，就开始不择手段、没有底线地发展满足自己私欲的"金钱帝国"，为了追求利益的最大化而无恶不作。有时候，她憎恨辉子和他的集团的所作所为，她一直想不明白大香姐为什么要选择辉子。

　　高美丽带着疑问进入《红与黑》的世界。当读到于连和德·瑞那夫人的爱情篇章时，高美丽仿佛透过文字，看到了大香姐对辉子的那份情感，以及大香姐内心的无奈，只因她同时也深深地崇拜着正义且勇敢的经海山。

　　高美丽记得，大香和辉子新婚那夜，经海山醉酒后到了她家，还不停地说，女为悦己者容，男为悦己者穷，他辉子做得到为大香不计花费，他不行，他就那点死工资，他不能为了大香去贪污受贿……那夜，他已经不是清醒睿智的经海山了，他被爱人的"背叛"击垮。高美丽默默地聆听他倒着苦水，在他感到最无助的黑夜里给了他温暖的抚慰。

　　有时候高美丽也会想，小令冲是不是就是辉子的孩子？如果冷不丁看小令冲，他清瘦的样子和说话的嘴甜劲，真的很像辉子。是不是大香担心她不答应照顾小令冲，所以把一个死了的经海山搬出来，好让她代替自己照顾小令冲？高美丽胡思乱想起来。

高美丽仔细看了看身边进入睡梦中的小令冲，这个孩子更多的还是像经海山呀！他要是在辉子身边成长，辉子一定会寝食不安。好在经海山牺牲了，辉子或许就不会在乎他像不像经海山了。辉子不想让小令冲待在国内，可能就是怕小令冲长大了，有人会说，他和大香的儿子长得有点像经海山。那样的话，他会发疯般地杀掉嚼舌头根的人。如果经海山还活着的话，辉子和经海山之间一定有一场决斗。还好大香姐去寻经海山了，可怜了小令冲，不曾拥有亲生父亲的爱，连亲生母亲的爱也是短暂的。他没有了血缘至亲之爱，长大成人后知道了真相，能够饶恕辉子这个谋害他亲生父亲，却又挥金如土"培养"他的人吗？还是远离辉子而去好，或是永远不知道自己的亲生父亲是谁，只知道自己唯一的父亲就是辉子更好，不会有负担。

高美丽他们乘坐的是国际航班的头等舱，辉子把整个头等舱包下来了。云陶琦是辉子很忠实的养子兼保镖，他知道自己是个被亲生父母抛弃的孩子，是辉子收养了他，供他习武和学习文化，给了他一个"幸福"的家，他特别知足。他不爱多说话，看上去一副沉稳冷静的样子，不像强子那样张扬，带着专横跋扈的凶相。他在飞机上几乎一刻也没有休息，恪守职责。随行的阿姨主要是照顾小令冲，也不敢怠慢，这样高美丽就可以专心阅读《红与黑》，思考大香内心世界的那些事。

"陶琦，你也休息一会儿，我来照看孩子，有事我喊你。"高美丽疼惜地和这个少言寡语的大男孩讲。

"不，谢谢您，夫人。"

"你喊大香姐也叫夫人吗？"

"不是，我喊她香妈妈。"他有些羞涩地说。

"行，那你以后就喊我美丽妈妈，好吗？"

"我不知道。辉子父亲能同意吗？"

"这事我做主，从现在起，你就喊我美丽妈妈。"高美丽不假思索地决定了。

"好吧，您跟辉子父亲说一声，夫人。"

"还喊我夫人！"高美丽带着和善的目光，瞪了云陶琦一眼。

"好，美丽妈妈。"云陶琦的声音虽小，但是高美丽感觉此时的他无比幸福，他在喊"美丽妈妈"的时候，眼眶里明显泛着泪花。

"唉，这个可怜的孩子，是谁那么狠心，抛弃了自己的骨肉！"高美丽望着云陶琦在心里和自己讲。

信志丰现在可是滨海市的警界名人了，他带领队伍连续破获大案要案，让领导十分满意。云常委作为分管政法工作的市委领导，也接见了他好多次，还把秘书的手机号码告诉了他，让他有事直接找秘书。信志丰感动得当场立正敬礼，激动不已地说："感谢首长信任！我一定不辱使命，完成好您交给的各项任务！"

半年的工夫，信志丰已经调任市局刑侦总队副总队长，干部级别是正处级，责任更大了，权力也更大了，现在负责全市的重特大刑事案件。

信志丰在四平道派出所当所长的时候，还是一个自律的干部，自从他攀上了辉子，辉子就开始利用金钱和权力的手段彻底征服了他。信志丰对裴晓红是一时堕落，自从那次他俩发生关系之后，他就一直躲着裴晓红。现在裴晓红死了，他反而一身轻松，不用怕这个"老女人"日后缠上他，影响他的前程。正因如此，他虽然对裴晓红的死存有疑问，但是为了避免晋升道路上的麻烦，他也不打算一查到底了。更何况局领导都发话了，裴晓红就是抑郁症发作而自杀，搞那么复杂干什么。于是，他大笔一挥，在裴晓红系割腕自尽的死亡鉴定报告书上签下了自己的大名。他拿着报告书左看右看，觉得心里特别舒服。

领导就是喜欢这样听话能干的下属，谁也不喜欢经海山那样的"拧种"，跟谁都敢较真。上级为什么把他调到中央巡视组？就是想让他远离现在的公安工作，他的确总是给领导"添乱"。就说大鹏的命案吧，辉子都已经说明案件的事实经过了，经海山还觉得蹊跷，觉得案件和老郭所长的死有关。"老郭所长是为了保护年轻战友，被犯罪分子用枪打死的！行了，你就让老郭所长安息吧！"分局领导气呼呼地讲。

经海山还是不服，他和领导较劲说："那赶快把打死老郭所长的罪犯抓到，给老郭所长报仇！"

"谁不想抓住罪犯？如果抓罪犯那么简单，像你一样说说大话就能抓到，还要我们警察干什么呀！"

"我不管，我还要查！一定要把谋害师父的罪犯绳之以法！"

分局领导——老郭所长的大徒弟直接找到上级讲，先把经海山这个"拧种"调出刑警队"清醒清醒"再说。正好中央巡视组从政法机关抽调干部组成专案组，经海山就去了专案组。这不，两年多的时间，他成了"烈士"。

高美丽和小令冲到了M国，云陶琦安顿好了他们，同时嘱咐了在那里的润弘集团跨国分公司的工作人员，一定要做好高美丽母子的一切保障工作。抵达M国后，高美丽更加感觉到辉子集团的"金钱帝国"有多么庞大，其影响力有多么巨大。准确地讲，这种影响力是一种至高无上的金钱权力，高美丽真的为辉子捏了一把汗，她更加坚定地相信大香姐的死一定是有原因的。跨国分公司总部的大厅里悬挂着一幅巨大的辉子照片，他就像是一位"教主"，眼神中充满了威严和自信。他身着黑色西服搭配白色衬衣，系着一条红色的领带——又是"玄色"。高美丽对这样的辉子突然产生了一种陌生感。

高美丽到了这里才知道，跨国分公司的执行总裁就是丹阿米，总经理听说叫郭建军，他主要是在国内协助辉子主席处理日常事务，这里他只是一年来个几趟，听一听下属的工作汇报。裴晓红活着的时候，有时会陪他一起来，顺便查账。现在裴晓红死了，这里的账目主要由公司新到任的财务总监艾梦负责——对一个有着硕士学历的知识女性来说，这点业务一点就透。这里真正的大老板是谁就不知道了，听说也不是辉子，他也要向大老板汇报。

这几天，海南的天气也是难得地凉快了一些，经海山高兴地拉着荣子的手，奔跑在三亚的街道上，嘴里哼唱着粤语歌《海阔天空》："今天我，寒夜里看雪飘过，怀着冷却了的心窝漂远方……多少次，迎着冷眼与嘲笑，从没有放弃过心中的理想……"他像孩子一样唱得投入，荣子看到这一切，也是高兴得满眼含泪。自从成为"烈士"，经海山就隐姓埋名，默默地承担着最危险的任务，时刻都有可能被犯罪分子识破，或者被战友误解，从而失去生命。他在和平年代履行着一名人民卫士的职责，每时每刻都在刀尖上舞蹈，唱着英雄的赞歌。

第四十四章　三亚终于降雨

经过半年的努力，经海山和荣子谨小慎微地行事，终于取得了裴晓军的绝对信任，掌握了润弘集团三亚分公司和境外跨国公司合作研发新型合成毒品的相关证据。他们提炼氯胺酮、苯丙胺类物质等制成K粉或摇头丸，之后把毒品伪装成食品，混入出口产品里，并行贿海关的有关执法检疫人员，用集装箱运输至F国、Y国和M国等国家进行销售。到目前为止，经海山和荣子还没有发现他们在国内销售这些毒品的证据。他们知道目前国内对毒品制造和走私贩卖等行为的打击力度极大，他们没有发展空间，但是他们在沿海的开放型城市建立了若干制药厂和食品加工厂，然后用分散组装的办法，进行毒品的研制生产，最后形成产品，再运往国外进行销售。他们还联合了国外毒商一起合伙经营，谋取不义之财，坑害百姓。国内的公安机关也掌握了一些线索，有些发达的沿海城市的歌厅、酒吧里出现了他们研制的新型毒品，有可能是从M国等地方流入进来的。

相关证据确凿，经海山和荣子通过内线把固定的物证传递给了联络员。经海山建议组织行动队，立即抓捕裴晓军等骨干成员，以免再发生意外。酷热难耐的三亚终于百年不遇地下起了大雨，虽然很快又转成了绵绵细雨，但是对经海山和荣子来讲，这是天赐的好时机。经海山手舞足蹈，像个天真快乐的孩子，他好久没有这样高兴放松了。

夜深了，荣子的呼噜声让经海山无法入眠。他想，任务即将结束，他终于可以回家了，一年多了，父母在为成为"烈士"的儿子悲伤的时候，又见到自己复活在他们面前，一定是幸福的。而高美丽见到他，又会怎样呢？经海山不愿意想象他俩见面时的场景。辉子集团被捣毁，辉子一定会受到最严厉的惩罚，甚至被判死刑。想到这里，他内心为这个曾经是学弟，后来是朋友，再后来是横刀夺爱的情敌的老熟人感到有些惋惜。在社会发展的大潮中，他不能把持自己，为了利益走向深渊。在经海山的记忆里，辉子宽敞的大办公室里，大老板台的背后挂着一幅字——"路虽远，行则将至；事虽难，做则必成"。辉子说这是他大哥写给他的座右铭。当时，经海山感慨地说："这是你大哥对你的鼓励。这句话化用自《荀子·修身》，是劝诫人们在求道、做事的时候，不要害怕艰难，而要付出实际行动。辉子兄弟，你大哥是让你不怕艰难，走好人生路。"

"还是你有学问，这幅字送你了。"

"别，这是你大哥写给你的，更适合你，谢谢了。"

经海山的眼睛有些湿润。过去的辉子虽然有些穷人乍富、不可一世的样子，但还是听得进去劝说的，可是现在，尤其是成立了香汇生物研究有限公司后，他已经变得让很多过去的同学、朋友不认识他了。他趾高气扬的样子让经海山无法忍受，好多次都摔门而去。

经海山在这段时间里和荣子相处，与她的感情愈发深厚。可是，他心里总是放不下高美丽，每次他想和荣子走得更亲近一些，就会想到辉子和大香结婚那夜，他醉酒倒在高美丽怀里的往事。他还会想到高美丽身边的小女孩，他在梦里多次梦到这个小女孩呼喊着"爸爸救我，爸爸救我"，然后他就会猛然惊醒。

其实荣子多次暗示他，想和他把两人的关系变得更亲密，来个"假戏真唱"，等任务结束再向组织汇报。荣子想，虽然经海山比她年纪大一些，但是她喜欢经海山，她感觉到经海山身上不仅有着正直忠厚的品格，还有着一股做警察的豪情壮志。

雨停了，今天经海山提前回到家里，他买了海鲜，准备大显身手给荣子做几道拿手好菜，庆祝一下行动即将"收网"。门开了，荣子和裴晓军还有两个壮汉一起走了进来。经海山先是一愣，然后很快反应过来，他心想，一旦有突发情况，他手上端着的两只刚出锅的大螃蟹就是武器。他想好了，给裴晓军脸上一个瓷盘子，给那两个壮汉脸上一人一只热气腾腾的大螃蟹，再施展飞腿、虎拳、鹰爪，他自觉对付三个这样的货色还是有胜算的。就在经海山准备迎战之时，裴晓军开口了："啸峰兄弟，恭喜你，辉子主席十分信任你，派你运送'货物'去M国，立即动身。这两位是你的助理，你们直接坐专机过去。到了那里，会有人联系你。"

"我和李荣一起去？"

"李荣博士有其他任务，你们夫妻要分别一段时间。小别胜新婚嘛，对吗，我们的大博士？"裴晓军调侃地说。

经海山心里"咯噔"一下，似乎有些不祥的预感。

"弟妹，来得早不如来得巧，中午我们就在你家里吃饭了，尝尝啸峰兄弟的手艺，也算是给兄弟送行。"他满不在乎地坐了下来，还招呼那两个壮汉一起坐下用餐。

"裴董能在寒舍用餐，那真是不胜荣幸，快，快请！"经海山热情礼让，荣子也笑容满面，赶忙端茶倒水。他们都在替对方担心，却只能用微妙的眼神交流。

这半年来，他们已经习惯了用眼神交流，平日里他俩回到家里就播放理查德·克莱德曼的钢琴曲，让屋里响动的声音尽可能大一些，或者经海山唱京剧吊嗓子，抑或来几段迈克尔·杰克逊的经典摇滚歌曲。

他们知道不能拆除窃听器，那样的话就露出了马脚。遇到紧急情况，他们就用眼神传递信息，有时候还要假装打情骂俏，用字条书写相关情况。那天午夜，趁着裴晓军返回滨海向辉子汇报工作，经海山利用他负责安保业务的职权，深入公司的仓库，将裴晓军他们准备运往国外的"婴儿健康营养粉"偷出一盒，还拍下了一些照片。别说，那几个被他打过的当地保安兄弟对他的侦查帮助很大，他们都认为韩啸峰经理和其他人不一样，是个值得信赖的好人，处处替他保密，打心眼儿里愿意为他做事。

前不久，挨打最狠的那个瘦黑青年和他父亲还把经海山和荣子请到他们渔村，吃了一顿刚刚从海边捕捞上来的海鲜。荣子说，她在海南生活了五年，还是第一次吃到这么鲜美的海味。野生大黄鱼直接放入锅里，放好葱姜等作料，煮熟了，剥开鱼鳞，露出嫩白的鱼肉，蘸上酱油和醋，吃到嘴里，再喝上一大口老白干，真如同过神仙日子。那天夜里，经海山和荣子说："赶明儿咱俩就在这里定居吧。"

另一边，荣子也将她在实验室里搜集到的相关证据刻制成光盘，偷偷带回了驻地。两人借着外出散步的机会，把获取到的情报分别交给了小M安排的联络员。

他俩的秘密工作卓有成效，对捣毁润弘集团三亚分公司起到了关键作用。不仅如此，一旦他们行动成功，润弘集团总部及其全球的分公司、跨国合作公司等，都将受到毁灭性的打击，毕竟他们从事的毒品走私活动，是严重危害国际社会的重大犯罪行径。

今天裴晓军突然到访，经海山和荣子不禁暗自揣测，难道他们的行动已经被察觉？二人心中已然做好准备，倘若形势危急，便要与对方展开一场殊死血战。

"啸峰兄弟，下午你们就启程，单程飞行需要十五个小时左右。放心，一切都安排妥当了。来，干杯！"裴晓军像是在自己家里一样随便。这套豪华公寓就是他给韩啸峰和李荣安排的，他以主人的姿态彰显一下他的权威也是可以理解的。

"谢谢裴董的栽培，干！"

"是呀，我们夫妇在这里，全仰仗着裴先生了。"荣子知道，裴晓军文化程度不高，却喜欢别人称他为"先生"，他觉得这个称呼有脸面，显得他有些文化素养，因此荣子特意这般说道。

"谢谢弟妹，在你们这样的知识分子面前，我可不敢称先生！"

"酒也喝足了，饭也吃饱了，再给你们两口子一点时间亲热亲热。我在车上等你十五分钟，啸峰老弟，这时间足够用了吧？到点你们就出发，什么都不用带，那边全都准备妥了。"众人用完餐，裴晓军颇有些人情味地说道。

经海山和荣子这对假夫妻，当着裴晓军和两个壮汉的面，立马紧紧拥抱在一起。他们不是做戏给旁人看，而是发自内心地拥抱在一起，这是一种战友间饱含深情的拥抱，更带着一种难以言表的亲人般的眷恋，毕竟他们已经在一起生活了半年多，彼此早已生出难舍的情怀。

"在外多保重。"李荣说。

"肉麻死了，你俩赶紧热乎吧。啸峰老弟，我在车上等你，快呀！"裴晓军带着两个壮汉出去了。

"荣，你也小心，等我回来。"他的一个"荣"字让她的眼泪滚落下来。

沉默不代表没有交流，为了完成使命，他们早已将自己的生命交给了组织。面对那些腐败堕落、奉行金钱至上的社会蛀虫，乃至灭绝人性的"恶魔"，他们心怀坚定信念，甘愿流血牺牲。

"海山，看来他们还是对我们存有戒心，把我们分开，肯定是出了什么问题。实在不行，你就在路上干掉那两个家伙，赶紧撤退，先去美兰机场附近的蓝莓酒店的1005房间，到时我再想办法和你会合。"

"不行，这次送货是一次机会，我一定要去，而且我很担心你的安全。"经海山觉得裴晓军还没有识破他和荣子的真实身份，这次可能只是再次考验他们，或者想把荣子当人质。

"你小心。"

"你也是。"

突然，天空又响起一阵雷声，大雨倾盆而下。经海山亲吻了一下荣子的额头，两人再一次紧紧相拥。"海山，你一定要保重，我等你回来。"

"你也一样，一定要保重，等我回来。"经海山原本想说"等我回来娶你"，可"娶你"这两个字他怎么也说不出口。他不知道自己明天又会叫什么名字，去往什么地方，他实在不忍心再伤害这么好的姑娘。他心想，即便他不能娶她为妻，也一定要认下这个妹妹。

经海山隐隐觉得，这次集团安排他出国送货，很有可能是辉子亲自点将，让他涉足国际运输与"货物"交易环节。这样的安排必定暗藏深意，辉子究竟是在试探他，还是已经完全信任了他，打算让他和荣子二人接触集团的"核心"业务呢？经海山心里知道，这次任务意义非凡，所涉证据将对摧毁辉子犯罪集团至关重要。正所谓"不入虎穴，焉得虎子"，经海山已经下定决心，做好了随时与敌人决一死战的准备。

荣子满心忧虑，经海山此次执行集团公司的跨国运货任务，实在太过危险。一旦国际刑警组织掌握相关情报，展开行动，经海山就极有可能被当作毒枭抓捕，毕竟外界无人知晓他真实的卧底身份。再看经海山身边的两个壮汉，不用想也知道，肯定是裴晓军安插的亡命之徒。如此一来，经海山面临的处境将极为凶险，不是可能被国际刑警当场击毙，就是可能会惨死在裴晓军派去的手下手中。荣子心中默默祈祷，但愿经海山能够逢凶化吉。她愈发清晰地意识到危险正一步步逼近，必须立刻采取行动。她打算马上联络小M，借助他的力量，与国际刑警组织取得联系，全力做好对经海山的保护工作。

荣子通过紧急联络方式迅速联系上小M，将经海山被派往M国运货一事进行了汇报。小M听闻这一情报，顿时大惊。他脑海中瞬间闪过诸多念头，心想辉子该不会是察觉到经海山的真实身份了吧？但细细想来，又觉得不太可能，毕竟辉子作为集团的最高领导，平日里并不会关注韩啸峰这一层级的职员的工作。通常，这些职员的工作由"四黑兄"中的老大直接安排就足够了。那为何此次辉子要亲自安排一个集团底层的经理去运送重要"货物"呢？小M越想越觉得蹊跷，辉子一定是掌握了一些关于经海山的线索，又或者是荣子在不经意间暴露了自己。

裴晓军到底知道些什么秘密？小M高度紧张，他要立即向上级汇报，让上级，不，让最高层领导出面，请国际刑警组织在辉子集团的运货专机到达机场后，立即对相关人员实施抓捕，把经海山保护起来。

三亚的雨停停下下，闷热的空气像一锅滚烫的蒸汽裹着荣子，让她感觉喘不过气来。她按照经海山临行前的叮嘱，将那些还没来得及交给联络员的资料全都烧了。之后，她仔细收拾好屋子，精心打扮了一番，便继续前往公司上班。此前，经海山曾告诉她，在他离开的这段日子里，切不可轻举妄动，安心等他回来就好，到时，收网行动也差不多到了关键时刻，千万不能出现问题。经海山这是从前几次的失败中汲取了教训，深知如今局势复杂，一般人都难以让人完全信任。

李荣原本想请求裴晓军，让自己去机场送韩啸峰，可裴晓军有些霸道地说："弟妹，你是懂规矩的，啸峰兄弟这趟是去执行公司绝密的运货任务的，咱们的专机也是严格保密的。所以弟妹，你是不能去的，这是集团的规定，哪怕是夫妻也得执行。"

"哦，抱歉，裴总，那我不去了。"李荣顺从地回应道。其实，这简单的话语里暗藏玄机，李荣是在向韩啸峰传递暗语——"哦（我）——抱（报）——总——不（部）"。韩啸峰心领神会，不着痕迹地点了点头，表示"同意"。紧接着，两人再次紧紧拥抱，深情告别。裴晓军在一旁瞧着，只觉得这对夫妻真是如胶似漆，令人羡慕。反观他自己，身边虽有那么多女人，却都是冲着他口袋里的钞票来的，哪有这般真心实意的感情。这样想着，他忍不住走上前，搂住韩啸峰，半开玩笑半认真地说道："兄弟，我可真是有点羡慕你了，你和弟妹这才叫实打实的爱情啊。"说着，他还特意指了指自己的心脏部位，那样子满是酸溜溜的意味。

接到荣子传来的情报，小M着实感到意外与震惊。他满心担忧经海山同志的安危，毕竟此行十分凶险，稍有不慎便有可能丢了性命。而荣子的处境，同样让他提心吊胆。荣子和经海山不同，她缺乏对敌斗争的丰富经验，独自一人周旋于裴晓军那伙人之中，实在是危险重重。小M暗自下定决心，绝不能让二妹再出事了，一定要想办法保障她和经海山的安全。

小M的思绪不禁回到两年前，当时金鹰特战队精心选派了一名卧底潜入润弘集团三亚分公司。那时，公司的总经理还是裴晓红，而这名被选中执行任务的同志，也是百里挑一的优秀侦查员。他在三亚默默工作了两个多月，成功搜集到一些公司买卖违禁品的关键证据。然而有一次，裴晓红安排一名漂亮女性去跟这名卧底战士假意调情，他一个疏忽，露出了破绽。裴晓红当即指使手下的恶徒，将这名卧底战士扔进了大海。时至今日，这名战士的尸体仍没有找到，想必早已被汹涌的海浪卷入海底了。小M为此事深刻反省，从那时起，他便在心底暗暗发誓，一定要将辉子集团彻底捣毁，为死去的战友报仇。

小M向和他单线联系的最高层首长请示，可否启动"FH计划"，让经海山复活，先摧毁润弘集团三亚分公司，再顺藤摸瓜，捣毁他们在滨海市的大本营——润弘集团，抓获他们背后真正的"老大"，一直隐藏着的"大老虎"。

最高层首长同意了小M的意见，但要求务必保护好经海山同志的安全，避免任何意外情况发生。此外，首长还叮嘱小M做好自身防护，绝不能暴露身份，毕竟敌人的"实力"远比预想的强大。考虑到当前的局势，首长还指示，在特殊情况下，可以让黎荣找个合适的借口归队，毕竟身为女子，她所面临的危险会更大。最后，首长要求小M迅速与海南省厅取得联系，提前做好接应准备，绝不能让卧底战友遭陷害牺牲的悲剧再次上演。

第四十四章　三亚终于降雨

第四十五章　啸峰陷入魔窟

辉子觉得身心俱疲，只能借着洋酒和雪茄打发这孤独的日子。他时常想念大香，也想高美丽，如今想来，他不该让高美丽出国陪小令冲读书。自从大香离去，高美丽和小令冲又远赴异国，他愈发觉得形单影只。此刻，他满心都是飞去高美丽身边的念头，渴望能依偎在她怀里，重温青春时代那甜蜜的滋味。

"我爱大香姐，这有什么错？她还说我是她的小于连呢！"睡梦中，辉子与大鹏激烈争吵起来。突然，大鹏持刀向他捅来，他抢过刀子，反手狠狠给了大鹏肚子一刀，接着又拔出刀，扔在满是鲜血的地上。"快，赶紧去医院！"辉子焦急地喊道。然而，大鹏却面色苍白地说道："你……你先去挂号……我……我回家拿钱……"就在这时，辉子猛地从梦中惊醒，满头大汗，身体不受控制地颤抖着。他一把抓起身旁的XO，"咕咚咕咚"猛灌了两口，大脑一片混沌，一时竟分不清自己究竟是在梦里还是梦外。

"你被大鹏捅了三刀，你急红了眼，反捅了他一刀，对吗？大鹏穿着黑色T恤，你用他的黑色棒球帽捂住他的肚子，对吗？红与黑的颜色扰乱了你的判断，对吗？孩子，你说实话，告诉郭伯伯。"

"不，不，他捅了我三刀，又捅了自己一刀，不是我杀的他。我让他去医院，他把帽子扔给我止血，然后就走了，我去了医院。这是真话。"

那个可怕的夜晚再次出现在辉子脑海中，那是辉子进入"玄色"场景的开始。辉子被大鹏捅了三刀后，跑到了医院，进了急诊大厅，喊道："大夫，救我，救我！我被人用刀捅了！"值班大夫Z主任，当时是医院的副院长兼外科主任。他抱住了即将晕倒在他眼前的大男孩——云飞辉。

"快，立即抢救。"Z主任吩咐身边的实习医生道。手术室里，Z主任熟练地缝合好云飞辉身上的三处并不深的伤口。输完液，护士将云飞辉推到观察室。没过多久，一个实习医生跑来报告："主任，又来了一个男孩，也是受的刀伤，伤口挺深的，在小肚子上。"

"别急，赶紧推过来，手术。"

大鹏被推进了手术室，Z主任连忙上前翻翻大鹏的眼皮，听听大鹏的心跳，随后冷静地说道："这孩子没有刚才那个孩子幸运，他失血过多，已经没救了……"Z主任伤感地走出了手术室。

手术室外，大鹏的母亲晕倒在地，父亲则像失了魂一样，目光涣散地喊着："儿子，儿子……"姐姐大香强撑着，冷静拨打了报警电话，派出所的老郭所长和经海山迅速赶到现场。

Z主任向老郭所长介绍了辉子和大鹏的伤势情况。提及大鹏时，他满是惋惜，解释说这个叫大鹏的男孩被送来医院时，已错过最佳救治时机，由于失血过多，不幸身亡。而那个叫辉子的男孩，已脱离生命危险，目前正在观察治疗阶段。Z主任还特别说明，辉子存在晕血症状，精神也受到较大刺激，估计得再过一两天才能恢复神志。因此，他希望派出所能过两天再来找辉子调查，了解情况。

翌日，Z主任查房，他告诉辉子："在你手术之后，还有一个叫大鹏的男孩也被送到了医院，他也被刀捅伤了，不过，他没你运气好，因为失血过多而去世了。"

"谢谢您，主任大伯，您是我的大恩人。"辉子自小就嘴甜，不用教就会说好听的，说得Z主任很高兴。

"不过，派出所的人来了，还是个老警察，你自己可得想好了怎么说。"Z主任很关心地说道。

"大鹏不是我杀的，真的不是。"辉子胆怯地说道。

"也没有人看见是你杀的，也许是哪个行人杀的呢。"

"对，就是一个行人，是个男的，还戴着棒球帽，黑色的，不是，红色的，也不是，也不是……"辉子开始胡言乱语。

"辉子，你要好好想想，要是和警察这么说，乱七八糟的，那可不行。你活着，大鹏死了，你就是杀人的嫌犯。"

"主任大伯，您救了我一次，就再救我一次吧。"辉子吓得直掉眼泪。

Z主任心软了，他想起了自己因病去世，只活了十三年的儿子。"好孩子，别怕，我会帮你的。"

第四十五章　啸峰陷入魔窟

"谢谢您。"

"那个男行人，是因为被你俩招惹，才用刀捅了你俩，对吗？"

"对，我和大鹏为了高美丽打赌，惹了他，他就突然从挎包里拿出刀捅了我俩。"

"那好，你要实事求是地和警察说明情况，那个男行人戴的棒球帽或许是'玄色'的。"

"什么是'玄色'，主任大伯？"

"就是黑色中泛着红光的颜色。"说着，Z主任走出了病房。

辉子按照Z主任教的，凭着自己的机灵，编造了"玄色"案件。当然，他的谎言怎么能骗得了干了一辈子警察的老郭所长？

老郭所长心里明白，辉子之所以说谎，必定是有难言之隐。从目前的情况看，要么是辉子捅了大鹏，要么是大鹏捅了辉子，只是辉子不敢如实讲出实情，毕竟大鹏已经死了。可奇怪的是，辉子怎么会知道大鹏死了呢？这里面肯定有隐情。老郭所长深知，要想查明真相，必须掌握足够的证据。于是，他锁定了医院急诊大厅外的垃圾箱，认为那里极有可能留存着"玄色"案件的关键物证。随后，他又前往垃圾倾倒站点，期望从那里获取线索，同时将医院的保洁员和Z主任也纳入人证范围。然而，狡猾的Z主任的说法和辉子完全一致，这反而让老郭所长心中的疑虑愈发深重。在办案笔记本上梳理案件时，老郭所长思考出了新的证据搜集方向。可就在他准备深入调查的关键时刻，他却不幸牺牲了。

到现在二十年过去了，一切都是记忆，没有真实可言。

"经海山呀经海山，你为什么要像幽灵一样纠缠我？"辉子冲着图书阅览室的天窗，声音沙哑地问道。

辉子打开大香的木箱，取出了两个档案袋。一个档案袋上写着"玄色档案（红）"，里面记录的是辉子身边的核心人员"二红姐"——大香姐和裴晓红大姐，以及"四黑兄"——老大郭建军、老二王小五、老三裴晓军、老四云陶琦的情况。另一个档案袋上写着"玄色档案（黑）"，里面记录的是他的哥哥云飞扬、代号"Z老虎"的"老大"，还有代号"蚂蚁"的林首长的情况。这两个档案袋是辉子交给大香保管的，大香一直遵守诺言，从未翻看过。

辉子确定"红色成员"是他的亲人和跟他出生入死的亲信，"黑色成员"是控制他意识的"教主"。

亲人/亲信和"教主"，红色和黑色，扭曲了辉子的整个人生。他一直感觉经海山在和他作对。他心里清楚，自己绝非经海山的对手，于是他妄图通过控制经海山的情感寄托——大香姐，来让经海山痛不欲生，进而摧毁他。然而，这个"打不死"的经海山，仿佛从未停止向他宣战。如今，辉子感到自己快要支撑不住了，他甚至想要从内心深处向经海山举起双手，宣告投降。

韩啸峰抵达M国Y市的国际机场，刚走下飞机，就看到一个熟悉的东方女子向他走来，这个女子正是艾梦。刹那间，韩啸峰心中涌起了一股难以名状的情绪，分不清究竟是激动还是恐慌。而艾梦同样满心惊愕，她怎么也没想到，自己日思夜想的史一鸣，此刻竟摇身一变，成了韩啸峰。眼前这个人，难不成是史一鸣的双胞胎兄弟？可若两人真是兄弟，为何一个姓"史"，一个姓"韩"？这实在让人费解。只见两个壮汉紧紧贴靠在韩啸峰身边，这般阵仗，让艾梦不禁心生警觉，她隐隐察觉到事情有些不对劲。

"您就是韩啸峰经理吧。"艾梦大方地打起招呼。

"您是？"

"这是M国分公司的艾总。"身边的一个壮汉介绍道。

"哦，艾总，您好。"经海山心里踏实了，这还是自己心中的那个艾梦，说不上是"红颜知己"，但算得上是"蓝颜知己"。

"今天丹阿米总裁公务繁忙，没能来机场迎接，晚上他会给您接风，韩经理。"经海山听闻此话，心中瞬间领会，艾梦这是在隐晦地向他传递更大的危险信号。经海山心里清楚，一旦自己的身份被丹阿米识破，那必将性命堪忧，而以他对丹阿米的了解，这绝非"一旦"的假设。经海山深知艾梦的为人，她绝不可能出卖自己。倘若她有此打算，半年前也就不会给自己留下那张提醒他逃跑的字条了。只是艾梦好不容易才过上一段安稳日子，如今自己又出现在她身边，怕是要给她造成不小的麻烦。

"这是丹阿米先生的助理。"艾梦接着又介绍了她身边的中年外国男子，他是代表分公司来接货的。

第四十五章　啸峰陷入魔窟

简单寒暄后,他们在机场进行了交接。

"韩经理,中午辉子主席的夫人高美丽女士要设宴款待您。您在这里的工作结束了,可以多待几天。"艾梦再次提示经海山,可以找高美丽想办法躲开丹阿米。

"哦,不麻烦夫人了,我还是到宾馆休息吧,晚上再向丹阿米总裁传达辉子主席的指示,过几天再去看望夫人和少公子。"经海山明白艾梦用心良苦,但他不能见高美丽,他怕吓着她,更怕连累她。他要深入虎穴,和敌人生死对决。他想,自己这次可能真的要成为烈士了,不过他要惊天动地地死去,要死得光荣,要把敌人一网打尽……

经海山思念父亲和母亲,他记得他刚穿上警服那天,父亲对他说:"儿子,你要对得起头上的警徽呀。既然选择了做警察,就要做一名无悔的战士。有时间,你多看看红军长征时期的书籍,那个年代的人经历了太多艰难险阻。在长征途中,面对国民党军队的围追堵截,即便饥寒交迫,红军战士们依然咬牙坚持,只因他们有着坚定的信仰。"母亲没有说太多的话,只是摸着他橄榄绿色的警服和警服上红色的领章说:"儿呀,一定要注意安全。"此时此刻,经海山心中思念亲人的情愫,仿若一股悄然涌动却无比强大的力量,源源不断地给予他勇气。

坐在车上,经海山无心欣赏异国都市的繁华美景。不经意间,他瞥见街道上有两名警察正在巡逻,刹那间,一个念头闪过他的脑海:怎样才能让当地警方介入呢?他暗自思忖,若是这样,凭借自己的拼杀,或许不仅能彻底粉碎犯罪团伙的阴谋,还能牢牢掌握他们犯罪的确凿证据,将其一网打尽。

车子继续前行。"韩经理,您放心,这里的警方有咱们的合作伙伴,您就放心地在这里玩几天,这也是裴晓军老总特意交代我的。"艾梦又在提示他不能鲁莽行动。

"谢谢艾总!"经海山在这里遇到艾梦,心里感觉热乎乎的。得知高美丽也在这里,他更是无比渴望与她见上一面。然而,身处如此危险的环境,理智告诉他,必须放弃见高美丽的想法。

走进超级豪华的大酒店,一个让经海山牵肠挂肚的美丽女人迎了过来。"您是韩经理?"

没错,是高美丽。"她怎么在这里?"经海山犹如进入了梦境。他装作莫名其妙的样子问道:"您是?"

"哦,我来介绍,这就是辉子主席的夫人高美丽女士。"

两人的手紧紧握在一起,刹那间,一股暖流,不,是一股滚烫的热血在二人之间流淌。短暂的激动过后,他们迅速恢复镇静,相互问好,客套了几句。然而,艾梦心里却涌起了一种难以言说的怪异感觉,甚至还有一丝酸溜溜的醋意。她是如此深切地想念着史一鸣,在国内的时候,她曾冲动到想为了史一鸣放弃孩子,甚至舍弃自己的生命,不顾一切地想要和他私奔。然而,现实的重重阻碍最终冷却了她的冲动。在国外的这段日子里,艾梦一门心思抚养儿子,满心期盼着有朝一日"老大"能够退休,来到这里,他们一家三口能过上安稳日子。这半年来,"老大"来过两次,每次都给了她夫妻间应有的恩爱,她本已心满意足。可谁能想到,史一鸣竟以韩啸峰的身份再度出现,瞬间又将她卷入了爱情的旋涡。

大家正在寒暄,心中兴奋与紧张交织。就在这时,几个身着笔挺西服的年轻壮汉,在一位五十开外、身形精瘦且满脸胡茬的男子的带领下,冲进了酒店大厅。带头的精瘦男子迅速掏出证件,冲韩啸峰高声喝道:"我是国际刑警组织特别行动队队长。你是韩啸峰,对吧?你涉嫌非法入境,现对你实施逮捕。"

韩啸峰瞬间被铐上手铐。高美丽上前解释,说韩啸峰是集团总部派来处理事务的经理,来不及办理入境手续,随后补办,并要求和韩啸峰一同前往协助调查。与此同时,她让艾梦赶快把情况报给丹阿米总裁。

事实上,这是小M他们精心策划的营救经海山的行动,高美丽对此早已知情。早在深圳时,小M就将高美丽发展成了内线人员。但出于任务的高度保密性,小M并未告知她经海山尚在人世的消息。他深知,在任务执行期间,知道经海山活着的人越少越好,多一个人知道,就可能给经海山完成任务增添一分阻碍。哪怕是对经海山的父母,小M也忍痛选择了隐瞒。如今,为了成功营救经海山,小M启动了特别行动计划,他与国际刑警组织取得联系,同时将经海山还活着的消息告诉了高美丽。高美丽听闻后,悲喜交加,她坚定地向小M表示:"感谢组织对我的信任,我就是舍弃自己的性命,也要确保经海山平安无事。"

这一切经海山是不知情的,他开始为高美丽和艾梦担心,他真的想现在就大开杀戒,暴露自己,保证她们的安全,用自己的死,保全她们的生,毕竟她俩现在都是做母亲的人,不能让孩子缺少母亲的爱。

就在经海山即将动手之际，艾梦上前说："韩经理，你跟他们走，我会找人帮你的，不就是一个入境手续嘛，不出一个钟头就给他们送去。"

在高美丽和艾梦的劝说下，经海山感觉到眼前这个满脸胡茬的男人脸上露出了一丝善意。他心想，也许这是小M的布局，于是他不再反抗。他心领神会地看了一眼艾梦，说："感谢艾总，请您抓紧跟辉子主席联系，我要享受一下这里的美食、美景和美人了。"

韩啸峰、高美丽，连同陪着韩啸峰一同前来的两个壮汉，都被国际刑警组织特别行动队押送至他们的驻地。鉴于丹阿米一伙人穷凶极恶，极有可能采取各种手段抢夺韩啸峰，特别行动队不敢有丝毫懈怠，紧急协调调用了M国的部队，在关押韩啸峰的地方严密守卫。他们将一直坚守岗位，直至国内派出的营救行动队顺利抵达，将韩啸峰安全护送回国。

第四十六章　"老大"浮出水面

丹阿米听了艾梦的汇报，看了看韩啸峰的照片，顿时大惊失色。"这个韩啸峰怎么那么面熟？太像一个人了。对，史一鸣，那个安保部经理，就是他！他怎么又叫韩啸峰了？他到底是谁?！"丹阿米近乎疯狂地叫嚷起来。

丹阿米和史一鸣曾有过一段特殊的交情。那是在丹阿米刚来到中国不久的时候，当时他刚为大香做完肾移植手术，谁料在上楼梯的时候不慎摔了一跤。这一跤摔得着实不轻，鼻梁骨都摔骨折了。要知道，欧洲人原本鼻子就大，且鼻梁高挺，这一摔，他的鼻子肿得如同一个大面包，几乎将脸都挡住了。虽说丹阿米是著名的外科医生，可面对骨科问题，却也束手无策。他明白当下只能先消炎，等待鼻子慢慢恢复，然而他疼痛难忍，即便吃了吗啡片，也只能缓解一两个小时，药效一过，他又疼得"叽里呱啦"大喊大叫。就在这个时候，史一鸣站了出来，说自己在拜师学武时，曾跟师父学过民间接骨和针灸消炎的本领。于是，丹阿米便让史一鸣为他治疗。仅仅过了一周，奇迹发生了，丹阿米不仅恢复了原有的面貌，脸上没有留下一点疤痕，而且他的鼻子像是经过了整容一般，更加突显出他身为欧洲男性的帅气。丹阿米由此对史一鸣感激涕零，他表示，自己要效仿中国的梁山好汉，和史一鸣结拜为兄弟。史一鸣欣然答应。然而，还没等他们举行结拜仪式，丹阿米便接到命令匆匆回国了。

"他就是韩啸峰，可能有点像史一鸣。亚洲人嘛，长得都差不多。"艾梦接着丹阿米的话说。

"不对，赶紧联系辉子主席，把韩啸峰的照片发过去确认一下。"

"您说得对，确实应该谨慎些，我看着这个韩啸峰也觉得眼熟，说不准。不过，丹阿米博士，您和史一鸣不是结拜兄弟吗，怎么……"

"艾总，你马上联系辉子主席。查，一定要查清，他要真的是史一鸣，我必须救他一命。毕竟他救过我的命，我还他一命，用你们中国话说，这叫知恩图报。"

"好，那您这边先想办法把韩啸峰保释出来，否则他在国际刑警那里更危险。"

"还好，国际刑警那边有咱们的人。"丹阿米立即起身，准备去疏通关系。但他心里仍在琢磨：这个韩啸峰到底是什么人？是辉子派来的，还是另有什么企图？他心想，中国人真的很难猜。

艾梦走出会议室，此时此刻，她知道给辉子发照片没有用，他也没见过韩啸峰，现在怎么营救史一鸣才是关键问题。她想，就凭高美丽是辉子的夫人，她出头，动用这里的力量，应该可以先保出史一鸣。可之后丹阿米还是要上报韩啸峰就是史一鸣的事情，虽然史一鸣救过丹阿米，丹阿米不至于把他处理掉，但艾梦还是为史一鸣捏了一把汗。

"史一鸣呀，史一鸣，你怎么又到辉子集团来做事了？你到底是什么人？"艾梦越想越觉得蹊跷，这个男人到底是谁？史一鸣？不对。韩啸峰？更不对了。艾梦不认识经海山，她只是曾听辉子讲过他有一个中学同学是警察，但她早已忘了这事。

很快，辉子便收到了来自M国的消息。当他看到韩啸峰的照片的那一刻，他整个人瞬间僵住了。他凝视着这张既熟悉又陌生，同时又让他感到恐惧的脸——经海山！他还活着，真的是他！辉子下意识地揉了揉眼睛，满心的难以置信。郭建军的表弟竟然是经海山，那岂不是意味着郭建军也是卧底，是警察？！这一连串的推断如同一记记重锤，狠狠地砸在辉子心间。他彻底崩溃了，身体一软，瘫坐在老板椅上。此时，他只感觉喉咙像是被一根尖锐的鱼刺死死卡住，呼吸道也被一股强大的气流严严实实地堵住，导致他无法正常呼吸，每一次喘息都变得艰难无比，仿佛即将窒息而亡。他的意识开始模糊，已然分不清自己究竟是置身于人间，还是坠入了地狱。郭建军明明是个医生啊，怎么看都与警察毫无关联。自从他下海经商赔本后投奔了自己，自己秘密起用他，这些年他一直对自己忠心耿耿，到底是哪里出了差错呢？

"经海山还活着，这不可能！"辉子反复念叨，好像中了邪一样，而且声调越来越大。门口的秘书跑了进来，说道："辉子主席，您有何吩咐？"

"滚蛋！滚蛋！"辉子歇斯底里地怒吼着。平日里那个冷静、平和的他此刻已全然消失，他整个人像一只无头苍蝇般四处乱撞，完全迷失了方向。不，不是苍蝇，是一只折翼的老鹰，撞得遍体鳞伤。

郭建军和郭守军，是老郭所长的一对双胞胎儿子。二儿子郭建军本是一名外科医生，在本市的一家医院工作，后来和同为医生的爱人一起出国定居了。老郭所长一开始不同意这事，差点和儿子断绝父子关系，还是他老伴好说歹说，才阻止了他。可老郭所长至死也没有搭理自己的二儿子郭建军，而儿子在国外也改了姓氏，随母亲姓，叫作苗建军。

三儿子郭守军是一名优秀的侦查员，同时也是国际刑警组织的一名警务人员，为了完成调查"老大"的艰巨任务，他已默默准备了五个春秋。经海山能够加入这项任务，也是郭守军积极向组织推荐的结果。在最关键的时刻，郭守军深知自己一定要挺身而出保护经海山。老郭所长在世时，曾叮嘱郭守军："经海山为人正直，信仰坚定，是个当警察的好苗子，一定要好好爱护他。"经过血与火的考验，事实证明，经海山确实是一名值得信赖的好同志。

目前，郭守军以双胞胎哥哥郭建军的身份打入了辉子集团。对于加入集团的这个郭建军，辉子不知道他的真实身份，只知道他曾在医院当医生，后来出国经商，经营医疗器材生意，结果赔了本，才回国通过大香姐找他帮忙。后来，辉子发现郭建军贪财，而且有能力，又是老郭所长的儿子，所以一直把他带在身边。这两年来，辉子对郭建军非常信任，把他当作心腹，列为"四黑兄"之首。

在组织内部，郭守军的代号是"小M"。经海山的单线上级就是郭守军，而郭守军的单线上级则是高层的一名副职领导。为了确保此次任务的隐蔽性，他们的档案已经全部被销毁，所有的一切只有黎珺、黎荣姐妹和郭守军的单线上级知道。

大香是在和辉子结婚之后认识郭守军的，并且知道了他就是侦办大鹏案件的老郭所长的三儿子，是一名侦查员。老郭所长在调查大鹏死亡案件的时候，结识了大香一家人，并给了他们家许多帮助。尤其是大香父亲生病住院期间，老郭所长忙前忙后，还在经济上默默给予支持。这些事，大香大多是在老郭所长牺牲后，从医生那里听闻的。早在郭守军打入辉子集团之时，国际刑警组织已初步掌握了某跨国制毒贩毒集团与国内的润弘集团相互勾结的相关证据，他们从事毒品、危化物品的走私贩卖和古玩倒卖等违法活动，后来竟发展到实施人体器官倒卖的罪恶犯罪。郭守军一直默默潜伏，隐蔽开展工作，然而仅凭他一人，实在难以应对强大的黑恶势力，尤其是辉子背后的操控者"老大"的身份成谜，他一直无法摸清线索。他仅掌握了"蚂蚁"——市局林副局长，以及云飞扬——辉子的亲哥哥、市委常委这两条线索。无奈之下，他向首长请示，请求经海山配合他行动，以期尽早铲除这个黑恶犯罪集团。

大香曾劝过辉子，她知道辉子内心其实是善良的，为了给她做换肾手术，辉子不得已才与跨国犯罪集团勾结，干起了倒卖人体器官的勾当。大香明白，由于"货源"紧缺，辉子的手下被利益冲昏头脑，竟开始干起了奸杀妇女这种令人发指的罪恶勾当。而辉子不仅未加以阻止，反而对此不闻不问。在这帮亡命之徒眼中，利益是至高无上的，只要能牟利，他们就可以毫无底线地采取任何手段，他们早已丧失了起码的人性。在这一桩桩血案中，辉子难辞其咎，正是他的纵容，才使得他手下的"恶魔"愈发肆无忌惮。

"辉子，我知道你心底是善良的，你不能因为我去杀害无辜的人呀！收手吧，辉子！"

"大香姐，他们杀的都是社会底层人物，没有人在乎一个乞丐的生死。"

"乞丐难道就不是人吗？他们只不过是出身不幸罢了。换作我们也成长在那样的环境中，我们会比他们强吗？"大香带着焦虑说。

"大香姐，你别说了，我知道了。"辉子敷衍着回避了这个问题。

大香无奈，只能记录下她掌握的一些信息，并交给郭守军。可郭守军更需要的是"老大"的犯罪证据。大香告诉他，她套过辉子的话，可辉子只是说："不该知道的别问，否则就会惹上杀身之祸，害了咱们全家，包括咱们的儿子小令冲。"

每次提及小令冲，大香内心都会无比恐惧，她害怕小令冲出现任何闪失。她同意了辉子的提议，让小令冲到国外读书。本来她是想要陪孩子一起长大的，她想，等小令冲长大了，她一定会告诉他："你的亲爸爸叫经海山，是一名警察。"可大香没有等到那一天，她带着遗憾离开了这个世界，把孩子托付给了高美丽——她唯一信赖的人。

大香选择死去，是为了小令冲和辉子，还是为了保全郭守军，报答老郭所长的恩情呢？又或者，是那两个为她提供肾源的原主人"复活"了，来向她索命？毕竟辉子纵容手下无情且恶毒地残害了两条无辜鲜活的生命，大香这是在用死替辉子赎罪吗？

辉子逐渐冷静下来，开始梳理"玄色档案"中的核心人员的情况。首先是和自己最亲密、自己最信赖的爱妻大香姐，她选择了自尽。裴晓红，这位与自己一同白手起家打拼，在润弘集团有着元老级地位的大姐，也自尽了。郭建军，他是卧底吗？他可是经大香姐介绍才来到自己身边的，是跟了自己五年多的忠心耿耿的手下啊，怎么看他当初都像个穷困潦倒的小商人。王小五，依照哥哥云飞扬的指令，被"蚂蚁"安排的人击毙了。裴晓军，肯定也已经暴露。如今，就只剩下云陶琦这个自己"捡来"的孩子还值得信任。可要是自己告诉他"你是我偷来的孩子，我这么做是为了报复你爹你娘给我带来的灾难和羞辱"，他还会认自己这个养父吗？

辉子现在知道了经海山还没死，并且以王小五、史一鸣、韩啸峰的身份做了卧底，他是来要自己命的。好在大香姐守住了儿子云令冲的秘密。大香姐肯定不知道经海山还活着，她大概以为自己死后能在地下与经海山团聚。"哈哈哈！"辉子神经质地笑了起来，他分不清这是在嘲笑自己，还是在嘲笑大香姐。"她还爱我吗？那个曾唤我'小于连'的她，还爱我吗？"辉子愈发觉得自己不过是大香姐生命里的一个幻影，经海山才是她梦寐以求的丈夫。此刻，辉子心中对大香的感情悄然发生了变化，恨意开始滋生。他不由得怀念起自己当年被东北条子算计，与木屋老板的婆娘发生关系的那一晚。那一次，他心里其实是感受到了一种别样的幸福的。他心想，如果那次他就死在那个婆娘的怀里，或许反而是一件幸事，如此一来，他便不会背负这诸多"罪孽"了。

辉子是在忏悔，还是在怀念过往，恐怕连他自己也说不清楚。他疯狂了，他在心里承认了大香姐是他逼死的。"我他妈的恨你，恨你啊！是你闯进了我的生活，改变了我。你给了我第二次生命，可如今，也是你要夺走我的第二次生命。好啊，你拿去吧，都拿去吧！"辉子像疯了一般，在大香的图书阅览室里双手用力一挥，将书架上的书籍纷纷扫落在地。他疯狂地翻找着那本大香最爱的老版的《红与黑》，那本书是大香从母亲单位的图书室里"骗"来的，为此闵大姑还被领导责令赔偿了五块钱。要知道，在那个时候，五块钱能买好几斤肉呢！

　　辉子所恨的，其实还有"老大"——那个当年他被大鹏捅伤后，给他做手术缝合伤口的Z主任。Z主任医术高超，理论水平也高，在成功为一位高级领导的母亲做了一台大手术后，他在仕途上便一路顺遂，没过多久就调任市卫生局副局长，两年后又转至市委办公厅任主任，很快便跻身分管卫生、教育等部门的市领导之列。与其说辉子集团的发展得益于他哥哥转业后给予他的帮助，倒不如说是辉子助力他哥哥获得重用提拔，毕竟这一切都是辉子借助身为市领导的"老大"——Z首长之力促成的。

　　辉子的哥哥云飞扬深谙官场钻营之道。Z首长十分欣赏这位从部队转业的干部，常安排他在身边执行一些特殊任务。经过Z首长的多次考验，云飞扬证明自己确实算得上政府干部中的"好苗子"，因此不断得到重用。Z首长每获得一次提拔，云飞扬也随之迎来晋升机会。

　　辉子之所以恨Z首长，是因为近来他去求见Z首长，只能见到他的背影。辉子满心疑惑，不明白为何那位曾经和颜悦色的Z主任，如今连与自己面对面讲话都不愿意了。难道随着地位的攀升，Z主任的性情也全然改变了吗？

第四十七章　黎荣撞墙牺牲

对于大香姐的死，辉子感到颇为无奈。为了润弘集团的利益，也为了哥哥云飞扬的地位，他仿佛被一股无形的力量推动着，只能一条路走到底，他早已分不清"红"与"黑"该如何选择。再者，复查结果显示，大香姐的病情又恶化了。阿麦说，只有让丹阿米为大香进行第三次手术，才能保住她的性命。辉子感觉自己像被阿麦一伙人狠狠欺骗了，他们利用大香姐患病的事实，不断要挟他的公司向他们提供人体器官，以达到他们跨国疯狂敛财的目的。辉子心想，他宁愿让大香姐安静地死去，也绝不能容许他们利用大香姐，继续实施那恶魔般的罪恶行径。

辉子找来他最信任的养子——刚从M国返回的云陶琦，神色凝重地对他讲："情况不妙，要出大事了。你即刻去一趟三亚分公司，把裴晓军解决掉，他已经暴露了。另外，秘密调查一下你师父郭建军，我对他起了疑心。"

"是，父亲！"云陶琦听完，当即跪地道。

辉子伸手扶起云陶琦，略带哽咽地说："孩子，你也命苦啊……"他欲言又止，轻轻抱了抱云陶琦，接着嘱托道："替我照顾好小令冲，把他当成你的亲弟弟那般疼爱。"

"父亲，您这是怎么了？小令冲本就是我的亲弟弟，我的命是您给的，如今我所拥有的一切也都是拜您所赐。今后，我的命就是弟弟的命。"云陶琦从小深受辉子身上那股"江湖义气"的熏陶，对自己是个被遗弃的孩子这一事实深信不疑，他打心眼儿里感激辉子这位"父亲"。在他看来，没有辉子，就没有他的人生。一直以来，云陶琦都满怀敬重地称呼辉子为"父亲"，从不会喊他"爸爸"，在他心中，"父亲"二字是他对辉子感恩之情的极致表达。

"记住了，指挥别人动手，多给钱，那些人什么都干，你自己不许做违法的事，包括说话也要谨慎。"

"明白，父亲。"云陶琦虽然年轻，但这几年跟着辉子，早已锻炼得十分老到，无论遇到何种状况，他都能游刃有余地应对，不仅能把事情处理得妥妥当当，还能巧妙地全身而退。

辉子察觉到自己已经暴露，于是迅速启动了"清理门户"的计划，盘算着如何逃脱法律的制裁。在他的设想里，只要让下面的各家公司承担所有罪行，他就能轻松置身事外，顶多只需承担一个"管理不善"的责任。

辉子决定进京，再次央求"老大"庇护润弘集团。仔细想来，与其说是保护润弘集团，倒不如说是守护"老大"的"金钱帝国"。多年来，辉子虽然苦心经营润弘集团，但集团能发展到如今的规模，的确少不了"老大"在背后的助力。而且，那些跨国的大宗非法买卖，也都是在"老大"的授意下开展的。

辉子还有好多心里话想要对云陶琦讲，可他欲言又止。他心想，还是等以后再说吧，否则可能会影响所有计划。

一只蚊子悄然飞进了辉子的豪华别墅，似乎是有意向他发起挑战。它在辉子的脑门处狠狠叮了一口，留下一个粉红色的肿包，等辉子察觉的时候，它已然吸饱了鲜血。辉子顿时急红了眼，怒喝道："这只蚊子什么时候飞进来的！"他一边叫嚷着，一边追着蚊子满屋子跑。盛怒之下，辉子扬言要辞掉打扫卫生的阿姨，并斥责她道："你连只蚊子都看不住，让它飞进来吸我的血，要你还有什么用！"

刹那间，辉子脑海中又浮现出大香姐的身影，他心想，如果大香姐还在世，这只蚊子定然飞不进屋。可很快，他便静下心来，忍不住"扑哧"一声笑了出来。仔细想想，自己已经好些年没被蚊子咬过了，毕竟这是夏天，蚊子本就猖獗。辉子的思绪不由自主地回到学生时代，那时他和大鹏天天跑到四平道派出所对面的马路牙子上闲坐。夏日里，飞来飞去的可不只有蚊子，各种各样的飞虫咬得他们满身是包。可即便把包挠破，挠出血，他俩也满不在乎，只要有女孩路过，他俩便觉得开心不已。尤其是看到有骑自行车的女孩摔倒，大鹏总要上前去帮忙扶起，而辉子则会赶忙阻拦。时光飞逝，如今辉子已四十岁，大鹏也已离世二十多年了。冷静下来后，辉子告诉秘书，还是让那位负责打扫家里卫生的阿姨继续干吧，不过要叮嘱她今后多加小心，千万别再让蚊子飞进屋里。

在东北被小木屋老板两口子算计那天，辉子满心都是报复的念头。他偷偷折返，想着点一把火，把小木屋烧了，以此报仇雪恨。可他回到那屋子时，却瞧见一个两三岁模样的小男孩独自躺在里面。小男孩不哭不闹，还一个劲地冲着他笑。辉子知道这孩子是小木屋老板的小儿子，刹那间，他心一横，用棉被把孩子严严实实地裹起来，然后抱着匆匆逃离了小木屋。

辉子原本打算到了火车站，就把这个偷来的孩子扔掉，以此报复那对算计他的东北夫妇。可这孩子似乎与他有着奇妙的缘分，一路上不仅不哭不闹，而且只要一看到他，就露出笑容，甚至还冲着他含混不清地喊出了"爸爸"。辉子的心一下子就软了，开始有些舍不得。最终，他还是把孩子抱回了家，并跟父母说这孩子是他在回家路上捡的。他灵机一动，随口说道："这孩子看着就淘气，以后就叫'小淘气'吧。"毕竟，这孩子被偷走了都不哭，只是一个劲地傻笑，怎么看都像个淘气鬼。辉子的父亲听了，感慨道："那就随缘吧，把孩子留下，小名就叫'淘气'。往后要是能让经海山他们帮忙找到孩子的父母，就把孩子还回去。要是找不到，辉子，你就是他爹，我们就是他的爷爷奶奶。"

岁月荏苒，二十年了，辉子对这个孩子的感情越来越深，将他视为自己的亲生儿子，倍加呵护。而这个孩子也知道感恩，对辉子像亲生父亲一样孝敬。总而言之，云陶琦很信任这个养父。

伪装成郭建军的郭守军清楚，自己再也无法回到辉子集团了。经海山和荣子伪装的韩啸峰夫妇是他以老家表弟及表弟媳妇的身份推荐进三亚分公司的，现在也都已经暴露。而当下最为紧急的情况是，荣子随时有生命危险。上级首长指示他解除卧底身份，恢复金鹰特战队队长郭守军的真名和职务，即刻开展收网行动，同时要求国际刑警组织协同作战，一举摧毁这个跨国犯罪集团。

"不能让黎荣同志再有危险，立即通知她撤离。与海南警方联系，保护好她。"

"首长，那样的话，经海山同志的危险更大了，他现在孤身一人在M国。"

"我相信，经海山同志是一名有经验的侦查员，他的应变能力比黎荣同志要好。"

"可是……"郭守军左右为难，他恨不得把自己分成两半，分别去营救他俩。

"没有可是，立即执行命令，全面收网！我就不信，在我们国家，还揪不出一个罪恶滔天的'大老虎'！法律面前人人平等，在法治国家，绝不容许那些违纪违法之徒一手遮天！"首长愤怒地说道。这些年，首长明显苍老了许多，毕竟他也曾是"老大"的下属，心中难免有诸多委屈和无奈。

"是，首长！"郭守军坚定地回答道。

随后，郭守军又向首长提出，目前暂且不宜恢复他的真实身份。他认为，"老大"究竟是谁，尚未得到证实，虽说组织现在对"老大"身份的猜测有了八九不离十的人选，但证据不足。对于如此高级别的干部，绝不能随意猜疑，在没有充足证据的情况下，哪怕一个字都不能泄露，否则便会前功尽弃。他向首长请求前往M国营救经海山，并希望首长能组织力量，将黎荣解救出来。正如首长所料，她此时必定处于极大的危险中。

首长同意了郭守军的提议，并意味深长地说："守军同志，务必注意安全。"听到老首长喊自己"守军"，郭守军心中涌起一股暖流。对即将步入知天命之年的他而言，这一声"守军"是何等亲切。在老首长眼中，自己似乎依旧是那个天真无畏、充满干劲的年轻战士。刹那间，郭守军只觉得浑身充满了斗志和勇气，仿佛能冲破一切艰难险阻。

随后，首长迅速部署相关人员，一场紧张而关键的行动就此拉开帷幕。

信志丰赶忙来到辉子家里。

"辉子主席，这么着急找我，是有什么要紧事吗？总队的会议还没开完呢，一接到您的指令，我就赶紧过来了。"他脸上堆满了殷勤的笑容。

辉子靠在沙发上，不紧不慢地说道："我哥哥说了，年底你就能转正，坐上一把手的位置。"

"太感谢云常委了！当然，这主要还是承蒙辉子主席您的抬爱，没有您，我哪有这机会。"信志丰早已练就了见人说人话、见鬼说鬼话的本事。事实上，他刚从市局林副局长那里过来，就在半个小时前，他还满脸感激地跟林副局长说，自己能有今天，全靠林副局长提拔。

辉子微微抬起眼，神色严肃地说："现在有一项重要任务交给你，你必须妥善处理好，这也是我大哥的要求，明白吗？"

"您说，我一定照办。"

"我要举报我们润弘集团三亚分公司的一个科研人员，叫李荣，她私自研制新型毒品，你马上带人去把她抓捕归案。具体事宜，你去找云陶琦助理对接。至于办案经费嘛，全部由三亚分公司承担。另外，这是给你的。"辉子说着，顺手递过去一个手提袋，里面整整齐齐地码放着一沓沓百元大钞。

信志丰眼睛一亮，赶忙伸手接过手提袋，挺直腰杆给辉子敬了个礼，语带兴奋地说："明白，我们马上行动！"说完，他便急匆匆地去执行任务了。

这几年，信志丰和辉子就像在演一场戏，一唱一和，配合得默契十足。信志丰借此升官发财，而辉子呢？自然是每次都逃过法律的制裁。他每次都及时"发现"公司里的所谓违法行径，然后果断大义灭亲，向公安机关举报，还颇为大方地为公安机关提供办案经费，以此洗脱自己的嫌疑。

裴晓军接到云陶琦的电话后，立即召集亲信骨干，迅速把李荣控制了起来。这群丧失人性的恶徒，竟将李荣的衣服扯烂，轮番对她进行侮辱。荣子深知自己身份已经暴露，却毫无惧色，目光坚定地说："我是警察，你们跟我回去自首，还能争取宽大处理，要是你们把我弄死，你们和你们背后的人都将死无葬身之地！这是在我们中国的国土上，岂容你们这群黑恶势力肆意猖獗！"

然而，这帮恶徒怎会因几句正义的话语就幡然悔悟？他们变本加厉地折磨李荣，妄图逼她供出韩啸峰的真实身份和他们卧底的意图，以及还有哪些人是卧底。面对穷凶极恶的敌人，荣子始终不屈不挠。在绝境之中，她一头撞向墙壁，含恨而亡。

整个事件被在这里当保安的瘦黑青年等人目睹。他们本就对裴晓军这帮"资本家"心怀怨恨，如今又看到韩啸峰的妻子惨遭毒手，便赶紧跑回去报了警。然而，警察出警后，裴晓军却颠倒黑白，称李荣偷盗公司核心科研成果，被发现后畏罪自杀。这一番说辞吓得几个保安赶紧躲了起来，再也不敢回公司上班，而那几个参与行凶的打手此刻正四处搜寻他们。瘦黑青年咬牙切齿地说："等韩啸峰经理回来，一定要告诉他事情的真相，给他妻子报仇！"

黎珺、黎荣、黎霞三姐妹，为了守护社会安宁，无畏地奋战在危险前沿，如同行走在刀尖上。两个妹妹相继英勇牺牲，而黎珺的爱人郭守军也命悬一线，此刻,黎珺满含热泪,在儿子填报高考志愿的表格上,郑重地签下自己的名字。儿子今年参加高考,第一志愿填报了中国人民公安大学,第二志愿则是中国刑事警察学院。他眼神坚定地说:"我要像爸爸妈妈还有两个姨妈一样,投身人民警察事业!"

黎珺还记得不久前,丈夫郭守军悄悄回了趟家。当时,他关切地询问妻子,儿子今年高考,对填报志愿有什么想法。黎珺说:"儿子态度特别坚决,说一定要考中国人民公安大学,再不济也得考上中国刑事警察学院。他还说,要是分数实在不理想,考咱们市里的警校也行。儿子还打趣说,要是爸爸跟学校打声招呼,那就更没问题了。他还念叨说:'我爸这兵当得可真神秘,我都快忘了他长啥样了。去国外的维和部队执行任务,也不能这么多年都不回家呀!我最后一次见他,还是上小学四年级的时候,如今我都高中毕业了,整整八年过去了,家里的那些照片都是老早以前的。妈,我爸现在到底啥模样了?'"

"孩子,你问我,我又能问谁呢?每次你爸打电话来,说不了几句话就挂了,那边天天打仗……"黎珺就这样哄骗儿子八年多了。

听了妻子的话,郭守军趴在妻子怀里闷声哭了,他怕吵醒已经长成大小伙子的儿子。

信志丰将辉子举报的新线索向上级林副局长进行了汇报,得到领导同意后,他迅速带领几名侦查员来到三亚。抵达后,裴晓军告知信志丰,李荣已经畏罪自杀,还添油加醋地说李荣是个从事制毒勾当的伪科学家,理应受到公安机关的严惩。

信志丰听后,表扬了裴晓军积极协助公安机关破获毒品案件的行为。对于裴晓军所说的犯罪嫌疑人畏罪自杀的说法,信志丰选择采信,甚至决定暂不联系当地警方,毕竟裴晓军已经向当地派出所说明了公司员工系自杀,而当地公安机关也会马上前来办案。说起来,当地派出所所长还是他们公司聘请的监督员,平日里与他们来往密切。再者,报案的瘦黑青年等人以往也经常向派出所报案提诉求,民警们清楚他们和公司之间存在经济纠纷,所以每次出警也只是例行公事,应付了事。

信志丰带着几名侦查员,在裴晓军的陪同下擅自前往案发现场进行勘验。抵达现场后，信志丰发现现场已被破坏得看不出任何问题。此时，他才不紧不慢地联系当地警方出警。

随后，在信志丰的"协调"下，当地警方的法医给出鉴定结果：犯罪嫌疑人李荣，女，三十二岁，系自杀身亡。既然人已死亡，按照流程，相关线索应移交犯罪嫌疑人居住地的警方继续侦查。李荣身份证上登记的居住地是滨海市，信志丰便顺理成章地将此案接管过来。就这样，他又一次帮助辉子摆脱了潜在危机。

处理完李荣的案件后，信志丰突然一脸严肃地宣布道："裴晓军涉嫌窝藏毒犯，且极有可能是其同伙，现在立即对裴晓军实行逮捕！"

裴晓军听闻，顿时大惊失色，高声喊道："哥们儿，你是不是搞错了？是我把隐藏在公司里的毒犯揪出来的呀！"

信志丰闻言，当场厉声呵斥道："谁跟你称兄道弟？别混淆视听！把犯罪嫌疑人裴晓军押走！"说罢，警员们迅速上前，将裴晓军铐了起来，押解而去。

按照辉子的要求，信志丰要将裴晓军作为犯罪嫌疑人押送回滨海市，若裴晓军反抗，可以就地正法。当时听到这话，信志丰不禁毛骨悚然。他怎么也没想到，辉子竟会下达如此冷酷的命令。信志丰暗想，他们集团内部必定发生了极为重大的变故，恐怕已经陷入了内讧。裴晓军可是裴晓红的亲弟弟呀，这么多年来，他们亲如手足。更何况裴晓红去世还不到一年，辉子就做出这样的决定，实在太过无情。

信志丰不禁心生疑虑：辉子是不是也开始对自己有所提防了？裴晓军可是辉子的铁杆亲信，连他辉子都要清理，更何况自己呢！在押送裴晓军返程的一路上，信志丰满心焦虑，脑海中不停地思索着自己当下的处境。他心里明白，若想保住性命，必须尽快谋划好下一步该怎么走。

第四十八章　小M异国现身

郭守军抵达位于M国的国际刑警组织驻地，径直找到负责关押经海山和高美丽的相关人员，进行了一番沟通，表明自己要见他们。

见到经海山后，郭守军轻声说道："经海山同志，这次你见到真正的小M了。我是郭守军，老郭所长的三儿子，你的三哥，还记得吗？"

"老郭所长的三儿子？！三哥？！"经海山听闻，瞬间激动得眼眶泛红。他紧紧抱住郭守军，仿佛生怕一松手，他的上级小M又会消失不见。这些年来，他所承受的委屈，以及长久以来深埋心底的孤独，都在这一刻奔涌而出。那种久旱逢甘霖、他乡遇故知的复杂情感，全部凝聚在这个紧紧的拥抱之中。

郭守军同样情绪激动，他声音哽咽地说："我的好兄弟，海山，好兄弟啊！"他也紧紧拥抱着眼前这个父亲生前极为喜爱，虽仅仅相处半年却情谊深厚的徒弟。

望着眼前的情景，高美丽早已泣不成声。

"海山兄弟，咱们现在还不能多说话，这里只是相对安全，并非绝对安全。"

经海山点点头，说："我明白，三哥。"

"海山兄弟，我也暴露了。辉子不过是个小人物，背后的大人物是'老大'，我怀疑'老大'就是Z首长。这也与我父亲生前想要调查的另一起'玄色'案件有关。这件事，你先不要跟其他首长讲，免得泄露机密。我已经做好牺牲的准备了，我们警察的使命就是维护良好的'秩序'，为了这个'秩序'，有时我们必须牺牲自己！兄弟，你能理解吧？"郭守军神色凝重地说道。

经海山内心满是惊讶，他一时之间有些难以相信郭守军说的话。毕竟在辉子身边待了几年，郭守军见识了太多黑暗与邪恶的事情，经海山有一瞬间甚至怀疑郭守军是否也在不知不觉中被同化，变成了真正的"黑老大"。但他很快打消了这种怀疑，他不禁想到，老郭所长或许正是为了维护社会的良好"秩序"而牺牲，而如今，眼前的三哥郭守军，难道也要为了这个"秩序"而献身吗？不，绝对不行！经海山在心底发誓，自己一定要和郭守军并肩作战，与那些黑恶势力血战到底。

想到这里，经海山急切地说道："三哥，我不能没有你，咱们一起并肩作战！你说，我们该怎么做，我听你的！"

郭守军沉默了片刻，缓缓说道："我会想办法把你安全送回国，之后你就去北京找我的老首长，他知道你的情况。"

"三哥，你到底……"经海山满心疑惑，话到嘴边，却又不知道该问些什么，甚至觉得在此时提问或许并不合适。

"记住了，一定要活着回去。从现在起，你就是韩啸峰，我的表弟。我刚才提到的'老大'的代号你记在心里就行，回国之后，一个字都不要提。行动必须要有证据，还要等待最佳时机，不能轻举妄动。最重要的是，你要保护好自己，保护好美丽和你们的孩子。"

"我们的孩子？"经海山愣住了，转头看向高美丽。

高美丽点点头。

"海山兄弟，美丽是个好女人，她给你生了个女儿，叫小晶，我也是才知道不久，我愿意给你们当红娘。其实，荣子也喜欢你，你小子艳福不浅呀！"

高美丽低下头，抹起眼泪。

经海山一把搂住高美丽，哭得像个孩子。"美丽，美丽，我爱你！你为什么不告诉我？我曾到深圳找过你，却没有打听到你的下落。原来，和你一起到我墓前祭奠的小女孩竟是我的女儿啊！"这些话在他心底反复回荡，但他一个字都没有说出口。

此刻，高美丽只愿就这样让经海山紧紧搂着，就如同六年前他喝醉了酒，满心委屈地搂着她，吐露酒后的真言那般。

三个人在异国他乡相逢，刹那间，真挚的亲情与深厚的战友情交织在一起，人生的酸甜苦辣咸尽在其中，令人百感交集。突然，经海山像是想起了什么，开口问道："三哥，荣子怎么样了？"

"还没有消息，不过高层首长已经安排营救了，估计现在安全了。"他们哪

第四十八章 小M异国现身

里知道荣子已经牺牲了。

经海山特别担心荣子，这半年多来，他们并肩战斗，早已经有了亲人般的情谊。

黎荣暴露后，不愿给裴晓军这伙丧心病狂的歹徒任何折磨自己的机会，毅然决然地一头撞向墙壁，当场壮烈牺牲。这突如其来的一幕，惊得歹徒们一个个瞪大了眼睛，不知所措地看向裴晓军。其实，裴晓军也被吓得傻了眼，脑海中回响着这个女人所说的"我是警察"的话语。他心里清楚，这下可闯了大祸。要是辉子追究起来，依照他一贯的"大义灭亲"作风，他肯定会把自己交给公安局。到那时，那帮警察一定会要了自己的命为战友报仇。就在裴晓军满心恐惧之时，他以为的"救命稻草"出现了——信志丰突然到来，"摆平"了这起案件。然而，裴晓军做梦也想不到，他早已成为辉子的弃子。

"经海山，这是我的单线首长的联系方式，你记住了，活着回去，去找这位首长。"说着，郭守军在桌子上用茶水写下了一个代号和一个电话号码。经海山默默记了下来。

"大香也一直在为我们工作，可惜，她已经走了。"郭守军继续说道。此刻，他仿佛已经预感到自己处境危险，想要将自己所掌握的全部情况一股脑儿地告诉经海山。郭守军又写下那个代表"老大"的代号，语气沉重地分析道："大香的死，很有可能和'老大'有关。估计是'老大'觉得大香碍事，放出话来说，大香不死，就要辉子的命。"经海山闻言，不禁倒吸一口凉气，震惊与悲痛瞬间涌上心头。他下意识地喊道："大香?!"声音里满是难以置信与哀伤。他深知，这是一场你死我活的对决，而且这场对决才刚刚拉开帷幕。

信志丰押解着裴晓军等人返回了滨海市，果不其然，他再一次受到了市局领导的表扬。然而这一回，信志丰却一点也不得意，反而感觉到一种从未有过的惊恐。他想到了目前被羁押在看守所里的裴晓军。他心里清楚，一旦这小子回过味来，意识到自己成了弃子，以他那忘恩负义的性子，一准儿会在看守所里乱咬一气。到那时，第一个被他举报的罪人，很有可能就是自己。信志丰越想越害怕，恐惧如同潮水般将他淹没。在极度的不安中，他决定连夜提审裴晓军。

"说重点！你们公司的李荣做出违法犯罪行为，是不是你在幕后指使的？还是另有其人？"信志丰紧紧盯着裴晓军，语气冷峻地问道。

"不是，这完全是她的个人行为。我要是和她一伙的，早就安排她逃到国外去了，怎么会眼睁睁地看着她自杀？"裴晓军回答得十分干脆。

"你不承认？我们肯定会找到证据的。一个女博士，哪来那么大能耐？你骗得了谁？说不定她就是被你逼死的！"

"你别胡说八道！破不了案子就想拿我当替罪羊？你别把我逼急了，否则我就告你们非法拘禁！我可是三亚的政协委员，我们公司还是纳税大户。我们集团在世界上都有影响力，没有证据就赶紧放了我。你们去跟我的律师谈，我无可奉告，听明白了吗？信警官、信局长，还是信总队长？"裴晓军的声调越来越高，话语中满是威胁的意味，仿佛在向信志丰暗示："逼急了我，就告发你这个'警察败类'！"

信志丰心中的怒火噌的一下冒了起来，他心想："辉子要你的命还真没错，这还没怎么着呢，就开始威胁我了。"

信志丰微微凑近裴晓军，压低声音说道："兄弟，把戏演好咯。今晚找机会逃出去，直接去老板家里，他已经把一切都安排妥当了。他会用专机送你和家人去M国，明白吗？一会儿我动手打你，你就赶紧求饶，先把责任扛下来。"说着，信志丰趁人不注意，悄悄递给裴晓军一把水果刀，作为他逃跑的工具。

原来，这一切都是辉子授意的。辉子觉得裴晓军如今已不堪大用，这几年他在外面养了好几个女人，还有三个女人为他生了孩子，这无疑成了他的负担。而且，裴晓军从公司贪了不少钱，他姐姐裴晓红还替他担了许多。他早已不是当年那个讲义气的裴晓军了。辉子决定让他"背锅"，把杀害卧底李荣的罪行栽赃到他头上，然后安排他逃走。

然而，裴晓军怎么也没想到，他逃出看守所的大铁门还没走上十步，"砰砰——"两声清脆的枪响划破夜空，执勤的武警战士果断出手，当场击毙了被认定为逃犯的裴晓军。

信志丰毕竟是个有着多年办案经验的警察，他跟辉子说："裴晓军这人，说不定留了后手。他那几个情妇，可能掌握着什么对咱们不利的证据。要是她们哪天捅出去，麻烦可就大了。依我看，干脆一不做二不休，安排些意外事故，把她们处理掉，永绝后患。"辉子听了这话，先是缓缓摇了摇头，接着又点了点头。这模棱两可的态度，让信志丰摸不着头脑，心里直犯嘀咕："他到底是怎么想的？"一时间，信志丰有些不知所措。

辉子紧紧盯着信志丰，开口说道："信大警官，你可真是深藏不露啊，日后肯定还能往上爬。论起心狠手辣，你可比我强多了，哈哈哈！"辉子发出几声短促而尖锐的冷笑，瞬间让整个屋子都充满了令人胆寒的阴森气息。此刻，他们二人的交谈，恰似两个恶魔在黑暗中对话，将人性深处那因物欲膨胀而滋生出的恶根，毫无保留地暴露了出来。

没过几日，滨海市就接连发生了几起性质极为恶劣的奸杀碎尸案。一时间，整个城市被恐惧的阴霾笼罩。信志丰又开始忙碌着侦查破案。他心中断定，这一系列惨案极有可能是"老大"指使辉子一伙人所为，目的就是要扰乱社会安定，这样他们才能浑水摸鱼，转移警方的视线，从而掩盖自己的真实罪行。

最近的一系列恶性案件令市领导大发雷霆，中央相关部委的领导也极为愤怒，甚至放话说要撤换滨海市政法系统的领导班子。毕竟，在击毙强奸杀人犯苟力之后，竟又出现如此恶劣的案件，实在令人难以容忍。上头明确要求，必须在一个月内破案，倘若破不了案，相关市领导将承担责任。云飞扬如今已不再分管政法工作，他的职务已变更为市委副书记，转而负责宣传工作。不过，中央部委的领导特别强调，如果当前的工作局面得不到改善，还是要让云飞扬重新分管政法工作，毕竟他身为军转干部，既有胆量又有魄力，在过往的工作中展现出了不凡的能力。

信志丰自认为自己精心安排的一切堪称天衣无缝，却浑然不知郭守军早已将他的诸多可疑行为汇报给了首长。尽管信志丰的官职不算高，但他已涉嫌卷入重大腐败团伙，成为其中的一员，中央纪检部门敏锐地察觉到这一情况后，决定先从一些外围的小角色入手展开调查。

然而，这一切都在辉子的掌控之中。云飞扬又兼任了政法领导，同时担任近期重大刑事案件侦办领导小组组长。这一变动，让辉子和信志丰又看到了希望。不过，自从裴晓红自尽后，信志丰便心生顾忌与担忧。他暗自思忖，裴晓红可是辉子手下最忠心的骨干，连她都能被辉子舍弃，自己不过是个小小的处级干部，被他们当作弃子恐怕只是早晚的事。

信志丰把老婆和孩子送去了R国，那是个有着温带海洋性气候的小国家。女儿在那里的音乐学院上学，妻子陪着她，日子过得逍遥自在。信志丰还把这些年从辉子那里受贿得来的钱，全都转移到了R国的银行。其实，他和妻子去年就离婚了。他告诉妻子，为了保护好钱财，他们必须得离婚，为此从前年起，他们夫妻俩就开始"演双簧"。他妻子一直怀疑他和裴晓红有婚外情，两人还为此大打出手，闹到辉子的集团去了。那段时间，裴晓红被折腾得恨不得杀了信志丰老婆。

信志丰急忙找到辉子说："辉子主席，我老婆要是闹到市局，您和云常委给我的一切可就全泡汤了。"实在没办法，辉子只能出面解决，给了信志丰妻子一百万元，这才让两人顺利离婚，了结了这场闹剧。信志丰对辉子千恩万谢，他的计谋也算是得逞了。随后，信志丰的妻子带着女儿远赴异国，过上了所谓"幸福生活"。一开始他的妻子还跟他联系，可没过多久，就没了消息，甚至他女儿也不再跟他联系。信志丰顿感情况不妙，自己这些年弄来的钱财，可都转给她们娘儿俩了，要是有了变故，自己可就彻底完了。这么一想，他赶紧多方联系她们母女俩，却始终没有结果，她们就像人间蒸发了一样杳无音信。信志丰不禁怀疑，难道是辉子下了黑手，把她们灭口了？但转念又想，不可能啊，辉子现在还用得着自己呢。

辉子心里清楚，这是信志丰两口子合伙敲诈他的计策。但他并不怕花钱，在他看来，花钱能让信志丰继续为自己的"金钱帝国"效力，捞取更多利益。辉子觉得自己才是掌控手下这帮贪图享乐之徒的最大赢家。裴晓军在他眼中，不过是集团豢养的一条狗，而信志丰也并非忠诚可靠，是一条永远喂不饱的狗。

就在信志丰因妻女失联而满心无助的时候，他收到了妻子寄来的一封信，告知他，她要和一位年轻且爱她的英国男子结婚了，而对方也能接纳女儿。女儿一开始是反对的，如今也同意了。他妻子还直言，原本的假离婚现在成了真离婚，她希望信志丰去找更年轻漂亮的女人结婚，好给他生个儿子。那几天，信志丰彻底崩溃了，他发疯似的将家里能砸的东西全砸了个稀巴烂……碎片划破皮肤，他满身都淌着鲜血。

让辉子感到最为痛心的是郭建军，他欣赏这个人的忠诚和义气。当年辉子在M国谈生意，一个外国老板言语阴阳怪气，他身旁的一个壮汉还指指点点，对辉子进行威胁。郭建军见不得有人对辉子不敬，他二话不说，一脚踹向那个异国壮汉的下巴颏，接着又挥拳打倒另外三四个壮汉，随后掏出双枪，对准那个外国老板和那群打手。郭建军完美演绎了一回现实版的"李小龙"，把那群外国佬吓得当场认怂，举手投降。那个外国老板连忙叫嚷道："辉子老板是我的贵客，东方财神，不许无礼！"从那以后，辉子但凡外出谈大生意，身边都少不了郭建军。后来，辉子还把云陶琦托付给郭建军，让云陶琦拜郭建军为师，学习功夫和为人之道。

辉子曾问郭建军："你一个学医的，是从哪里学来这么厉害的功夫的？"郭建军告诉辉子，他的功夫是他父亲的一个老战友教给他的，再加上学医的人对人体各个部位了解透彻，眼到手到脚到，功夫自然厉害。本来父亲希望他去当兵或者当警察，可他就喜欢当医生。后来赶上下海大潮，他受医学院同学的影响，也去做了生意，结果赔了。好在辉子给了他机会，这才打了翻身仗，能养活在国外的老婆和小姨子一家人。辉子哪里知道，眼前这个人并非郭建军，而是他的双胞胎弟弟郭守军，他可是身经百战的金鹰特战队队长。

云陶琦对郭建军极为尊敬，这几年，他俩一同为公司出生入死，立下了赫赫战功。郭建军和云陶琦都为人仗义，既不贪财也不好色，始终尽心协助辉子经营公司的生意。辉子接到哥哥传来的指令时，眼角流下了泪水。指令的内容是：除掉郭建军和艾梦，以确保"老大"的绝对安全，否则将满盘皆输。

"老大"觉得艾梦和郭建军说了不该说的话，因此必须将二人处理掉。至于艾梦的儿子，"老大"要求先把孩子送到孤儿院，再让云飞扬通过献爱心的方式抱养。"老大"知道云飞扬没有儿子，只有一个女儿。

中央纪委开始主动展开行动，这让辉子等人始料未及。驻本市的纪检巡视组，调配京城武警总队一个排的警力，首先缉拿的便是辉子公司安插在公安队伍里的亲信——信志丰。信志丰随即被"双规"。辉子得知后大惊失色，一时拿不定主意该不该把此事报告给"老大"，好在信志丰并不掌握辉子哥哥的相关情况。

第四十九章　辉子站着死去

在《红与黑》中，"红"代表拿破仑时代的红色军装，"黑"代表教会教士的黑色长袍。而在辉子心中，"红"代表"老大"，他渴望如拿破仑一般，建立自己的"军队"，打造属于自己的"帝国"；"黑"则代表哥哥，在哥哥心中，"老大"如同教主般具有至高无上的地位。

辉子回想起与"老大"相遇后的种种经历。那年，针对大鹏命案，他用"玄色"这套说辞哄骗老郭所长，成功排除自己的嫌疑，将行凶者指向一个戴着黑色泛红光棒球帽的男性行人。而他的伤也是由Z主任医治好的。痊愈后，为了感谢Z主任的救命之恩，辉子找家里要钱，请Z主任以及外科的几位大夫和护士吃饭，饭后又去夜总会娱乐，没想到正好赶上公安机关"抓黄抓赌"的统一清查行动。当时，辉子和Z主任等人正在二楼包间潇洒，见老郭所长带领十几名荷枪实弹的警察闯进来搜查，顿时慌了神，Z主任带来的一个朋友竟突然掏出一支自制火枪，开枪射击。"砰砰——"两声枪响后，老郭所长和一名年轻民警倒在血泊中。随后，辉子等人从后门逃窜而出。老郭所长为了掩护年轻战友，壮烈牺牲，而那名民警却并未受伤，仅仅是因为惊吓过度而晕厥了过去。

那个杀害老郭所长的凶手，是Z主任老家的一个远房表弟，当时在医院做保安。这人平时游手好闲，还爱打打杀杀，因为在老家杀了人，便跑来投奔在医院当副院长的表哥，想避避风头。Z主任给他安排了工作，他平日里就帮Z主任办些私事，开开车，跑跑腿。事实上，高美丽的老公和儿子，还有带头讨薪的农民工兄弟，都是被他杀害的。最终，他在异地被抓捕归案，并被执行枪决。他到死都没有交代自己的表哥——曾经的Z主任，如今的"老大"的种种罪行，对他可谓绝对忠诚。

其实，老郭所长当时还在调查另一起案件——医院强奸案，而作案者同样是"老大"的这个表弟。就在辉子和大鹏的案子发生前一周，医院保卫科报了案。

周末夜间，急诊护士小周值班，因为病人不多，她又有些犯困，便在处置室休息。迷迷糊糊中，她竟被一名男子强暴。等她清醒过来时，屋里一片漆黑。她打开日光灯，只见地面一片鲜红，她瞬间大喊大叫起来。值班医生和保安闻声跑了过来，随后报了警。老郭所长带着民警赶到现场处理。

"姑娘，是谁干的？你记得他的长相吗？"

"不记得了，不记得了。"小周护士一个劲地摇头。

"那你能说说你当时看到了什么吗？"

"他好像戴着一顶黑色帽子，不对，是红色……"可怜一个刚来实习没多久的护校女孩，没过几天就自杀了。

案子没有了线索，老郭所长倍感压抑。一个阳光快乐的女孩就这样死去，老郭所长痛心疾首，称要是破不了案，就不配穿这身代表荣耀的警服。他心有不甘，决心在年底退休前抓住凶手，给小周护士及其家人一个交代。老郭所长将这起强奸案命名为"玄色"案件。他根据小周护士提到的唯一线索，逐一排查医院的男性工勤人员。可就在他稍有头绪之时，大鹏的命案又突然发生了。

辉子的话干扰了经验丰富的老郭所长，让他陷入困惑。就在老郭所长察觉到医院新招来不久的保安存在问题，并且即将把"玄色"强奸案与路灯下的"玄色"命案一并侦破的关键时刻，他壮烈牺牲了，而且恰恰是倒在那个强奸小周护士的犯罪嫌疑人的枪口下。如今，唯有辉子知道全部真相，而他作为"老大"犯罪集团的核心骨干之一，终将受到法律的严惩。

经海山和郭守军怀疑老郭所长的死是有预谋的，事实证明，他们的预感没错。可惜的是，他们还是忽略了老郭所长的办案笔记本。不过，经海山几乎将办案笔记本里有关"玄色"案件的分析全都记在了脑海里，哪怕是一个标点符号，他都能清清楚楚地默写出来。现在他明白，只要找到给辉子做手术的医生，或许就离真相大白就不远了。

国庆节快到了，经海山在国际刑警组织的保护下，暂时还算安全。然而，丹阿米所展现出的能力，充分印证了他们跨国犯罪集团的嚣张与权势。经海山在国际刑警组织驻地大楼的食堂多次遇袭，好在有四名M国的特勤战士保护，加上他自身也有功夫傍身，才得以化险为夷。可即便如此，他们仍难以抵御对方暗处的刺杀行动。令人痛心的是，两名异国战友为了保护他而壮烈牺牲。国际刑警组织挖出了几个内鬼，但都是被雇佣的退伍大兵，他们仅仅是收钱办事，压根不知道幕后的指使者究竟是谁。

最危险的是，有一回，满脸胡茬的队长来到驻地大楼十五层经海山的藏身处看他，还给了他一把新型左轮手枪和一把匕首防身。两人有说有笑，准备前往二楼的食堂用餐。刚出电梯，两名身着保安服装的大汉便手持匕首刺向经海山。经海山反应敏捷，一闪身，飞起一脚踢中刺向他的一个大汉的裤裆，那大汉瞬间倒地。另一个大汉的匕首则刺中了队长的肩膀，经海山随即一掌拍在这个大汉的太阳穴上。到了审讯时，这两个刺客都吞毒自尽了。

在这些有惊无险的日子里，国际刑警组织的战友们对经海山的身手钦佩不已，他们不断夸赞经海山，说他简直就是功夫明星"李小龙"，还邀请经海山传授他们中国功夫。

受到国内高层委托，国际刑警组织启动了最高级别的安保预案，不惜一切代价确保经海山的人身安全。整整两个月了，经海山半步都没有踏出这栋大楼。大家心里都清楚，经海山面临着诸多危险，有可能在电梯里被刺杀，也有可能在大厅门前被突如其来的雇佣兵杀手用微型冲锋枪扫射，甚至还有可能遭遇"人体炸弹"，被亡命之徒抱住同归于尽。

郭建军回到国内后，找到了自己的徒弟云陶琦。云陶琦并不知道自己的身世，他对养父辉子的再造之恩满怀感激，同时也非常敬重颇具江湖豪气的师父郭建军。然而，养父辉子有令，让他见机行事，除掉裴晓军和郭建军。裴晓军已被信志丰解决了，如今云陶琦得弄清楚郭建军到底是什么来路，他究竟还算不算"自己人"。

信志丰在公安局写着交代材料，他心里明白，交代得越多，自己的处境就越危险。于是，他开始装病，声称自己这些年"浴血奋战"，身体和精神都遭受了极大折磨，每天都要靠药物才能入睡。他暗自思忖，只要自己咬紧牙关，口风够紧，辉子为了维护集团利益，肯定会设法救他。退一步讲，至少也能让担任市委副书记的哥哥云飞扬帮他减轻罪名，定个贪污受贿罪之类，开除党籍和公职，这样他也能一走了之。

信志丰心想，横竖都是死，要是自己逮谁咬谁，云飞扬肯定不会放过他，说不定他马上就会死在这里，还会被认定为畏罪自杀。此时，他倒是不担心自己的老婆孩子了，反而觉得她们有了活下去的希望。不过，他清楚，以辉子的能力，想要找到她们轻而易举。这些年，辉子这伙人就没有办不成的事，哪怕是杀人倒卖器官这样的跨国犯罪，他们都能逃脱制裁，把罪恶洗刷得干干净净，甚至还能落个主动报案，积极配合公安机关抓捕犯罪嫌疑人的好名声，得到上层领导的表扬。信志丰既想不通又似乎想得通，他压根不知道辉子背后的"大人物"是谁，有多大的权力。他认识的最高级别的官员就是云飞扬，可云飞扬对他也仅仅是"利用"。

信志丰想着自己当下的处境，心一横，推开了窗户。这是三楼，跳下去即便死不了，也会落个残疾，到时候装疯卖傻也行。于是，他纵身一跃，而看守他的两个年轻纪检干部，一个恰好去了卫生间，另一个则在外屋打瞌睡。

信志丰坠楼身亡的事件发生在他被"双规"的第三天。谁也没有想到，一名年仅四十岁的年轻有为的处级领导干部，多年来被重点培养的"优秀"警察，竟经不住金钱和美色的诱惑，在贪欲日益膨胀的日子里走向了绝路。

辉子又独自爬上了"大香读书阁"，这里既是畅享文学的一方天地，也是他和大香姐恩爱的温馨爱巢。他们曾在这里谈天说地，回味年少时那些浪漫、无知的时光。在大香的陪伴下，辉子的心灵得到了治愈。他对大香说："大香姐，我们再生个女儿吧，这样就儿女双全了。"大香回应辉子说："那你可得好好努力，争取让咱们的愿望成真"。辉子听后十分感动，抱起大香在图书阅览室里转了好几圈，把大香转得头都晕了。

大香在临死前的一两天，把自己所掌握的一些情况告诉了郭守军。她一直觉得辉子是为了她，才与跨国倒卖人体器官的犯罪团伙勾结，指使手下奸杀妇女，制造杀人案件，危害社会安全。大香逐渐意识到，自己一直活在他人的痛苦和死亡之上。在良心的谴责以及郭守军的提醒下，她幡然醒悟，深知不能再这样继续祸害无辜。但她又觉得自己向郭守军透露这些事，算是出卖了辉子，心中满是愧疚……她渴望去寻找自己的真爱——经海山，那是她一生都无法释怀的遗憾。

大香在"玄色"——红与黑交织的色彩中终结自己的生命，是为了纪念大鹏在路灯下的悲惨离世吗？她究竟是仍未原谅辉子，还是感激老郭所长对辉子的宽容呢？大鹏去世时，刚满十八岁，而辉子是十八岁零两个月，辉子仅比大鹏大六十一天。老郭所长曾感慨道："其实他俩就是两个不懂事的愣头青大男孩，比我的小儿子还小好多岁呢。"大香选择死亡是自愿的，她觉得死亡比活着更加幸福，因为在另一个世界里，有她的父母和弟弟，还有她的爱人经海山。她唯一的牵挂就是云令冲，实际上这孩子本该叫"经令冲"，这是她和经海山早就约定好给儿子取的名字，他们希望孩子长大后，能成为一个正义勇敢的人，就像《笑傲江湖》里的侠客令狐冲一样。

辉子坐在黑暗中泛着红光的"大香读书阁"中，眼前摆放着一张他和大香以及儿子的全家福照片。大香的面容依旧满是善良，这让辉子心中涌起一阵心疼与感动。辉子对小令冲怀有一种亲生父子般的深厚情愫，他心里一直认为小令冲就是自己的骨肉，这是任何人都无法撼动的事实。

辉子穿上大香为他定制的红色战袍，打开暗黄色的台灯，提笔写道："海山学长：云令冲其实叫经令冲，他是你的儿子，我替你养大了他，我很喜欢他。如今，我把他还给你。我和大香姐在另一个世界还会有我们自己的儿子，你的儿子我不要了。就此别过。还有，高美丽同学是爱你的，别再辜负她了。"随后，他又取出一张白纸，写道："淘气，你这个名字是我给你起的，'陶琦'这个名字是经海山给你起的。你若是想知道自己的身世，就去东北寻找你的家人。别恨我，或许这就是命吧。"两封信写好，辉子将它们交给一个亲信，并嘱咐他务必亲手交给养子云陶琦。自从大香死去，这个亲信就经常陪着他到"大香读书阁"，帮他打扫卫生。看到辉子这样打扮，他已经见怪不怪了。

辉子身上的红色战袍，是大香生前特意为他量身定制的。辉子曾满怀憧憬地说，他要成为拿破仑，助力大香姐梦想成真——在这方"大香读书阁"的天地里，他们曾期望将红与黑所象征的理想与现实交融。此刻，辉子缓缓举起一把花剑，这是他在法国精心挑选的昂贵纪念品。

辉子踏上贵妃榻，将花剑置于颈部。面对着一家三口的照片，他将花剑用力且迅速地划过颈部。刹那间，鲜血喷涌而出，染红了贵妃榻。令人震惊的是，辉子竟保持着站立的姿势死去，犹如一尊坚毅的雕像。那把花剑悬在半腰处，顺着剑身，一滴滴黑红色的血液从剑头处落下。辉子的身体倚靠在事先准备好的红木架子上，眼睛圆睁，死死地盯着那张全家福照片。其实，在死之前，辉子就已经想好了，一定要站着死去。

云飞扬亲眼看到弟弟云飞辉这般死去，情绪瞬间失控，放声痛哭，竟昏厥过去。在场的侦查员赶忙将他送往医院。他苏醒过来后，请求公安局的领导，暂时不要把弟弟的事告知他的父母，还有弟弟远在国外的妻子和孩子，等事情处理完，他会亲自向家人说明。

随着辉子的离世，辉子一手创办的润弘集团也濒临覆灭。云飞扬心想，绝不能让弟弟苦心经营多年的集团就这么垮掉。于是，他派人联系云陶崎，让他暂代高美丽和云令冲行使对集团的管理权，负责集团的日常业务。同时，他火速安排专人前往M国，接回高美丽母子，打算等他们回国后，再做进一步的安排。

辉子苦心经营润弘集团二十多年了。这些年，他每次试图让集团进军世界五百强企业，其实都是为了满足"老大"的私欲。他精心培植的那些"精英"，包括他自己和身为高级干部的哥哥，还有那些有名无名的小卒，都不过是"老大"争权夺势的棋盘上的小小棋子，必要时便会沦为弃子，实在可悲。就拿荀力来说，这个农民出身的青年，在城市打拼二十多年，最终却丢了性命。倘若他一直留在农村，或许如今都已经当上爷爷了。还有王小五、裴晓红、裴晓军、艾梦，以及死在正义枪口下的"老大"的远房表弟，都沦为了"牺牲品"。

经海山一边满心期待着组织和亲人的迎接，一边也为战友们忧心忡忡，他恨不得立刻回国，投身打击黑恶势力的战斗，去惩恶扬善。然而，不幸的消息还是传来了。那位满脸胡茬的异国警官告诉经海山，艾梦遭遇不测，被一辆轿车撞死了。这位警官还透露，国际刑警组织近期抓获了一名叫埃里克的职业杀手。据埃里克供认，为了逃避警方的追捕，他跟着阿麦跑到了中国，在那里受雇于辉子集团合作的跨国集团，杀害了阿麦和裴晓红。他作案的手段是将艾梦他们研发的新药注射到被害者体内，使其产生幻觉，进而割腕自尽。在中国，他化名为"卡西莫多"。经海山听闻，愈发为郭守军和荣子的安危担心起来。

"埃里克现在在哪里？"经海山追问道。

"昨天，在押运途中，他企图逃跑，被警察击毙了。"

经海山有些失望，又有些欣慰，恶人被击毙是好事，可他也把好多秘密和证据一并带走了。

第五十章　正邪生死对决

经海山得知艾梦遭遇车祸的消息，震惊不已，脸上满是悲愤。他不由自主地想起自己曾遭遇的车祸事件，心中断定，这必然是辉子集团的杀人灭口行径。他暗自思忖，"老大"到底是不是郭守军提到的那个Z首长呢？倘若真是，那往后的道路必定九死一生，他不禁为郭守军的安危忧心忡忡。

市公安局逮捕了郭建军。他因涉嫌杀害润弘集团董事会主席云飞辉，正接受警方的调查，而指证他的正是他的徒弟云陶琦。此前，郭建军一回到滨海市，就找到了云陶琦。他对爱徒动之以情、晓之以理，向他讲明润弘集团正深陷犯罪泥沼。郭建军殷切期望年轻的云陶琦能秉持正义，尝试说服辉子认清局势，站到正义的一方，揭露其背后的大人物"老大"的累累罪行。

云陶琦还在犹豫之际，辉子竟突然死去。于是，"老大"犯罪团伙顺势将刚回国且见过辉子的郭建军指认为凶手。原来，"老大"此前已收到情报，得知郭建军是打入辉子集团的卧底，他真正的任务就是调查并搜集"老大"的犯罪证据，以便将以他为首的犯罪团伙一网打尽。实际上，郭建军并非医院的医生，他本是武警干部，转业后成为公安部某直属特战队的主要领导。

云飞扬找到云陶琦，对这个年轻人一番劝说。云陶琦本就内心纠结，既不愿背叛辉子，也不想伤害教导他功夫和做人道理的师父郭建军。在他心中，郭建军有时候也像父亲一般。然而，长期受辉子影响，他那尚不坚定的正义之心还是被压制下去了。他听从大伯云飞扬的指令，昧着良心指证了郭建军是杀害辉子的凶手。为了能掌控润弘集团的实权，他不择手段地伪造了辉子被杀的现场，还在人证口供上签下了自己的名字。

郭守军就这样蒙冤受屈，含恨而死。法院判处他死刑，剥夺政治权利终身，并立即执行。这一系列事件，皆由"老大"暗中操控。即便单线联系郭守军的首长，面对"老大"这般权势滔天的人物，也深感无力，毕竟没有铁证，根本无法扳倒他。

辉子写给经海山和的云陶琦信件，最终落到了云飞扬手里。云飞扬一看，惊出一身冷汗。他深知事情的严重性，倘若"老大"知道了信件内容，经海山、云陶琦甚至自己，都将性命不保。于是，他迅速将信件销毁。

云飞扬实在想不明白，弟弟究竟为何行事如此冲动，不和自己商量就选择自尽。此刻，他独自待在办公室里，再次悲从中来，哭出了声。这泪水，究竟是为了与自己一奶同胞的弟弟而流，还是为了曾经身为军人，如今却一步步走到这般境地的自己而流，他自己也说不清楚。但他心里清楚，自己的一举一动都在别人的监视之下。为了妻子、女儿和父母，也为了那似锦前程，他只能"忍辱负重"地走下去。还有一件事让他深感失望，那就是小侄子云令冲居然是经海山的孩子。这个秘密，他必须永远守住，绝不能让高美丽和经海山知道。他暗自下定决心，一定要把小令冲的抚养权争取过来，自己亲自抚养小令冲长大，日后让他接自己的班，成为云家的希望。

在郭守军单线联系的高层首长的积极运作和全力协助下，国内派出警卫部队成功将经海山接回国，同时揭开了经海山一直在秘密执行特殊任务，并没有牺牲的真相。因为表现出色，经海山被授予"二级英模"荣誉称号。

经海山平安归来，被安排在郭守军的单线首长身边工作。然而，就在首长全力营救经海山之时，郭守军却不幸惨遭毒手，蒙冤而死。单线首长痛心不已，他立下誓言，一定要为郭守军同志平反昭雪，只是当下形势严峻，还不能贸然行动，以免打草惊蛇。

经海山得知三哥郭守军同志惨遭陷害而牺牲的消息，心中满是悲愤。他恨不得立马将"老大"揪出来，让他接受法律的制裁，为三哥报仇雪恨。单线首长严厉批评了他冲动的行为，安排他抓紧时间休养身体，好以饱满的状态迎接新的战斗。

高美丽也带着云令冲回国了。云飞扬与她进行了一次长谈，之后，她便代云令冲掌管了润弘集团的业务。云飞扬还伪造了一封辉子生前写给高美丽的托孤信，信中的言辞感人肺腑。高美丽信以为真，手捧着那封信痛哭不已。她回忆着和大鹏、辉子同窗的那段天真无邪的岁月，感慨万千，对着镜子轻声自语道：

"大鹏啊，还是你幸福，清清白白地来到世间，干干净净地走完一生，你一定是去了天堂。"

滨海市公安局再度发生重大事件，原市局常务副局长林某在办公室开枪自尽。

根据单线首长的提议，并请示"老大"同意，经海山被破格提拔，调任滨海市公安局副局长。上任前，经海山"有幸"见到了郭守军生前怀疑并暗中调查的"老大"——Z首长。面对这位首长，经海山心中满是复杂的情绪，既感到难以置信，又无比憎恨，但仍庄重地向他敬礼。Z首长只是微微抬了一下眼皮，目光扫过经海山，操着浓重的南方口音冷冷说道："好好干！别瞎折腾！"

又一起离奇的事件发生了——辉子的别墅突然起火，那间"大香读书阁"被大火烧毁。据调查，起火原因是辉子生前雇用的司机潜入别墅企图盗窃贵重物品，慌乱之中意外引发火灾，司机本人也葬身火海，最后只剩下一副烧焦的骨头架子。这名司机不是别人，正是辉子的那个亲信，是他将辉子临死前写的两封信交给了云飞扬。原来，他是云飞扬安插在辉子身边的心腹。可见，哪怕是亲兄弟，在巨大的利益面前，也难以全然信任对方。这正应了那句话：钱财多了，怕贼惦记；权势大了，怕身边缺少忠勇无畏的死士。

"你连我都不信，哥？"辉子活着时，曾对云飞扬这样说。

"你不也一样，你信我吗？"云飞扬带着怒气反问道。

"我信，怎么能不信自己的亲哥哥呢？"

"你跟'老大'说我嫌职位提拔得慢了。"

"那就是实话实说而已。"

"放屁！'老大'给我脸色看了。'你亲弟弟说的话不会有假，你到底还想当多大的官？不当官就不忠于我了?！'这可是他的原话。都过去半年了，'老大'到现在都不理我。"

"哥，我不是故意的。"

"算了。"从那一刻起，云飞扬谁也不信任了，他在辉子身边安插了亲信。其实，辉子心里清楚，他写下遗书，就是希望哥哥能知晓所有隐情，以便妥善处理后续事宜。

在云飞扬的安排下，经海山和高美丽如愿成婚。不过，云飞扬提出了一个条件：云令冲只能称呼经海山为叔叔，不能喊他爸爸，而高怀晶则可以按照自己的意愿，喊经海山爸爸或者叔叔。高美丽出于更好地保护孩子们的考虑，一直让两个孩子喊经海山叔叔。对经海山而言，孩子喊他什么并不重要，只要能和高美丽以及一双儿女在一起，就是幸福的。

在云陶琦的得力协助下，高美丽精心经营润弘集团，重点发展房地产生意，使得集团再度获得全市优秀企业称号，并跻身世界五百强企业。高美丽始终秉持着诚信经营的理念，绝不做违背良心的生意。她坚定地依据市场需求，稳步推动集团发展，从来不钻政策的空子，也拒绝云飞扬为集团提供特殊照顾，所有项目都通过合理竞标获得。此外，她还格外关注公益事业，积极为政府分忧，为百姓解难。

时光飞逝，转眼间，云令冲已经高中毕业。他一直怀揣着报考部队院校的梦想。然而，大伯云飞扬希望他出国学习经济，日后回国继承辉子父亲留下的事业，经营好润弘集团。云令冲却表示，妈妈和陶琦哥哥把集团经营得很好，自己并不喜欢从商，一心只想成为一名军人。云飞扬听后，无奈地摇了摇头，心里一百个不同意。他心想："这小子骨子里到底还是流着经海山的血啊。"

这些年，经海山依照上级要求，认真分管自己的业务，并取得了不错的成绩，这让云飞扬颇为满意。但实际上，经海山一直在暗中听从单线首长的指令，秘密调查郭守军被陷害的案件。当然，云飞扬对经海山也始终放心不下，处处安排人对他进行监视。

经海山看着小令冲长成一个大小伙子，心里满是复杂的滋味。他多么希望大香还活着，能亲眼看到小令冲长大成人。令冲的模样愈发像大鹏了，老话说"外甥随舅"，看来这话在令冲身上算是应验了。经海山在心底深处特别渴望令冲能喊他一声"爸爸"，也希望小晶能喊他一声"爸爸"，他有好几次在梦中梦到自己幸福地笑着回应两个孩子的呼唤。

经海山明白，要想为郭守军报仇，将"老大"这伙犯罪势力一网打尽，仅凭他和单线首长的力量根本不够。当下，唯一的突破口就是在云陶琦身上下功夫。倘若云陶琦能够深明大义，提供关键证据，那他们起码能掌握云飞扬的犯罪事

第五十章　正邪生死对决

实，进而顺藤摸瓜，深挖"老大"的线索。经海山坚信邪不压正，而且他知道单线首长背后必定有更高层领导的支持，所以铲除腐败的"大老虎"，终将成功。

但经海山现在不敢贸然行动，他怕会连累高美丽，还有自己年迈的父母，尤其是一双儿女。他深知，一旦云飞扬察觉到自己要为郭守军翻案，以他的性格，很有可能会采取极端手段，到时必将鱼死网破，最先陷入危险的就是高美丽和孩子。

经海山想起辉子曾和他讲过的往事。当初辉子成立润弘商贸有限公司时，曾前往东北的一个偏远小镇讨债，遭到条子绑架，还被木屋老板两口子算计。后来在回来的路上，辉子捡到了一个小男孩。这个小男孩的户口还是经海山帮忙给上的。当时经海山担任四平道派出所所长，辉子软磨硬泡，经海山才答应，并给孩子起名叫云陶琦。

正因如此，云陶琦对经海山这位叔叔还是有些感情的。如今，经海山是高美丽代董事长的爱人，又是前集团主席辉子的老校友，因此云陶琦对经海山格外尊重。不过，云飞扬也曾特意交代云陶琦，平时要留意经海山的动向，毕竟经海山目前还没有完全站在他们这一边。

经海山借着到总部开会的机会，向单线首长汇报了自己想去那个东北小镇调查云陶琦身世的想法。首长不仅表示支持，还特意安排了一名特勤战士配合并掩护他前往那个东北小镇。

在东北，曾经绑架辉子的条子在十年前被一伙身份不明的人打成了残疾，如今只能躺在床上，对着天花板呜里哇啦地说着一些谁也听不懂的话，因为他的舌头早已被割掉。木屋老板自从丢了儿子，便出门满世界找儿子，至今也没有回家，下落不明。老板娘则整天抱着一床小红棉被，嘴里念叨着："小顺子，好乖乖，别乱跑，妈妈抱……"据老板娘的大女儿讲，他们家有四个闺女，母亲后来又好不容易怀孕生了一个弟弟，全家人都把弟弟当宝贝一样供着。那年冬天的一个中午，父母出门了，两岁多的弟弟在家里的小木屋里睡觉，负责照看弟弟的二妹贪玩，和另外两个妹妹跑出去玩了。不知道什么时候，弟弟就不见了踪影。父亲出去寻找弟弟，至今未归，母亲也因此疯了。这些年，她们四姐妹只能和母亲艰难地过着苦日子。大女儿还记得，弟弟的右臀处有一块烟头烫伤的疤痕，那是弟弟一岁时，被喝醉了酒的父亲不小心烫伤的。为此，父母大吵了一架，差点离婚。她还记得，那年冬天，家里的小木屋曾关过一个年轻的大哥哥，后来那人跑了，紧接着弟弟也丢了。自那以后，父母总是吵架，父亲喝醉后就打母亲，骂她是臭婊子，和小白脸假戏真做。母亲则反驳道："生了这么多娃，不做点'外事'，条子能给咱钱吗？你数钱的时候怎么不骂我是臭婊子呢？"

经海山深知，得找个没人监听的地方，和云陶琦好好聊聊。一天晚上，两个人小酌了几杯后，便去浴池泡澡。在浴池里，经海山真切地看到了云陶琦右臀处有一块伤疤。他还留意到，云陶琦的长相和木屋老板的大女儿有些像。不过，目前还不能把这些情况告诉云陶琦，毕竟经海山也只是掌握了初步线索，云陶琦到底是不是木屋老板丢失的儿子，还得等做完亲子鉴定才能确定。可怜的云陶琦，倘若他真的是木屋老板一家失散多年的孩子，而他的父亲为了寻他，至今生死未卜，母亲也成了疯子，那可真应了那世事无常之理。再看看东北条子如今那惨不忍睹的模样，更是令人唏嘘。

在单线首长的支持以及其他富有正义感的同志的协助下，经海山已经掌握了部分润弘集团的犯罪证据。如今，单线首长已调到中央纪委任职，扫黑除恶专项斗争进入决战阶段。经海山也被调到单线首长身边的一个专案组工作。

在大鹏命案过去将近三十年的清明节期间，大地回暖，春暖花开。临行前，经海山将云陶琦约到了辉子和大香的墓前。他神色凝重，语重心长地跟云陶琦说了许多话，尤其是把郭守军对云陶琦的殷切期望全都告诉了他。接着，经海山又将云陶琦的身世原原本本地讲给了他听。

听闻这些，云陶琦悲痛不已，哭得像个无助的孩子。他真的很想恨养父辉子，可不知为何，他就是恨不起来。他缓缓地跪在养父养母的墓碑前，大声呼喊着："辉子父亲，大香妈妈，你们到底是好人还是恶人啊？"云陶琦那饱含痛苦的呐喊，让经海山眼眶泛红，他轻声说道："孩子，起来吧，你好好想想，经叔叔等你想明白。"

云陶琦的亲生父亲前来寻找儿子时，被辉子安排的高强暗中处理掉了。经海山回想起押解高强的情景，当时高强跟他讲，有个曾愚弄过辉子的东北木屋老板来找辉子的麻烦，辉子便指使他去"教训教训"那人。高强行事狠辣，一不做二不休，直接把人送给了阿麦博士，还从中捞了一笔可观的不义之财。事后，辉子大发雷霆，狠狠地抽了高强好几个大嘴巴子。高强满心纳闷，辉子此前被那木屋老板那般算计，除掉他正可解心头之恨，至于发这么大的火吗？他哪里知道，这个木屋老板正是云陶琦的生父，而那个假扮俄罗斯姑娘和辉子睡觉的女人，就是云陶琦的生母。当然，经海山并未将这些尘封多年的往事告诉云陶琦。

经海山和云陶琦在辉子和大香的墓前促膝长谈了整整一夜。他们喝着带来的供酒，吃着供品，时而泪眼婆娑，时而纵声大笑，感慨着人生的无常。云陶琦喊经海山"经叔叔"，经海山唤云陶琦"大侄子"。交谈中，云陶琦讲出了许多润弘集团的犯罪实情，还拿出了他所掌握的云飞扬在幕后操纵的犯罪证据。

又一个寒冬过去了，夏日悄然来临。云令冲自行报考了中国人民公安大学，高美丽始终全力支持着他；高怀晶则报考了中国政法大学。

在经海山和高美丽的鼓励下，云陶琦鼓足勇气，前往中央巡视组投案自首，并详细检举了云飞扬等人的犯罪事实。

彼时，已身为市委副书记、代理市长的云飞扬，距离正职仅一步之遥，可惜他没能等来下一次的晋升，最终被中纪委带走。

至此，正邪之间的生死对决正式拉开帷幕。

尾声

这一年，经海山光荣当选党代表。他没有辜负组织的悉心培养，在他担任公安部门的相关领导期间，滨海市的命案发生率持续下降，并且破案率达到了百分之百，达到了上级"命案必破"的要求。

"路虽远，行则将至；事虽难，做则必成。"路有千条万条，唯有坚守正路，才能真正为人民做事；万事开头难，可只要为民众谋福祉，再艰难也能收获幸福。经海山将云飞扬写给辉子的座右铭，交到了正在审查云飞扬的中纪委同志手中，希望云飞扬能好好看看自己赠予弟弟的座右铭，从而认真反省，如实向组织交代自己的罪行，主动检举相关人员，争取宽大处理。

周日，天气好得出奇，大片大片的云朵悠然地飘在空中。经海山难得有休息时间，再过一周，他就要前往北京参加一场重要盛会，他的心情格外激动，毕竟自己马上就要步入知天命的年纪了。此刻，他满心幸福地推着患有老年痴呆症、坐在轮椅上的母亲出来晒太阳。一旁的高美丽轻声说道："咱妈现在谁都不认得，唯独认得你这个儿子，一见你就高兴。有时候，她还会错把令冲当成你，念叨着：'儿子，当警察一定要注意安全。'"

世纪广场上，一群群鸽子飞来飞去，它们或悠闲地觅食，或欢快地戏耍。经海山拿出毛巾，小心翼翼地为母亲擦拭着嘴角流下的口水。这时，老人又喃喃开口道："儿子，当警察一定要注意安全……"

"儿子，当警察一定要注意安全。"

© 中南博集天卷文化传媒有限公司。本书版权受法律保护。未经权利人许可，任何人不得以任何方式使用本书包括正文、插图、封面、版式等任何部分内容，违者将受到法律制裁。

图书在版编目（CIP）数据

大案 / 穆继文著. -- 长沙：湖南文艺出版社，2025.7. -- ISBN 978-7-5726-2460-5

Ⅰ . I247.5

中国国家版本馆 CIP 数据核字第 2025Y58K88 号

上架建议：畅销·悬疑小说

DA'AN
大案

著　　者：穆继文
出 版 人：陈新文
责任编辑：匡杨乐
监　　制：于向勇
策划编辑：布　狄
特约编辑：郑　荃　罗　钦
营销编辑：黄璐璐　时宇飞
封面设计：利　锐
版式设计：李　洁
内文排版：谢　彬
出　　版：湖南文艺出版社
　　　　　（长沙市雨花区东二环一段 508 号　邮编：410014）
网　　址：www.hnwy.net
印　　刷：三河市鑫金马印装有限公司
经　　销：新华书店
开　　本：700 mm × 980 mm　1/16
字　　数：344 千字
印　　张：20.5
版　　次：2025 年 7 月第 1 版
印　　次：2025 年 7 月第 1 次印刷
书　　号：ISBN 978-7-5726-2460-5
定　　价：59.80 元

若有质量问题，请致电质量监督电话：010-59096394
团购电话：010-59320018